日本漢詩話集成

趙　季
葉言材　輯校
劉　暢

九

中華書局

柳橋詩話卷下

河合氏所藏玉盞，形似匜，有欛柄，僅受二勺許。外邊雕鏤梨花，姿態横出，可愛也。予以爲所謂梨花盞是也。《苕溪漁隱》引陸元光《回仙録》云：飲器中，惟鍾、鼎爲大，屈巵、螺盃次之，而梨花、蕉葉最小也。又山谷《謝楊景山送酒器》云〔一〕：「楊君喜我梨花盞〔二〕，卻念初無注酒魁〔三〕。」注云：「梨花，謂酒杯，樣製如此」

梨花、蕉葉，俱小盞也，而蕉葉獨爲小户之通稱。東坡飲酒，但三蕉葉。陳後山云「易醉易醒蕉葉量」，陸放翁云「酒纔三蕉葉」，此類可見矣。

宫人參朝儀，本朝今猶爲然，蓋唐制然已。杜甫云「户外昭容紫袖垂，雙瞻御座引朝儀」是也。然唐天祐二年下詔罷之，自是以還，彼土此制終廢矣，本朝遂不改而沿舊也。按李唐創此制，想在女主垂簾之日邪？天祐二年始悟其非而罷之，蓋堯舜在上，而昭容之紫袖翩躚於皋夔稷契之間，

〔一〕山：底本脱，據《山谷内集詩注》卷十三補。
〔二〕盞：底本作「杯」，據《山谷内集詩注》卷十三改。
〔三〕注：底本訛作「生」，據《山谷内集詩注》卷十三改。

或庶幾乎嫚媟。

凡精神注處都謂之眼明，陸放翁喜用此字。《苦筍》云「藜藿盤中忽眼明」，又云「眼明對此幽棲圖，始覺吾廬分外奢」，《桃源》云「十年俗客明雙眼」，又云「解鞅名園眼倍明」之類，不可枚舉。少陵云「鸕鷀鸂鶒莫漫喜，吾與汝輩俱眼明」，蓋放翁之所本也。心開目明，見《後漢書・王常傳》。山谷云「摸索一讀心眼開」〔一〕，白香山《琵琶行》云「如聽仙樂耳暫明」。

岡崎莊八云：普請二字原出於釋子，古者僧徒人人執務，不辭勞碌，所謂普請，蓋以資一山大衆之力也。陸放翁詩云「堂静僧閒普請疎」。

栗山先生《伍石小廬山銘爲元鼎賢友》云：「萬層峰，千尺泉。下無地，上惟天。與之伍，誰也鉉。蝶乎婕，日盤穿。騎雲背，踏風肩。肉雖温，骨已仙。韻而歌，我是彦。噫！先生墓木已拱，而我伍石老人鮐背兒齒，仍逍遥乎文墨之間。」栗山子豈豫兆華封之祝歟。

「觀濤處」三大字幾乎徑丈，永根八郎之遺筆也。近時其父伍石老人乃携紙本往本鎮，鎸之瀕海懸崖之額，筆力遒勁爲偉觀云。或曰，老人無喪明之失，而謀筆札之不朽，可謂偉人矣。更可喜者，雕工之費數十金迺出於河合氏之惠，可謂世有范文正矣。原田鎮平與老人交篤，頗經紀此舉。有詩云：「駐馬行人嘆賞去，不知紅淚墮磨崖。」

〔一〕摸索：底本訛作「模寫」，各本均作「摸索」，據《山谷内集詩注》卷十三改。

丙午災，糟谷墨舟疾篤，家人舁出，焰煙縱橫，避火群衆狼狽推挨，左排右闢，纔脱火道，抵一知友家，是時奄奄一息而已。友人佐藤仲甫馳往省之，手煎人參，以灌口焉。門生小西古蘭續至，護視周至，既而調治半載，稍稍有起色。然鷄骨支牀，僅脱鬼籍耳。墨舟筆札端正，確守古法，乃異於當世名噪之流，具一隻眼者必能辨之矣。墨舟病中無聊，有人來者必分韻賦詩，其《題孟浩然歸隱圖》三首俱佳。墨舟云：「緑水青山護舊途，寒松瘦竹映吟鬚。詩人失意清如許，寧比明皇入蜀圖。」陸放翁有《閲明皇入蜀圖》詩。仲甫云：「莫道坎坷孟浩然，見機須是屬高賢。卻憐禁省王維輩，凝碧池頭聽管絃。」古蘭云：「高風難繼鹿門歌，蹭蹬官途不可嗟。金户玉堂無此景，夜窗松月擺煙蘿。」孟詩云「松月夜窗虚」。

楊誠齋《詠梁武帝》云「梵王豈是無甘露，不爲君王致蜜來」，可謂最上説法。皇祖檜陰翁《詠聖德太子》云「焉識醍醐非毒藥，山陵幾日草茫茫」，亦不落第二義矣。予嘗撰《六國史論》五卷，而於太子論亦襲述其意。今忘固陋，此揭一篇以問世，他日得全帙梓行，慰皇祖歸天之魂，爲天之所假不非。

《聖德太子論》曰：虎狼不與麒麟同群，鵰鶚不與鳳皇共類，奸雄不與聖賢並立。如是而後善善惡惡之法遂定於一，而不可移易矣。是乃史筆之所以垂千萬世，而姦臣賊子所以毛髪豎、肝膽碎而無復容身之地也。僂舉上古聖賢者，必以廐户太子居其一焉。以予觀之，抑虎狼邪？麒麟邪？鵰鶚邪？鳳皇邪？其名實之相反，未有甚於是也。若眩其名而昧其實，取其華而遺其根，則董狐之目眩於五色，而仲尼之筆惑乎涇渭矣。當敏達帝之時，蘇我馬子、物部守屋俱爲左右匡輔之大臣。方是時，高麗貢佛典及丈六銅像，馬子大喜，尊奉甚至，守屋抗議而斥之，二子釁隙遂自此啓矣。廐戸太子亦喜佛之尤，而與馬子有密契焉。故日後守屋之滅亡，陽發于廢立之議，陰由於斥佛之所致云。嗚呼！是其形跡耳，庸詎悉其事情乎哉？夫馬子忍人也，守屋亦剛悍而不知禮，俱與參大政，譬猶虎狼之同檻、虺蛇之共穴，一吞一噬，何有底止？幸而是時莫有佛之東傳邪？二臣竟保于無隙歟？又上之爲皋夔稷契，下之爲蕭曹邴魏，德庇蒼生，績垂史册邪？予決知其不然也。冬有陰寒，春有痟首，二疾之作，必根於内而發於外。愚者輒咎於春曰：「汝何以發若疾矣。」又責於冬曰：「而何以釀若痾矣。」豈理也哉？二臣怨毒之疾根結于五藏之中久矣。彼佛之來也，猶春氣冬令行于時，二臣之疾適觸是而發耳，何足深怪？以是觀之，二臣之相與吞噬，有未必可諉於佛者矣。太子與馬子相比亦有由。是時草昧之習未除，而嫡庶之分不明，負扆而南面者，往往出於椒房庶孽之間，是以諸皇子覬覦之心固非一日，巖廊之上有逐鹿之争焉。彼馬子者，挾伊霍之權，震主之威，而浮屠之崇尚適與太子相投，於是磁芥相引，膠漆相合，水魚相親，焉知非他日援立之謀定于誦經念佛之際邪？或難曰：「馬子之弑崇峻帝，太子亦與謀歟？」曰：「固也。」「然則是時盍即位焉？」曰：是太子至險至奸之心，所以自欺且欺人以博聖賢之名。何者？遽取大物，天下後世其謂之何？若以漸及焉，猶有辭矣。以聰明絶倫之資，藉金仙誕漫之説，文之以莽操奸雄之才，何事而不成，何物而不服？宜乎舉一世而爲之所欺也。且天下之易制易欺者，孤兒寡婦耳。推古帝，乃敏達帝之寡婦也。當是時，太子始爲國儲，總攝萬幾，所謂馬子昔日奉戴之謀，駸駸乎成矣。以是觀之，太子與馬子相比亦有未必可諉於佛者矣。始太子受儒術於博士覺哿，豈不知弒逆之爲大罪乎哉？設使以儒論之，則太子止趙盾如之何？佛則不然，凡誦此經者，十惡五逆之罪莫不即時消滅，蓋此之一言乃可以抹摋仲尼《春秋》之旨，而太子滔天之罪，亦可得以掩覆矣。以是觀之，太子之爲人，聖賢邪？姦雄邪？不待明者而知矣。然觀太子之薨於推古之末年，豈天邪？抑所謂罪障消滅之説，亦遂無一效邪？或曰：太子憲法十七章，言格訓懿，垂千載法戒，併謂之非，而可乎？嗚呼！九錫之美，炳焉于曹魏；周官井田之法，秩然於新莽。夫文字制度之不可以恃也久矣，不獨太子而已。

《括囊文集》三卷，乃先考之所撰述，而手澤如新。乙酉冬，火發北鄰，不唯屋宇煨燼，此册亦烏有。每思及之，五内且裂。蓋先考晚年獲何雪漁圖章，乃鎸「括囊」二字，因號括囊老人焉。予乏記性，若詩若文，口誦者無幾，今録其一二以當《蓼莪》之篇。《墨水觀花》云：「不是高樓一百家，湘簾鱗次旋煎茶。年年春色無租税，數里長堤渾是花。」又《經箱根山中》云：「驛亭人噂沓，山路馬玄黄。」

先考嘗言：毛萇注「我馬玄黄」曰「玄馬病則黄」，鄭玄注《何草不黄》「何草不玄」曰「始春之時，草木蘖者必玄」，二家之陋，固不容喙。近世考證家讀「玄黄」爲「眩惶」，是説宜通於馬，于草則窮矣。《爾雅·釋詁》云：「虺頹、玄黄，病也。」郭璞云：「皆人病之通名。」説者便謂之馬，失其義也。

以是考之，則草木黄落亦謂之玄黄耳。按瘠鹵之地謂之不毛，亦謂之窮髮。莊子要是，草木毛物相通之理自不可誣也。《小戴・内則》曰「馬黑脊而般臂漏」，「狗赤股而躁臊」，鄭玄云「般臂〔一〕，前脛般般然也。赤股，股裏無毛也。」蓋盤臂、赤股可以案狗馬之病，而黄落之候，亦可以證草木之病，其理蓋一也。《淮南子》修務訓云「舜文黑」，又道應訓云「深目玄鬢」，劉向《九嘆》云「顏黴黑以俱敗，蓋玄色之爲病」，亦可以徵矣。

雲和不止一物。楊師道《詠笙》云「來應雲和琴」，即琴名也。陳子昂《修竹篇》云「遂偶雲和瑟」，亦瑟名也。白樂天《雲和》云「非琴非瑟亦非箏」，別復一物也。《武帝内傳》云「董雙成吹雲和之笙」，亦爲笙名。然則雲和一名判爲四物。先考在日，舉以質之，先考曰：「梧桐一名雲和，《抱樸子》云『嶧陽雲和』可以證矣。宜其名通諸樂器，未必止四物而已。《周禮・大司樂》「孤竹之管、雲和之琴瑟」，鄭玄曰：「雲和，山名，地産良木，用爲瑟，其聲清亮，因以名瑟。」

兒貞白《讀江户繁昌記》云：「静軒何事弄毫忙，曾向虞初傳此方。楮葉刻成人駭見，龍肝炰熟客争嘗。寒儒未必謀温飽，冷語唯能醒熱腸。寫出名都許多事，家家莫不説繁昌。」

《臨濟語録》曰「日消萬萬黄金」，注云：「消，猶用也。」蓋唐人俗語也。白樂天《雲和》云「欲散白頭千萬恨，只消紅袖兩三聲」，李遠「長日唯消一局棋」，並此義也。

〔一〕般：底本作「盤」，據《禮記・内則》改。

李長吉云「金鵝屏風蜀山夢」。或曰，本朝所傳鴨毛屏風即李唐物也。所謂金鵝，豈是歟？

茅茨土階，美則美矣。然我仁德天皇，上漏下濕，又加一等。故高臺之詠將駕《擊壤》《南風》而上之也。慊堂松崎先生《大阪覽古》云：「大江南去古今流，王伯升沈此水頭。欲酹三杯問江水，渚花洲草自悠悠。」「仁皇御世有如傷，月照屋梁雨滴牀。艸木也知恩澤渥，登樓初詠富民章。」「百城摧破一城成，仰看金湯雲共平。猶有後人笑君拙，須臾哲婦嚬然傾。」

幻景，即浮屠氏醒世之語也。然百年一瞬，桑滄變遷，莫一非幻景。而人之處世，榮悴窮達異於鏡花水月者，其與幾何？慊堂先生闢澀谷邨居，獲一古印於土中，乃「幻景」二字也。先生手校石經，上諸梓，所謂十四經，駸駸開生面。然則君子之德本不爲幻景移，而不朽盛業，豈謂之鏡花水月乎哉？清乾隆皇帝亦有《四幻景》詩見《御製文集》云。按：趙觀察有《奉和幻景》詩見《甌北集》。

小西古蘭近以重價購明人林焯草書橫卷，蓋其所自作《和少陵秋興八首》之詩，三覆至廿四首之侈，其書禿筆揮灑而遒勁有恣態，宜其十襲不輕視。按林焯載在《書畫譜》，此不贅。謝肇淛云：「吾閩林布衣焯，學松雪而稍勁。」泰山有唐時磨崖碑，至爲鉅麗。而近人以林焯「忠孝廉節」四大字覆之，蓋當時監司愛其書，下郡縣鐫之石。而下吏凡俗，急承風旨，遂爲此煞風景。五雜俎上文謂，張北部焯得法於米而參以己意，其所題識至逾尋丈，莫不極天然之趣。則林張二家並以善大字著稱，至徑丈徑尋之曠巨也。近披讀《廣東新語》云：「吾粵先輩多善書，有趙東臺者於訶林書

『梁唐嘉樹』四大字〔一〕，而黎瑶石於錦石山書『華表石』三大字，大徑丈，人皆以爲神筆。」閩也粤也，經吴耿之亂，其巨觀大筆，存不亦未可知也。永根奕孫曾揮「觀濤處」三大字，乃翁冰齋鎸之管内海瀕之石崖，蓋與閩粤隔地相映射者矣。

仙臺公族大夫伊達氏號三山亭，園池放鶴一雙。曾怠鎩翮，乃騫然颺去。數年之後，復相與旋歸，和鳴飯啄，動止自適。從是後，翮亦不殺，幾乎如安九皋之中焉。女校書紅蘭爲裁七律云：「經年歸到舊園林，露下依然吐羽音。對舞豈緣人目悦，和鳴似感主恩深。池亭夜月三山夢，雲海秋風萬里心。世上乘軒者何限，勢榮相驚不如禽。」紅蘭張氏名景婉，字道華，梁星巖之室也。蓋梁氏之室世有賢操，然伯鸞之妻，貌不稱德，才華亦遜，其優劣豈待辨哉？

唐人鄭審則信憑，今乃在江州飯室正禪寺，舊是叡山之祕藏云。蓋傳教大師最澄自唐賫來者矣。《元亨釋書》曰「當歸舡之時，明州太守鄭審則乃與公據印署以讚美焉」，即此物也。始岡本半介宣就年十五六讀書叡山僧房，會織田氏兵燹，乃抱鄭審則文書而逃去。事定後，復還投之寺庫，迄今殆千年矣。唐人真迹完好現存，亦岡本宣就之勳也。宣就後仕彦根，戎馬之功赫著。其童年之不凡，此舉可見矣。

岡本氏歷世爲彦藩之名閥，今其裔名迪，字吉甫，號秋石，半介之稱則因襲不改，蓋從邦俗焉。

〔一〕梁：底本訛作「集」，據《廣東新語·藝語》改。

韜鈐之略、文藻之美俱不愧乃祖也。《秋夜讀九歌》云：「奈此秋風蕭索何？空江木落月明多。時清何用懷孤憤，宵永惟宜誦九歌。楓樹夜猿悲欲斷，女蘿山鬼語相和。五更捲卷恍無寐，心遠天南湘水波。」《春日感懷》云：「袞袞街塵十丈紅，奔車走馬漫西東。豈能括舌爲樓護，且擬回心學塞翁。閱《易》閒聽春館雨，嗅花悄立曉堤風。此生未是全無事，愧爾沙邊水勃公。」

韓退之《寄盧仝》云：「立召賊曹呼伍伯或作五百，盡取鼠輩尸諸市。」蔣之翹注云：「伍伯，見《古今注》，什伍之長也。《東漢·禰衡傳》『令五百將出加箠』，注『五百，猶今之同事者。』」按《三隱集》拾得云：「若解捉老鼠，不在五百猫。」便以五百爲猫兒名矣。蓋狸奴之捕鼠，譬諸五百之執役，故命其名耳。且三隱，初唐人，而在退之前，則其爲猫兒名亦久矣。

和合神圖昉于近世，家家挂壁，禱祀維虔焉。或云，顧鐵卿《清嘉録》所謂「和合壽星」即此也，不知然否。近人詠之云：「南極老人示變相，家家争先挂畫圖。豈料君亦愛銅臭，笑容粲然歡且娱。三思始悟君意厚，人間萬事憑青蚨。大則天下小則家，由是和合不可誣。招福騣騣有靈驗，旦旦香火禱膏腴。漸見屋宇生光彩，恰如甘雨枯荄蘇。格物致知莫先是，勿道天下此理無。試舉一事爲左券，蘇子多金妻謝辜。琴瑟弦斷朱買臣，有道往往泣妻孥。冀製此圖千萬本，要貽陋巷君子儒。」

韓退之《憶昨行和張十一》云「張君名姓座所屬，起舞先醉長松摧。宿醒未解舊痁作」，蓋以「長松摧」换「玉山頽」矣。所謂陳言務之去也。

碧桃即白桃，《葛原詩話》辨之矣。今又舉一證。《高季迪大全集》載《壺中插緋碧桃花，既而碧桃先落》云：「白嫩倚紅嬌，朝看訝獨飄。應緣霞氣暖，烘得雪先銷。」

《鷗巢賸藁》一卷，應永年間詩僧沅南江之詩也，通計殆三百首。七律五十餘首、五律十餘首、七言絶句二百餘首、五言絶句五首。蓋南江詩散見《扶桑若木集》《花上集》等者咸可觀焉，今復摘其一二。「海客椰帆懸暮雨，蠻僧蕉縷織秋風。」「午雨欲零雪著地，頭風難愈日如年。」「提撕渭北春天句，參得江西宗派人。」又《餞大内源公西還》云：「三年已罷九州師，封内清風海内知。忽上青霄卻回贊，舟中唯載野僧詩。」他至《贊一休壽像》《悼江西老人》之詞，乃衲衣下事耳，故不録矣。

尺八，詳見《容齋隨筆》，且云「今無由曉其形製也」，然則南宋時其製已不傳矣。本邦所傳尺八，豈其遺製邪？將原是別物，而冒尺八之稱邪？南江詩有「湖村尺八」之言，則知室町氏之時尺八盛行矣。

納涼之遊，極盡豪奢，經四五十年之久而都人猶道其事者，横山潤是也。其爲豪侈也，都下游舫千百艘，一日悉買之，殆不遺一隻。每舫聲妓、幇閒俱二三人。絲竹酒饌並陳。自墨水上流至兩國下流，舟舫魚貫，掩流而下。其主盟横山氏與親交一二人駕小舟往來其間，杯酌交驩。一日之費，千金不啻，可謂天物暴殄之極矣。横山氏家舊富殖，藏鏹百萬。至潤，其性慷慨，揮金如土。且讀書學字，所交皆一時名流也。而蕩盡家産，亦未曾不由於此輩贊襄也。周亮工《書影》載：「茅元儀止生作午日秦淮大社，弔汨羅，盡兩岸樓臺亭榭，及河中之巨艦扁舟，無不倩也；盡四方之詞人墨客，及曲中之歌妓舞女，無不集也。分朋結伴〔一〕，遞相招邀，傾國出遊，無非赴止生之社者。止生之名遂大噪，至今以爲美談矣。」蓋横山氏納涼與茅生之大社，豪舉相類，而其爽快奇宕亦足以頡頏對射矣。潤翁有詩草一卷爲祝融所奪去，今不存云，可惜已。其子敏齋隱於醫，予友善，故得其大梗。

朝川善庵先生以經術自任，其造詣非後生所窺。予與先生同别號，故世以謂今之陳驚坐也。先生漫成云：「浮利浮名心已灰，三槐何必擬三台。移牀坐就新陰下，也怯南柯入夢來。」或曰，先生經術文章之餘，亦爲「春城無處不飛花」之韓翃也。

清人顧鐵卿寄貽善庵先生詩扇，曾蒙借觀，背寫牡丹一朵，著色輕鬆，雅致可掬，蓋顧氏臨池繪事之妙可並見焉。録其近製云：「輕陰曾記護征驂，歸夢迢迢思不堪。惟有桑乾河畔柳，朝來分緑至江南。」「風風雨雨惜年華〔二〕，纔覺微暄孏更眠。曉起尚寒宵自暖，誤佗姽嫿弄秋千。」「無言桃李自成蹊，白白朱朱放已齊。挽住落英風裏舞，不隨飛絮共沾泥。」「鄧尉香霏滿翠巒，問誰携取一枝看。淡雲微露曈曈日，似爲梅花護嫩寒。」「茅屋臨流釣客過，晚煙淡淡羃青蘿。縠紋織得簾波細，看到斜陽近水多。」「敲詩獨自掩茅扉，荆樹花開香滿衣。庭艸不嫌春意淺，一雙蝴蝶上階

〔一〕朋：底本訛作「明」，據《書影》卷二改。

〔二〕年華：似當作「華年」。按，底本作「年華」失韻。

飛。」「絳紗燈暖夜迢迢，水閣依前奏碧簫。略記年時停畫舫，衣香人影赤欄橋。」

《太閤記》載瀨川采女事迹奇矣，然未嘗聞有先賢修辭也。近時太田晴軒敦跋於墨本云：文禄元年，龍造寺麾下兵士瀨川采女從朝鮮之役，深入異壤，音問隔絶。其妻某氏輒作此函，囑商舶以遞達焉。中途颶風，舟幾覆，不唯貨物烏有，此函並淪于洪波之中矣。後會有拾獲者，以聞于豐太閤。太閤覽之凄然，遂免采女之役，還之本國云。嗟乎！幽閨之婦女一發《伯兮》之嘆，言有出于丹衷者猶足以動天地、感鬼神如此，況忠臣孝子至誠惻怛之言萬世不容泯滅者乎？瀧岡之表，脱於風濤；鐵函之史，出于眢井。蓋理之必然，無足怪也。李穆堂曰：「能拾人遺文殘篇而代存之者。其功德正與哺棄兒、葬枯骨同。」旨哉言也！刻工霞年祕藏此函久矣，而世無有知者。恐其昧没而不傳也，遂以公同嗜，剖荆山之璞，發潛德之光，其功德大矣。予知日後之獲報必然無疑也。因跋。

唐邊將張睽防戍十餘年，其妻侯氏繡回文作龜形，詣闕進之。帝覽詩，放睽還鄉，賜絹三百疋以彰才美。詩云：「睽離恰是十秋强，對鏡那堪重理妝。聞雁幾回修尺素，見霜先爲製衣裳。開箱叠練時垂淚，拂杵調砧更斷腸。繡作龜形獻天子，願教征客早歸鄉。」蓋其事略與采女相類，詳見《名媛詩歸》。

評者謂，米元章，書家之申韓也。卷菱湖先生視米法土苴不翅，唯申韓之言頗庶幾焉。是以一世能書之流無一當其意者，若其人與先生邂逅乃精神沮喪，殆如小巫之見大巫云。或曰，昔者懷素、張旭之徒巧狂草，平生假酒德以佐其飄逸之氣。先生端楷與歐虞相上下，而被酒癲狂亦出懷張二家之上焉，宜其曠一世，眼底無人。而近體詩亦頗自負，所謂菱湖有餘翠也。其《擬友人登富士山作》云：「高峻誰將丈尺論，雲梯萬里似升天。十秋積雪凝如玉，六月驚飆冷透綿。仰視蠙珠分斗漢，俯臨溝壟認山川。神奇最是難猜處，絶頂源源有涌泉。」

陳元贇《富士五古》云：「直豎巨靈指，笑粲滕六齒。」可謂佳矣。落句云：「貧乃士之常，富亦何足喜。」惜哉！龍頭蛇尾。

《義楚六帖》云：「日本王城東北千餘里，有山名富士，或云是蓬萊也。高峻無際，三面臨海，山頂常有煙突起焉。」按此言與釋子西京之和歌殆如合符，亦奇矣。而陳元贇《題富士山序》云：「富士山當倭國之中，巍峨雄偉，孤拔萬仞。沓嶂迴巒，森護環拱。如立如坐，隱現出没。蟠據三州，跨衍數郡。東扼筥根，爲武關之屏翰。蓋日域之岱岳也。其巔積雪，盛夏不消，四時雲氣繚繞，旦暮霞彩變幻，若有仙靈棲息，故土人呼爲蓬萊瑶島。其凹頂如池名天池，池有七小嶼名七星嶼，麓有人穴名仙洞。每天欲大風，則先從池穴中噭號而出，亦神奇矣云云。」《白石記》云：嶽北諸洞，土人呼曰人穴。

白石新井先生《富嶽記》云：「凡其欲降，則箕踞於積沙岸上，尻以爲輿，腳以爲輪，車轉而下。瞬息之間，身既在乎林麓矣。蓋萬仞之山隨崩沙之勢頃刻直下，即富士之一奇也。」白石先生僅僅數十字摸寫其情狀，可謂妙筆矣。土人云，積沙之下者，夜復上故處。《義楚六帖》云：「凡諸賨，白晝在山下，暮則歸山上。」亦訛傳崩沙之事已。白石先生撰《高子觀卧遊記》、《富嶽記》亦在其中矣。

明永樂四年，封本邦之山爲壽安鎮國之山，即肥後阿蘇山也。東厓《秉燭談》備載其説焉。近人詠富士云：「萬仞唯君操如雪，笑看封册至阿蘇。」

昔者，長崎詩人高彝重賂商舶，投詩卷於沈德潛，乞求製序。德潛不許，商人計窮，遂使幺麽代大匠，凡德潛以下一時名士數人王鳴盛、錢大昕、趙文哲、王昶、來殷氏、黄文蓮等凡六人假託齎來，大抵七古大作也。細讀之，虚譽溢美，靳侮可憎。然高彝不悟，奉爲拱璧。燕石之誚，人口藉藉。其事備見厚温夫《詩學新論》。或曰，東里之魚泣于鼎鑊，何獨咎于彝？且近時清商所齎來諸貨，何物非贋？不獨詩已。德潛記其事七律落句云「悵望停雲我所師」。噫！潛以「停雲」自比，亦不敢犯夷虜二字，蓋禁省貴人鼻喫三斗醇酢處。確士七律，載其《餘集》。

王述庵昶，德甫《春融堂集》年譜載沈公歸愚所刻《七子詩選》流傳日本，大學頭默真迦見而嗜之，附書番舶以上沈公，又每人寄憶一詩寄先生云：「新吟兩卷重麻沙，海雨江風入齒牙。洵有詩書歸典則，偶將煙月鬭芳華。人如句曲陶宏景，詞比新宫蔡少霞。我欲據梧同詠嘯，滄溟何處覓靈槎。」梁星巖嘗道「此乃高彝之作達彼土之一證，所寄七律亦彝詩也。」蓋祭酒林公之大名原播海外久矣，故誤以爲其人也。

芹田静所語於予曰：菅茶山有言，東都詩人以岡本華亭爲巨擘。問華亭先生之作奈何，旋録數首見貽。噫！微静所，予殆無目者也。《峽猿圖》云：「援落風悲巫峽夕，蒼山夾水崖千尺。煙暗蘿深叫何處，老松倒挂半天石。掩篷孤舟聽者誰，鄉心萬里未歸客。客淚滴盡猿聲斷，十二峰頭秋月白。」又《詩佛贈瀧水春長句言謝》云：「勸人飲酒者，五百世無手。佛説如是誰不懼，休言有酒旨且樂。一杯薄酒業報然，何况芳醇送幾斗。詩佛老人已佛身，何將此味與人誘。一切衆生斷智根，敗家亡國禍由酒。爲救迷情説方便，救迷情，見達摩偈佛是衆生慈父母。詩佛方便有何説，釣詩之鈎掃愁帚。無愁有詩吾事足，無量清福舉巵受。瀑水傾瀉大呼快，笑佗斗酒謀諸婦。無勞沽去錢挂杖，不用瀧來巾脱首。李白風流人坐花，陶潛興趣春生柳。醉吟直到極樂界，酡顔即是黄面叟。君餽我受大功德，我勸人飲亦何咎。五百生事一任佗，縱然無手寧無口。能飲能吐驚人語，百千萬劫我不朽。不朽與朽亦任佗，何問他生有口否。且醉且吟且安眠，忘卻生前與身後。唯願未來五百生，生生相歡詩酒友。」

王莽篡奪之時所鑄「長宜子孫」之鑑，藏于福田氏舊矣。銘文古字假借者，昔時竹庵已考其證；剥蝕不可辨者，近日不肖偶有得於楊升庵，亦悉辨之。是以二十八字之銘可得而全讀矣。梁星巖有嗜古之癖，所以不憚爲裁長歌之勞。其詞云：「雕奩寒生銅一片，青緑斑駁古氣森。有似月逢妖蟆厄，光華銷盡魄深沉。徑五寸强重百廿五錢，二十八字銘在陰。乃是新莽之所造，不知何由傳到今。將毋天誅大姦畢，故留其器爲世箴，豈特摩抄養古心。憶昔炎德中微金甌剖，王家權焰真炙手。五大司馬九諸侯，諸父昆弟耀章綬。莽也孤貧如儒生，恭儉力行事慈母。一朝博得沙鹿眷，簸弄銓衡運群有。鴟目豺聲何威詐，大漢神鼎輕瓦缶。祖龍法皆從我始，燔書坑儒復何咎。

莽也則不然，六經不離口。影借黄虞自欺罔，宜哉顛覆險桀紂。雖云三萬六千歲數多，非命之運豈能久。君不見，内廷日按紫閣圖，範五石銅象斗樞。是時冽寒人馬斃，毋乃上帝罪汝之先驅。目前金鑒置不問，枉鑄寶鏡配石符。吁嗟山河破碎，支體尚且不能保，子孫長宜何爲乎？再造乾坤待誰某，白水真人出洪爐。」竹坪獲詩，距躍三百，亦裁七古以申謝焉。結句云：「先生一夕捻吟鬚，卻勝古人十年功。」蓋潘緯十年賦古鏡，見《東谷贅言》。

梁星巖《夜聞落葉》云：「鰥鰥羈緒對殘釭，策策俄來落耳雙。幾度衝霜移宿鳥，孤村吠月有驚尨。五更聲亂醮門鼓，一陣寒敲野寺窗。拈起秋風吹渭句，教人漫憶賈長江。」又《戲題插花瓶》云：「一雙每倒沙頭玉，百尺長沈井底銀。何物窑瓶能大膽，欲涵三萬六千春。」

清人王岡齡《山塘鐙船行》云「黄頭之郎蝸角妓」，予居柳橋近側，每到夏時，所謂蝸角作群爲隊，紅裙飄搖，鬏屐鏗然，午前必赴浴堂。是時卯酒未醒，雲鬟撩亂。洛水神女，不問而可知也。午後乃盛飾四散，娼樓酒館，戲園舟舫，尋盟蹈約，莫所不至，迨冬稍衰。蓋以煙火止，遊客少，而舟舫之嬉廢也。余戲曰：「蚌蛤之大猶隨月消長，矧蝸角乎？」

一耆宿嘗曰：《新瓦》一篇，中根東里所撰，其中載橘町町猶巷，邦語也聲妓之事，舉是以戒其女兒云。東里始及物徂徠、室鳩巢之門，則距今殆百年。蓋是時聲妓總住橘町，他處莫有。先輩詩云「誰測風流手談外，人間别有橘中仙」即是也。今乃各處街坊莫不雜居，橘町寥寥，蹤跡殆絶。噫！弦索淫蛙之場亦不無滄碧之嘆也。

下野佐野《天明鄉菅神廟碑》文，乃係東里先生之所撰者。昔者錦城師翁屢稱之，以爲大手筆也。

予嘗讀《柳灣漁唱》，又閱《林園月令》。頃於靜齋詩屏上，亦獲先生《夜聞漁歌》之七古分韻得「肴」。然則先生雖無半面，因緣亦不淺。其詞云：「漁歌夜發浦岸坳，輕枻鳴榔逐節敲。靜聽滄浪千古曲，不倚金石與絲匏。縱調逸韻兩三唱，風水相和響咬咬。今夜秋江泊舟客，愁眠耿耿睫難交。起推篷窗憑舷坐，落月半彎挂柳梢。」

高棅《唐詩正聲·七言絶句下》引謝疊山之注解，寥寥數言，感慨古今，乃知疊山之有寄託，然未知更有別本公行也。一日獲疊翁《唐絶句注解》於海保漁村，不唯真珠船，而漁村之考證頗爲詳備，亦詩家刮膜之金篦也。文長不録，當於嗣編摘録。

楊漣《絶命詞》云：「一笑一笑又一笑，刀斫東風於我何有哉？」無學和尚諱祖元，字子元，無學其號也。歸化，住鎌倉建長、國覺二刹。爲元兵所逼，説偈曰：「乾坤無地卓孤筇，喜得人空法亦空。珍重大元三尺劍，電光影裏斬春風。」則知名臣烈士與悟道之人固莫有二致也。

馬文淵之薏苡、李長源之糖猊爲人臣炳戒，況開國元勳伐國拓境，何曾不致意于此乎？胡元丞相伯顔《度梅嶺》云：「馬首徑從庾嶺歸，王師至處悉平夷。擔頭不帶江南物，只插梅花一兩枝。」讀者嘉奬其風流灑脱，不蹈嫌疑之禍機矣。

甲越兩雄相角之時，較其兵士之衆寡，則上杉氏不及武田氏遠甚。而二公之英靈今傳于韻語之間者，亦與之相類，豈不奇乎？　機山之詩世所傳殆十餘首，而越將之詩唯一首耳。　越將之詩冷峭可喜，而機山之詩株守法度。　故川中島之役，機山敗而不全敗，越將勝而不全勝，於詩亦然矣。

大田雄飛《大醉歌》云：「文命胼胝賜玄圭，何如一飲三百盃。　周公神功虎豹走，何如月下舉新醅。　春秋褒貶三百年，何如花邊倒金罍。　治亂循環付皇天，聯躅偏招麴秀才。　伯夷盜蹠一亡羊，悲歡百年骨生苔。　願變東海成美酒，乘以太白到蓬萊。　李公勿慕太倉鼠，欲牽黄犬何得哉？　陸子休嘆華亭鶴，顯官元有無妄災。　名山爲我身後冢，百年事業付大塊。　江上風月不用錢，名花豈爲求良媒。　一醉典卻千金裘，釀酒不嫌家隤頹。　崑崙嶕嶢三萬里，愁與黄河衮衮來。　試來盡此一觴酒，意氣忽如上春臺。」嗟！　雄飛年甫二十五而卒，玉樓之召，千古同嘆。

大田金剛踪跡不定，忽而客遊數月，忽而在孺人膝下，慣見爲常，恬不爲怪。　一日叩户，乃謂曰：「上毛之富豪遣伻延之，明日且赴，故來辭。」問近製，立援筆録一首而去。　未幾訃音至矣。　今讀其詩，氣象慘怛，不類平生俊快，豈豫兆不祥歟？　《山村》云：「寥落山郵聊寄生，幽吟又作不平鳴。　可憐遥夜歸家夢，常向故園熟處行。」何等悽惋。

大田晴軒客遊在參州吉田。　惜哉富贍之學、奇偉之才，何不開業都下而甘作汗漫之遊？　豈性之所適歟？　其於韻語，固非所長，然讀者擊節，則其自負者可知矣。　《食貧》云：「年來對案發長吁，不特無魚菜亦無。　銀鱗玉膾酒如海，卧看朱門夜宴圖。」《睡起聞鶯》云：「未到華胥夢忽驚，滿簾花影夕陽明。　緑楊紅杏渾無語，鼓吹春光只此聲。」

近世偉人以瞽師保己一塙檢校爲巨擘焉，所著《群書類從》六百三十五册所收一千二百七十三部，可謂大典策矣。昔者南畝先生太田覃贈之云：「區區螢雪君無用，默記汗牛充棟書。」蓋紀實也。

在素封之流，而或矻矻攻經，或考據精到，或博雅好古，一時之名家傾蓋相交，不亦闤闠之麟鳳乎？近世都下獲三人焉。市野屋三治號迷庵是其一，津輕屋三衛號棭齋是其二，鍵屋半兵號醒齋是其三也。棭齋著《和名鈔箋注》十卷、《本朝度量權衡考》三卷二册《附録》六册圖一卷若干卷。迷庵、醒齋之著述當復他日搜索記之也。

三十年前曾聞有葺工匠師者，通稱某。其人好閉户讀書，博覽莫所不通，藝林之士往往有資益焉，然片言隻字莫有傳者。惜夫！伊川先生獲《易》説於一箍匠，豈虚談哉？或云其著述烏有於近時都下之火厄。

一日過書肆玉巖堂，語次偶及葺工宗師，肆主曰：「其人猶無恙，齡踰七望八，矍鑠不廢讀書。姓北，名愼言，字有和，號梅園，又稱静廬，著書凡十五種，如《五雜俎訓纂》十六卷、《梅園日記》四卷，近將付梓以問世焉。」予聞而爽然自失，口急援筆以救原本之疎謬已。

當今之時避世於金馬門，荻野梅塢豈其人邪？名長字子善，一字元亮，梅塢其號。或又號蛇山，蓋取於地名云。其人精於瞿曇氏之典矣。嗟！近世釋子益衰，其所企望不過施紫衣、住大刹、盛徒隷，炫耀一時已，能不愧于梅塢者鮮矣。

梅塢有詩云：「虚靈廓落真如海，幻出乃翁自在身。煙塢殘花雨塘月，襟中妙境孰清新。」

山田小葭嘗道：「曰儒、曰佛、曰管晏、曰老莊，咸居百家九流之一焉。比諸撥亂反正之功，乃幺麼不足數。若夫垂名於一藝一道，豈謂大丈夫邪？是梅塢先生之持論也。」予曰：「是二十年前之梅塢，而非今之梅塢也。」小葭又曰：「梅塢先生始受儒術于栗山先生，問蠻夷學於前野良次。漢醫則今井松庵，洋醫則宇田川元瑞，其所師資也。」予笑曰：「足下之言，豈不亦癡人汲瞿塘乎？以予觀之，梅塢子即今之張無盡也。」

中江藤樹先生文集一卷，頃者得之，不知先生之文止於是邪，將復有別本邪？今舉其《寄友》一首以寓平生仰止之懷云：「產業隨時不須擇，伊耕莘野呂漁翁。當時不有殷周遇，依舊釣磯畎畝中。」

大田喬松親摹宇士新先生真跡見視，云：韓人所書「清和院」三字，題曰「萲雪」，蓋其人之別號也。《爾雅》云：「萲，忘也。」《說文》云「蓋令人忘憂草也」，引《詩》「焉得藼草」，或作「萱」，然則「萲」「藼」「萱」同是一字而後世專用「萱」焉。謝惠連《雪賦》云「折園中之萱草」，杜甫《臘日》云「侵淩雪色還萱草」，「萲雪」之號蓋取於此也。「萱」之草字形與「雪」相似，豈厭其重而用「萲」邪？「萲」之草字其在偏傍或省其畫，此既減畫，又略其半，故難讀耳。寬保辛酉八月，宇鼎謹考。

對州大夫杉村氏語予曰：「藤樹先生之嗣子筮仕本藩，秩貳百石，瓜瓞綿延，猶襲舊秩。其家所藏先生遺照近時郵致東都，乃爲請祭酒林公之讚語焉。」予爲之紹介，遂蒙允許，林公父子俱賜泚筆，可謂榮矣。

多紀柳沜先生《春雪》云：「忍凍推窗看雪晴，不唯茅舍竹籬清。滿庭依約藤溪紙，月畫梅花影正横。」嗟！先生春秋未滿五十已捐館舍，惜夫！追憶春草堂中，函丈每課詩，先生必先獲驪珠焉，恍然舊夢，殆三十年矣。王維《輞川》有《茱萸沜》，《全唐詩》注云：「沜，普半切，義與泮通。」

山崎菁圃法眼《春遲》云：「梅未啓唇柳眉縮，鶯喉更嬾報春來。」大膳亮勉齋先生《初夏》云：「粉蝶驚醒三月夢，黃鶯叫盡一場春。」蓋斷圭碎玉，咸獲之扇頭。

樗園杉本法印《寄贈河合氏》云：「經濟當今推此人，寸心憂國不憂貧。一朝硯北曾投筆，卅歲關東不厭塵。身悴鬢邊毛雜雪，民休境内物皆春。依然仁壽山頭月，應照急流勇退身。」

韓翃云「寒食東風御柳斜」，一説讀御爲禁御，非也。盧綸云「御竹潛通筍」，王昌齡曰「霜飛天苑御梨秋」，王建云「御菓呈來每度嘗」，李適云「御桃舞蝶飛行飄」，劉憲云「御酒新寒退」，王濯云「御火傳香殿」，王建又云「御詩新集未教傳」，竝其例也。佗如御路、御宿、御服、御衣、御箭、御印、御扇之類。不暇枚舉。世説規箴敕御妓吹笛，崔豹《古今注》長安御溝謂之楊溝，謂植高楊於其上也。然則尊上之物一切必冠「御」字，未必始于唐人也。

黃出谷《揀芽》詩：「赤囊歲上雙龍璧，曾見前朝盛事來。想得天香隨御所，延春閣道轉輕雷。」六如上人云：「御所，即假目御坐之所耳，非總指禁内也。」其説見《葛原詩話・前篇》矣。村瀨栲亭曰：「《品字箋》云『以文章或他務封達御所，謂之進呈』，《南渡典儀》有『御服御絲鞋所』之稱，其説載《葛原詩話・後編》矣。」大田喬松道：「六如、栲亭皆謂『御所』二字昉于趙宋之時，殊不知其稱後漢已有之矣。鄭玄注《周禮》『蟈氏』曰『蟈，今御所食蛙也』。」

按《左傳・哀公三年》「司鐸火云云命周人出御書」，杜預云「御書，進於君者也。」

劉夢得《楊柳枝詞》云：「城外春風颭酒旗，行人揮袂日西時。長安陌上無窮樹，唯有垂楊管別離。」胡次焱注之曰：「夢得此詩不知作於何時，若在改連州以後，當爲柳子厚言之。」子厚願以柳州易播，豈非惟有垂楊管別離者耶？凡注唐詩，不如是，不以足抓癢處也。

崔道融《長門怨》云：「長門花泣一枝春，争奈君恩別處新。錯把黄金買詞賦，相如自是薄情人。」謝叠山云：「漢武帝時，陳皇后失寵，居長門宫。聞司馬相如能賦而結知天子，以千金賂相如作《長門賦》以獻上。上覽之淒然，召陳皇后歸椒房，寵幸如故。相如仕漢爲郎，買茂陵人之女爲妾，文君失意作《白頭吟》以怨之，事見《琴操》。故曰『相如自是薄情人』，此乃前人所未道。」次焱曰：「按《長門賦序》謂相如爲文悟主，陳皇后復得幸。但考之史傳，陳皇后擅寵驕妒，又爲誣蠱，武帝使有司賜詔云云，罷退居長門宫數年，廢后薨。蓋未嘗得幸復入宫也。此詩謂『錯把黄金買詞賦，相如自是薄情人』，蓋爲相如聘茂陵人女，背負文君，薄情如此，買其作賦何補於事？所以謂之『錯』也。」此説正與史合。若陳后再得入宫，寵幸如故，則賣賦有功，何得又謂之錯？惜不及與叠翁商之也。

常州小川鄉人本間玄調，頃者寄視近製，摘句云：「常把刀圭在醫壘，儘將鉛槧入儒林。形如枯木槎枒立，心似寒蛩蕭瑟吟。」方讀此二聯，其人品事業、好讀書、耽吟詠，不問而可知矣。

海霞漁《鍾山退居圖》云：「鵑語驚人萬緑稠，天津過客早回頭。争如雪竹霜筠裏，一鳥不鳴山更幽。」嗟乎！宋之天下壞于安石，學術亦壞于安石，一鳥不鳴則天下晏然，靖康南渡之變莫有萌蘖矣。今乃引其詩以責其人，是謂騎賊馬而趕賊也。

辻本崧庵《漫成》云：「耳門數莖草，眉宇一雙霜。」讀者首肯曰：「是辻本翁之小照也。」有《竹居集》任兆麟文田載《日本源監詩稿序》云：「此《競秀亭詩》一卷，迺廿年前日本人源東溪氏繇賈舶來寄正於余者也。源監館監，罷職後所居亭，故以名其集爾。披其詩，神理清超，風格隽逸，直堪屆戹唐賢，屆，初戢切。戹，直立切，音蟄。《集韻》屆戹，前後相躡也。使居中華，當亦自名一家。蓋知宇宙之大，無地不生才，何方隅之囿耶？昔王摩詰有《送晁監還日本》一詩流傳至今，余固未敢希風摩詰，而源監當不亞晁監其人已。抑近世朱錫鬯編《明詩綜》，於日本不過蒐羅兩三篇，玆則裒然成集，實遠過普福中心諸家數矣。流傳於後，俾知我朝文教覃敷，洵不遺海隅日出之邦也。」按源監東溪不審何所人，詢諸人亦莫知者，近時或者曰長崎之譯士而有文者也。今徵諸任兆麟之文，則瓊浦商人之館監似不謬矣。賀知章曰賀監，仲麻吕曰晁監，俱帶祕書之官銜故云爾矣。所謂源監，其號相似而其實大異也。

李白《哭晁卿衡》、王維《送祕書晁監歸日本》，儲光羲《洛中貽朝校書衡》朝即日本人也，趙驊《送晁補闕還日本國》、包佶《送日本聘賀使晁巨卿》、劉長卿《贈日本聘使》，凡讀其詩，又閲其命題，則仲麿之位署稱謂皎然如白日矣。

古者王室賜姓氏於勳閥之臣，或曰真人，或曰朝臣，故冒真人朝臣之姓，榮莫大焉。阿倍仲麿在唐留學之日。姑改姓爲晁晁，朝同，蓋單用朝臣之朝而已。身在海外，其心未嘗不在朝廷。宋舄越吟，誰敢不哀哉？仲麿始將還本國，王維之詩蓋在是時矣。解纜之後，遭颶風，幾没。李白之哭，蓋在是際矣。既而飄著安南，間關千里，百苦備嘗，不知終達于洛陽經幾歲月之久也。由是觀之，仲麿之心事不亦明白乎？然則拜祕書監，若之何？曰：「異邦之人，加之官銜以寵異焉。本邦不無其例，國史顯然矣，何獨咎於李唐，又何獨責於仲麿乎？然則終不還歸而没于彼土，何也？」曰：「國史所載，聘唐之使者，凡葬于魚腹者十八九，仲麿曾爲傷弓之鳥，躊躇遲疑，日復一日。將欲歸耶？即懲前日瀕死之厄矣。將欲不歸耶？上負聖朝，下負慈母。不唯是，又置宗祏於何地乎？於是仲麿之心，不一日九迴者幾希。未幾，彼土乃有禄山之亂，天下鼎沸，天子蒙塵，而仲麿死於兵燹之中不可知也。或與王維輩俱被囚辱而没於是時，亦不可知也。史無明文，可謂仲麿之不幸矣。然當時之人能察其心，朝廷亦察其忠，而褒衈之典行於數十年之後。由是觀之，仲麿稽留之罪，不亦君子恕而不苛責乎？歐陽、宋祁輩不審其事迹，載筆疎漏，未始知歸舡飄流之事，唯謂爲儀王所愛，或謂惓惓中國而不忍去矣。於是本邦先哲爲歐宋所紿，輒責以首丘之義，視爲忘君遺親之罪人，而仲麿之冤不白於世者殆千餘載矣。苟不然，當王室文明，賢臣滿廷之時，仲麿淑慝之衷猶不能察，稽留之罪尚不能正，而錫贈典於海外叛臣之枯骨，寧有是理哉？故予所撰《六國史論》嘗於仲麿三致意焉，蓋爲是也。」《續日本紀》：天平八年丙戌，從三位葛城王、從四位上爲王等上表云云。昔者輕堺大宮御宇天王曾孫建内宿禰，盡事君之忠，致人臣之節，創爲八氏之祖，永遺萬代之基。自是以來，賜姓命氏，或真人，或朝臣，源姓王家流終臣節云云。○《續日本紀》：承和三年五月，便附贈往歲入唐使并留學等，在彼身没者八人，位記以慰幽魂云云。曰留學問贈二品安倍朝臣仲滿，大唐光録大夫、右散騎常侍兼御史中丞、北海郡開國公、贈潞州大都督朝衡可贈正二品云云。○按家翁之言，未嘗無過激。夫仲麿之事，即見《續紀》寶龜元年。由是觀之，彼土大曆之際，仲麿猶無恙也。又《續紀》，寶龜九年五月丙寅，前學生阿部朝臣仲麿在唐而亡，家口偏乏，葬禮有闕。敕賜東絁二百疋，白綿三百屯。由是觀之，不可謂史無明文矣。然是時，李唐使人孫興進等來，始告仲麿之殂謝，安知仲麿墓木之已拱也哉？且藤原河清乃爲聘唐大使焉，□□□而竟蓋棺於海外，亦與仲麿相似。論者不咎彼而咎此，豈謂無冤哉？男貞白附記。

仲麿銜命使本國之五古見《文苑英華》，王維送祕書晁監詩之引載《全唐詩》，二者併考則其事瞭然矣。

杜鵑性躁，豈餵養之物哉？近時鳥户始悟籠畜之法。噫！何其奇也。杜甫《杜鵑行》云：「生子百鳥巢，百鳥不敢嗔。乃爲餧其子，禮若奉至尊。」元稹云：「杜鵑無百作，天遣百鳥哺雛。」夫鳥户之言亦與杜甫元稹殆相契合，亦奇之尤奇者矣。鳥户謂，子規發聲正是育卵之時。人熟察其機，探之鳥巢，莫不獲卵。因使家鷄伏，居然而生，自小餵養，習與性成，或進炭火消息之。彼爲之所紿，裂帛之音發于彫籠之中矣。便房曲室，或與黄鸝爲伍，主人莞爾傾耳，而客在户外者莫不錯愕而詰其由也。福田恕庵《詠籠鵑》云：「攜去東西與南北，近來閑卻邵堯夫。」

杜牧云「霜葉紅於二月花」，蓋斥桃花也。《月令》：「仲春桃始華」，小杜據之矣。又《漢書》曰

「來春桃花水盛」，是謂二月雨水盛，滋可以證也。

白樂天「一雁蹲滄州」，謝榛「猫蹲花庭午」，「蹲」字下得俱佳。寮友阪井長軒云「釣客蹲蘆汀」，問有據否。曰：「莊周有言，任公子蹲乎會稽，投竿東海。」

蒲生氏鄉爲豐氏所藥殺，是世俗之所傳也。然翠竹翁記牒詳載其患狀，安在其毒手也？或者謂，藥殺有緩急二途，急者即斃，緩者荏苒數月而不起。明胡惟庸進毒于劉基，基自是綿惙。然迄於屬纊，凡閱數旬矣。以是推之，安知氏鄉之疾不類于劉伯温耶？翠竹翁唯舉候證耳，未必窮其病原耶？或隱忌而不顯言耶？且氏鄉悟爲所中傷，輒賦國歌以寓意焉，是可證也。赤堀通庵詠氏鄉云：「多士豈無愧，寥寥寧子忠。」用《左傳》寧武子貨醫薄毒之事，亦取世俗之説耶？通庵即蒲生氏之子，而螟蛉於赤堀氏，故其家譜所傳或如此耶？予將行質之也。

園大曆曰：「兼好法師之故舊曰橘成忠，成忠除伊賀守。兼好始居京，後如伊賀，遂寓于成忠之家。居有頃，乃建精舍于國見山之麓，以遷徙焉。春秋六十三，貞治元年病没矣。始成忠有一女，慕兼好才華，竊通慇勤，巾帨往來，尨也唁唁，即兼好集中所載忍山之和歌，蓋寓其意云。」然《扶桑隱逸傳》不一言及之，何哉？元政豈爲之回護耶？或不讀園大曆，而唯依據《太平記》乎？近人喜兼好者多矣，嘗詠之云：「緇衣未必了緣因，肉眼從來難認真。形跡區區君莫問，鳩摩羅什是前身。」

一説曰：兼好始爲士人，視王室衰替不可奈何，遂逃緇素，優遊卒歲。然耿耿之心，寧一日忘之哉？是以武弁凶德莫不贊成。彼漁色黷貨，吾所欲；彼罪貫盈以自斃，亦吾祈也。彼不敗，我不興矣；武弁不替，王家不隆矣。是兼好之本意而人莫之察、史筆莫之傳者。不然，兼好一好漢也，豈曳裾于高氏之門哉？是説未必然，又未必不然，識者以爲如何哉？

《徒然草》曰：「鎌倉海中産堅魚焉，噉之有毒。」讀者以謂堅魚創出於鎌倉氏之時，殊不知東海産堅魚固已久矣。延喜式調庸雜物曰「伊豆所貢堅魚二百十二斤」，是可證也。物徂徠有言「兼好不讀延喜式」，蓋以此故歟？按《萬葉集》長歌所詠堅魚，即斥南海之産，其事最古矣。以是觀之，兼好不唯不讀式文，並不讀《萬葉集》已。按古人讀書之難，比諸今人不啻千百倍。不啻無印本，兵革之世，無所乞貸，縉紳家纔傳一二本已。故論古人者，乃須著意於此。不讀式文、《萬葉》，於兼好何傷焉？《和名鈔》曰：「鰹魚，《唐韻》云鰹音堅，《漢語抄》云加豆乎，式文用堅魚二字，大鮦也，大曰鮦，小曰鮵音奪。」《新撰字鏡》曰：「⿰魚隹、鮏、鱙三字，其訓曰加豆乎。」又云：「鰹，古年反，其訓曰左女。」按昌住爲加豆乎，別作⿰魚隹、鮏、鱙三字，其訓曰加豆乎。豈有所據耶？將所謂新撰者乎？

《續日本記》載，石上朝臣堅魚，乃養老年間人也。豈斯人降誕之時偶有餉堅魚者，而其父以名其子焉耶？堅魚，異名謂之松魚。東醫寶鑑又謂鉛錘魚。雜字簿爲脯者，謂之佳蘇魚。中山傳信録按堅魚爲脯者，堅硬如木片。一先生謂清人方言謂之木魚，不知然否。古昔之人不知生食，唯脯以薦祭祀、供饍羞而已。兼好視如怪物，可以徵矣。

予二十年前作《松魚歌》，意頗自負。近時細閲，其纇有泚。一友慫慂曰：「世不無逐臭嗜痂之人，姑存之可也。」詞曰：「寒食清明渾一夢，緑陰滿地杜宇鳴。夏味稍稍出文鷂，嗜欲一至不可防。東海波臣姓曰松，碧緑衣兮銀縷裳。不假羽翼飛上市，市人一見喜且狂。一尾輕重均周鼎，東西何異傒殷湯。包茅不入楚罪大，幾人水濱問昭王。死且不辭刿魚肉，都人遊俠不可當。大鵬斥鷃不相讓，白屋朱門争先嘗。爾時良庖技癢甚，發硎好刀二尺强。去乙曾講禮家言，砉然割擊傳於莊。聶切片片方寸許，色相離合自成章。白玉盤中堆珊瑚，或訝洛神步冰霜。休説閬苑沆瀣味，何如絳雪沁肝腸。芥子蘀菜葖蘆葩，争進虀粉和瓊漿。棘鬣瑶柱無顔色，呑聲屏氣鯉與魴。一呼牛飲何足多，不啻耳熱又腐腸。從來畏途有他哉，口腹與身爲劍鋩。君不見，古訓洋洋延喜式，脡脯但陳俎豆旁。匹似尚書稱鹽梅，不及疎影與暗香。」

東叡山大慈院主，名亮融，號豁如堂。《楓紅未遍》云：「新霜染出幾株楓，又是斜陽襯得紅。天酒傳來猶未遍，半醒半醉塢西東。」《村莊尋菊》云：「村舍來看隱逸姿，陶家遺韻最堪奇。山僧應被主人笑，無復道風如晋時。」

松葉蘭始産南島，性喜暖，畏寒，形質幺麽，最難培養。上野覺成院主，乃曉橐駝之術，一經其手，凡枯槁者勃然而作矣。故貯松葉蘭亦至數百甌，安邑千樹棗、江陵千樹橘，不足多也。嘗有詩云：「楚楚風姿三寸强，初從南島致東方。諦觀恰似青絲髪，常貯尤宜白磁盎。須向蟭螟號松柏，或於蠻觸擬扶桑。近來小草貴於璧，始察人間遠志亡。」

摩登伽之爲累久矣，阿難幾汙，况其他乎？我天台開祖有見於此，乃以羊易牛，枉尺直尋，建規於不規之中，設律於不律之間，即孌童之嬖，所不敢忌矣。京師之有宫川巷，東都之有芳街，咸是畜姣兒之所而延台徒之地，譬猶士庶之有北里、平康焉。達人大觀，一翻舊貫，焉識不靈山會上相與拍手而嘆其創制之妙乎？嘗閲《龍陽秘籙》，斷袖分桃，目與之遇，今舉其一云：「食前方丈筍兼蔬，般若微醺歡有餘。始信何郎非傅粉，手巾拭面泣前魚。」貝原益軒曰：世俗相傳，男寵之作在空海入唐之時，非也。道祖王與侍童相狎，見《續日本紀》，則其來尚矣。

石本龜齡五言長城，而詠史多佳句。今摘之。《賴朝》云：「懸鏡戰功赫，裁裙恭儉全。雄才雖將將，懿德耻賢賢。一從良狗煮，繼有牝鷄晨。」又《醉美人》云：「肯向紅妝把銀燭，海棠睡熟益多情。」又《千里鏡銘》云：「何遠之有？莫顯於微。」抑移此才學於職事，何職不協，何事不幹哉？

烏絲闌謂之畦紙，方言也，名亦佳。小林一菴云：「硯田畦紙力耕筆，即是儂家貨殖傳。」一菴即高遠藩之侍醫，刀圭之暇，貨殖于硯田畦紙之間，予焉獲不爲書牛券耶？

予嘗在片倉鶴陵坐，嗣子仲永垂髫嬉遊。一客問曰：「陸游字務觀，據於何典？」仲永應聲曰：「《列子》云『務外游，不知務内觀』是也。」一座大驚，識者咸有神童之目焉。惜哉！齒繞弱冠，患風痱，奄奄不瘥，所謂苗而不秀者矣。

黄泯卿《送馮躋仲同錦衣家弟之日域借師》云：「整頓飛皂出甬東，稜稜劍氣出雙虹。半肩行李山河重，一紙羽書日月通。聲徹秦庭悲夜雨，煙銷赤壁借天風。謾誇郭子聯回紇，麟閣今標駕海功。」二十年前有人持此詩幅來賣者，價亦廉，當時諸名家不曉尤物，披閲匆匆，唯評書法之娟媸耳。近時明末清初之書盛行世，明末清初之人物莫不尚友，於是乎卞氏之璧始顯于世，人人追恨，而其幅不知遂歸於何人矣。夫當朱明之末造，鄭成功糾合義衆，虎踞海島，且乞援于本邦，其呈長崎鎮臺之書今猶傳世，可覆視也。然彼武夫也，理有或然者矣。至馮躋仲、黄宗羲之徒，一介之儒生，眇然懦夫，感憤不已，航海千里，俱抵於瓊浦，傚秦庭之哭，謀回紇之援，所謂仁者之勇猶有出成功之上者。今讀其詩，想其人，猶令人破涕。黄浘卿所指斥「錦衣家弟」者，即黄宗羲云。

荆公云：「紅梨無葉庇花身。」漫叟詩話樂天云：「竹身三年老。」薛濤云：「水面魚身總帶花。」《王直方詩話》曰，橄欖「以鹽擦木身」。明張元禎與張鼐書云：「今黄河以北多存江流，舊身但上下湮没。」《浩然齋雅談》唯舉「詩成親傍竹身題」之句，偶隨所見以補一二已。

東坡云「燠糟鄙俚叔孫通」，「燠糟」二字不曉其義。楊誠齋詩話云：「燠糟，即鏖糟，蓋糜爛之意。今人讀鏖爲菴，讀糟子甘切。」

雲山老人宫澤氏《夜雪》云：「白戰酣時天未明，風刀冰刃擁詩城。筆鋒難敵素軍勇，又向青州借援兵。」

東坡云：「白戰不許持寸鐵。」按「白戰」之「白」，即白取浩然齋雅談，哀扇工歌、白喫水滸傳、白著通鑑唐肅宗紀、白望晋書、白身徐凝「白頭遊子白身歸」之白同義矣。咏雪較才，一語不及體物，不是白戰乎？或曰，若夫詠花賦霞亦禁體物，謂之赤戰亦可也。赤脚、赤手、赤貧、赤地、赤族之義，亦可以見也。

舊友東條琴臺，學益殖，著書益富，名亦益振，所著《續先哲叢談》，世稱其精確焉。《續唐宋聯珠詩格》，亦詩家之真珠船也。文章大半爲丙丁兒所奪，唯録口誦之作而已。《詠史》云：「玉帛徵賢下紫宸，至尊撫背意相親。誰道客星侵帝座，想應太史誤時人。」「凜然偉略一時雄，嘗膽坐薪計不窮。活路已知屈伸理，何妨貨殖有朱公。」

高駢《山亭夏日》云：「緑樹陰濃夏日長，樓臺倒影入池塘。水精簾動微風起，一架薔薇滿院香。」謝叠山注之云：「水精簾動，乃微風吹池水，其波紋如水精簾也。」胡次焱云：「簾動香滿，以有微風也。無微風，則簾不動，香不滿也。體用兼該。」以是觀之，「水精簾」蓋爲兩説焉。且「簾波」二字，襲用已久矣，則叠山之言亦不可廢也。

今之世，閨秀善詩者，景鸞、素玉、繡文、蕣花、秀子之徒，僅僅數人耳。素玉《修理別業》云：「換卻園林舊樣姿，程工日夜鑿清池。薔薇一架新移植，要伴樓臺倒影時。」素玉名萬，字天香，森川氏之室也。

昔人讀《源氏物語》云：「豎儒眼如豆，一斑不得窺。」夫《源語》與儒何涉？辭失體要而自甘於卑屈，其人真豎儒矣。清水祐甫題源氏竹川卷云：「錯教人鬭玉纖纖，相對争颦隔繡簾。一局贏輸賭春色，落花如雨撲棋奩。」祐甫嗜國歌，且通曉《源語》，宜措詞之的當也。

予妹嫁福田氏者，名菅，號白鳳。嘗嘆曰：「一部《西廂記》破壞世間許多好女子，恨不付祖龍一火也。」韻語亦頗露其意云：「碧玉十三四，教裁衣與裳。洞房花月夕，必莫玩西廂。」

《全唐詩》載沈頌《送金文學還日本》詩，所謂金文學無所考，或云《續日本記》寶龜八年，在唐大使藤原清河、學生朝衡，付書新羅人金初正以遞達焉。唐人誤以初正爲本邦人耶？

《酉陽雜俎》云：「野狐名紫，夜擊尾出火，將爲怪，必戴髑髏拜北斗，不墜則化爲人矣。」高橋倉山《觀狐火》云：「小於漁火大於螢，光焰無芒看更青。點點不知何處去，林風野雨夜冥冥。」

當世有一酒令，命曰「狐拳」，乃建三件目焉。一爲狐，一爲里正，一爲鳥銃，三者咸手勢像之。初甲乙對坐，輒拍掌三下，是爲引首。繼以手勢，蓋里正可敬，然遇狐，遂所蠱。狐有神通，安敵鳥銃哉？鳥銃利器，又奈里正何？三者交錯，如環無端，一勝一負，輒浮太白。聲妓日夜以是爲命，自然慣習。赳赳之士，每戰見擒，即糟丘之陷穽、酒池之羅網，安知非凶身敗家之囮哉？近人詠之云：「里正兼狐兼鳥銃，孰優孰劣決雌雄。酒船常額踰千萬，吸盡佳人一笑中。」

太白，即巨舟也，《抱朴子》云「溝澮之流不能運太白之船」是也。又巨杯也。《古樂府》云「將進酒，乘太白」是也。杯形擬舟，是以同名矣。自此而後，觥船杜牧「觥船一棹百分空」、金船張祜「醉把金船擲」、銀船羅隱「夜槽壓酒銀船滿」、白玉陸游「手把白玉船」之稱，紛紛而作矣。

劉禹錫詩云「罰籌長豎纛，觥盞樣如舠」，滋可證也。

莊周云「置杯膠焉，水淺舟大也」，可見杯之爲舟亦久矣。以是考之，《高僧傳》所載「杯渡」即泛舟渡河，何足以怪？達磨乘蘆葉，不是《詩》所謂「一葦杭之」乎？大凡浮屠之好幻與畫匠之創奇，並爲無稽之根本矣。

本藩儒員高橋静齋名熙，字君雍，本會津人。中年解褐本藩，春秋若干卒於二十年之前矣。詩染享保，然其佳處有自不可掩者。《送上田伯高還會津》云：「江東春老柳毿毿，富貴還家舞兩驂。可羨一梟飛向北，誰憐孤劍獨留南。雲蒸瀧澤籠深樹，雪霽盤梯起夕嵐。三十年前人尚在，爲言垂白卧餘酣。」又《答菅禮卿》云：「本是海濱推大老，何勞門下頌三鱣。」《贈爽鳩氏》云：「書籤藥裹春無恙，孤劍寒衣鬢有華。」

一名家序於金詩選曰：「勿吉，古肅慎地，又號靺鞨。考之舊史、徵之古碑，其地在我東北海外，與蝦夷接。其人或來或叛，或授以官爵，然此時未聞有文字也。蓋靺鞨後分爲二部焉。一爲渤海，當我中葉，貢職惟謹，其使裴氏之徒以時來獻禁靺樂，天朝詞臣與之唱和，以寵賜之矣。一爲金云云。」按此説誤甚。《續日本紀》神龜四年云：「渤海郡，舊高麗國也。淡海朝廷七年冬十月，唐將李勣伐滅，其後久絶矣。至是，渤海郡王遣寧遠將軍高仁義等二十四人朝貢云云。」又《賜渤海王敕書》云「天皇謹問高麗王云云」。以是觀之，渤海即高麗，未始與靺鞨關涉。其使臣裴氏之徒亦高麗人，宜文藻之美不困於專對也。

佐藤榮元號竹坡，年十七，詩才泉湧。今録梁星巖加朱圈者。《夏山》云：「洗來山色滑如油，水墨淋漓滴欲流。香盡博山雲斷絶，夕陽送影透簾鈎。」

六月晦日修禊事，其來尚矣。其法，以竹片爲空篐，其中可容人，修禊之人口唱咒語，鞠躬而出入篐中，凡三匝焉，不曉其故。或詢諸博識之士，亦莫有知者。竊謂是本邦之習俗耳。一日偶讀《全唐詩》云：「中宗春幸梨春園，並渭水祓除，則賜細柳圈辟惡。」予拍手而喜曰：「所謂竹箍，亦細柳圈之遺法也。」蓋中夏古法泯然消滅而咸存乎百代一王之國，不獨禊事之瑣瑣而已。嘗觀王室古圖，庭上設兩肺石焉。《周禮》「肺石」，彼土學者唯知於文字之間耳，本邦則巍然現存，吾儕小人猶得按圖以考古制，不亦天之寵靈乎？此種事不暇枚舉。予嘗於《蓬萊徵古録》中即收其大半焉。六月晦日禊事始行于天武帝之時，金火相剋，所以祓除焉。見《櫻陰腐談》○所咒國歌二首載《故事根元記》。

木偶，人謂之「雛」。初不解其義，既而悟曰：「是芻靈之芻，誤添隹耳。」《文昌雜録》云：唐歲時節物，三月三日則有鏤人矣。今所謂雛，即鏤人之遺制，而其義取芻靈，莫有疑焉。鄭玄注《禮》云：芻靈，束茅爲人馬，謂之靈者，神之類也。

山田安朴號小葭，其人白皙，眉頭有黶文，一貴人嘲之曰：「假是人之面以行弔喪之禮，可也。」予曰：「假面弔喪，見《後漢・禰衡傳》，即嘲荀文若之語耳。然則足下德容與文若相似歟？且文若不獨爲曹魏之忠臣，其心亦忠于漢，東坡謂爲聖人之徒，足下與之爲伍，榮亦甚矣。」一日示其遺意之作云：「隸法萎靡久失師，程家遺法没人知。自嗤一事似文若，臨摹平生嗜漢碑。」所著《三碑通論》史晟韓敕曹全一卷、《漢隸逢原》五卷，臨池家莫不嘆服也。

杜詩命題如《遣悶》《遣憂》《遣憤》《遣心》《遣意》《遣興》之類，不一而足矣。注家以「消遣」解之，非也。何則？悶也、憤也、憂也，謂之消遣而可矣。至於心也、意也、興也，安得而消遣哉？

按遺猶言達焉，所謂遺心、遺興，即達心、達興也。衛玠云「非意相干〔一〕，可以理遺」，此是遺字。

角南了庵，健筆也，多多益辦。惜哉！年廿四五化爲異物。噫！筆札之小技，天猶吝於薄福之人耶？《詠史》云：「麞頭鼠目持朝柄，飯袋酒囊掌簿書。」

荒井堯民，今之青烏子也，所著《龍背發祕》可以見矣。《春塘》云：「鸕鷀閑浴落花水，蝴蝶低飛芳草風。」

高階信，字子義，受《易》於海保漁村，學字於卷菱湖，其人品可知也。漁村爲予誦其一聯云：「窗外吟風竹，門前浴雨山。」佳句也。

福田和，號恕庵，才氣睟然發眉宇間，詩亦超逸。《墨水》一聯云：「歸鳥背斜日，落花帶晚鐘。」此是「帶」字自少陵「春星帶草堂」得來。

蘭香尼詩才超妙，已在笄年，况近時卸鉛華之莊而脱俗超塵乎？《春日》云：「坐睡醒來日脚遲，此中幽趣有誰知。一簾花影忽摇動，枝上春禽移樹時。」《哭弟》云：「有才無壽是前因，遺墨如新更愴神。去載江樓相遇日，豈思汝作遠行人。」尼始嫁古筆氏，彼家所傳賞鑑之法，咸極其蘊底。是以古人筆札，一目不逃妍媸。尼失意所天，以入佛界，一衣一鉢，隨緣度日。而至處參徒群集者，何也？蓋以布施其賞鑑也。

〔一〕意：底本訛作「理」，據《晋書·衛玠傳》改。

松本君號虎山，予少年徵逐之盟主也。今乃死灰已燃，丹爐候火之時也。其入朝之時，轎者四人，兩士挾轎以馳。持鎗者、肩篋者、捧履者，頗意氣從其後焉。二十年前俱遊墨水，君得句云：「幽花多俯水，古寺半藏松。」是際已卜日後之榮達矣。

岐伯作《鐃歌》，見《古今注》。周亮工曰，岐伯醫外能詩。古聖何所不該？惜哉其詞不傳也！

姻家佐藤氏，藏多紀桂山先生詩扇久矣，筆法古樸，可仰可敬。其詩果先生所賦耶？或偶然弄筆而録古人之作乎？詞云：「緑葉紅英遍，仙經自討論。偶移巖畔菊，鋤斷白雲根。」

邦俗所謂賴母子，一名無盡，清人謂之七賢會，見徐時作《閑居偶録》。予交友有創此會者，小西古蘭戲詠曰：「想當太史奏聞急，今夜江樓聚德星。」讀者莫不捧腹。

薩州儒官山田君豹號月州，嘗録其所業以寄視清人王夢樓，令下雌黄，卷中朱批殆遍，今抄其二首。《春宮怨》云：「日暖長門玉漏稀，妝成更懶著春衣。一雙胡蝶無人管，自向百花深處飛。」夢樓評云：音節逼唐。「金爐風嫋篆煙斜，芳草春深輦路賒。終日西宫人不見，憑欄數盡御溝花。」評云：心中事如此如此。朱署其首云：「諸作取材漢魏，脱骨三唐，氣體清富，神韻凝永，駸駸乎去古不遠矣。論詩家云，詩不廢摹擬。杜於何遜、李於陰鏗，有先我而行之者。君殆此祕者歟？若夫言微旨遠，語淺情深，朱絃疏越之音、清廟明堂之奏，則存乎閉户者之多歲月耳。『江楓』單句亦以稱海水之奇也。京江王文治評。」卷中有《送静齋先生歸廐橋》七律。按静齋河口氏出於鳩巢之門，乃爲河越文學，月州與之有師資之契云。○夢樓工書，見《湖海詩傳》。又善詩，載袁子才詩話。

吴子寧一日袖詩來告曰：「是雲山之真面目也。」《呈秋樹成島少公》：「傳家儒業號精醇，不枉移居來卜鄰。臺閣文章新進士，江湖風月舊詩人。龍門通謁曾無路，鷗社訂盟今有因。正是鳥飛花落日，愧將白髮對青春。」《題金澤酒樓》云：「勝區真箇冠關東，雨日煙波晴日風。隔水蘆花秋雪白，漫山楓葉夕陽紅。抽身人影衣香底，寄跡鷗天鷺國中。莫怪老夫拚爛醉，盛遊難得此回同。」時梁星巖守鷗嶼，同遊。雲山名雉，字神遊。雲山之外又有桂花仙史、塊然道人、半醉翁之別號，所謂「橫看成嶺縱成峰」，莫怪其稱謂之多也。

石川章，字君達，住居城西麴坊，曾托人寄示所業，今舉其一。《朝日將軍》云：「曾看北陸挂朝曦，忽被東風吹白旗。誰道烏江騅不逝，將軍不肯戀虞姬。」一臠可以概知矣。

備中笠置人野本萬春，始親炙賴子成，今爲中津文學。讀其詩者，不問而知衣鉢之所傳也。《秋江》云：「漲落初嘶雁，寒輕未醉楓。斜陽一疋練，幾點畫漁翁。」

姬路人角田義方《題静姬歌舞圖》源幕府召静姬於鎌倉按問，且令進歌舞云：「飛蓬忍見柳營春，不爲將軍開一顰。歌曲安知非諷諫，誰憐芳野雪中人。」亦可喜也。

予嘗觀《前九年》《後三年》《六波羅行幸》《結城合戰》《蒙古退治》等諸畫卷，不唯有倚軾寓目之想，乃古今制度之沿革亦略可因是以考究焉，宜考證家之拳拳乎此也。津藩文學鹽田隨齋詩名赫赫，予聞有《朝鮮征伐圖》七古，竊意此圖亦出於近代之名手，況隨齋逞排奡之才而描寫入神乎？頃遣一箇沈惟敬，懇求再三，然惟敬遂未反命者，何哉？豈清正、行長等猶未之許耶？

横田延壽字萬年，號樂只堂。予曰：「君刀圭役役，不遑暇食，何樂只之有哉？」及讀其詩，爽然自失。《偶成》云：「園林長夏草萋萋，硯北不知日向西。書破蒲葵非我事，藥名手把小牌題。」

周之冕花鳥一幅亦係二句云：「花似楊妃睡未醒，鳥如明帝眥難捨。」予改曰：「花如妃子醉增娟，鳥似君王看不足。」蓋取樂天「終日君王看不足」之句爾。下田牧子笑曰：「其佳否姑不論也，『眥難捨』三字描禽鳥凝視之狀，不亦妙乎？君真不曉畫耳。」牧子名謙，號地山，姬路人，學畫於浦上春琴而入其室者也。

後閑霞厓精丹青之學，予嘗問曰：「宋人畫幅傳本邦僅僅耳，獨牧溪頗多，何哉？」曰：「禪刹之遍天下亦久矣。王侯士庶喜參禪亦非一日矣。况當北條氏之時，建五大刹於鎌倉以延海外衲子，於是一棒一喝之徒來者如雲，而人人袱包中莫不齎此畫來，蓋以道侶之筆迹易獲於咄嗟也。其所以致多，何足以怪焉？」又問曰：「閲《書畫譜》，牧溪頗有貶議，何也？」曰：「否，否。查初白《人海記》載内府收藏書畫，其尤妙者三十五種，其中有宋僧牧溪《果蔬鳥雀圖》。觀是，則其爲珙璧亦可知。足下必莫爲《書畫譜》所誤也。」《書畫譜》引《書史會要》曰：法常號牧溪，喜畫龍虎、猿鶴、蘆雁、山水、人物，皆隨筆點墨而成，意思簡當，不費粉飾。但麤惡無古法，誠非雅玩。

平田宗愷先生《夏日》云：「簷陰三尺人争路，廡下幾迴犬振蠅。」居然釘鉸打油之流矣。布川弦五乃出其門，而詞藻清新，不與師相類。弟子未必不勝師，予有取于韓子之言焉。《秋夜遊瀧川》云：「萬重楓葉籠鐘閣，一帶溪流繞竹根。半夜山僧如有待，冷煙寒月未關門。」又摘其句，《宿金輪寺》「木魚聲斷風吹葉，山犬眠濃月度墻」，《冬日偶成》云「斜日半簾僧曝背，寒梅一樹客敲門」。

松下嵩，字仙鶴，號碧海。近者寓居于小松川村五分一地名之僧舍，因號半佛庵。性孤介，不樂世事。年紀强仕，而决然已賦《遂初》焉。初從它山遊，後參星巖，二家咸曰：「詩與禪莫有二致，唯曉乾屎橛耳。」遂矻矻研討有年矣，則知打破漆桶之日殆不在遠矣。《春夜》云：「梅花梢上月輪高，一碗清茶換濁醪。山鬼從來佳友也，湘簾半捲讀風騷。」

唐人用也字格頗多矣。蔡蒙齋不收之，何也？歐陽詹樂津店北陂云：「嬋娟有麗玉如也，美笑當予繫予馬。羅幃碧簟豈相容，行到山頭憶山下。」劉商酬濬上人采藥見寄云：「玉英期共采，雲嶺獨先過。應得靈芝也，詩情一倍多。」此其一斑爾。

清川靄墩《游池上本門寺》云：「翠嵐深處認朱甍，五百年來大化城。果識一天歸妙法，滿山松柏自梵聲。」韓文公有言「餘事作詩人」，豈靄墩之謂歟？其洞垣之妙固不俟贊矣。靄墩名玄道。

三木純甫《松下考槃》云：「松杉鬱鬱緑成幃，日午青苔露未晞。時倩清風煮茶鼎，卧看孤岫白雲飛。」純甫今親炙靄墩，然一瓣香當爲倉山炷也。

杜甫《游龍門奉先寺》云：「天闕象緯逼，雲卧衣裳冷。」《西清詩話》載荆公曰：「『天闕』當作『天閲』，對『雲卧』爲親切云云。」按此説甚鑿，果作「天閲」，其義亦晦矣。李白《口號贈盧徵君鴻》云：

「雲卧留舟壑，天書降紫泥。」其對屬與杜同例，荆公亦將改「天書」邪？

綾瀨在墨水上流，風景佳絶，然其名未甚顯。自綾瀨先生出焉，天下之人咸罔不拭目觀之，又罔不刺舟而延緣於湍渚葦荻之間，可見古今之勝概，未始不與名人達士相須焉。中村周敬有詩云：「父子名儒所少聞，鶯鳩嘲笑尚紛紛。大鵬水擊三千里，剩見垂天綾瀨雲。」周敬游鵬翁之門有年矣，其人諧謔，每醉後耳熱，拂衣起舞。噫！人琴共亡矣。

杜甫《詠竹》云：「風吹細細香。」張籍云：「竹香新雨後。」李白云：「瑶臺雪花數十里，片片吹落春風香。」元稹云：「雨香雲淡覺微和。」盧象云：「雲氣香流水。」以上「香」字咸胚胎于《月令》「水泉必香」之一句矣。高誘注《淮南子》《時則訓》引《月令》文曰「香無穢惡之氣」，以是推之，無適而不合也。

萬世先生《詠楠公》云：「百方仰攻雲梯巧，三策時摧蟻附兵。」又《檀浦懷古》云：「六軍風亂群山樹，萬馬秋驕大海波。」予每誦二聯，仰止感愴，不能已止。蓋予幼時摳衣門下，童子何知？秖記大雅之萬一耳。他日復與賢嗣相謀，完璧謹揭焉，正是引商刻羽之日也。先生姓萩原，始號藤邱，後改萬世，門徒之盛，近世少其儔矣。

唐人堠子之制可見於今者，奥州多賀城碑是已。元稹詩云：「開遠門前萬里堠。」自注云：「平時開遠門外立堠，云去安西九千九百里，以示戎云云。」按古者奥羽地方，背畔不常，征討無虚歲，是以設鎮守大府焉，且建堠子于此，元稹所謂「示戎」之意已。

菅公《餞别奥州刺史》云「程里一千五百里」，即與多賀碑相符矣。又《陪源亞相第餞安鎮西藤陸州》云「相送別西又別東，二千五百里程中」，則知自鎮西至多賀栅，以二千五百里爲定制矣。

予嘗於鉅公家睹龍頭一口，銅色蒼然，殆數百年物也。賞鑑家道以是安頓杖頭，古人所謂「龍頭杖」也。韓退之《赤藤杖》云「人懷冰雪生秋思，倚壁蛟龍護晝眠」，山谷《竹杖贊》「涪翁晝眠，蒼龍挂壁」，咸指此物云。讀者以謂唯用費長房故事已，寧知有現成之龍頭乎哉？

高階竹西，始師事木村東門先生。東門之學率以躬行爲先，是以門下諸子耳染目濡，靡有玷行，宜矣竹西之爲君子人也。卷菱湖先生嘗云：「在廒倉素封之流，臨池之娟，如竹西者，殆希其儔。」予亦所以屢摘其句，而不辭操觚之屢也。《秋夜》云：「雨休虛枕溪流響，風動疎簾月影篩。」《郊行》云：「虹橋攀上菅神廟，螺舍環行羅漢宫。」近郊踏青之人大抵受用此二句矣。

詩規

野口蘇庵

《詩規》二卷，野口蘇庵（生卒年不詳）撰。據竹田市立圖書館（日本國大分縣）藏弘化二年四月回春園刊本校。

按：野口蘇庵（のぐち そあん NOGUCHI SOAN），江户時代中後期漢詩人。曾參與《平安人物誌》（近世京都市井各方面文化人之集成）「文政十三年版」（一八三〇年）、「天保九年版」（1838年）修訂，自此得知其名。俗稱野口友亮，號蘇庵，字方祖。「文政十三年版」署有「室町綾小路南」之京都地名，「天保九年版」署有「富小路錦小路北常行寺」之寺院名（注：即位於「富小路」與「錦小路」交叉路口之常行寺），可見其應爲江户時代中後期之人。其他不詳。

《平安人物誌》明和五年（一七六八）第一版、安永四年（一七七五）、天明二年（一七八三）、文化十年（一八一三）、文政五年（一八二二）、文政十三年（一八三〇）、天保九年（一八三八）、嘉永五年（一八五二）、慶應三年（一八六七）共第九版，約每十年增補改訂一次。

詩規序

余平生讀古人詩格，其格律不一。舉以質之人，人亦不得其説。偶有其説，牽強附會，出於臆斷，無一而可據。於是返而思之，與質之今人，不如索之古人。乃博就注於諸家詩及詩話，涉獵數過，始有所得，并就宿疑頓除。因又思余也宿疑既除，豈獨私其説哉？宜使彼執臆説、安固陋之徒，知古人有確證，即朋友切磋相助之道也。於是録取例證數條以示之正。而彼其説之衆适無辭，反以余爲扞格不納者。嗟乎！余也不察其人而謀，終將爲起争之媒，噬臍不及已。見其所茅塞，則何再三往復以質之哉？唯彼者彼，而置之於不問可也。何與我乎？今抄録以備遺忘者，時日既積，紙墨成卷，名曰《詩規》。詩法豈盡于此耶？聊隨得録之耳。若使輓近學詩之徒或與余宿疑同者，庶幾爲考證之一助。如大方豈敢哉。

天保十五甲辰仲冬，野口景張撰並書。

詩規卷上

近體詩律

初唐沈佺期、宋之問已前，律詩未定，固如諸家所論。乃若沈宋已後，亦時有出入。大抵初唐盛唐之諸家五言詩，多未明古今界分者。老杜五古動與五排切近之類是也。諸集皆不分詩體。後世分部選詩者，隨其所見，或爲古，或爲律，惡乎保作者之意果爾哉？是以諸選矛盾，亦往往而有焉。若陳子昂「故人洞庭去，楊柳春風生」，李白「去國登茲樓，懷歸傷暮秋」，高廷禮《正聲》收諸古詩，方一元《詩紀》收諸律詩之類，不可一一數也。岑參集中題明言《夜過盤石効齊梁體》，而《詩紀》編之五律。其詩律固純完，然齊梁豈有律詩哉？其爲誤編，的也。蓋貞觀已降，律體日開，靡然成風。故諸家雖出以古風，而章止八句，語自儷，音自諧，謂之今則微缺，謂之古則過整者多有之。後人弗察，概以爲律也已。即首首而檢之，其今古之分，非自丘原之作，誰得而斷之？盛唐猶或然，況初唐哉。但是在五言爲然，七言不必然。蓋七言古風、律體皆創於唐氏，與五言承六朝者事體不同也。故予於本編五言變調所采，皆略於初唐，又尤略乎沈宋已前云。

又按，元美《四部稿》中《小序》明言「夢餞人賦古體八句，覺後悉記之」，其詩又固古調，而編諸五律部。《四部稿》蓋其所手編，豈子弟門客助役，致此誤也邪？ 近世之詩集躬自分詩體者猶且如此，矧唐集之世遠體雜，歷數十手而傳者乎？ 要不知爲不知是可矣。竹山《詩兆》

王元美曰：五言至沈宋，始可稱律云云。

四聲之拘

王元美《藝苑卮言》曰：沈約以平上去入爲四聲，自以爲天地秘傳之妙。 然辨音雖當，辨字多訛。 蓋偏方之舌，終難取裁耳。

又曰：沈以四聲定韻，多可議者。 唐人用之足千古。 然以沈韻作唐律可耳，以己韻押古《選》，沈故自失之。

竹山曰：四聲於唐詩，墨工槧人，先審其匪正，特守諸近體可矣。 世或過信沈韻，以爲華域語音之妙，欲推之古詩銘贊，其失也遠矣。

《滄浪詩話》曰：四聲設於周顒，八病嚴於沈約，作詩正不必拘此，蔽法不足據也。

蔡寬夫曰：聲韻之興，自謝莊、沈約以來，其變日多。 四聲中，又別其清濁以爲雙聲，一韻者以爲疊韻。 自唐以來不復用。 所謂蜂腰、鶴膝者，蓋又出於雙聲之變。 尤可笑也。

《學林新編》曰：《南史·謝莊傳》云：「王元謨問莊：『何者爲雙聲？ 何者爲疊韻？』答曰：『互護爲雙聲，磝碻爲疊韻。』」蓋雙聲者同音而不同韻也，疊韻者同音而又同韻也。 互護同爲唇音，而二字不同韻，故謂之雙聲。磝碻同爲牙音，而二字又同韻，故謂之叠韻。若熠燿、騏驥，皆雙聲也。若侏儒、童蒙，皆叠韻也。

竹山曰：傍紐、正紐，俱自雙聲而推。大韻、小韻，俱自叠韻而分。

李群玉詩「方穿詰曲崎嶇路，又聽鈎輈格磔聲」，「詰曲」「崎嶇」乃雙聲，「鈎輈」「格磔」乃叠韻也。

楊升菴曰：沈休文八病，以上尾、鶴膝爲最忌。休文之拘滯，正與古體相反，唯近律差有關耳。然亦不免商君之酷。

八　病

《玉屑》曰：平頭，如五言第一第二字不得與第六第七字同聲，餘以例推。如「今日良宴會，讙樂莫具陳」，今、讙皆平聲，日、樂皆入聲。「風勁角弓鳴，將軍獵渭城」。「風」之與「將」，何損其美？又曰：上尾第五字不得與第十字同聲。如「青青河畔草，鬱鬱園中柳」，草、柳皆上聲。「西北有高樓，上與浮雲齊」。樓、齊同平聲。

○蜂腰謂第二字第五字同上去入韻。如老杜「望盡似猶見」，江淹「遠與君别者」之類，近體宜少避之亦無妨。《玉屑》曰：如「聞君愛我甘，竊欲自修飾」，君、甘皆平聲，欲、飾皆入聲。兩頭大中心細，似蜂腰也。

○鶴膝第五字不得與第十五字同聲。如老杜「水色含群動，朝光切太虛。年侵頻悵望」之類。動、望同聲。《玉屑》曰：如「客從遠方來，遺我一書札。上言長相思，下言久別離」之類。「來」與「思」皆平聲。兩頭細中心粗如鶴膝也。

○大韻以下沈約八病中四病　大韻者，重疊相犯。如五言詩以「新」爲韻者，九字内若用「津」「人」字；及「聲」「鳴」字爲韻，九字内若用「驚」「傾」「平」「榮」字，是爲大韻，皆不可也。「胡姬年十五，春日正當壚」。「胡」與「壚」同在虞韻是也。

○小韻者，除本韻外，九字中不得有兩字同韻。如「遥、條」同韻之類。又如「薄帷鑒明月，清風吹我襟」，明清相犯。又如「客子已乖離，那宜遠相送」。子、已同在紙韻，五字内相犯。離、宜同在支韻，九字内相犯。五字最急，九字較緩。

○正紐　正紐者，壬紝入一紐，一句内有「壬」字，更不得犯「壬、紝、入」字。「我本漢家女，來嫁單于庭」。家、嫁係正紐。

○旁紐　旁紐者，如五言詩一句内有「月」字，更不可用「元、阮、願」字，此是雙聲即旁紐。五字内急，十字稍緩。十字内兩字雙聲爲正紐，若不共一紐而又有雙聲爲旁紐。如「流、六」爲正紐，「流、柳」爲旁紐。旁紐者，緣聲而來相忤也。然字從連韻而來，故相參。如「錦金禁急」與「陰飲蔭邑」，是連韻紐之。若「金」與「陰」及「飲」與「錦」，此傍會與之相參。此正紐、旁紐之不同也。冰川詩式〇右八病沈約説，諸家已辨其妄而不可從。今録之以備參考耳。

楊升菴云：十字中已有「壬」字，不得著「衽、任」字。後四病尤無謂，不足道也。竹山曰：是説確矣。予嘗就唐詩考之，其犯八病者叠見層出，不可枚而舉也。則唐氏之廢沈法，章章乎實如升菴所辨。或曰：「楊已云近律差有關，又云蜂腰近體宜少避之，乃非全廢也與？」曰：否哉。近體雖不由沈法，而句句蜂腰，章章鶴膝，亦自覺瑕纇。故言差有關宜少避耳。然平上去入錯綜成文，不知而作，亦自無篇篇皆然之理。一二有之，楊亦以爲無妨。況唐詩犯者不啻一二乎？沈法之廢，斷可知矣。我邦平入二聲皆能記認焉，上去二聲易混，故少留意下仄處，欲其不爲皆上皆去，是可耳。王敬美《藝圃擷餘》曰：蜂腰、鶴膝、雙聲、叠韻，休文三尺法也。古今犯者不少，寧盡被汰邪？竹山曰：諸家明辨若此。猶且持同音病之説服膺弗措者，獨何與？

林義卿曰：梁沈約造「八病」之制，若平頭上尾蜂腰鶴膝，則雖無意忌之不常有。惟大韻小韻正紐旁紐，則所常有而易犯矣。是以雖沈約自造之自犯，而千載人未察之，徒側目於嚴法已。今近考之《昭明文選》中，得其有犯此二病者録于此，以解千載學者之惑焉。「遊絲映空轉，高楊拂地垂。清晨戲伊水，薄暮宿蘭池」，絲、垂同韻，伊、池同韻。一詩中而兩處犯之，是犯大韻者。「洞房殊未曉，清光信悠哉」，房、光同韻。「高車塵未滅，珠履故餘聲」，車、餘同韻。是犯小韻者。

正格　偏格

沈存中《夢溪筆談》曰：詩第二字側入，謂之正格。如「鳳曆軒轅紀，龍飛四十春」之類。第二字平入，謂之偏格，如「四更山吐月，殘夜水明樓」之類。唐名賢輩詩多用正格，如杜甫律詩用偏格者十無二三。竹山曰：非惟唐爲然，宋明亦然。如汪伯玉《太函》之集，五律四百五首，而用偏格者才百十八首。五言排律二十二首，而偏格才二首。可以見焉。沈氏謂老杜偏格十無一二者，過當已。且其所證在五律正偏，而未言七律奚如，實欠於周匝矣。

王嘉侯曰：絶句以第二字仄入者爲正格，第二字平入者爲偏格，五言七言俱然。

竹山曰：王氏但言絶句，不及律詩，亦頗而未完。且謂五七言俱然，恐非是矣。○五言絶句以第二字仄入謂之正格，以第二字平入謂之偏格。我邦所謂五格中，曰平起，謂首句第二字平入，即是五言偏格、七言正格。曰仄起，謂首句第二字仄入，即是五言正格、七言偏格。宋明又有平法仄法之目，就每句第二字平仄言之，蓋一章一句各有名稱。今也以平起仄起爲章法，至語句法，亦假之稱之。强且混矣。且也，二起對稱，罔攸軒輊，不復知正偏之别，是亦疎矣。抑予嘗有異也。沈氏《筆談》所論格之正偏，係五律而不問七律。王氏《類編》言絶句正偏，而不及律體，胡然而疎？唯梁冰川併七律，以第二字仄平分正偏，與五律同。王氏亦謂絶句以第二字爲正偏，五七言俱同。蓋皆謬矣。予獨斷然以七言第二字分正偏，與五言反焉。何者？以多少决之也。夫以多爲正，少爲偏，理之所必。五言既然，七言奚獨不然？七言多於平起，少於仄起，華人集往往皆然。試以會集諸家者言之，一部《品彙》，七律平起過五百，其仄起不及二百，可以見已。他集若選，或有相半者，未見仄起豐過於平起者也。則七律正偏之與五律反者，章章乎明矣。均是律也，五、七言正偏之相反者何哉？予以臆得之。蓋詩本於五言，唐氏已製五律，又加兩字於五律以爲七律。今試於七律平起詩，去上兩字乎宛然正格；七律仄起詩〔一〕，去上兩字乎宛然偏格。五律、七絶亦然。是其相反，實所以相合。予之斷然於此，不亦宜乎哉？二四異所謂二四不同也，二六同二六對也，袁中郎亦稱之，即陳黄所謂「二四六分明」，大端固爾。但及其變也，五律若少陵起句「二月頻送客」，王右丞前聯「流水如有意」，張司業後聯「夜静江水白」，白香山結句「水户簾不捲」之類，例用紛紛，不容瑕疵焉。七律若少陵起句「錦官城西生事微」，戴叔倫前聯「風吹楊柳漸拂地」，曾幾後聯「柳條弄色政爾好」，李攀龍結句「春來病起少吏事」之類，雖匪熟套，亦盡被汰邪？乃是法亦有時乎窮矣。

履仄法，謂七言起句不韻。華人用是格皆是拗字，蓋第五字之仄與第七字之平拗也，非徑用仄脚也。獨白香山七絶在正格履仄，多第五字之仄，是無他，再與下句第五字拗耳。世多不省，概而一之，不亦繆乎？偏格仄起也履仄，世亦知拗之，蓋以其犯三仄也，不能不拗已矣。但至於孟遲

〔一〕七：底本訛作「五」，按此處沿《詩律兆》而訛，參見《詩律兆》附録《論二》注〔一〕。

「山上有山歸不得」，似有可異焉者。此詩係「微」韻，乃作「不得歸」，韻本自諧，曷以顛倒用之，故爲履仄？予嘗疑之，已而獲其解。蓋仄法韻句，第三字仄用，是邦習之悞，華人所慎避，無已，則第五字必施一平。若「獨把一杯山館中」「楊柳渡頭行客稀」是也。孟詩「山上有山」係熟語，「有」字上聲不可改，因以「歸」字承之，雖格入履仄也，暗於句中押韻，古人斡旋之方，不可不知焉。

挾平法，謂五言平法平起也仄腳句一三五七句也，第三字與第四字拗；七言仄法仄起也仄腳句三五七句，第五字與第六字拗。然用之者，其句五言第一字、七言第三字必平而後可也。世徒知挾平可用，不復知其上用平之規，可謂粗矣。此在五言差寬，七言爲至嚴，不可不慎焉。唯七言如儲光羲「借問故園隱君子」已用挾平，而「故」字去聲，然是唐詩千萬中之一，且其起句「孤舟還」連用三平，則此詩最變調，後世不得引焉以爲據矣。我邦所謂三病中，曰同音，謂詩中字犯韻腳，即沈約八病中第五大韻是已。夫八病，唐人所斥，嚴滄浪嘗言「蔽法不足據」，楊升菴、王弇州皆援唐詩排八病，以後四病爲尤無謂。今八病中唯舉其一，又取於尤無謂者，以爲大禁，欲首首而汰乎？是亦無謂之甚焉者。人之不學無知，何至於此極也。曰下三連，謂句末連用三仄若三平，世以此爲最忌。因又言病在偏用，上句不得已用三仄，下句宜用三平以拯之。忌之之法已疎，拯之之説益謬。按是有三仄三平之取舍，五言七言之同異。概而論之，忌三平不忌三仄。岐而言之：五律三仄，起結二聯俱爲熟套；七律三仄，起句忌之。以主於押韻也。前聯頗多，後聯較少，結句爲熟套，七絶亦然，其句五言第一字、七言第三字當必平焉。其説若此方備矣。蓋偏用三仄者，五律，首聯老杜

「荒村建子月，獨樹老夫家」，頷聯李白「山花插寶髻，石竹繡羅衣」，頸聯劉長卿「城池百戰後，耆舊幾家殘」，末聯高適「遥知幕府下，書記自翩翩」；七言，末聯王維「朝罷須裁五色詔，珮聲歸向鳳池頭」及李嘉祐「回首青山獨不語，羡君談笑萬年枝」；七絶，張説「聞道神仙不可接，心隨湖水共悠悠」之類，紛錯相望，宋明俱遵用焉。若七律頷聯老杜「悵望千秋一灑淚，蕭條異代不同時」，頸聯張説「佩勝芳辰日漸暖〔一〕，燃燈美夜月初圓」之類，亦諸家所不廢。凡此皆未嘗拯以三平也〔二〕。若夫偏用三平，孟浩然首聯「遠遊經海嶠，返棹歸山阿」併用三仄三平。老杜首聯「文章亦不盡，竇子才縱横」之類，諸家亦在首聯間見。方虚谷評之曰：「起句十字，拗律變换，詩家所許。」《詩式》中，拗句换字法云「三字一連皆平」。是一連，即所謂「下三連」也。然「三字一連」，文字未如「下三連」簡而且盡也。徒曰「三字連平」，則在五言句中上一二三字連平，七言句中上一二三字、中三四五字連平者混矣。

右《詩式》所説，其法疎而易迷。

〇蓋於我本邦，在昔天平之頃，入唐之徒多有之。下三連及孤平之法語，皆其所彼土傳來，而未嘗有改之古言也。蓋在彼土也，雖五尺童亦拈聲律，便能知忌此二者，是以不必載之《詩式》已。

〔一〕佩勝：底本錯作「勝佩」，據《張燕公集》卷七改。
〔二〕此：底本脱，據《詩律兆》附録《論三》補。

篇中孤平、下三連之目從之。　按李白「日落群峰西」、又靈一「但聽秋泉聲」，皆七八句用之。又孟浩然「聊題一時興，因寄盧徵君」、岑參「江城菊花發，滿道香氛氳」、昌齡「東南具今古，歸望山雲秋」，因是考之，則第七句用孤平，第八句用三連，又是一法。　又按，下三連者，律詩中第一二第三四第五六第七八句有用之者，中唐諸家尤多矣。　然考之皆係拗體。　拗體詩變怪百出，豈容律以常調焉哉？　例之非例者也。

至若盛唐獨孤及末聯「所嘆在官成遠別，徒言屺水纔容舠」，「纔」字特註曰「去聲」，乃古人忌三平者益明矣。　至於五律頷聯，如老杜「如何關塞隔，轉作瀟湘遊」，頸聯如李白「雲從石上起，客到花邊迷」，末聯如元稹「坐看朝日出，衆鳥雙徘徊」之類，實千萬中之一，其拯與不拯，均是希有之例。　七律最爲寥寥，要皆不足以爲法矣。　是豈非予所謂「有取舍於仄平」者也邪？　又豈非俗説「疎於忌而謬於拯」者也邪？　夫詩律寧可多平，不可多仄，但至下三連不忌仄反忌平，予嘗異之。因參取律法曰：「字有四聲，平居其一，仄居其三。　句末三平同聲，喑啞不收。　若三仄，名一而實不同，足以聳聽。」乃推諸古人詩，三仄句多參入聲，如上文所引「建子月」以下皆然。　其不用入聲，如張説「戎王子婿禮」是上去上，老杜「星臨萬户動」是去上上，李白「懷君未忍去」去上去，劉長卿「登高復送遠」去去上，錢起「鄉心不可問」上上去，姚合「塵中主印吏」上去去，未嘗連一聲，他詩舉然。至於老杜「鄰人有美酒」用三上，李頻「河聲入峽急」用三入，亦猶彼用三平之類，蓋厘厘而已矣。於是宿疑涣然，益知我邦舊法之非，信三仄可用也。

如地名、人名，元熟套，則不忌之也，如蕭屯瓜、燕臺隗是也〔一〕。凡下連三平者，雖有不忌之者，今以兩可論之，不如忌之。若夫地名、人名、物名、古言、連辭，則不忌之。若「請君聽我秋風辭」，「廣陵城上秋瀟瀟」秋瀟瀟連辭，且下句有二四同聲者。蓋此詩用古體句法耳。「白雲湖上華陽山」，華陽山，山名不可改。蓋「華」字用華岳華山之華則爲仄聲，字或作「嶀」。其餘雖山川邑里名皆爲平聲。○又四仄一平謂之病，則未也。蓋恒調固無之，及其變也，如老杜「力疾坐清曉」，李頎「白露傷草木」，許渾「蝶影下紅藥」之類，詩家拗換之常，難更僕數。甚至於全句皆仄，如老杜「客裏有所適」，于良史「掬水月在手」，六仄一平如白香山「獨有不眠不醉客」，是其所以爲變，豈得遽以病目之哉？夫詩病則別自有在，而所謂三病不與焉。本編所圖列，可考而知矣。故無是病，未爲得焉；有是病，未爲失焉。張弛之間，固不可執一而論也。古人設法之周密，我邦概之之粗鹵，予已屢談之。欲嬌過簡太疎之弊，勢不能不爾也。詩兆

五言絶句

五言始於李陵、蘇武，或云枚乘。五言絶句作自古漢魏，樂府古辭則有《白頭吟》《出塞曲》等

〔一〕燕臺隗：似當作「燕隗臺」，蓋出於《戰國策》燕昭王爲郭隗築臺也。

篇。下及六代，述作漸多。唐人以來，工之者甚多。絶句者，截句也。句絶而意不絶。截律詩中或前四句，或後四句，或中二聯，或首尾四句。大抵以第三句爲主。七言絶句放此。

易水送別

唐　駱賓王

截律詩前四句，其法前散後對。

此地別燕丹，壯士髮衝冠。一作「壯髮上衝冠」。昔時人已没，今日水猶寒。

江令于長安歸揚州九日賦

唐　許敬宗

此詩是截律詩後四句，其法前對後散。

心逐南雲逝，身隨北雁來。故鄉籬下菊，今日幾花開。

玩月

唐　駱賓王

此詩是截律詩中二聯，其法四句兩對。

忌滿光恒缺，乘昏影暫流。自能明似鏡，何用曲如鉤。

過酒家　　唐　王績

此詩是截律詩首尾四句，其法四句一意，不對。

此日長昏飲，非關養性靈。眼看人盡醉，何忍獨爲醒。

哭台州鄭司户蘇少監　　唐　杜甫

此詩是隔句扇對法，以第一句對第三句，以第二句對第四句。詳見《沙中金集》。

得罪台州去，時危棄碩儒。移官蓬閣後，穀貴歿潛夫。

絶句　　同

此詩四句是四意。

遲日江山麗，春風花柳香。泥融飛燕子，沙暖睡鴛鴦。

五言絶句大法止此。五言絶句撇情入事，七言絶句掉景入情，當知有此不同。或云，五言絶句主情景，七言絶句主意事。

七言絶句

七言絶句始自古樂府《挾瑟歌》。梁元帝《烏棲曲》、江摠《怨時行》等作，皆七言四句。至唐初始穩順聲勢，定爲絶句者，四句下相連屬。或云絶取八句律之四句，或云絶妙之句。詳見《五言口號》。

唐人好詩，多是征戍遷謫行旅離别之作，往往能感動激發人意。他詩固多，而七言絶句爲甚。句少而意專，辭屬賦比興者，其旨深，其味長，可以興，可以觀焉。

寒食汜上 唐 王維

此詩其法前散後對。

廣武城邊逢暮春，汶陽歸客淚沾巾。落花寂寂啼山鳥，楊柳青青渡水人。

江南 唐 陸龜蒙

此詩前對後散。

村邊紫豆花垂次，岸上紅梨葉戰初。莫怪煙中重回首，酒旗青紵一行書。

奉和聖製幸韋嗣立莊應製　唐　李嶠

此詩四句兩對。

萬騎千官擁帝車，八龍三馬訪仙家。鳳凰原上窺青壁，鸚鵡杯中弄紫霞。

贈花卿　唐　杜甫

此詩四句一意不對。

錦城絲管日紛紛，半入江風半入雲。此曲祇應天上在，人間能得幾回聞。「祇」一作「只」

絶句

此詩隔句扇對，以第一句對第三句，以第二句對第四句。

去年花下留連飲，暖日夭桃鶯亂啼。今日江邊容易別，淡煙衰草馬頻嘶。

絶句

此詩四句四意，不相連屬。

兩個黄鸝鳴翠柳，一行白鷺上青天。窗含西嶺千秋雪，門泊東吴萬里船。

七言絶句其法如此。大略以第三句爲主，首尾率直而無婉曲。此異時所以不及唐也。

五言律詩

律詩之興雖自唐始，蓋由梁陳以來儷句之漸也。梁元帝五言八句已近律體，庾肩吾《除夕》律詩體工密，徐陵、庾信對律精切，律調尤近。唐初工之者衆，至王楊盧駱，以儷句相尚美麗相矜，終未脱陳隋之氣習。神龍以後，此體始盛。五言律詩貴沉静，貴深遠，貴細嫩，要聲穩語重。五言律詩貴字字平仄諧和，失粘失律皆不合例。

律詩有起承轉合。起爲破題。或對景興起，或比起，或引事起，或就題起。承爲頷聯。或寫意，或寫景，或書事，或用事引證。轉爲頸聯。或寫意、寫景、書事、用事引證，與前聯之意相應相避。合爲結句。或就題結，或開一步，或繳前聯之意，或用事。七言律詩放之。

早春

唐　杜審言

此詩起結不對，惟中間頷聯頸聯對。

獨有宦遊人，偏驚物候新。雲霞出海曙，梅柳度江春。淑氣催黄鳥，晴光轉緑蘋。忽聞歌古調，歸思欲沾巾。

秋日　唐太宗

此詩起句亦對，中二聯對，結句不對。

爽氣澄蘭沼，秋香動桂林。露凝千片玉，菊散一叢金。日吐高低影，雲垂點綴陰。蓬瀛不可望，泉石且娱心。

從軍行　唐　楊炯。

此詩起句不對，中二聯對，結句亦對。

烽火照西京，心中自不平。牙璋辭鳳闕，鐵騎繞龍城。雪暗凋旗畫，風多雜鼓聲。寧爲百夫長，勝作一書生。

奉和七夕兩儀殿會宴應制　唐　李嶠

此詩起句對，中二聯對，結句亦對。八句四聯，唐初多用此體，而應制之作尤工。

靈匹三秋會，仙期七夕過。槎來人泛海，橋渡鵲填河。帝縷昇銀閣，天機罷玉梭。誰言七襄詠，重入五絃歌。

尋陸不遇

唐　僧皎然

此詩八句一意順下，通不對。

移家雖帶郭，野徑入桑麻。近種籬邊菊，秋來未著花。扣門無犬吠，欲去問西家。報道山中去，歸來到日斜。

舟中曉望

唐　孟浩然

此詩不對處對。

挂帆東南望，青山水國遥。舳艫争利涉，來往任風潮。問我今何適，天台訪石橋。坐看霞色曉，疑是赤城標。

吊僧

唐　鄭谷

此詩前四句隔句扇對，説見五言絶句。

幾思聞清話，夜雨對禪床。未得重相見，秋燈照影堂。孤雲終負約，薄宦轉堪傷。夢繞長松榻，遥焚一炷香。

蜂腰格。

下第　　唐　賈島

此詩頷聯亦無對偶，是十字叙一事，而意貫上二句。至頸聯方對偶分明，若已斷而復續，謂

下第唯空囊，如何住帝鄉。杏園啼百舌，誰醉在花傍。淚落故山遠，病來春草長。知音逢豈易，孤棹負三湘。

溪行即事　　唐　僧靈一

此詩首二句先對，頷聯却不對，似非聲律。然破題已先對，如梅花偷春色而先開，謂之偷春體。

近夜山更碧〔一〕，入林溪轉清。不知伏牛事，潭洞何縱横。野岸煙初合，平湖月未生。孤舟屢失道，但聽秋泉聲。

〔一〕碧：底本作「幽」，據《唐四僧詩》卷二改。

田家元日

唐　孟浩然

此詩前四句對，後四句散，與蜂腰格相反。

昨夜斗迴北，今朝歲起東。我年已强仕，無禄尚憂農。野老就耕去，荷鋤隨牧童。田家占氣候，共説此年豐。

送錢拾遺歸兼寄劉校書

唐　郎士元

此詩頸聯不對，與偷春格相反。

墟落歲陰暮，桑榆煙景昏。蟬聲静空館，雨色隔秋原。歸客不可望，悠然林外村。終當報芸閣，携手醉柴門。

五言律詩大法如此。管見欲將中二聯亦作扇對法，更是一奇格。但未之前聞，不敢强擬。雖然確守格律揣摩聲病詩家之常，若時出度外，縱横放肆，外如不整，中實應節，此非造次所能。五言律詩中間四實四虚，前實後虚，前虚後實，情與景合，淺深異宜，神而明之，存乎其人。

七言律詩

七言律詩，又五言八句之變也。唐以前七言儷句，如沈君攸已近律體。唐初始專此體，沉佺期、宋之問精巧相尚。開元間此體始盛，然多君臣遊幸倡和之什。盛唐作者雖不多，其聲調最遠，品格最高，可爲萬世法程。

有四實四虛，前實後虛，前虛後實之别。實爲景，虛爲情。

胡東越云：對起，則杜之「風急天高猿嘯哀，渚清沙白鳥飛迴」，實爲妙絶。而岑參「鷄鳴紫陌」「柳嚲鶯嬌」二起工麗婉約，亦可諷詠。右丞多仄韻對起，無風韻，不足多効。蓋仄起宜五律，不宜七律也。又云：崔顥《黄鶴樓》，歌行短章耳，起句結句文字重複相似者。沉佺期《龍池篇》云「龍池躍龍龍已飛，龍德先天天不違」，崔顥「昔人已乘黄鶴去，此地空餘黄鶴樓」，李白「鳳凰臺上鳳凰遊」云云，非近體篇首之正體也，然亦絶妙矣。

登金陵鳳凰臺　唐　李白

此詩首尾不對，惟頷聯頸聯對。

鳳凰臺上鳳凰遊，鳳去臺空江自流。吴宫花草埋幽徑，晉代衣冠成古丘。三山半落青天外，二水中分白鷺洲。總爲浮雲能蔽日，長安不見使人愁。

和賈至舍人早朝大明宫之作　唐　岑參

此詩起句對，中二聯對，唯結不對。

鷄鳴紫陌曙光寒，鶯囀皇州春色闌。金闕曉鐘開萬户，玉階仙仗擁千官。花迎劍佩星初落，柳拂旌旗露未乾。獨有鳳凰池上客，陽春一曲和皆難。

奉和初春幸太平公主南莊應制

唐　李嶠

此詩起句不對，中二聯與結句俱對。

主家山第接雲開，天子春遊動地來。羽騎參差花外轉，霓旌摇曳日邊迴。還將石溜調琴曲，更取峰霞入酒杯。鑾輅已辭烏鵲渚，簫聲猶繞鳳凰臺。

奉和幸安樂公主山莊應制

唐　宗楚客

此詩首二句對，中二聯對，末二句亦對。

玉樓銀榜枕巖城，翠蓋紅旂列禁庭。日照層岩圖畫色，風摇雜樹管絃聲。水邊重閣含飛動，雲裹孤峰類削成。幸睹八龍遊閬苑，無勞萬里訪蓬瀛。

題東峰驛用梁郎中韻

明　以權

此詩八句一意順下，通不對。文從字順，音韻鏗鏘。盛唐諸公有此體。今録蘭公詩。

香浮緑蟻山中醅，磁甌遠勝清蓮盃。不用笙竽爲佐酒，松風一派從天來。半酣走筆寫新句，飛龍滿壁真雄哉。故人騎鶴幾時去，空庭寂寂官梅開。

鸚鵡洲

唐　李白

此詩頷聯亦不對，至頸聯方對偶分明，若已斷而復續，謂之蜂腰格。

鸚鵡來過吴江水，江上洲傳鸚鵡名。鸚鵡西飛隴山去，芳洲之樹何青青。煙開蘭葉香風暖，岸夾桃花錦浪生。遷客此時徒極目，長洲孤月向誰明。

黄鶴樓

此詩首二句先對，頷聯却不對。然破題已先的對，如梅花偷春色而先開，謂之偷春格。杜少陵《曉發公安》詩頷聯不對，亦是此格。

昔人已乘黄鶴去，此地空餘黄鶴樓。黄鶴一去不復返，白雲千載空悠悠。晴川歷歷漢陽樹，春草萋萋鸚鵡洲。日暮鄉關何處是，煙波江上使人愁。

七言律。其法如此。唐人李淑有《詩苑》一書，今世罕傳，然所述篇法止有六格。范德機《木天禁語》廣爲十二格，又分明暗二例。《詩法源流》所載二十四格，《詩學禁臠》所載十五格。僧皎然《杼山詩格》、洪覺範《天厨禁臠》、白樂天《金針集》、梅聖俞《續金針集》發明言七律者詳矣，然皆命意入妙，格外之格，别爲一卷。

五言排律

排律之作，其源自顏謝諸人。古詩之變，首尾排句，聯對精密。梁陳以還，儷句尤切。唐興始專此體，與古詩差别。貞觀初，作者猶未備。永徽以下，篇什始盛。長篇排律，唐初作者絶少。開元後，杜少陵獨步當時，渾涵汪洋，千彙萬狀，至百韻千言，力不少衰。若韓柳雖肆才縱力，工巧相矜，要之未爲得體。

奉和拜洛應制此詩五韻　　唐　李嶠

七萃鑾輿動，千年瑞檢開。文如龜負出，圖似鳳銜來。殷薦三神享，明禋萬國陪。周旗黄鳥集，漢幄紫雲迴。日暮鈞陳轉，清歌上帝臺。

入閣此詩十韻　　唐　鄭谷

秘殿臨軒日，和鑾返正年。兩班文武盛，百辟羽儀全。霜漏清中禁，風旗拂曙天。門嚴新勘契，仗入邇承宣。玉机當紅旭，金爐縱碧煙。對揚稱法吏，贊引出宫鈿。言動揮毫疾，威容執簿專。壽山晴靉靆，顥氣暖連延。禮有鴛鸞集，恩無雨露偏。小臣叨備位，詞詠泰階前。

上韋左相二十韻　唐　杜甫

鳳曆軒轅紀，龍飛四十春。八荒開壽域，一氣轉鴻鈞。霖雨思賢佐，丹青憶舊臣。應圖求駿馬，驚代得麒麟。沙汰江河濁，調和鼎鼐新。韋賢初相漢，范叔已歸秦。盛業今如此，傳經固絶倫。豫章深出地，滄海闊無津。北斗思喉舌，東方領縉紳。持衡留藻鑑，聽履上星辰。獨步才超古，餘波德照鄰。聰明過管輅，尺牘倒陳遵。豈是池中物，由來席上珍。廟堂知至理，風俗盡還淳。才傑俱登用，愚蒙但隱淪。長卿多病久，子夏索居頻。迴首驅流俗，生涯似衆人。巫咸不可問，鄒魯莫容身。感激時將晚，蒼茫興有神。爲君歌此曲，涕淚在衣巾。

寄岳州賈司馬六丈巴州嚴八使君兩閣老五十韻　唐　杜甫

衡岳啼猿裏，巴州鳥道邊。故人俱不利，謫宦兩悠然。開闢乾坤正，榮枯雨露偏。長沙才子遠，釣瀨客星懸。憶昨趨行殿，殷憂捧御筵。討胡愁李廣，奉使待張騫。無復雲臺仗，虚修水戰船。蒼茫城七十，流落劍三千。畫角吹秦晋，旄頭俯澗瀍。小儒輕董卓，有識笑苻堅。浪作禽填海，那將血射天。萬方思助順，一鼓氣無前。陰散陳倉北，晴薰太白巔。亂麻屍積衛，破竹勢臨燕。法駕還雙闕，王師下八川。此時沾奉引，佳氣拂周旋。貔虎閒金甲，麒麟受玉鞭。侍臣諳入仗，廐馬解登仙。花動朱樓雪，城凝碧樹煙。衣冠心慘愴，故老淚潺湲。哭廟悲風急，朝正霽景鮮。月分梁漢米，春給水衡錢。内蕊繁於纈，宫花軟勝綿。恩榮同拜手，出入最隨肩。晚著華堂醉，寒重繡被眠。轡齊兼秉燭，書枉滿懷箋。每覺升元輔，深期列大賢。秉鈞方咫尺，鎩翮再聯翩。禁掖朋從改，微班性命全。青蒲甘受戮，白髮竟誰憐。弟子貧原憲，諸生老伏虔。師資謙未達，鄉黨敬何先。舊好腸堪斷，新愁眼欲穿。翠乾危棧竹，紅膩小湖蓮。賈筆論孤憤，嚴詩賦幾篇。定知深意苦，莫使衆人傳。貝錦無停織，朱絲有斷絃。浦鷗防碎首，霜鶻不空拳。地僻昏炎瘴，山稠隘石泉。且將棋度日，應用酒爲年。典郡終微眇，治中實棄捐。安排求傲吏，比興展歸田。去去才難得，蒼蒼理又玄。古人稱逝矣，吾道卜終焉。隴外翻投跡，漁陽復控弦。笑爲妻子累，甘與歲時遷。親故行稀少，兵戈動接聯。他鄉饒夢寐，失侣自迍邅。多病加淹泊，長吟阻静便。如公盡雄俊，志在必騰騫。

五言排律大法如此。

七言排律

七言排律，唐人不多見。如太白《别山僧》、高適《宿田家》、子美《題鄭著》及《清明》二首、王仲初《寄韓侍郎》等作，雖聯對精密，而律調未純，終未脱古詩體段。若言從字順、音響沖和者，今録《品彙》集所載，以爲法式。

月夜有懷王端公兼簡朱孫二判官此詩七韻　唐　僧清江

月照疎林驚鵲飛，羈人此夜共無依。青門旅寓身空老，白首頭陀力漸微。屢向曲池陪逸少，幾迴戎幕接玄暉。四科弟子稱文學，五馬諸侯是繡衣。江雁往來曾不定，野雲揺曳本無機。修行未盡身將老，欲向東山掩舊扉。

秘書省有賀監知章草題詩筆力遒健風尚高遠拂塵尋玩因有此作　唐　温庭筠

越溪漁客賀知章，任達憐才愛酒狂。鸂鶒葦花隨釣艇，蛤蜊菰葉夢横塘。幾年涼夜抝華省，一宿秋風憶故鄉。榮路脱身終自得，福庭回首莫相忘。出籠鸞鶴歸遼海，落筆龍蛇滿壞墻。李白死來無醉客，可憐神彩弔殘陽。

從軍行八韻　唐　崔融

穹廬雜種亂金方，武將神兵下玉堂。天子旌旗過細柳，匈奴運數盡枯楊。關頭落月横西嵜，塞下凝雲斷北荒。漠漠邊塵飛衆鳥，昏昏朔氣聚群羊。依稀蜀杖迷新竹，髣髴胡牀識故桑。臨海舊來聞驃騎，尋河本自有中郎。坐看戰壁爲平土，近待軍營作破羌。

送裴相公上大原九韻　　唐　王建

還携堂印向并州，將相兼權是武侯。時難獨當天下事，功成却進手中籌。再三陳乞爐煙裏，前後分張玉案頭。朱架早朝排立戟，緑槐殘雨看張油。遥知雁塞從今好，直到漁陽以北愁。邊鋪恐巡旂盡换，山城欲過館重修。千群白刃兵迎節，一對紅妝妓打毬。聖主分明教暫去，不須高起見京樓。

五言古詩

五言之興，源于漢，注于魏，汪洋乎兩晋，混濁乎梁陳。大雅之音，幾于不作。至唐貞觀、垂拱間頗精粹，神龍以還品格漸高。○詩以古名，繼《三百篇》而作。朱子嘗欲取東漢魏五言，以盡乎郭景純、陶淵明之詩，以爲古詩之根本準則。

古詩十句　　無名氏

此詩喻臣之不得事君，如牛女之不得相會。

迢迢牽牛星，皎皎河漢女。纖纖濯素手，札札弄機杼。終日不成章，涕泣零如雨。河漢清且淺，相去復幾許。盈盈一水間，默默不得語。

飲酒十句　陶淵明

結廬在人境，而無車馬喧。問君何能爾，心遠地自偏。採菊東籬下，悠然見南山。山氣日夕佳，飛鳥相與還。此中有真意，欲辯已忘言。

古風其一二十四句　同

晦日尋崔戢李封四十句　杜甫

右二首略之，宜就本集求之。

五言古詩雖無定句，《十九首》尚矣。然自六句短古篇，放之至百句。

七言古詩

七言古詩，從張衡《四愁詩》來，變柏梁體耳。唐初王勃《滕王閣詩》、宋之問《明河篇》，語皆未純。至盛唐，作者始盛。自李杜而下，推高適、岑參、李頎、王維、崔顥爲勝。

金陵酒肆留别六句

風吹柳花滿店香，吴姬壓酒勸君嘗。金陵子弟來相送，欲行不行各盡觴。請君試問東流水，別意與之誰短長〔一〕。

送孔巢父謝病歸遊江東兼呈李白十八句

杜甫

長安古意六十八句

盧照鄰

右二詩略之不録。

三言詩

三言詩起於晉夏侯湛。唐人以來，作者甚少。

〔一〕短長：底本錯作「長短」，據《李太白集注》卷十五改。

將進酒　　明　蘇祐

將進酒，樂間陳。錯華燈，襲錦茵。覯良時，擁光塵。獻萬年，酬千金。嗟何辭，不常醺。流水逝，曜靈沉。

四言詩

四言詩起于漢楚王傅韋孟。四言最古，在諸詩中獨難，以《三百篇》在前故也。四言詩自曹氏父子、王仲宣、陸士衡後，惟元亮最高。詩略之。或十句，或八句，或對或散。

五言六句律

或前四句對，後二句不對。首二句對，後四句不對。又六句六對。又首尾不對，中二句對。又六句一意不對。又首二句不對，後四句對。

六言絶句

六言絶句始于漢司農谷永。自唐王維效曹陸體賦之，其後諸家往往間見。其法或對或散，亦如五七言絶句。

六言律

六言八句作，唐太宗始有此製。其法如五七言律詩。

六言排律

此體唐宋作者亦絶少。《詩式》中録明人魏偁一詩。

七言六句律

作者最少，惟李太白一首在古詩中。

七言五句

此體始于晋傅玄《兩儀詩》。此格但可即事遣興，若題物贈送之類則不可用。

兩儀始分元氣清，列宿垂象六位成，日月西流景東征。悠悠萬物殊品名，聖人憂代念群生。

曲江蕭條秋氣高，菱荷枯折隨風濤，遊子空嗟垂二毛。白石素沙亦相蕩，哀鴻獨叫求其曹。　杜甫

此詩五句仄體　同

即事非今亦非古，長歌激越梢林莽，比屋豪華固難數。吾人甘作心似灰，弟姪何傷淚如雨。

九言詩

起於魏高貴鄉公〔一〕，貴在渾成勁健。

暮春即事　明　魏偁

往年三月三日梅如豆，今歲三月三日梅尚花。天道無常何況此人事〔二〕，朝煙暮雨搔首清無涯。

〔一〕鄉公：底本訛作「公卿」，據《説郛》卷七十九下引《詩談》改。
〔二〕此：底本脱，據《詩家大全》卷五補。

此外有九言古詩略之。

首尾吟

春日田園雜興

元　陳希邵

春來非是愛吟詩，詩是田園漫興時。無事花邊繙兔册，有時桑下課牛醫。乍隨父老看秧去，還共兒童鬭草嬉。偶物興懷渾不禁，春來非是愛吟詩。

律詩上下句各用韻

此詩出於唐末，上下句平仄各押韻，當時謂之變體。

東南路盡吴江畔，正是窮愁暮雨天。鷗鷺不嫌斜雲岸，波濤欺得逆風船。偶逢島寺停帆看，深羨漁翁下釣眠。今古若論英達筭，鴟夷高興固無邊。

八音詩

以八音之字分配排列于各句頭者，不多見之。

三山林清避元不仕，匿姓名隱居山寺。會太守檢册至，見清詰問，知其能詩，即以册號八音命之。應聲曰：「金紫何曾一挂懷，石田茅屋自天開。絲竿釣月江頭住，竹杖挑雲嶺上來。匏實曉收栽藥圃，土花春長讀書臺。「曉」一作「漸」，「春」一作「閑」。革除一點浮名慮，木筆題詩酒數盃。」

又清李暘賓谷父《禹山雜書·春日送友》詩，有用八音字冠首，以「溪西鷄齊啼」爲韻脚者，曰：「金隄垂柳罨晴溪，石上分襟日又西。絲鞚不羈千里驥，竹籬頻聽五更鷄。匏尊酌酒情難盡，土缶賡詩韻未齊。革禁尋常離別語，木蘭花下鳥空啼。」

又夏日閨怨詩：「金釧珠鈿碧玉環，石欄斜倚惜紅顔。絲牽愁緒難爲織，竹染啼痕半是斑。匏巹合歡憑夢寄，土花凝恨送春還。革除舊壘巢新燕，木末雙栖伴我閑。」

又有七言絶句八首，以八音字冠各首起句者録冠「革」字者一首：「革故更新節序移，多情遥憶别離時。日長羸得池荷馥，香散重簾衹自知。」

按，四首共獨於「革」字爲活字用，不從本義，似欠斡旋之工。而今所得四首共然，則亦是可爲例證。

七言律正格平起

主家山第早春歸，御輦春遊繞翠微。買地鋪金曾作埒，尋河取石舊支機。雲間樹色千花滿，竹裏泉聲百道飛。自有神仙鳴鳳曲，併將歌舞報恩暉。沉佺期

又

漢文皇帝有高臺，此日登臨曙色開。三晉雲山皆北向，二陵風雨自東來。關門令尹誰能識，河上仙翁去不回。且欲近尋彭澤宰，陶然共醉菊花盃。崔曙

七言律偏格仄起

日暖風恬種藥時，紅泉翠壁薜蘿垂。幽溪鹿過苔還静，深樹雲來鳥不知。青瑣同心多逸興，春山載酒遠相隨。却慚身外牽纓冕，未勝樽前倒接䍦。錢起

又

城上高樓接大荒，海天愁思正茫茫。驚風亂颭芙蓉水，密雨斜侵薜荔墻。嶺樹重遮千里目，江流曲似九迴腸。共來百越文身地，猶自音書滯一鄉。柳宗元

正格拗起句體

摇落深知宋玉悲，風流儒雅亦吾師。悵望千秋一灑淚，蕭條異代不同時。江山故宅空文藻，

雲雨荒臺豈夢思。最是楚宫俱泯滅，舟人指點至今疑。杜甫

又

積雨空林煙火遲，蒸藜炊黍餉東菑。漠漠水田飛白鷺，陰陰夏木囀黄鸝。山中習静觀朝槿，松下清齋折露葵。野老與人争席罷，海鷗何事更相疑。王維

此外諸家不遑枚舉。

偏格拗起句體

十年憔悴至秦京，誰料翻爲嶺外行。伏波故道風煙在，翁仲遺墟草樹平。直以疎慵招物議，休將文字占時名。今朝不用臨河别，垂淚千行便濯纓。柳宗元

又

離宫秘苑勝瀛洲，别有仙人洞壑幽。岩邊樹色含風冷，石上泉聲帶雨秋。鳥向歌筵來度曲，雲依帳殿結爲樓。微臣昔忝方明御，今日還陪八駿遊。白居易

此外諸家多例。

正格拗前聯體

青娥皓齒在樓船，横笛短簫悲遠天。春風自信牙檣動，遲日徐看錦纜牽。魚吹細浪摇歌扇，燕蹴飛花落舞筵。不有小舟能蕩槳，百壺那送酒如泉。杜甫

又

吾兄詩酒繼陶君〔一〕，試宰中都天下聞。東樓喜奉連枝會，南陌愁爲落葉分。城隅緑水明秋日，海上青山隔暮雲。取醉不辭留夜月，雁行中斷惜離群。李白

諸家多例。

偏格拗前聯體

未有所考。

〔一〕君：底本訛作「居」，據《唐詩品彙》卷八十三改。

正格拗後聯體

花源藥嶼鳳城西，翠幕紗窗鶯亂啼。昨夜葡萄初上架，今朝楊柳半垂堤。片片仙雲來渡水，雙雙燕子共銜泥。請語東風催後騎，併將歌舞向前溪。張謂

偏格拗後聯體

苦憶荆州醉司馬，謫官尊酒定常開。九江日落醒何處，一柱觀頭眠幾回。可憐懷抱向人盡，欲問平安無使來。故憑錦水將雙淚，好過瞿唐灩澦堆。杜甫

又

白石溪邊自結廬，風泉滿院稱幽居。鳥啼深樹斸靈藥，花落閒窗看道書。煙嵐晚過鹿裘濕，水月夜明山舍虚。支頤冷笑緣名出，終日王門强曳裾。曹唐

此外諸家多例。

正格拗結句體

天行雲從指驪宫，浴日餘波錫詔同。彩殿氤氲擁香溜，紗窗宛轉閉和風。來將蘭氣衝皇澤，去引星文捧碧空。自憐遇坎便能止，凡託仙槎路未通。蔡希周

又

蓮花梵字本從天，華省仙郎早悟禪。三點成伊猶有想，一觀如幻自忘筌。爲文已變當時體，入用還推間氣賢。應同羅漢無名欲，故作馮唐老歲年。苑咸

偏格拗結句體

寶契無爲屬聖人，琱輿出幸玩芳辰。平樓半入南山露〔一〕，飛閣傍臨東野春。夾路穠花千樹發，垂軒弱柳萬條新。處處風光今日好，年年願奉屬車塵。趙彦昭

〔一〕樓：底本訛作「安」，據《唐詩品彙》卷八十二改。

又

銀燭朝天紫陌長，禁城春色曉蒼蒼。千條弱柳垂青鎖，百囀流鶯繞建章。劍佩聲隨玉墀步，衣冠身惹御爐香。共浴恩波鳳池上，朝朝染翰侍君王。賈至

此外多例。

正格拗二聯體

今年遊寓獨遊身，愁思看春不當春。上林苑裏花徒發，細柳營前葉漫新。公子南橋應盡興，將軍西第幾留賓。寄語洛城風日道，明年春色倍還人。杜審言

又

桃源面面絶風塵，柳市南頭訪隱淪。到門不敢題凡鳥，看竹何須問主人。城外青山如屋裏，東家流水入西鄰。閉户著書多歲月，種松皆作老龍鱗。王維

偏格拗二聯體

金闕平明宿霧收，瑶池式宴俯清流。瑞鳳飛來隨帝輦，祥魚出戲躍王舟。帷齊緑樹當筵密，蓋轉緗荷接岸浮。如臨竊比微臣懼，若濟叨陪聖主遊。蘇瓌

又

江雨難周高下田，江風未便往來船。西舍次男仍遣戍，東鄰中婦復調絃。白衣居士眼無恙，造物小兒心可憐。祇應點檢牀頭酒，齊物莊生第一篇。王世貞

前正後偏相半體

天門日射黄金榜，春殿晴曛赤羽旗。宫草霏霏承委佩，爐煙細細駐游絲。雲近蓬萊常五色，雪殘鳷鵲亦多時。侍臣緩步歸青鎖，退食從容出每遲。杜甫

又

帝城行樂日紛紛，天畔窮愁我與君。秦女笑歌春不見，巴猿啼哭夜長聞。何處琵琶絃似語，

誰家咼墮髻如雲。人生多少歡娛事，那獨千分無一分。居易

前偏後正相半體

竹裹行厨洗玉盤，花邊立馬簇金鞍。非關使者徵求急，自識將軍禮數寬。百年地僻柴門迥，五月江深草閣寒。看弄漁舟移白日，老農何有罄交歡。杜甫

一正一偏交互體即平起交互體，二絶句相併者也

嬌歌急管雜青絲，銀燭金盃映翠眉。使君地主能相送，河尹天明坐莫辭。春城月出人皆醉，野戍花深馬去遲。寄聲報爾山翁道，今日河南勝昔時。岑參

此例不多見，僅録一首。

一偏一正交互體即仄起交互體，二絶相併者

酌酒與君君自寬，人情反覆似波瀾。白首相知猶按劍，朱門先達笑彈冠。草色全經細雨濕，花枝欲動春風寒。世事浮雲何足問，不如高卧且加餐。王維

又

杜陵賢人清且廉，東溪卜築歲將淹。宅近青山同謝朓，門垂碧柳似陶潛。好鳥迎春歌後院，飛花送酒舞前簷。客到但知留一醉，盤中秖有水精鹽。李白

聲律不諧，杜甫自註曰「戲爲吴體」者

江草日日喚愁生，巫峽泠泠非世情。盤渦鷺浴底心性，獨樹花發自分明。十年戎馬暗南國，異域賓客老孤城。渭水秦山得見否，人今罷病虎縱橫。杜甫

詩規卷下

五言律正格仄起

東郡趨庭日，南樓縱目初。浮雲連海岱，平野入青徐。孤嶂秦碑在，荒城魯殿餘。從來多古意，臨眺獨躊躇。杜甫

又

遷客投于越，臨江淚滿衣。獨隨流水去，轉覺故人稀。萬木迎秋序，千峰駐晚暉。行舟猶未已，惆悵暮潮歸。李嘉祐

五言律偏格平起

風林纖月落，衣露浄琴張。暗水流花徑，春星帶草堂。檢書燒燭短，看劍引盃長。詩罷聞吴詠，扁舟意不忘。杜甫

又

晚年唯好静，萬事不關心。自顧無長策，空知返舊林。松風吹解帶，山月照彈琴。君問窮通理，漁歌入浦深。王維

又

閒居少鄰並，草徑入荒園。鳥宿池中樹，僧敲月下門。過橋分野色，移石動雲根。暫去還來此，幽期不負言。賈島

變格

五言律出唐求，七言律出岑參，即仄起絶句互體併者也。

題鄭家隱居

唐　唐求〔一〕

不信最清曠，及來愁已空。數點石泉雨，一溪霜葉風。業在有山處，道歸無事中。酌盡一盃

〔一〕唐：底本訛作「康」，據《全唐詩》卷七百二十四改。

酒，老夫顔亦紅。

正格拗起句體即前四句平起互體，後四句仄起恒體

秋光凝翠嶺，凉吹肅離宮。荷疎一蓋缺[一]，樹冷半帷空。側陣移鴻影，圓花釘菊叢。摅懷俗塵外，高眺白雲中。

又　唐　王勃

百年懷土望，千里倦遊情。高低尋戍道，遠近聽泉聲。磵葉纔分色，山花不辨名。羈心何處盡，風急暮猿清。

偏格拗起句體即前四句仄起互體，後四句平起恒體

盧照鄰

芳樹本多奇，年華復在斯。結翠成新幄，開紅滿故枝。風歸花歷亂，日度影參差。容色朝朝

〔一〕蓋：底本訛作「盃」，據《全唐詩》卷一改。

落，思君君不知。

又

斗酒勿爲薄，寸心貴不忘。坐惜故人去，偏令遊子傷。離顔怨芳草，春思結垂楊。揮手再三別，臨岐空斷腸。

正格拗前聯體

千里風雲契，一朝心賞同。意盡深交合，神靈俗累空。草帶銷寒翠，花枝發夜紅。唯將淡若水，長揖古人風。

又　陸放翁

澤國霜露晚，孤汀煙火微。本去官道遠，自然人迹稀。木落山盡出，鐘鳴僧獨歸。漁家閑似我，未夕閉柴扉。

偏格拗前聯體

唐太宗

重巒俯渭水，碧嶂插遥天。出紅扶嶺日，入翠貯巖煙。叠松朝若夜，複岫闕疑全。對此恬千慮，無勞訪九仙。

又

虞世南

歌堂面緑水，舞館接金塘。竹開霜後翠，梅動雪前香。鳧歸初命侣，雁起欲分行。刷羽同棲集，懷恩愧稻粱。

正格拗後聯體

陳子昂

邊地無芳樹，鶯聲忽聽新。間關如有意，愁絶若懷人。明妃失漢寵，蔡女没胡塵。坐聞應落淚，況復故園春。

又　　劉憲

輿輦乘人日，登臨上鳳京。風尋歌曲颺，雪向舞行縈。千官隨輿合，萬福與時并。承恩長若此，微賤幸昇平。

偏格拗後聯體

魏徵

邊烽警榆塞，俠客度桑乾。柳葉開銀鏑，桃花耀玉鞍。滿月臨弓影，連星入劍端。莫學燕丹客，空歌易水寒。

又　　沉頌

思家東海東，君去因秋風。漫漫指鄉路，悠悠如夢中。煙霧積孤島，波濤連大空。冒險當不懼，皇恩措爾躬。

正格拗結句體

張文琮

花萼映芳叢，參差間早紅。因風時落砌，雜雨乍浮空。影照鳳池水，香飄鷄樹風。豈不愛攀折，希君懷袖中。

又

放曠出煙雲，蕭條自不群。漱流清意府，隱几避囂氛。石畫裝苔色，風梭織水文。山室何爲貴，唯餘蘭桂薰。

偏格拗結句體

王勃

東園垂柳徑，西堰落花津。物色連三月，風光絶四鄰。鳥飛村覺曙，魚戲水知春。初晴山院裏，何處染囂塵。

又　同

閑情兼默語，携杖赴嵒泉。草緑縈新帶，榆青綴古錢。魚床侵岸水，鳥路入山煙。還題平子賦，花樹滿春田。

正格拗二聯體

褚亮

蘭徑香風滿，梅梁暖日斜。言是東方騎，來尋南陌車。靨星臨夜燭，眉月隱輕紗。莫言春稍晚，自有鎮開花。

又　照鄰

梅嶺花初發，天山雲未開。雪處疑花滿，花邊似雪迴。因風入舞袖，雜粉向妝臺。匈奴幾萬里，春至不知來。

偏格拗三聯體

唐太宗

和風吹緑野，梅雨洒芳田。新流添舊澗，宿霧足朝煙。雁濕行無次，花霑色更鮮。對此忻登歲，披襟弄五絃。

又

李嶠

平生何以樂，斗酒夜相逢。曲中驚別緒，醉裏失愁容。星月懸秋漢，風霜入曙鐘。明日臨溝水，青山幾萬重。

前正後偏相半體

陳子昂

寶劍千金買，平生未許人。懷君萬里別，持贈結交親。孤松宜晚歲，衆木愛芳春。已矣將何道，無令白髮新。

又　劉憲

公主林亭地，清晨降玉輿。畫橋飛渡水，仙閣涌臨虚。晴新看蛺蝶，夏早摘芙蕖。文酒娱遊盛，忻叨侍從餘。

又　朱希晦

無事解衣坐，超然心境空。深林翳炎日，萬壑來天風。閑停白羽扇，拂拭朱絃桐。醉罷不知夕，月生滄海東。

又　李伯漁〔一〕

北竹青桐北，南桐緑竹南。竹林君早愛，桐樹我初貪。鳳栖桐不媿，鳳食竹何慚。栖食更如此，餘非鳳所堪。

〔一〕伯漁：底本訛作「白」，據《全唐詩》卷九十八改。

前偏後正相半體

賓王

二三物外友，一百杖頭錢。賞洽袁公地，情披樂令天。促席鸞觴滿，當壚獸炭然。何須攀桂樹，逢此自留連。

又

九齡

嘗聞繼老聃，身退道彌躭。結宇倚青壁，疏流噴碧潭。苔石隨人古，煙花寄酒酣[一]。山光紛向夕，歸興杜城南。

又

九齡

稽亭追往事，睢苑勝前聞。飛閣凌芳樹，華池落彩雲。藉草人留酌，銜花鳥赴群。向來同賞

〔一〕花：底本訛作「火」，據《曲江集》卷五改。

處，惟恨碧林曛。

又　　同

歸舟宛何處，正值楚江平。夕逗煙村宿，朝緣浦樹行。于役已彌歲，言旋今惬情。鄉郊尚千里，流目夏雲生。

一正一偏交互體　即仄起交互體二絶句相併者

上官儀

木落園林曠，庭空風露寒。北里清音絶，南陔芳草殘。遠氣猶標劍，浮雲尚寫冠。寂寂琴臺晚，秋陰入井幹。

又　　唐求

旅館候天曙，整車趨遠程。幾處曉鐘斷，半橋殘月明。沙上鳥猶睡，渡頭人未行。去去古時道，馬嘶三兩聲。

一偏一正交互體即平起交互體二絶句相併者

唐太宗

芳辰追逸趣，禁苑信多奇。橋形通漢上，峰勢接雲危。煙霞交隱映，花鳥自參差。何如肆轍跡，萬里賞瑶池。

又　同

新豐停翠輦，譙邑駐鳴笳。園荒一徑斷，苔古半階斜。前池消舊水，昔樹發今花。一朝辭此地，四海遂爲家。

又

寒隨窮律變，春逐鳥聲開。初風飄葉柳，晚雪間花梅。碧林青舊竹，緑沼翠新苔。芝田初雁去，綺樹未鶯來。

七言絶句拗體

李白

誰道君王行路難，六龍西幸萬人歡。地轉錦江成渭水，天迴玉壘作長安。

劍閣重關蜀北門，上皇歸馬若雲屯。少帝長安開紫極，雙懸日月照乾坤。

右二首偏格拗體。

銅臺宮觀委灰塵，魏主園陵漳水濱。即今西望猶堪思，况復當時歌舞人。

日長風暖柳青青，北雁歸飛入窅冥。岳陽城上聞吹笛，能使春心滿洞庭。

右二首正格拗體。此外諸家多例，于鱗《唐詩選》中於拗體取數首。

聲律不諧别是一體者

少年行

唐　王維

出身仕漢羽林郎，初隨驃騎戰漁陽。孰知不向邊庭苦，縱死猶聞俠骨香。

世人結交用黄金，黄金不多交不深。縱令然諾暫相許，終是悠悠行路人。

右《題長安主人壁》張謂[一]

七言絶句押仄韻者，其法不拘聲律

酒泉太守席上醉後作　岑參

酒泉太守能劍舞，高堂置酒夜擊鼓。胡笳一曲斷人腸，坐客相看淚如雨。

送劉判官赴磧西　同

火山五月行人少，看君馬去疾如鳥。都護行營太白西，角聲一動胡天曉。

胡笳曲　無名氏

月明星稀霜滿野，氈車夜宿陰山下。漢家自失李將軍，單于公然來牧馬。

〔一〕謂：底本訛作「説」，據《唐詩品彙》卷四十八改。

用通韻詩

七言律及絶句押韻或用通韻，第二句以下局于一韻不散用。此格不爲少。楊萬里詩最多用此格者。今舉一二備考證。《春暖郡圃散策》起句押「衣」字，承句用「癡」字，結句用「時」字。《浄遠亭午望》起句用「山」字，承句用「瀾」字，結句用「欄」字。《瑞香花二首》第一首起句用「機」字，承句用「枝」字，結句用「時」字。第二首起句用「低」字，承句用「奇」字，結句用「枝」字。○又偶有錯用者。楊萬里《聞鶯》詩「曉寒顧影惜金衣，著意聽時不肯啼。飛入柳陰多處去，數聲只許落花知」云云，此以「微、齊、支」三韻分押之三句。○又《唐詩選》盧弼詩《和李秀才邊庭四時怨》曰「朔風吹雪透刀瘢，飲馬長城窟更寒。半夜火來知有敵，一時齊保賀蘭山」云云，此類偶有之，不可爲常法。學者勿傚顰。○凡作五七言長篇，或以他韻參錯用之者，宜以唐宋諸大家之作例爲據也。古叶韻，華人亦尚非精韻學者難知之也，況於本邦人乎？古韻辨載之附録中。

交股對 即蹉對

舳艫争利涉，來往接風潮。
野老就耕去，荷鋤隨牧童。

是「舳艫」與「風潮」對，「利涉」與「來往」對；「野老」與「牧童」對，「就耕」與「荷鋤」對，上下互而成對也。

錯綜句法

舞鑑鸞窺沼，行天馬渡橋。

是「鸞窺沼」如「舞鑑」，「馬渡橋」如「行天」也。

十字句法

即兩句一意法，宜于頷聯用之。

如何青草裹，也有白頭翁。

忽聞哀痛詔，又下聖明朝。

又從江北路，重到竹西亭。

若無三日雨，那得一年秋。

似知重九日，故放兩三花。

押虚字句法

再遊應眷眷，聊亦寄吾曾。
人生重義氣，出處夫豈徒。

倒字押韻法

星河盡涵泳，俯仰迷下上。
古史散左右，詩書置後前。

聲律爲竅句

别來頭併白，相看眼終青。
花濃春寺静，竹細野池幽。

虚實對法

春來準擬開懷久，老去親知見面稀。

兩句一意法即十四字句法

自携瓶去沽村酒，卻著衫來作主人。世上豈無千里馬，人間難得九方皋。

假對法亦謂之借韻

厨人具鷄黍，稚子摘楊梅。「楊」作「羊」根非生下土，葉不墮秋風。「下」作「夏」子雲清自守，今日起爲官。是假「雲」對〔一〕眼穿長訝雙魚斷，耳熱何辭數爵頻。「爵」與「雀」通

扇對法

以第一句對第三句，以第二句對第四句。

〔一〕「對」後，似當有一「日」字。

「昔時花下留連飲，暖日夭桃鶯亂啼。今日江邊容易别，淡煙荒草馬頻嘶」之類。律句首四句扇對，五六句以下如律，此近體之特異者。又有中聯扇對及首尾中聯俱扇對者。

挾　聲

唐人五律中挾聲有用起句者，杜詩「昔聞洞庭水」，孟浩然「義公習禪寂」之類。有用第三句者，杜詩「清新庾開府」，王維詩「黄雲斷春色」之類。有用第五句者，杜詩「寧辭擣衣倦」，王維詩「泉聲咽危石」之類。有用第七句者，王維詩「回首射雕處」，高適詩「牀頭一壺酒」之類。

唐人不太忌之，而于鱗七律深忌之。

七律挾聲

有用起句者，杜詩「愛汝玉山草堂静」之類，有用第三句者，高適詩「巫峽啼猿數行淚」、杜詩「西望瑶池降王母」之類，有用第五句者，賈至詩「劍佩聲隨玉墀步」、杜詩「伯仲之間見伊吕」之類，有用第七句者，高適詩「莫怨他鄉暫離别」、杜詩「亦擬城南買煙舍」之類。

七言絶句挾聲

有用起句者，李白詩「蜀國曾聞子規鳥」，有用第三句者，是爲熟套。

第三字挾平者起句多有之，即不忌二四不同者也

北闕休上書，南山歸舊廬　孟浩然
楚水清若空，遥與碧海通　李白
一卧三四旬，數書唯獨君　賈島

第二字挾平者

怪來不作人間夢　于鱗
可知十載龍陽恨　于鱗
自言此劍千金買　于鱗

凡七言律第七句、絶句第三句，以第六字爲挾平者有二法

蛺蝶飛來過墻去，卻疑春色在鄰家
從此無心愛良夜，任他明月下西樓
無限心中不平事，一宵清話又成空
不用憑欄苦回首，故鄉七十五長亭

落日臨川問音信，寒潮唯帶夕陽還

右第六字挾平而叶第二字仄者

春潮帶雨晚來急，野渡無人舟自横

山城過雨百花盡，榕葉滿庭鶯亂啼

右雖第六字挾平而非叶于仄者

方虚谷曰：拗字詩謂之「吴體」。老杜七律百五十九首，而此體凡十九首。如「負鹽出井此溪女，打鼓發船何郡郎」「此」字拗，「寵光蕙葉與多碧，點注桃花舒小紅」「與」字拗是也，唐詩此類多，五言律亦有拗者。

不忌犯大韻例

牀前明月光，疑是地上霜「牀」與「光」相犯

趙氏連城璧，由來天下傳「連、天」與「傳」相犯

小苑鶯歌謝，長門蜨舞多「歌」與「多」相犯

荒山秋日午，獨上意悠悠「秋」與「悠」相犯

右起承句犯之者

美人天上落，龍塞始應春「人」與「春」相犯

浮沉千古事，誰與問東流「浮」與「流」相犯
可憐驄馬使，白首爲誰雄「驄」與「雄」相犯
但見淚痕濕，不知心恨誰「知」與「誰」相犯
右轉結句犯之

七言絶句犯大韻者

天寶年中事玉皇，曾將新曲教寧王「將」與「王」相犯
湖上新正逢故人，情深應不笑家貧「新」與「人」相犯
江上春風留客舟，無窮歸思滿東流〔一〕「留」與「舟」相犯
右於起句承句犯之者
半醒半醉遊終日，紅白花開煙雨中「紅」與「終、中」相犯
春意自知無主惜，恣風吹逐馬蹄塵「春」與「塵」相犯
右於轉結句犯之者

〔一〕滿：底本訛作「流」，據《全唐詩》卷七百七十四改。

五律一三五七仄腳句用孤平者，多係拗體

就中唯於第七句有之者，是爲熟套，不必拗體也。

用同母韻，古人忌之

如隔韻，不忌之云爾。然唐人賀知章詩有犯之者：「主人不相識，偶坐爲林泉。莫愁謾沽酒，囊中自有錢」。「泉」與「錢」相犯

一意格

古詩 李群玉

一合相思淚，臨江灑素秋。碧波如會意，却與向西流。

宮詞

一道甘泉接御溝，上皇行處不曾秋。誰言水是無情物，也到宮前咽不流。

四異格

絶句 杜甫

江動月移石，溪虚雲傍花。鳥棲知故道，帆過宿誰家。

漫興 同

糁徑楊花鋪白氈，點溪荷葉叠青錢。筍根稚子無人見，沙上鳧雛傍母眠。

對雨送人 崔曙

別愁復兼雨，別淚還如霰。寄心海上雲，千里長相見。

送元二使安西 王維

渭城朝雨浥輕塵，客舍青青柳色新。勸君更盡一杯酒，西出陽關無故人。

續腰格

詠史

高適

尚有綈袍贈，應憐范叔寒。不知天下士，猶作布衣看。

客有卜居不遂薄游汧隴者

許渾

海燕西飛白日斜，天門遥望五侯家。樓臺深鎖無人到，落盡春風第一花。「春」一作「東」

聯珠格

伊州歌

無名氏

打起黄鶯兒，莫教枝上啼。啼時驚妾夢，不得到遼西。

王昭君

白居易

漢使却迴憑寄語，黄金何日贖蛾眉。君王若問妾顔色，莫道不如宫裏時。

含意格

登樂遊原　李商隱

向晚意不適，驅車登古原。夕陽無限好，只是近黄昏。

洛陽春末送杜録事　劉禹錫

樽前花下長相見，明日忽爲千里人。君過午橋回首望，洛陽猶自有殘春。

分應格

九日登龍山飲　李白

九日龍山飲，黄花笑逐臣。醉看風帽落，舞愛月留人。

夜宴公主宅　武平一

王孫帝女下仙臺，金榜珠簾入夜開。遽惜瓊筵歡正洽，唯愁銀箭曉相催。

接應格

宿建德江

孟浩然

移舟泊煙渚，日暮客愁新。野曠天低樹，江清月近人。

秋江送别

王勃

早是他鄉值早秋，江亭明月帶江流。已覺逝川傷别念，復看津樹隱離舟。

字應格

絶句

白居易

卧枕一卷書，起嘗一盃酒。書將引昏睡，酒用扶衰朽。

城南

崔護

去年今日此門中，人面桃花相映紅。人面祇今何處去，桃花依舊笑春風。

雙尾格

別輞川 王維

依遲動車馬，惆悵出松蘿。忍別青山去，其如緑水何。

宿石邑山中 韓翃

浮雲不共此山齊，山靄蒼蒼望轉迷。曉月暫飛千樹裏，秋河隔在數峰西。

單尾格

罷相作 李適之

避賢初罷相，樂聖且銜杯。爲問門前客，今朝幾箇來。

金陵晚眺 高蟾

曾伴浮雲歸晚色，猶陪落日泛秋聲。世間無限丹青手，一段傷心畫不成。

奪胎格

謫居黔南　　黄庭堅

病人多夢醫，囚人多夢赦。如何春來夢，合眼在鄉社。此詩自唐白居易來。

過外弟飲　　王安石

一自君家把酒盃，六年波浪與塵埃。不知烏石岡頭路，至老相尋得幾回。自唐顧况詩來。

换骨格

小舫　　同

愛此江邊好，留連至日斜。眠分黄犢草，坐占白鷗沙。自唐盧仝詩來。

詩規附録

蒼茫

杜甫句「杜子將北征，蒼茫問家童」，註云：蒼遑貌。又「感激時將晚，蒼茫興有神」，《杜臆》云：意興勃發之意。又《野客叢書》曰：「東坡詩『蒼茫瞰奔流』，又『獨穿暗月朦朧裏，愁渡奔河蒼茫間』趙注謂，蒼茫兩字，古人用之皆平聲，而先生所用乃仄聲云云。白樂天雪詩『寒消春蒼茫』註云：音上聲。蘇子美詩『淮天蒼茫背殘臘，江路委蛇逢舊春』自注：蒼茫作仄聲，似此甚多〔一〕。」《詩醇》評云：「『蒼茫』二字俱讀從去聲，前人所未有。此自軾詩創用。」

爛熳

《品字箋》云：「爛熳二字，六朝後詩多用之，而字書韻書俱不收此字，不知何故云云。」蔣雲會

〔一〕甚：底本脱，據《野客叢書》卷八補。

《藝苑名言》云：「詩人每用爛熳字，玩詩意乃淋漓酣足之狀。然考《説文》《玉篇》等書，從無熳字。而王文考《靈光殿賦》有『流離爛漫』句，昌黎《南山》詩有『爛漫堆衆雛』句，皆爛旁從火，漫旁從水。改漫爲熳，不知起于何時。杜詩『爛熳睡』俱從火旁，然是後代鐫本所訛，不可引以爲據云云。」因是考之，爛熳者，酣足之意也。或云極盛貌，樂府《壽陽樂》「長淮何爛熳〔一〕」，指水言之。《江陵樂》「尋得爛熳絲」，指絲。退之句「離思春冰泮，爛熳不可收」，指離思。東坡句「又作春風爛熳晴」，指風。元稹句「觸處潛行爛熳狂」，指狂。王縉句「爛熳似帚把」，指帚。虞集《墨竹》句「内府人家爛熳寫」，指墨畫。范石湖句「無何爛熳眠」，指眠。李白句「身世殊爛熳」，係身世言之。樂天句「狂隨爛熳遊」，又孔武仲句「因成爛熳遊」，皆指遊。放翁《渭南集》云「霜晴爛熳東窗日」，指日光。又左思《嬌女詞》「黄吻爛漫通經術」云云，此皆從水旁。

請字

樂天詩云「請錢不早朝」，「請」爲平聲，唐人語也云云。劉貢父《中山詩話》載之。竹山云：「五律平法押韻句第一字當必平，若不得已用仄，第三字定當用平。此二字俱仄，失律之大者。七言

〔一〕淮：底本訛作「准」，據《樂府詩集》卷四十九改。

側法押韻句第三字、第五字亦同之。貢父辨明唐聲，以證白氏之不觸犯，良有以也。我邦聲病，此失最多，大率十首居其六七。誰昔然，抑『請』字平上去三音，義亦相通。若高適梗韻詩云『慷慨幕中請』，許棠『印心誰受請，講疏自攜歸』，周繇『公庭飛白鳥，官俸請丹砂』，祖詠『論功還欲請長纓』，皆係仄用。則貢父斷爲平聲唐人語，失於頗矣。」

空字

《詩話類編》曰：「空」字有四音。天曰大空，從平聲。《考工記》鑽空，《舜紀》匿空，《張騫傳》空道，《大宛傳》鑿空，皆作上聲。《論語》屢空，楊子「俄空」，唐詩「潭影空人心」，又曰「天空霜無影」，皆去聲。入聲音「窟」，古者空地而居之，謂之土空。司空，官民，居四民時地利，故曰司空。《周禮》註「司空，主國空地以居民」，空地即窟地也。竹山云：「此説難從。請以古人詩證之。鑿空，固上聲。蓋古註一通『虛中』義。然王摩詰『性空無所親』，白香山『心與竹俱空』，李義山『上士悟真空』，皆虛中，而係平用。吴鼎芳『籬空從雲補』，固去聲，黄魯直『乃見天宇空』，亦從送韻。而宋之問『仙來月宇空』，高達夫『久覺四天空』，皆係東韻，是與『天空霜無影』有何別？諸字書絶無入聲，而土空作上聲，司空作平聲，若岑嘉州『副相漢司空』，李于鱗『河堤使者大司空』，皆係東韻是也。唐詩又有『更著皮裘入土空』，亦從東韻。據此，『空』字平上去三音，而其義有時相通。其不可通者，大空、司空之平聲，鑽空、匿空之上聲耳。《類編》之説，豈不疎且謬乎哉？予於《詩律兆》

遇古人變調用『空』字者往往舍之，以其平仄不可的識也。但五律變調所附，儲光羲『明月空長霄』，華察『木落空山秋』，予嘗以他詩例之，定爲平聲。以今思之，其係仄用亦不可知也。是字詩中所多用，而後學易眩。予既三折肱故詳之，以爲辨乎聲詩之一助焉。」

中字

《藝苑名言》曰：「『中興』之『中』讀去聲。元凱《左傳序》云：『祈天永命，紹開中興。』陸德明音『丁仲反』，蓋當興而興，故謂之中，不必恰在中間也。杜詩『萬里傷心嚴譴日，百年垂死中興時』，餘不可數。又『廢興再興』之『興』皆平聲，杜詩可證也。又『中酒』之『中』讀平聲，《漢書・樊噲傳》『項羽既饗軍士中酒』，師古注『飲酒之中，不醒不醉，故謂之中也』。東坡詩『君獨未知其趣爾，臣今聊復一中之』，亦不可悉數。後人『中興』平讀，『中酒』仄讀，每每兩失。《說詩晬語》今按，中興之中宜仄讀，中酒之中宜平讀。王漁洋《池北偶談》論之詳矣。又姚福說，以爲『中酒』作去聲於義爲長，蓋『中』有『中傷』之義。至『中興』之『中』，古人亦有平讀者，如老杜詩『神靈漢代中興主，功業汾陽異姓王』『側聽中興主，長吟不世賢』，李義山『身閑不睹中興盛』，皆作平聲用云云。此說恐欠妥。凡仄脚句第六字挾平者多有之。由是考之，三詩所用，概不可爲平用也。

詩不可言什

《詩人玉屑》云：《詩・二雅》及《頌》前三卷題曰「某詩之什」，陸德明釋云：「歌詩之作，非止一人。篇數既多，故以十篇編爲一卷，名之爲什。」今人以詩爲「篇什」，或稱他人所作爲「佳什」，非也。

漫與

《曝書亭集》曰：杜工部集有《漫與》五言絶句九首，又七言云「老去詩篇渾慢與，春來花鳥莫生愁」，「渾漫與」者，言即景口占，率意而作也。其後東坡、魯直諸公皆襲用之，押入上聲「語」韻。段復之詞云「詩句一春渾漫與，紛紛紅紫俱塵土」，陰時夫輯《韻府群玉》亦采入「語」字韻中。蓋元以前無有讀作「漫興」者，迨楊廉夫作《漫興》七首，其弟子吴復從而傅會之，註曰「漫興者，老杜在浣花溪所作。蓋眼前之景，以爲漫成之辭。」自廉夫詩出，而世人遂盡改杜集之舊，易「與」爲「興」矣。杜詩仇注曰「漫與者，老則詩境漸熟，但隨意付與。」此外王荆公、東坡諸人多用之。

來字

嘗與一詩人同賦詩，探韻得「支」而押「來」字。予疑問之，則曰：「收之『支』韻則音『離』，義相通云云。」予所未嘗知，而一時席上之事，不强問其所據。後遍閲韻書，無收「支」韻者。後又有一友人，證以《詩經·邶風》「莫往莫來〔一〕，悠悠我思」句。雖然，《詩經》所押爲叶韻，叶韻於今韻不可爲例證也。宜哉諸韻書不收之「支」韻，於是乎宿疑了然。

用通韻例證

蕭山毛奇齡《韻學指要》云：古韻無明註，唯宋吴棫、鄭庠各有古韻通轉註本，惜當時但行棫説，而不行庠説，致韻學大晦。考鄭氏《古音辨》分古韻六部如左：

〇東冬江陽庚青蒸七韻皆協陽音

〇支微齊佳灰五韻皆協支音

〇真文元寒删先六韻皆協先音

〔一〕莫：底本訛作「無」，據《毛詩注疏》卷三改。

○虞魚歌麻四韻皆協虞音

○肴豪尤蕭四韻皆協尤音

○覃鹽咸侵四韻皆協覃音

其書出吴氏《韻補》後，按之古音，已得十之九。所略不足者，「魚虞歌麻」與「蕭肴豪尤」尚分兩部耳。老杜《彭衙行》參用「刪文真寒先元」六韻，與毛氏所引鄭氏《古音辨》合焉。

又元李孝光〔一〕《題畫史朱好古卷》詩，篇内押叶韻四字。蔣易師文題後曰：「叶韻近來用之者鮮，獨於五峰屢見之。如前詩『生』與『央』叶，『舟、瑕、臺、芽』並與『壺』叶，『東』與『翔』叶，『兵、沙、淮、志』並與『思』叶，『魚、駒』並與『遊』叶，渢渢乎《騷》《選》之遺音。然欲效之者，必考據《詩》《騷》又材老叶韻補韻而用之，斯爲善矣。不然，如閩人以『高』叶『歌』韻，浙人以『藍』叶『山』韻，適爲抵掌之資爾，可不慎歟？」彼國人慎之尚如此，況於本邦人乎？

清毗陵邵長蘅，字子湘，所纂《古今韻略》例言曰：「古詩長篇押韻，宜以杜韓爲法云云。」其略曰：「杜甫《彭衙行》二十三韻，真文元寒刪先六韻通不通庚青蒸韻。《杜鵑》十四韻，真元先通。《石壕吏》詩『暮投石壕村，有吏夜捉人。老翁踰墻走，老婦出門看』，僅三韻耳，真元寒通用，亦是一證。《揚旗》十二韻，庚青通不通真文等韻。又仄韻法，《自京趣奉先縣詠懷五百字》，質物月曷黠屑

〔一〕光：底本訛作「先」，據《元詩選二集》卷十二改。

六韻通不通陌錫等韻。《北征》七十韻，質物月曷黠屑六韻通。《留花門》十四韻，質物月屑通。其他一二韻偶通者不能遍舉。《憶昔》七古十一韻，質屑通。《白水縣崔少府十九翁高齋》三十韻，陌錫通不通質月等韻。《送李校書》二十六韻，陌錫通。《兩當縣吴十侍御江上宅》十八韻，陌錫職通。《鄭典設自施州歸》二十五韻，陌錫通。《八哀詩·李光弼》二十韻，葉洽通俱不通質月等韻。以上爲入聲。」

韓愈《謝自然》三十四韻，先真文元寒删通。《秋懷詩·卷卷落地葉》十韻，元寒先通。《江漢》一首七韻，寒元删通。《剥啄行》四言十八韻，真元寒删先通。《孟東野失子》二十八韻，真元寒删先通。《雜詩》「古史散左右」十八韻，真文元寒删先通。以上《古今韻略》

詩規卷下終

優軒詩話正編

小笠原優軒

《優軒詩話正編》一卷，小笠原優軒（生卒年不詳）撰。據天保三年壬辰（一八三一）刊洗心堂藏版校。

詩話序

或問曰：「周詩廢而《楚辭》起，《楚辭》已而律體就，蓋有關于時世矣。今日復古之詩，首創于子黨。有所激而作歟？豈其自然哉？」予應之曰：「然。自然固難言矣。有順成之自然，有逆成之自然。子何言之容易也？狃老莊虚無頹墮之自然，而疑吾道中當當然順逆竝行之自然，抑亦過矣。唐人改六朝纖巧之弊而拘律起，其弊更甚。唐三百年間詩體四變，宋元明清歷年七百，至今其變屢遷，而平側拘律之弊兹極矣。今之距唐千年而遠，遠而既久，則天道還復，人無不皆懷厭浮言淫詞之心。當是時，反之古，謂之順歟？謂之逆歟？其跡似逆，而其實則順。我以爲逆，成之自然也。於是乎又尚友古之人，豈弟君子，干禄不回，如是而謂之何。」曰：「非悻悻激世之比也。僕誠小人也。」謝過而退。

天保二年辛卯六月望前一日，谷㥁識。

詩話序

詩之有復古，始自吾詩社也。近來平側詩之濫也，真詩泯焉。詩之情墮矣，詩之言乖矣，詩之用違矣。嗚呼！詩之道之教滅矣。世之真丈夫，有真志而有真力量者，盍一掀其手，起風熾焰，而興既滅之真詩焉。社友謀而輯其平日相告戒要語，編成詩話一卷。讀者無謂今古殊世，則咏歌與時異，舍康莊平平之正路，而終身役役從於荆棘之邪徑。今爲天下萬世學詩者，除拘拘平側之鈎棘，譬猶羽鳥之使脱樊籠，東西南北任飛自在，豈不亦快快樂易之事乎哉？樂國生識。

易簡老人喟然嘆曰：李唐以後數百千人，數萬億詩，平側雕蟲之册子，自今東閣而掃除之，大愉快大樂易之事。

詩話正編

復古社友同閲

劉勰曰：大舜云「詩言志，歌咏言」，聖謀所析，義已明矣。是以在心爲志，發言爲詩。舒文載實，其在兹乎？詩者，持也。持人情性。《三百》之蔽，義歸無邪。持之爲訓，有符焉爾。人稟七情，應物斯感。感物吟志，莫非自然。

蘇軾曰：詩須有爲而作。用事當以故爲新，以俗爲雅。好奇務新，乃詩之病也。

危稹曰：詩不可强作，不可徒作，不可苟作。强作則無意，徒作則無益，苟作則無功。

凡屬對，以自然無安排爲最上，涉人巧即已凡庸矣。楊萬里曰：「古人之詩，天也；後世之詩，人焉而已矣。」欲不凡，焉得乎？《詩·邶風》「構閔既多，受侮不少」，《小雅》「殪彼小豝，殪此大兕」，此自然之對也。

莊子曰：「忘足，履之適也。」袁枚曰：「忘韻，詩之適也。」豈唯履與韻而已哉？於對偶亦然。

《三百篇》以思無邪爲主，詩人之興趣止於此而已。屈、宋、揚、劉之詞，蘇、李之五言，彭澤之南山，皆不失古人之氣格。大抵兩漢及建安，要亦契自然之真趣矣。齊梁之纖巧，猶愈于李唐拘拘之格律也。唐以後之作者，概皆出於沈、宋拘律之胯下矣，昏昏憒憒，莫悟其非者。寒山、拾得二子，獨追《古詩十九首》之響，而不與唐一代作家同轍也。邵堯夫續之于宋，陳憲章因而成一家於明。雖殊異乎今日蟬噪之吟，猶未能使天下後世之人革其面也。有復古之志者竊惜焉。

朱文公曰：「自沈、宋定著律詩，而後詩之與法，始皆大變。以至今日，益巧益密，而無復古人之風矣。」昔者先王制《雅》《頌》之聲以道之，感動人之善心，不使放心邪氣得接焉。噫！今之詩果然乎？滋長人之淫心，而使放心邪氣無所不至焉。詩之所以爲教者何在焉？於彼乎？於此乎？君子思諸。

譚友夏曰：詩之衰也，衰於讀近代之集苦多，而作古體之詩苦少也。

陳石齋曰：詩之工，詩之衰也。言，心之聲也。形交乎物，動乎中，喜怒生焉。於是乎形之聲，或疾或徐，或浩或微，或爲雲飛，或爲川馳。聲之不一，情之變也。率吾情盎然出之，無適不可。又曰：受朴於天，弗鑿以人；稟和於生，弗淫以習。故七情之發而爲詩，雖匹夫匹婦，胸中自有全經。此風雅之淵源也。

方正學曰：人不能無思也，復有言。言之而中理也，則謂之文。文而成音也，則謂之詩。苟於世教無補焉，興趣極乎幽閒，聲律極乎精協，簡而數十言，繁而數千言，皆苟而已，何足以爲詩哉？

白沙曰：晉魏以降，古詩變爲近體，作者莫甚于唐，然已恨其拘聲律工對偶。窮年卒歲，爲江山草木雲煙魚鳥，粉飾文貌，蓋亦無補於世焉。古言有之曰「志道者少與，逐俗者多疇」。吁嗟爲志道之人耶？爲逐俗之徒耶？兩途岐于此，左乎？右乎？古詩與近體之謂也。

詩者，古詩之謂也。其有近體用四聲平側者，猶國歌有俳歌、雜俳歌，別是一種詩，名曰「平側詩」可也，曰「沈、宋唾餘之詩」亦可也，不得單稱曰「詩」也。

志之所持謂之詩，其心須以敬戒爲本。賦詩，耻一言不爲戒，耻一句不自敬。防邪如讎，守正如城，而後庶幾思無邪之境矣。若夫後世，徒論風月以爲詩者，所謂風流者，流之玩物而已，不爲喪志之根者幾希矣。可不慎乎？

羅大經曰：「古詩多矣，夫子獨取三百篇，存勸戒也。吾輩作詩，亦須有勸戒之意。如彼繪畫琱刻者，固爲枉費精力矣。」又曰：「吟賞物華，流連光景，過於求適，幾於誨淫教偷，則又不可之甚者。」黄陶庵曰：「作詩文摹畫兒女情態，爲後世狂藥，其罪不細。吾今生戒之。」先輩懲戒，其言炳如。薛千仞飲博門中之喻，亦可監也。

有韻之文，以雅致爲旨，敬戒不著敬戒，而其所敬要徹底，其所戒要周遍。康節先生《感事吟》云：「芝蘭種不榮，荆棘剪不去。二事無奈何，徘徊歲將暮。」可謂所敬徹底，所戒周遍也。亦周詩《兔爰》之流亞也。

有此詩而後有此調聲，或高或低，或洪或纖，樂律之因詩而節音也，古也。近體詩必先定幾種聲格，而後作詩，所以失古也。世人謬言，平側失黏，則其詩不諧樂律，而永守二四不同、二六對，屈丈夫之大志，而甘墮于兒戲中，出没於平起側起、正格反戾式之波蕩，終身不回不悟者多矣。可哀哉！

《徐氏筆精》引屠隆言曰：「天下事有最僥倖而不可解者，沈約韻書是也。孔子作經及漢魏古詩，斑斑可考，豈盡訛謬，至約始改正耶？約背越聖賢，變亂千古。後世遵之如聖經，百代而不敢易，此甚不可曉也。」王氏《續文獻通考》亦深致疑於此。卓卓朗朗，洞見千古者，可甘受沈郎之欺哉？

《封氏聞見録》曰：「切字始于周顒。顒好爲体語〔一〕，因此切字皆有紐〔二〕，紐有平上去入之分〔三〕。沈約遂因之，而撰《四聲譜》。」可見其根據既浮淺也。夫聲有緩急，而長短之節自然有之。或長而一音爲二音，或短而二音爲一音。「穀」之爲「句瀆」，「乘」之爲「壽夢」，《春秋》經傳既見之；「筆」曰「不律」，「飆」曰「扶搖」，《爾雅》《釋文》先有之。何見如後世所謂切字法者邪？夫聲有緩急長短，則平之、上之、去之、入之者，固當不無之也。唯古人未嘗定其制，而作歌詩永言之字句而已。讀《三百篇》者，不可不知也。

四詩《風》《雅》《頌》。風，風也。如風之觸物。又諷也，諷而以盡情。譬諸人之語言，如笑而告之然。雖有所戒，有所譴，婉婉柔媚之態渾全焉。雅，正也，嚴也。大雅，如盛服立朝而文武百官相告戒然。小雅，嚴毅方正之中，左顧右盼，自有含笑之聲色。頌，容也。容之至者也。如人之

〔一〕体：底本訛作「休」，據《封氏聞見録》改。
〔二〕紐：底本訛作「組」，據《封氏聞見録》改。
〔三〕紐：底本訛作「組」，據《封氏聞見録》改。

對越神祇，而俯伏欽仰，敬容誠至焉者然也。

四詩在格調，格調在句法。今人讀近代之集苦多，而習以爲常，守以爲法。平側之調，目染耳熟，而靡靡之句法淪浹於心髓。聞四詩之格調，則視以爲異調，必曰非今時所宜，而爲不可企及者。蓋亦不知習染成性也。有志之士，更讀《三百篇》，而洗滌一過，而後詩人之雅致渾渾流出，句法清穆，格調高潔矣。社友嘗另録《三百篇》，以句法類之，以類合之。又分堪輿命享空徒德行神貌養物動植言等十五名聚之，遂釘爲一册。名曰《詩斑》，以爲句法之監。學詩者若是而後，古今阻隔之辨，無復介於懷矣。

讀《三百篇》之法，必先得詩人之原志，而後見其若比、若興、若賦，或賦之有比言者，或興之爲反興者。而後討章尋句，分而解之，合而通之，則興趣雅致宛然於心目間，而千歲旦暮，尚友咫尺矣。社友近取朱子、衛宏、申培、何楷、曹學佺、顧夢麟諸説，及《詩經傳説匯纂》《詩經折中》《詩經郎嬛》《詩經原志》等諸書，對閲比較，反復論議，混同融會，而抽大義於衆長之間，録成編，名曰《詩説》，以爲讀《三百篇》之指南車。蓋舉詩人之原志而標之而已。

程子曰：凡説婚姻男女，多言東，東取生育之意。人君多言南，凶喪多言北。是亦比言之類。又曰：各就其國所有而言者，如《周南》多言南，是即賦之恒言。

凡詩文涉於造作巧思，即失真矣。不遇其物，不遭其事，强作即妄作矣。方正學曰：「聖賢君子之文，發于自然，成乎無爲，不求工奇而至矣。自足達而不肆也，嚴而不拘也，質而不淺也，奥而不晦也，正而不窒也，變而不詭也。辯而理，澹而章，秩乎其有儀，燁乎其不枯，而文之奇至矣。然聖賢君子，曷嘗容私於其間哉？盈而流，激而發，不求而自得者也。」若夫非有自得，而安頭排腳，結撰雖巧，八股雖張，其文不足觀也。尚有甚焉者，近時作平側詩者，探題探韻，而杜撰漫作。徒成彩剪之花，既無生意，何足觀之？若夫同志相會，各賦其所思，則平日有得於讀書之上者，若心性德業，若治法經濟，不問世態應接，觀物感事，勿論榮枯盛衰，安居流離，一皆永言之於詩。勵己勸人，豈亦無益哉？盈而流，激而發，不求而自得者，豈亦不可庶幾哉？

方正學曰：「由古以之今存于勢，援今以反古存乎人。天下之勢舍厚而趨薄，舍謹而爲慢。如水之下流，滔滔汩汩，不至於極不止。幸有一人知其不善矣，自非達而在乎位，亦不能奪舉世之所嗜，而挽之復乎古。」自古不在乎位，而慨乎此嘆乎此者，蓋亦多矣。雖然，有志之士不可自委廢，而諉之於無位也。援今以反古固存乎人，諉之於無位而畏縮者，吾不知也。

韻，均也。詩韻止五。一東，洋洋錚錚之響均焉。二魚，鋸鋸喁喁之響均焉。三支，刺刺泄泄噫噫哉哉之響均焉。四真，誾誾侃侃汕汕云云之響均焉。五歌，瑣瑣荷荷峨峨蛇蛇之響均焉。沈約以來，所謂入聲者，喈喈鴟鴟之聲。總歸五韻。

和音耳天，潘怒留波總天。四真奈利，于乃字袁志久藩。一東能韻。

伊者三支，阿仁比久聲波。五歌乃韻，於仁比微九古曾。二魚登知奈禮。

入聲波，五韻能中扁通不南里。九幾者東魚仁，津知不支真歌。

右國風俚體三章，以代韻目。邦言易記誦，俗耳易通曉。諷吟之間，古韻了了，無復疑惑。

張蔭嘉曰：「詩愈古，則韻亦愈古；韻不安，詩不安也。」學詩者不可不知古韻也。社友所質五韻，其所據正確。縱《三百篇》，横《楚辭》，左右逢其源。又嘗收《三百篇》所押韻字，録爲一卷，名曰《詩韻譜》，末附押韻十一例。學者可并考。

自人之有言語，畫其形而通其指，則聲亦隨之。結繩既廢，而文字聿興，音韻亦附焉。然世有古今，地有南北，而音韻隨異。從來有韻學諸書，亦但狃其世與土之聲調，而取舍沿革亦復不同。吴楚輕淺，燕趙重濁，秦隴梁益，長短異聲。古音之不與今同，亦復若是。閻百詩曰：「百里不同音，千年不同韻。」將孰適從？在今日，宜視古而正其訛也。若其彼此相通用無妨者，兩存之可也。且自古言語自然相近，而音韻兩屬者固已有之，亦不可不知也。今就諸韻書中證其一二，而散出於後條，亦但其一隅而已。

家賈之爲音古姑，居寅之爲音其夷，胯跨之爲音歌舸，人皆知之。御字爲音迓，寫字爲音眛，又音蝑。蝑字又音胥，又音卸。其爲諧聲兩屬，知者少矣。

《北風》「其虚其邪」之「邪」，《世本古義》云：「《爾雅》及豐氏本俱作『徐』。」按《五音集韻》：「邪音徐，又音余。」古音固存，後世一爲「斜」音者，固也哉。

夜字，羊謝切，又羊如切。且字，一七也切。斜字音苴，當從余音余。譌字與譁同，亦當從爲音嫣，又與訛、吪、僞同五禾切。也字又音以，又音虵。虵音柁，又音豸，又音矢。匜音以，又音駝。

池、馳並又音駝。蛇又音池，又音夷。沙又音師。

墮、捼，並許規切。胥音逶。軔、濡、仍、婼，並音而。除、舒，並音余。余又音徐，又音漇。土又音奼，又音吧，又音煆。狝音姕，又音精，又音疑，又音權，又音示，當從示音示爲是。台、治並音怡。姬、熙之類從巸，與夷同音。衛、蠏、蠵、蝰並音謁。轑、路並音落。僁音傒。没音妹。準音水。下音户。牝音婢。敏音美。父母之母，與牡、畝、某、梅同屬厚韻。淳母、母追之母，與謀字同屬尤韻。而某、梅二字已入灰韻，謀、母亦當與媒、禖俱在灰韻中。《三百篇》中，母、謀、畝等字，其韻分明不屬尤厚。尤厚，古韻一東。灰，古韻支。

凡舉示後世韻目者，下皆效之。

界字，從田介聲。介，《五音集韻》轄韻收之，與戛同音。凡從介字，如芥、忦、尬、价、砎、骱、玠、扴等皆音轄。界亦當音戛。

野字，《集韻》語韻收之，音予。又與墅、壄同承與切。求字，及諸從求字；抱孚，及諸從孚包字，劉、樓、獳、務、朱、俞、句、茂等字，皆諧聲兩韻，或虞，或侯，不可定執也。

四、駟、肆，俱音悉。唧、揤，俱阻悉切。《禮部韻》即、堲俱子悉切。外字五活切。舌又音活。學又音決。鼆又音絺。悌、弟俱特亦切。雄、能、熊並胡弓切。荼音徒，又音椰，又音蛇，又音户，又音余。朝音侏。批音鼈。來音盧，又音力。欲、慾與裕，同音喻。獻音義。列音株。驒音低。驕音句。斯音疏，又音些。陂、波並音碑。摩、麽、鶩、墨並音眉。些、呰俱屬個韻，又屬霽韻。踠入於過韻，豫入於禡韻之類，皆諧聲兩韻。

令字，從人從一從卩，當從人聲音鱗。鱗一作魿，又音連。《五音集韻》令、零、苓、泠、伶、㲆，俱仙韻來母收之。袁枚曰：「令字，古音同連。漢以前無讀靈者。」命字，從口從令，口聲，本屬厚韻，令聲，自爲仙韻。命字或音鳴，或音眠，是爲諧聲。簋字，《說文》簋，從竹，從皀，從皿，皀聲。皀讀若香，穀之香也。皀，《集韻》陽韻曉母，許良切，音香。簋字當音香，是爲古音。學者以三隅反之，必能辨其正訛矣。

古今之遷，猶晝夜也歟？日月往矣，無夜而不爲晝也。夏殷之叔季，民之暴亦極矣。湯武之治，未嘗易其民也。君子豹變，小人革面，唯其習是易而已耳。其習之未易也，當是時，欲遽移而急改之，抑亦難矣。其習之既易也，目變耳更，而視聽之所移，心亦隨移。耳目移，心移，而擬唐仿宋之詩陳而亡矣。擬唐仿宋之詩亡，而風雅之真詩斯興焉。擬唐仿宋之詩亡之日，即風雅之真詩興之日也。自今後五十年，真詩滿於天下者，不疑也。今録數篇於後以爲嚆矢。

王丹麓河之渚　二章

河之渚，梅以爲春。我廬於斯，我室於斯。乘舟而綸，游泳無時。

河之渚，葭以爲秋。我竹既藝，我魚既餒。卒歲優遊，樂其生遂。

鴨水，頌平安也。四章皆賦，章四句　高村貞

鴨水維清，叡岳維高。平安萬古，神王所都。
赫赫白日，穆穆神威。萬古一姓，四夷所仰。
葦原之國，瑞穗之豐。不見黍離，于見豐饒。
維此王國，神其造之。邦畿千里，維民所止。

蒼天，讀《易》也。賦一章，十二句　村井成美

彼蒼者天，我以爲君。日月于臨，我以爲父母。四時維友，神聖維師。變化維何，窮通維何。
維我與物，我心罔極。蒼天蒼天，物其無盡。

渺望，淡海也。三章皆賦，章六句　谷悳

渺彼淡海，維神甸之。八百之水歸焉，四方之邑安焉。天覆地載，永年不變。
渺彼淡海，維神之功。濃勢若越，維水之同。朝宗于海，萬國之望。
渺彼淡海，維神所治。振兮不泄，滿兮不溢。神澤不竭，王德之依。

椒柏，頌新年也。三章皆賦，二章章四句，一章八句　村田常道

椒柏維酒，黄流在勺。以酌以獻，告歲之新。

椒柏維酒，清香滿室。以頌以禱，壽考萬年。

月正元日，朝野肅然。政之是平，民心是一。政之不平，民各生心。政平民一，邦國泰然。

有鳥，讀《莽紀》也。三章皆興，章十二句　吉田重和

有鳥嘵嘵，龍盤于瀆。綽綽碩人，衣褐織席。硜硜小人，被冕佩玉。國之有紀，下民維平。國之無紀，下民維險。嗟乎上帝，何其不厭。

有魚喁喁，龍蟄于洿。綽綽碩人，衣褐織屨。硜硜小人，被冕乘輅。國之有紀，下民維度。國之無紀，下民維懼。嗟呼上帝，何其不怒。

有蠅營營，龍潛于泥。綽綽碩人，衣褐牧羝。硜硜小人，被冕執圭。國之有紀，下民維齊。國之無紀，下民維迷。嗟呼上帝，何其不災。

甘雨，民蹈舞而祈豐年也。賦一章十八句　高橋鑑民

甘雨三日，澤于百穀。蝥賊斯去，稂莠斯枯。神之所祐，民之所福。絲竹鼓鐘，其聲將將。謳歌蹈舞，其舞仙仙。俯兮仰兮，如耕如耘。進兮退兮，如獲如斂。不忘不助，維其長矣。衆庶安寧，豐年穰穰。

荆林，控于其師也。三章皆比，二章十二句，一章八句　登阪維恭

荆棘成林，道塞而斷兮。迴車言還，永思自憐兮。有美一人，淵兮湛湛。揖我誘我，坦坦路兮。路于達兮，步亦步，趨亦趨，胥樂兮。

東山巖巖，人皆仰兮。欲陟不得，〔一〕心茫兮。白日晼晼，浮雲漠兮。望兮何睹，心增傷兮。風其發兮，月出皎兮。于見其岸，于登其岸。

有室有家，于山之下。既入既宿，心蕩蕩兮。嗟呼小子，履子即兮。嗟呼小子，履子發兮。

瞻彼叡嶽，思念祖師之德也。賦，一章八句　釋慧海

瞻彼叡嶽，白雪皓皓。北風烈烈，寒威栗栗。昔我高祖，在彼勞劬。肫肫其德，永濟群蒙。

〔一〕此處似脱一「我」字。

花兮，讀《老子》也。二章皆賦，章四句　石川道紀

花兮開落，雲兮聚散。人生事業，澹兮閑兮。

水其滔兮，風其漂兮。谷神不死，萬有千歲。

日月，傷我生也。二章皆賦，章六句　江南轍

日兮月兮，于照于臨。我生如兹，曷其有安。父母斯亡，憂心隱隱。

日兮月兮，萬物于育。我生無慰，曷其有樂。無恃無怙，憂心不忘。

陟阻，一谷懷古也。二章皆賦，章六句　成美

陟彼阻兮，松柏蒼蒼。平氏之亡，三軍于没。北風飆飆，波濤蕩兮。

鐵楞之峻，王宫焕兮。維昔之盛，今其邈兮。月出慘矣，慨其嘆矣。

松亭，賀卜居也。二章皆興，章五句　貞

松之亭亭，清風習習。君子卜居，履是爲基。德音日達焉乎哉。

松之亭亭，零露瀼瀼。君子卜居，才既棟梁。功業日盛乎哉。

有鳶，民安其生也。二章皆比，章四句　野村孝保

有鳶有鳶，飛戾天兮。或集于棘，其樂只且。
有魚有魚，躍于淵兮。或在于渚，其樂只且。

社約

善變鳳音，必絶梟鳴。永棲梧桐，何止於荆。大雅之聲，將今興焉。固禁喭語，勿雜蟬噪。同盟盟後，必思無邪。穆如清風，必不浮華。勿務奇以慕譽，勿顧毁以變守。渝盟天其厭之。

詩話正編終

詩話正編後言

孔子聞鳳兮之歌欲與言，聞滄浪之歌取其知道。人心之所感而發於言者，亦足以感於人也。詩之不可以已也，尚矣。何世無詩？何人無詩？若夫王政之興廢，風俗之美惡，其所感有邪正焉。政廢俗敗，而人心之所感邪，則其發而永言者，不可以訓也。詩將以亡矣，於是教以修道。道以持志，其邪其亡庶免矣。君子之患風俗人心也深矣。「王者之跡熄而詩亡」者，蓋嘆政廢俗敗，而人心之所感日邪也。嗚呼！詩亦足以感於人。以此移風化俗，則何世不可移？何人不可化？況今王政日張，文教日闢，而昇平之澤被四海，王道之易易，可以歌也，可以頌也。真詩之興與時會，豈不鼓舞而期其盛乎哉？嘗聞文與政通，詩關氣運，此言信矣。

天保元年冬十二月，高村貞撰。

全唐詩律論

谷斗南

《全唐聲律論》二十五卷，谷斗南（生卒年不詳）撰。據天保十年（一八三九）刊本校。

按：谷斗南（たに となん TANI TONAN），江户時代儒醫。名立木、立惠，世稱「太公」，號斗南、梅花長者。赤穗（今屬兵庫縣赤穗郡）醫官，師從井上金峨，修儒學。生平事跡不詳。

其著作有：《聲律詳解》十卷、《全唐聲律論》二十五卷、《唐詩選評注》三卷、《唐詩後選》十五卷、《唐宋元明變體僞集》一卷、《談唐詩選》一卷、《詠物三百首》三卷、《梅花九百集》四卷、《百首如一集》三卷、《東海道名勝詩》二卷、《斗南遺書》十卷、《墨子全書注》六卷、《張注列子補》四卷、《晏子春秋全書注》四卷、《劉向新序注》五卷、《家相圖説》一卷、《義士姓名録》一卷、《古事附談》一卷、《傷寒論章句注》三卷、《金匱要略注》三卷、《静壽館醫談》一卷、《好好園詩話》二卷等。

全唐聲律論序

大日本之詩，權輿於大友天皇、大津皇子，爾來作者不下於數百，或擬漢魏六朝之古風，或傚唐宋元明之近體，其論格調者亦不少。赤穗國手谷道人，本業之餘力能詩，最長於議論，所著之《全唐聲律論》，其意蓋在醫詩家之病也。一日於詠歌席上，芝山學頭顯察和尚示其書，説其刻成之因緣，而求余之題言焉。嗚呼！道人之功偉矣，而捐資付工傳之無窮者，黑谷祐譽上人欲度作詩衆生之慈悲心也。彼此有所感之，故率爾操觚，以屬於和尚。豈可免佛頂穢糞之誹謗乎？

天保己亥上巳，華頂殿侍倭學士平小山田與清序。

全唐聲律論自序

傳曰「美鍼不如惡石」〔一〕，然則醫之爲術，無惡石若也。今其術已亡，而無知之者矣。余之於詩律，竊施其術，專論唐人所由來，而砭明人之説，以導引本邦詩人，不亦仁乎？雖然，余未嘗學詩文於人，故論其聲律，亦不能無誤治也。若其誤治，乃病家自知之，雖則知之，不敢責誤治，乃謝曰「良愈」，既而謁他醫，是以不知誤治之爲誤治，故用惡石不已。此所謂「秦醫雖善除，不能自彈」者乎？若謂宋人以來不有如余論聲律者，亦足以當詩腸鼓吹，此非余所敢望也。特欲爲俗耳鍼砭而已。

天保三年十月六日，平仄道人谷立悳撰。

〔一〕鍼：《左傳·襄公二十三年》作「疢」。谷斗南《好好園詩話》考訂當作「鍼」。

《全唐聲律論》成因題四韻

全唐格調幾頽夷，稚世搜奇却不奇。
五七言中標古律，一千年外碎新規。
書圖日月雲初散，韻逐陰陽風自移。
絶代名賢如可作，應將知己請追隨。
天保四年癸巳二月，再書。

全唐聲律論　凡例

一、是編具揭四唐聲律之變拗，而不及宋明聲律，何也？唐太宗皇帝創制律體，排比平仄，爲千古不易之法。宋明総守其繩尺，分不能進，寸不能退。蓋宋明學聲律，與我邦學聲律，其揆一也。若將原宋明聲律，則唐詩正其經緯蹊徑也。若挈裘領詘五指而頓之，順者不暇僂指也。然則何問宋明之爲！如梁公濟《冰川詩式》，太氏出杜撰疎謬，余慨然於斯也。譬猶憂河水之涸，泣而增之也，增之猶賢乎已。故嚴加臆斷以定之。五言律有一句拗一字，或二句拗一二字，或全篇變拗者，皆舉全篇，以列於各部。如七言律五七言絶句亦同，然至其世次前後，最爲冗雜，今依所見，而爲詮次，不爲更張。

一、四唐篇什中，有變體一二見者。則雖一二見者，皆可以爲法則也。故一一標之，無有遺漏。唐興，詩人承陳隋風流，浮靡相矜，至宋之問、沈佺期，研揣聲律，鈞兩不差，而號「律詩」。如李杜王岑諸公，馳騁度外，變化無極，其研揣聲律，鈞兩不差，固非不知矣。知而爲之者，其猶初唐始破沈約所謂「八病」歟？及後生學其聲律，豈莫如造父學泰豆者哉。故不拘篇什多少，而表出之。

一、五言排律，初唐之所創制也。排乃排闥之排，而律之最極精嚴者，固勿論也。然間有拗格，比五七言律差少。有五韻者，或有六韻者，或有至百韻者，故表一二以略之。

一、五言絶句全自漢魏來，故唐人不拘聲律。七言短古始於《垓下》，至於陳梁，作者紛然。如簡文帝、元帝《烏栖曲》，四句前後，兩韻互叶。至魏收《挾瑟歌》，乃三句押一韻，唐人七言絶句所自也。其拘與不拘，當就本編染指也。

一、我邦元禄、享保以還，牛腰詩卷，必數於萬。其間辨聲律變化者，十無二三。古人有言云：「近時詩道崇尚，甫解之乎，輒便咿啞。稍習聲律，遽壽棗梨。人靡不握管城以摛詩，詩無不丐玄晏而爲序。詩道崇尚，無過今日。清風輟響，亦無過此時。」於乎！今之視古，如一丘之貉，故不問宋明篇什，况於我邦乎？犆據證唐人之篇什耳。子不言乎「舉直錯諸枉」，其斯之謂歟？

一、余自幼奉長沙氏教，因壓息詩病，與人無異。然才學淺薄，藏書已乏，加之以醫事蝟集，不能專施禁架焉。今兹長夏，屬澹然無事，故閲積年所抄録之篇什，以定論聲律。意者，我儕老醫生，幸浴皡熙淳曜之化，猥論經國大業之事，且毀廢明人之所論説，何其僭妄也。雖然，醫國濟生之於經國大業也，至其療之則一也，故發藥言以治之，所謂當仁不讓師也。

一、余不覯名世縉紳之徒，殆三十餘年，其風之被海内者，未知其如何也。夫聲律之爲道也，深微廣大矣。心所知者褊矣，待所不知而後明；足所踝者淺矣，待所不踝而後行。今待其所不知與所不踝，而作爲此編，豈莫踝其人之足哉！若遇其怒，即辭以放鶩耳。

一、本邦大阪竹山井積善，嘗唱濂洛之學，旁論詩律，而著《詩律兆》。其於經學文章也，宗會有氣，傾動一世，及一見之，莫不仰止讚述焉，故自以爲後世莫我之若者矣。如《詩律兆》乃不足徵，文獻不足故也。夫啾發投曲感耳之聲，合之律度，淫亹而不可聽者，非《韶》《夏》之樂也。馳騖罍瓦結繩之意，鈎鉱舊規，乖忤而不可通者，非君子之法也。故余崔乎不獲已，漫開支離鴃舌之喙，一一論斥之。覽者課吾業於千載，莫聽吾言於今日也。

全唐聲律論目録

同五仄格
同變拗格
卷之五
第四句三平格
同變拗格
卷之六
第五句拗格
同五仄格
同變拗格
卷之七
第六句三平格
同變拗格
卷之八
第七句拗格
同變拗格
卷之九

第八句三平格
同變拗格
卷之十
正格起接拗格
前聯拗格
後聯拗格
轉落拗格
偏格起接拗格
前聯拗格
後聯拗格
轉落拗格
兩聯拗格
同
前後相反拗格
同
正偏交加拗格

卷之十四　七言律

正格

偏格

起句拗格

第二句拗格

第三句拗格

同

第四句拗格

第五句拗格

第六句拗格

第七句拗格

第八句拗格

卷之十五

正格起接拗格

六仄七平拗格

前聯拗格

後聯拗格

轉落拗格

兩聯拗格

前正後偏相反拗格

偏格起句拗格

前聯拗格

後聯拗格

轉落拗格

兩聯拗格

前偏後正相反拗格

一正一偏交加拗格

一偏一正交加拗格

卷之十六

起接拗格

上半拗下半正格

上半正下半拗格

卷之二十四
全篇變格

卷之二十五
仄韻格

全唐聲律論卷一

日本赤穗醫士谷立悳太公學

律祖論

楊慎選齊梁陳隋篇什，著《五言律祖》。且雖及七言律，未得其周匝矣。梁庾信《烏夜啼》詩曰：「促柱繁絃非子夜，歌聲舞態異前溪。御史府中何處宿，洛陽城頭那得棲。彈琴蜀郡卓家女，織錦秦川竇氏妻。詎不自驚長淚落，到頭啼烏恒夜啼。」隋陸敬《七夕賦咏》曰：「鳳駕鳴鸞啓閶闔，霓裳遥裔儼天津。五明霞紈開羽扇，百和香車動畫輪。婉孌夜分能幾許，靚妝冶服爲誰新。片時歡娱自有極，已復長望隔年人。」何仲宣《七夕詩》曰：「日日思歸勤理鬢，朝朝佇望懶調梭。凌風寶扇遥臨月，映水仙車遠渡河。歷歷珠星疑掩佩，冉冉雲衣似曳羅。通宵道意終無盡，向曉離愁已復多。」楊師道《咏馬詩》曰：「寶馬權奇出未央，雕鞍照耀紫金裝。春艸初生馳上苑，秋風欲動戲長楊。鳴珂屢度章臺側，細蹀徑向濯龍傍。徒令漢將連年去，宛城今已獻君王。」許敬宗《奉和聖製送來濟應制》曰：「萬乘騰鑣警岐路，百壺供帳餞離宫。御溝分水聲難絶，廣宴當歌曲易終。興言共傷千里道，俯跡聊示五情同。良哉既深留帝念，沃化方有贊天聰。」四首俱仄起，而第七字履仄；一首仄起，而第七字履平。陳子良《春日思歸》詩曰：「我家吴會青山遠，他鄉關塞白雲深。爲許羈愁長下淚，那堪春色更傷心。驚鳥屢飛恒失侶，落花一去不歸林。如何此日嗟遲暮，悲來還作白頭吟。」上官儀《咏畫障》詩曰：「芳晨麗日桃花浦，珠簾翠幕鳳凰樓。蔡女菱歌移錦纜，燕姬春望上璚鈎。新妝漏影浮輕扇，冶袖飄香入淺流。未減行雨荆臺下，自比淩波洛浦遊。」二首平起，而第七字履仄，乃雖欠平仄排比之法，皆押平韻，此律詩之所産也。如唐太宗皇帝《餞來濟詩》亦仄起履仄，而押平韻，聲律穩順，屬對精密，實七言律鼻祖也。元稹曰：「唐興，能者互出，而又沈宋之流，研練精切，穩順聲勢，謂之爲律詩。」今閲沈集，有七言律十有六首，如《紅樓院再入道場》二首，即僧廣宣詩而攙入沈集。如《龍池篇》《守歲》二首，全用拗格，與夫陸敬、何仲宣、楊師道、許敬宗、陳子良、上官儀篇什同。宋七言律僅二首已。如《函谷關》詩，第四句拗一字，皆用平韻，絶無押仄韻者矣。秦漢以前，字書未備，既多假借，而無反切，平仄通用。至沈約輩，拘以四聲，又限以音韻，故徐陵《烏栖曲》，起接用仄韻，而轉落用平韻，如此等類，不可一二而數也。及唐氏創製律體，總押平韻，而不用仄韻，蓋唐氏之政也。故用仄韻，則墮於古體必矣。如五言律亦同然。邵夢弼曰：「老杜《望岳》詩似古體，而體裁實律，與《龍門先奉寺》，不可以用仄韻類爲古詩。」梁公濟曰：「高適《九月九日酬顔少府詩》，乃仄韻律，作者極少，原在古詩中，今録出。」邵梁二氏，未嘗知五七言律不用仄韻，妄標出五七言古詩，以爲律詩而備一體，其蔑古人而紿今人也，孰莫大焉。嗟嗞！不解事者，不備其可備，而備其不可備。今表數首，以祖述其所自，雖則備其可備哉，恐不免爲鼠腊矣。

正偏論

五言律首句，第二字仄聲爲正體，首句第二字平聲爲偏體，七言律亦如之。沈存中曰：「詩第二字仄入謂之正格，如『鳳曆軒轅紀，龍飛四十春』之類。第二字平入謂之偏格，如『四更山吐月，殘夜水明樓』之類。唐名賢輩詩多用正格，如老杜律詩。用偏格者十無一二。」沈氏所據證，在五言律正偏，而引杜甫排律句，且不及七言律，何也？本邦竹山曰：「七言律以第二字分正偏，與五律反焉。何者？以多少决之。夫以多爲正，少爲偏，理之所必。五言既然，七言奚獨不然？七言多於平起少於仄起，華人集往往皆然。七律正偏之與五律反者，章章乎明矣。均是律也，五七言正偏之相反者，何也？予以臆得之，蓋詩本於五言。唐氏已制五律，又加兩字於五律以爲七律。今試於七律平起詩，去上兩字平，宛然正格五律。仄起詩，去上兩字乎，宛然偏格五律。七絶亦然。是其相反，實所以相合。予之斷然於此，不亦宜哉。」甚矣哉竹山，盲説之巨伯也。夫五七言律體者，蓋六朝陰鏗、張正〔一〕、劉峻、庾信諸公之所胎，而唐氏之所産也。若謂唐人已制五律，

〔一〕此處似脱一「見」字。

又加兩字於五律，以爲七律。則六朝何人加兩字，以爲七言乎？要其所濫觴，乃兆於《詩・秦風・黄鳥》篇，而發於《垓下》，而盛於《柏梁》，此又何人加兩字，以爲七言乎？及唐太宗皇帝，始賦七言律仄起履仄詩，以餞來濟。故中晚諸公，雖起句押韻，謂之四韻，乃仄起之爲正格，不俟余言。夫有仄起，則有平起，此必然之理，其有多寡亦同，如沈佺期篇什，有仄起三首、平起十首。宋之問乃平起二首、仄起一首。李嶠仄起一首、平起三首。馬懷素仄起四首、平起一首。蘇頲仄起七首、平起六首。張九齡仄起二首。王維仄起十一首、平起九首。岑參仄起、平起各五首。至杜甫有仄起七十餘首、平起五十餘首。其他諸集，有仄起多而平起寡者，又有平起多而仄起寡者，是皆人之所辟也。若以多寡定之，則就沈宋篇什，以平起爲正格乎？至王杜篇什，以仄起爲正格乎？何其首鼠之多也。豈得以多寡定正偏哉？王維詩云「漠漠水田飛白鷺，陰陰夏木囀黄鸝」，李嘉祐去上二字作五言。薛據詩云「省署開文苑，滄浪學釣翁」，杜甫懷據詩曰「獨當省署開文苑，兼泛滄浪學釣翁」。蓋因循此意，而生其説乎。且也，於七言律平起詩去上兩字即正格五律，於仄起詩去上兩字即偏格五律，此黄口兒亦所能識别也。豈得以增減定正偏哉？要之未嘗知太宗皇帝仄起之詩，與王維、杜甫篇什之多寡，而甘心末規，頡滑黑白，欲以求鑿枘於世。古者言之不出，恥躬之不逮也。今觽觟離跂，以出若言，而瞽亂後世，豈莫使人齒冷哉！夫盲者無以與乎文章之觀，聾者無以與乎鐘鼓之聲。豈唯形骸有聾盲哉？知亦有之。

情性論

詩以持情性，情者性之所兆焉，觸喜怒哀樂而生。故陸龜蒙曰：「詩者，持也。謂持其情性，使不暴出〔一〕。」蓋言持喜怒哀樂之情，使不暴出，而發温柔敦厚之意也。如夫聲律則不然，有正則有變，有變則有正，故自正蹠變，自變蹠正，特不可以蹠正爲是，又不可以蹠變爲非，能涉其正變，而後可與言也。後世蒿目之徒，恪守正格，而不知變格，若有變格，則謂之聲病，或謂之俗調。俗調者，蓋在於意調，而不在於聲律，故唐人以來，無謂俗律者矣。其深於詩律者，能縛聲律，而不爲聲律縛，暴出於度外，縱横變化，鬼出電入，一龍一蛇，盈縮卷舒，不可端倪，然不失温柔敦厚之意矣。如沈宋李杜王孟高岑諸公篇什是也。大中以後作者，大氐用正體，與初學者無異。就中薛能全守正體，不敢拗一字，《折楊柳詩序》曰：「此曲盛傳，爲詞者甚衆。文人才子各衒其能，莫不條似舞腰，葉如翠眉，出口皆然，頗爲陳熟。能專於詩律，不愛隨人，搜難抉新，誓脱常態，雖欲無伐，知音其舍諸。」其詩曰：「華清高樹出離宫，南陌柔條帶暖風。誰見輕陰是良夜，瀑泉聲畔月明中。」夫聲律者，太宗皇帝之所創制，而沈宋繼起而唱之，然正體變體，往往有之，今雖謂專於詩律不愛隨人，

〔一〕出：《甫里集》卷十一作「去」。

及守其正體，此亦隨人者也。且也自正蹠變，自變蹠正者，可謂專於詩律也。豈得特守正體，而不涉變體，然後謂專於詩律矣哉？因鑽其詩意，月明中輕陰帶風，則雖形如瀑泉，不能作聲。最闊於事情。若謂月明中楊柳輕陰在瀑泉聲畔，乃是常態，未見搜難抉新之意。夫如是則矜伐之聲，雖不斷於口，誰敢顧之？又詩句云「李白終無取，陶潛固不刊」，又曰「我身若在開元日，争遣名爲李翰林」，蓋能之心有睫，不能自省，故不知李白、陶潛，而狂言坐於斯，此暴出其情性者也。鄭谷讀能詩集曰「李白欺前輩，陶潛抑後塵」。谷猥加華衮，而不及忠告，那也？假使有開元日，豈得爲李翰林哉？能既已爲聲律，見桁楊接拓，而未知其爲詩囚。故蔑視陶李，遺愧千載。甚矣哉，其無愧而不知耻也。唐人而生斯人，而况於本邦乎？詩人粗鹵之久，恐後生墮其雲霧中，故一一辨斥之。讀者反復涵養之有日，必有持其情性而不暴出，踐其正體而遊度外者。是余之所深望於今日也。

風骨論

唐人已有宋人體，宋人間有唐人體。元明亦如是。世人何執？執宋乎？執明乎？其猶柤梨橘柚耶？其味相反，而皆可於口。故欲學歌謳者，必先始於徵羽樂風。欲學美味者，必先始於《陽阿》《采菱》。此皆學其所不學，而欲至其所欲學矣。故己之所學雖異於人，人之所學雖異於己，不可聚唇而議之，唯要各闚其壼奥而已。其所以要之者，莫先於聲律風骨。何者？聲総六律，風冠六義，斯乃教化之本原，志氣之符契也。是以怊悵述情，必始乎風；沈吟鋪辭，莫先於骨。故辭之待骨，如體之樹骸；情之含風，猶形之包氣。詞辭端直，則骨氣健焉；思意敦厚，則風聲清焉。故練于骨者，析辭必精；深於風者，述情必温。捶字堅而難移，結響凝而不滯，此風骨之力也。今能研諸心，又鑽諸慮，則宋明於何有？殷璠曰：「夫文有神來、氣來、情來，有雅體、野體、鄙體、俗體。編紀者能審鑒諸體，委詳所來，方可定其優劣，論其取捨。至如曹劉詩，多直語少切對，或五字并仄，十字俱平，而逸駕終存。然挈瓶膚受之流，責古人不辨宫商徵羽，句調質素，耻相師範，於是攻異端，妄穿鑿，理則不足，言常有餘，都無興象，但貴輕艷。雖滿篋笥，將何用之？自蕭氏以還，尤增矯飾。武德初微波尚存，貞觀末標格漸高，景雲中頗通遠調，開元十五年後，聲律風骨始備矣。」今閲唐人篇什，雖五七言律，或有五字并仄者，或有七字俱平者。變體百出，不可捕捉。至劉長卿、劉兼、薛能、徐夤諸公絶無之。如其所絶無之體，乃沈宋李杜既已標之，然則明人雖爲聲病乎，所謂風骨始備之篇什，不可不以爲法也。本邦元禄、享保以還，巨儒華首之老，各設詩壇，以鼓動一世也，如茅靡波流然。然未嘗知變體，而往往用之，其於變體與唐人異。此本邦之聲律，而非唐人之繩尺矣。至其論聲律者，乃膠世人之目，猥以變體爲聲病，又以爲俗調，終災之棗梨，流臭千載。於是穴見之徒，聚目而視，攢耳而聽，眷眷服膺，無有異議。天明以來，《折楊》《皇荂》不啻，專極鄙體，取悦里耳。如夫聲律風骨，既已拂地矣。所謂挈瓶膚受之流，責古人不辨宫商徵羽，句調質素，耻相師範，而攻異端，妄穿鑿，此乃百千年一日矣。豈莫慨嘆哉。陸放翁曰：「唐自大中後，詩家日趣淺薄。其間傑出者，亦不復有前輩閎妙渾厚之作，久而自厭。然梏於俗，尚不能拔出。會有倚聲作詞者，本欲酒間易曉耳。」所謂大中後詩家者，即李頻、于武陵、李群玉、杜荀鶴、劉滄諸公，之外不可勝數也。雖則無盛唐之風骨，其於聲律則一也。故具揭其變體，以爲龜鼎，而欲使後生染指矣。雖然，吾豈敢謂人口如吾口味之哉？

選詩論

唐人各集，大氏不分古今體，蓋隨賦而録之也。故宋元以來選者，以五言古詩爲五言律，以五言律爲五言古詩，不可一二而數也。然有節取五七言古詩若五七言律四句以入選集者，皆妓女所爲也。何者？妓女節取諸公篇什，而被之管絃以歌之，或爲《涼州歌》，或爲《伊州歌》，其他餘可勝既乎。《明皇傳信紀》曰：「上將幸蜀，登華蕚樓，使樓前善水調者登而歌曰：『山川滿目淚沾衣，富貴榮華能幾時。不見即今汾水上，唯有年年鴻雁飛。』上顧侍者曰：『誰爲此？』曰：『宰相李嶠辭也。』上曰：『真才子也。』」即李嶠《汾陰行》末句也。且開元中，西涼府都督郭知運、西京節度蓋嘉運，固非知詩者，乃聞妓女所唱之涼州伊州等歌，而裒集以進之。《涼州歌》第一，不知何人作。高棅屬之郭知運，列於《正聲》。第三云：「開篋淚沾襦，見君前日書。夜臺空寂莫，猶是子雲居。」即高適五言古詩中四句也。《伊州歌》第一詩云：「秋風明月獨離居，蕩子從戎十載餘。征人去日殷勤屬，歸雁來時數寄書。」即王維詩也。第二云：「彤闈曉闢萬鞍迴，玉輅春遊薄晚開。渭北清光摇艸樹，終南佳景入樓臺。」即賈曾七言律中四句也。第三云：「聞説黄花戍，頻年不解兵」云云，即沈佺期五言律中四句也。高棅不知王維、賈曾、沈佺期作，而係之蓋嘉運。李于鱗以沈佺期詩屬於無名氏，其他篇什入樂府，而失其姓名者，皆妓女所傳播也。楊慎曰：「近體作本自分曉，品者亦能區别。高棅選《唐詩正聲》，首以五言古詩，而其所取如陳子昂詩『故人江北去，楊柳春風生。相送河洲晚，蒼茫别思盈。白蘋已堪把，緑芷復含榮。江南多桂樹，歸客贈生平』，李白詩『去國登茲樓，懷歸傷暮秋』，劉昚虚『滄溟千萬里，日夜一孤舟』，崔曙『空色不映水，秋聲多在山』，皆律也，而謂之古詩可乎？譬之新寡之文君，屢醮之夏姬，美則美矣，謂之初笄室女則不可。於此有盲妁，取損罐而充完璧，以白練而爲黄花，苟有孱壻，必售其欺。高棅之選，誠盲妁也。」今閱方一元《詩紀》，以陳子昂、李白詩收諸律詩。田天民亦以陳子昂詩列於十二家律，以陳子昂、李白詩爲五言律。余既聽其命，如劉昚虚乃九韻古詩，崔曙乃六韻古詩，總謂之律可乎？豈可不謂盲妁哉？如梁公濟則不讀《正聲》十二家律，妄改「歸客贈生平」作「歸客贈平生」，而以「生」字爲重用之例，列之《詩式》，其盲妁不啻，何瞽亂之甚也。且也，竹山主張此等説曰：「岑參《夜過盤石效齊梁體詩》曰：『盈盈一水隔，寂寂二更初。波上思羅襪，魚邊憶素書。月如眉已畫，雲似鬟新梳。春物知人意，桃花笑索居。』《詩紀》編之律。其詩固純完，然齊梁豈有律體哉？其爲誤編，的也。」竹山所論説，唯知一而未知二也。如岑參詩乃效其詩體，而行聲律者也。齊梁無律，人人辨之。豈有方一元獨不知之哉？其收之律體非暖姝者所議也。且夫《車遥遥》，古樂府題名，傅玄《車遥遥篇》

云：「車遥遥兮馬洋洋，追思君兮不可忘。君安遊兮西入秦，願爲影兮隨君身。君在陰兮影不見，君依光兮妾所願。」胡曾以七言律效《車遥遥篇》曰：「自從車馬出門朝，便入空房守寂寥。玉枕夜寒魚信斷，金鈿秋盡雁書遥。臉邊楚雨臨風落，頭上秦雲向日消。芳艸又衰還不至，碧天霜冷夜迢迢。」聲律雅馴，浮切不差，可謂格調流麗。此亦效其詩意，而行聲律者也。又謂晋無律體，而編於七言古乎。其所論説，此亦盲妁也。竹山又曰：「貞觀已降，律體日開，靡然成風，故諸家雖出以古風，而章止八句，語自儷音自諧，謂之今則微缺，謂之古則過整者多有之。後人弗察，概而爲律也已。即首首而撿之，其今古之分，自非丘原之作，誰得而斷之？盛唐猶或然，况乎初唐哉？」此亦知一而未知二也，何者？貞觀已後，律體日開，靡然成風，故語自儷音自諧，何微缺之有？若有微缺，則得謂之語自儷音自諧矣哉？雖初唐，雖盛唐，即首首而撿之，選其無微缺爲之今，以其有微缺爲之古，何不可之有？妓女既節取五七言古詩四句爲絶句，或以五七言律四句爲絶句，當時諸公是爲得之。然則後人選詩者，以語自儷音自諧爲律，豈莫其信容得色眉飛色舞也哉。是之謂以意逆志也。若妓女有九原之作，則非唖夫盲妁，必擲瓦礫也。余之編篇什，始自太宗皇帝，而斷手於釋氏，豈同於暖暖姝姝者哉？

詩品論

聲律者，初唐之所創制，而盛唐全奉其律，間極變格。至中晚，又有出其範圍者。如夫變格，乃怪異百出，是亦千古一定之法也。何則？聲律者，本是平仄排比之法。知其排比者之於四唐也，所謂「其如示諸掌乎，指其掌」也。如其意調則不然，有正體，有古體，有鄙體，有俗體，是一唐之所以生四唐也。此則詩體之别，而非謂聲律之謂也。陸放翁已取閎妙渾厚之作，而不取大中以後之什。本邦詩家專唱陸放翁，而不問其五七言古詩，漫學絶句之易自運，而争工於艸花蟲吟間而已，已而不顧其意如何，遂集大中以後篇什，災之棗梨，縱臾後生。何其齵差之甚也。孟熙曰：「或問唐宋人詩之别，余答之曰：唐詩渾成，宋詩飣餖；唐詩縝密，宋詩漏逗；唐詩温潤，宋詩枯燥；唐詩鏗鏘，宋詩散緩；唐人詩如貴介公子舉止風流，宋人詩如三家村乍富盛服揖賓辭容鄙俗。且唐人詩一家自有一家聲調，高下疾徐，皆合律吕，吟而繹之，令人有聞韶忘味之意。宋人詩譬則如村鼓島笛，雜亂無倫。」孟氏所論，可謂眼中無全牛也。余亦概而論之曰：唐人詩有燕居申申之心，宋人詩有原壤夷俟之態，元人詩有子夏戰臞之意，明人詩有子路初見之風。然三代諸公皆恪守四唐聲律，而至其意調，大有徑庭矣。是時運之所使然也。雖然，性相近也，習相遠也，唯在其所習而已，是之謂有教無類也。

剽竊論

四唐之爲名，蓋兆於陸放翁，而備於高廷禮。至清康熙帝欲遏絶其名，以爲一唐，然後世無敢從之者。况於藐孤老醫生，猥論聲律乎？雖然，至剽竊模擬四唐之聲律，何畏首尾之爲？夫天地之間，無非剽竊模擬者，豈翅詩文哉。上剽竊陰陽之化以立身，下模擬仁義之道而行事。故孔子謂哀公曰：「生今之世，志古之道。居今之俗，服古之服。舍此而爲非者，不亦鮮乎？」哀公曰若徵其言「無以啓其心」。此剽竊模擬其言行者也。孫叔敖病而死，其子窮困，往見優孟，優孟即爲孫叔敖衣冠，抵掌談語，歲餘像孫叔敖，楚王不能別也。郭林宗嘗於陳梁間行遇雨，巾一角墊，時人乃故折巾一角，以爲林宗巾，其見慕如此。此剽竊模擬其形容者也。本邦足利氏濫弄權柄之日，皆謂之「公方樣」，正如宋士大夫慕蘇東坡效其短帽，名曰「東坡樣」。此亦剽竊模擬其名號者也。王元美曰：「剽竊模擬，詩之大病也。」元美未辨剽竊模擬之意也。夫宋人以來賦五七言律體者，皆剽竊模擬四唐之聲律矣。然不謂之剽竊模擬，特以剿襲詩句爲剽竊模擬，何也？凡學詩文者，無善於剽竊模擬矣。剽竊模擬，窮年積力，則不知不識，順帝之則，當是時，雖有十元美不能辨也。雖然，以我襤褸綴古錦繡，以我拙字換古工字，可謂大病也。以我錦繡綴古襤褸，以我工字換古拙字，乃無害於剽竊模擬矣。後漢蔡邕詩曰「長跪讀素書，書中竟何如。上有加餐字，下言長思憶」，無名氏詩「客從遠方來，遺我一書札。上言長思憶，下言久離別」。曹植詩「明月照高樓，流光正徘徊」，無名氏詩「明月照高樓，相見餘光輝」。曹植詩「公子愛敬客，終宴不知疲」，應瑒詩「公子愛敬客，樂飲不知疲」，陳子昂詩「公子好追隨，愛客不知疲」。漢張衡詩「美人贈我金錯刀，何以報之英瓊瑶」，晋張載詩「佳人遺我緑綺琴，何以贈之雙南金」。其爲剽竊模擬，不可覼縷。漢武帝辭曰「歡樂極兮哀情多，少壯幾時兮奈老何」，杜甫詩「少壯幾時奈老何，向來哀樂何其多」。王維詩

「九天閶闔開宮殿，萬國衣冠拜冕旒」，杜甫詩「閶闔開黃道，衣冠拜紫宸」。乃謂之大病乎？此能得剽竊模擬者也。陸凱詩「折梅逢驛使，寄與隴頭人」，張祐詩「折梅當驛路，寄與隴頭人」。李白詩「日暖青牛卧，松高白鶴眠」，馬戴詩「拂地青牛卧，栽松白鶴眠」。劉廷琦詩「銅臺宮觀委灰塵，魏主園林漳水濱。即今西望猶堪思，况復當時歌舞人」，郭良驥詩「年去年來秋更春，魏家園廟已成塵。只今惟有西陵在，無復當時歌舞人」。皆改數字，侵容畢見，謂之大病可也。此不得剽竊模擬者也。宋番陽張吉父介，方娠時，父去客東西川不還。張君爲兒時，言語聲息未嘗不在蜀，因作詩云：「應是子規啼不到，致令我父未歸家。」聞者皆憐之。明周在詩「應是子規啼不到，故鄉雖好不思歸」，此能得剽竊模擬者也。元美又曰：「王維才勝孟浩然，由工入微，不犯痕迹，所以爲佳。間有失點檢者〔一〕，如五言律『一從歸白社，不復到青門』，『青』『白』重出，其他往往有之。雖不妨白璧，能無少損連城？觀者須略玄黄取其神。」元美未嘗辨分隸之法，故妄以爲失點檢。最是由工入微之處，學者可借以自文也。其故那也？盧照鄰詩「梅嶺花初發，天山雪未開。雪處疑花滿，花邊似雪迴」，乃以「花」「雪」二字分隸於頷聯。王維詩「萬壑樹參天，千山響杜鵑」，又以「山」「樹」二字分隸於頷聯。若「白社」「青門」，乃分隸於頸聯，其於分隸之法則一也。且沈佺期《龍池》篇，崔顥《黄鶴樓》，杜甫《吹笛》《野望》等篇，皆以起首字，分聯於頷聯，此皆分隸之法，謂之失點檢

〔一〕檢：底本脱，據《藝苑卮言》卷四補。

可乎？元美唯論王維詩，而不知沈佺期諸公詩，然及晚年，始悟分隸之法，故其詩云：「覓句驚徒得，呼杯幸勿空。句堪今日老，杯借片時雄。」此亦以「句」「杯」二字，分隸於頷聯，豈莫尤而效之之呰哉？此剽竊模擬其字法者也。蓋人之所爲謂之大病，而我之所爲謂非大病乎？乃雖謂非大病，雖謂之大病，壓息其脉，以施禁架，則其爲了了也，不待頃矣。其於聲律亦如之。故剽竊模擬四唐之聲律，以作爲此編。余之所論説，不敢勦襲古人之説，唯以舌而已。於乎！今無詩天子，爲素王者誰。？

變格論

凡天下之事，有正則有權。權也者，變也。故孔子曰：「可以共學矣。而未可以適道也。可與適道，未可以立也。可以立，未可與權也。」夫權者，聖人之所獨見，故先忤而後合者謂之知權，先合而後舛者謂之不知權。不知權者，善反醜矣。詩律之於變格亦如之。四唐諸公之篇什，自正蹠變，自變蹠正，緩急中度，抑揚應節，無結一迹之塗凝滯而不化矣。後世穴見之徒，若見變格，乃曰「不可以爲法」，又曰「取法於兹，其如俔之視風以不定也」。竹山曰：「四唐所忌，皆屬詩病。我邦往往混用，不復識别。其失甚矣。若老杜詩『自是秦樓壓鄭谷，時聞雜佩聲珊珊』，王維『故舊相望在三事，願君莫厭承明廬』，皆係吴體。固不可以爲法也。」又曰：「老杜之調，不拘一律。若七言律，動輒變怪百般，神出鬼没，雄渾沈鬱之氣，自在乎宫商之表，前輩稱之爲吴體。苟究詩變者，其可不取法於兹乎?」竹山所謂「四唐所忌皆屬詩病」者,何人忌之? 何人病之? 唐三百年間,論詩律者薛能一人,確守正體,而不涉變格。然則忌且病者,蓋斥薛能乎? 不可斥薛能一人,而爲之四唐也。且閲杜甫集,拗格凡十有九出,「江艸日日唤愁生」詩,自注曰:「强戲爲吴體。」其謂之「强」,乃勉强而賦之也。又謂之「戲」,乃變格而非正格可知矣。至陸龜蒙、皮日休,各效其體以賦數首,四唐之際,稱吴體者,僅杜甫、陸、皮三人而已。夫唐人而效其體以賦之,而謂吴體固不可以爲法,何其僭妄之甚也。所謂「前輩」者,緫謂進士登第者也。今謂前輩稱之,蓋斥宋世進士乎? 又斥明人乎? 殆不可解。止竟以不知前輩之稱故也。且夫宋之去唐不遠,雖則變詩體乎,其於聲律,最能極其變體矣。故胡元任曰:「律詩之作,用字平仄,世固有定體,衆共守之。然不若時用變體,如兵之出奇,變化無窮,以驚世駭目。」「老杜七言律,如《題省中院壁》《望岳》《江雨有懷鄭典設》《晝夢》等作是也〔一〕。」胡氏所論,豈可不謂肘度哉! 今閲杜甫詩云「晚節漸于詩律細」,又云「新詩改罷且長吟」。改作長吟之間,勉强思索,而爲聲病乎! 其細於詩律者改作長吟,則格律體裁實千古不易之法則也。然而以爲「四唐所忌,皆屬聲病」,而曰「吴體故不可以爲法」,又曰「可取法於兹」,是天奪之魄乎? 其自爲矛盾,莫斯之甚矣。豈可不謂之兩墮哉? 竹山若聞余語,將欲聚唇拭舌乎? 抑又謝不知權之罪乎? 大凡人學問精實者必謙退,虚僞者必驕矜。生古人後,但

〔一〕岳:底本訛作「兵」,據《苕溪漁隱叢話前集》卷四十七改。

當爲古人考誤訂疑。若鑿空翻案，掩蓋古人以爲功，乃賤狗徒知咬橛耳。余也不勝於邑，嚴加鶩辨，以表四唐所爲皆可以法也。豈可不謂知權者哉？雖然，知我罪我者，其惟唐人乎？

入聲論

文字之有四聲，如天地之有四風也。乃自東至南，自南至西，自西至北，其鈎旋轂轉，無周而不匝，聲律亦如是。蓋平聲去上聲不遠，距去聲最遠，故曰去也。入聲又有入平聲之義，所謂入也。故唐人間有用上入二字，以換於平聲者，之其所用仄聲而用焉。乃雖叠三仄，何害之有？五言律仄起履仄句第三第四字、且第五句第三第四字、平起第三句第三第四字、且第七句第三第四字，皆當必用平聲。而有第四字仄者、又有第三第四字皆仄者，四唐諸公多用五仄句，往往用上入二聲以換於平聲，其用去聲者差少。若用去聲，乃其上下必用入聲以拯之。如杜甫「荒村建子月」，李白「山花插寶髻」，高適「遥知幕府下」，劉長卿「城池百戰後」，錢起「鄉心不可問」，李頻「河聲入峽急」，張説「聞説神仙不可接」，杜甫「悵望千秋一灑淚」，王維「朝罷須裁五色詔」，李嘉祐「回首青山獨不語」之類，是皆熟套，之其所可用仄聲而用焉者也。之其所不可用仄聲而用焉者，不可不豹别矣。仄起起句，如李白「道隱不可見」，「不可」入去；杜甫「小雨夜復密」，「夜復」去入；孟浩然「吾友太乙子」，「太乙」去入；岑參「父子不自衒」，「不自」入去；王維「艸色日向好」，「日向」入去；錢起「一笑不可得」，「不可」入上之類。平起頷聯，如戴叔倫「歲月不可問」，「不可」入去；于良史「掬水月在手」，「月在」入上；杜荀鶴「一句我自得」，「我自」上去；法照「五馬不復貴」〔一〕，「不復」入入；姚合「霜落葉滿地」，「葉滿」入上；韓愈「二女竹上淚」，「竹上」入上之類。仄起頸聯，如杜甫「歲月艸木晚」，「艸木」上入；岑參「對酒落日後」，「落日」入入；郎士元「歸客不可見」，「不可」入上；韓愈「寒日夕始照」，「夕始」入上；韓翃「小寇不足問」，「不足」入入；劉禹錫「又食建業水」，「建業」去入之類。平起結句，如崔塗「青鏡不忍去」，「不忍」入上；馬戴「得意兩不得」，「兩不」上入；李端「歲晏不我棄」，「不我」入上；張祜「莫説雁不到」，「雁不」去入；廖融「休嘆不得力」，「不得」入入之類，不可更余而數也。且七言律變格少於五言律。如其變格，雖無津崖，一是皆以四聲爲本，然至人名、地名、府名、時日、筭數、禽獸等名，輒有不顧聲律而用之者，此乃超出範圍，千變萬終，外如不整，中實應節者也。余之所論説，皆出於私己，蓋唐人其或者藉余手而使論之乎？殆不可知矣。世之不通於道者，若迷惑，告之以東西南北，所居聆聆，背而不得，此不知凡要者也。讀者於本編，思之思之，鬼將告之，於是始知余把詩政之不謬歟？若謂立司南，則我豈敢？

三平論

五七言律體，太宗皇帝之所創制，而沈宋繼起，往往唱拗格。至李杜，益極其變，暴出度外，從

〔一〕照：底本訛作「然」，據《古今禪藻集》卷四改。

横放逸，頗破成規，後人謾摘瑕疵，而酷病之，將欲併去，何也？夫《春秋》助語，總用「于」字，而不用「於」字。《論語》之用助語，比他書最多。如司馬遷多用蔓辭累句，至班孟堅乃洗削殆盡，此皆各家之意，而容優劣於其間哉？要之辟其所好耳，其於聲律亦如之。大氐四唐之篇什，各有一家之聲律，而有堅守正體者，又有馳騁變體者。故有可執此以律彼者，又有不可執彼以律此者也。如虞世南「萬瓦宵光曙，重簷夕霧收」，沈佺期「南渡輕冰解渭橋，東方樹色起招搖」等篇，乃千萬中之一，而不可執此以律彼者也。如宋之問「卧病人事絶，嗟君萬里行」，李頎「遠公遁跡廬山岑，開士幽居祇樹林」等篇，往往有之，此可執彼以律此者也。其可律與不可律，雖有多寡之別，均是四唐之篇什，皆足以爲法則矣。劉貢父曰：「白樂天『請錢不早朝』，『請』字作平聲，唐人語也。」據是，乃李白「入門二十年」，杜甫「應門幸有兒」，王維「應門莫上關」，李嘉祐「閉門柳絮飛」，裴説「鬢根已半絲」，喻坦之「一留日已酉」，無可「檻猿失子啼」諸句，「入」「應」「閉」「鬢」「一」等字，皆作平聲乎？劉氏未知李白諸公句，猥以白居易一句爲據案，此井蛙之談也。竹山曰：「五律平法押韻句，第一字當必平，若不獲已而用仄，乃第三字定當用平。此二字俱仄，失律之大者。貢父辨明唐聲，以證白氏之不觸犯，良有以也。七言仄法韻句，第三字第五字俱用仄，詩家大忌，唐宋明皆慎避者。歷歷可證焉。」竹山揭劉氏妄説而褒揚之，然則李白諸公，亦不辨明唐聲者乎？且夫杜甫「一夜水高二尺强」，又「南極老人自有星」，李頎「百歲老翁不種田」，趙嘏「一百五日家未歸」，戴叔倫「遠自五陵獨竄身」，孟郊「一日踏春一日回」，李賀「古竹老梢惹碧雲」等諸句，第三字第五字俱用仄，此亦不辨明唐聲者乎？余固淺見寡聞，而不知宋明諸集，然得唐人篇什猶且如之，然則宋明之篇什亦可概而知矣。而謂詩家大忌，唐宋明皆慎避者，何也？所謂詩家者，除李杜諸公之外，斥何人爲詩家？又何人大忌之？其傳醜聲以吠李杜也，無異夫未視之狗矣。竹山又曰：「老杜首聯『文章亦不盡，竇子才縱横』之類，諸家亦在首聯間見。方虚谷曰：『起句十字，拗律變换，諸家所許。』乃匪夷所思，而不可施諸二聯結句者，可以見焉。至若盛唐獨孤及末聯『所嘆在官成遠别，徒言屼水纔容舠』，『纔』字特注『去聲』，乃古人忌三平者益明矣。至於五律頷聯，如老杜『如何關塞隔，轉作瀟湘遊』，頸聯如李白『雲從石上起，客到花間迷』，末聯如元稹『坐看朝日出，衆鳥雙徘徊』之類，實千萬中之一。其三平三仄，拯與不拯，均是希有之例。七律最爲寥寥，要皆不足以爲法矣。」愚矣哉竹山，未嘗辨正變之體，故執全篇變體以比議一句拗，或執一句拗以淆亂全篇變體，而無斷案。夫正體首聯，如李頎「少年學騎射，勇冠并州兒」，王維「端居不出户，滿目空雲山」，樓穎「納涼每選地，近得青門東」，于武陵「窮秋幾日雨，處處生蒼苔」之類。正體前聯，如沈佺期「四蹄碧玉片，雙眼黄金瞳」，李白「太音自成曲，但奏無絃琴」〔一〕，杜甫「不成向南國，復作遊西川」，岑參「花明潘子縣，柳暗陶公門」之類。正體後聯，如李嶠「嘉賓飲未極，君子娱俱并」，張九齡「論經白虎殿，獻賦甘泉宫」，孟浩然「遍觀雲夢野，自愛江城樓」，常建「海頭近初月，磧裏多秋陰」之類。

〔一〕但：底本訛作「俱」，據《李太白文集》卷七改。

正體結句，如李嶠「英靈已傑出，誰識卿雲才」，王維「所居人不見，枕席生雲煙」，儲光羲「君王思校理，莫志清江濱」，劉禹錫「一吟相思曲，惆悵江南春」之類。其不忌三平益明矣。而謂「不可施諸二聯結句」，何也？至變體有三平，不暇毛舉也。如杜甫「如何關塞隔，轉作瀟湘遊」即上半變體。至此體裁，不可更余而數也。李白「雲從石上起，客到花間迷」，即全篇變體，而有二首。元稹「坐看朝日出，衆鳥雙徘徊」，即下半變體，此亦十首中之一，謂之「千萬中之一」可乎？何給人之甚也。且夫獨孤及之所以避三平而作去聲者，乃一家之聲律，而不可執此以律彼也。何者？七言正體起句，如李頎「遠公遁跡廬山岑」，楊巨源「嚴城吹笛思寒梅」。正體前聯，如宋之問「祥氛已入函關中」，白居易「金杯翻汙麒麟袍」。正體後聯，如宣宗帝「故兒能唱琵琶篇」。正體落句，如方干「語慚不及琵琶槽」。其不忌三平，歷歷可證焉。獨孤及雖獨及之，諸公不敢忌之，此所謂獨孤及也。故不可執此以律彼也。譩！忌其不忌，而不證其可證，其猶盲妁膠人之目，而售仳倠也。釋皎然詩云：「世人不知心是道，只言道在他方妙。還如瞽者望長安，長安在西向東笑。」此竹山之謂也。

挾平論

夫滯隅則失詳，故曰「舉一隅不以三隅反，則不復也」。夫字有四隅，隅有四聲。今滯於平隅，則不能詳三隅；滯於三隅，則不能詳平隅。其所以詳者，蓋在舉一隅以反三隅耳。雖然，至時出度外，鬼出神没，揮斥八極，淩厲九霄，豈有顧陳規檢柙哉？竹山曰：「七言起句不韻，華人用此格皆是拗字。蓋第五字之仄與第七之平拗也，非徑用仄腳也。獨白香山七絶，在平格履仄，多第五字之仄，是無他，再與下句第五字拗耳。世多不省，概而用之，不亦繆乎？仄格履仄，世亦知拗之，蓋以其犯三平也，不能不拗已矣。但至於孟遲『山上有山歸不得』，似有可異焉者，此詩係『微』韻，乃作『不得歸』，韻本自諧，曷以顛倒用之，故爲履仄？予嘗疑之，已而獲其解。蓋仄法韻句，第三字用仄，是邦習之誤，華人所慎避。孟詩『山上有山』係熟語，『有』字上聲不可改。因以『歸』字承之，雖格入履仄也，暗於句中押韻，古人斡旋之法不可不知焉。」竹山所論，麤苴路作，似智而非也。七言起句履仄，乃七言正格，故雖押韻，謂之二韻。權德輿詩題曰《埇橋達奚四于十九陳大三侍御夜宴各賦二韻》〔一〕，其詩曰：「滿樹鐵冠璚樹枝，樽前燭下心相知。明朝又與白雲遠，自古河梁多别離。」由是觀之，履仄之爲正格也，顯然可知矣。然謂之「華人用此格皆是拗字」，最是疎鹵之説也。如孟遲「山上有山歸不得」，固不足怪焉。「山上有山」，即「出」字也，謂出而歸不得也。若作「不得歸」，乃句法寬弱，故變化用之。唐人以來，絶無句中押同韻字，而爲斡旋者矣。何者？如杜甫「不是愛花即欲死」，白居易「三月盡是頭白日」，權德輿「盤豆緑雲上古驛」，鮑溶「憶見特公賞

〔一〕《埇橋達奚四于十九陳大三侍御夜宴各賦二韻》：底本訛作《埇橋遠奚四于十九陳七侍御宴各賦二韻》，據《全唐詩》卷三百二十四改。

秋處」，杜牧「飲酒論文四百刻」，徐凝「金谷園中數尺土」之類，第三字用仄聲，或用三仄，是非唐人所慎避也。若謂孟遲斡旋而用同韻字，則杜甫、白居易諸公篇什，亦當有斡旋之處，然絶無之。然則諸公未知斡旋之法者乎？詩道開闢以來，發若妄言者，竹山一人而已，豈可不謂滯平隅而失詳者哉？竹山又曰：「挾平，謂五言平法仄腳句，第三字與第四字拗；七言仄法仄腳句，第五字與第六字拗。然用之者，其句五言第一字、七言第三字必平而後可。世徒知挾平可用，不復知其上用平之規，可謂粗矣。此在五言差寬，七言爲至嚴，不可不慎焉。」此亦疎鹵之説也。賀知章「主人不相識」，孟浩然「洛陽訪才子」，崔曙「別愁復兼雨」，錢起「片霞照仙井」，暢當「夜潭有仙舸」，韋應物「故園渺何處」之類，不可一二而數也，是乃第三字與第四字拗，而第一字皆用仄聲。賀知章、孟浩然諸公，不復知其上用平之規者乎？七言仄法仄腳句，如上文所表，乃第三字皆用仄聲，或用三仄，是不復知其上用平之規者乎？今忌其不忌，而不證其可證，豈可不謂滯平隅而失詳者哉？我不恨竹山不見唐人，只恨唐人不見竹山耳。竹山又曰：「余所標之詩，以老杜爲主，通於四唐。但七絶直依四唐之叙，不復主於老杜。蓋以絶句之非其所長，前輩已有公論也。」甚矣哉，竹山之蔑視杜甫也。曩以杜甫「自是秦樓厭鄭谷，時聞雜佩聲珊珊」詩爲不可法也，今又以杜甫爲主，通於四唐。夫可通則可法，不可法則不可通。索其解人，不可得也。夫杜甫才力并吞一代，牢籠天地，故至五七言絶句，不敢屑之。乃似不甚攻之而無所解者，譬猶割鷄用牛刀也。胡元瑞曰：「少陵不甚攻絶句。」又曰：「於絶句無所解，不必法也。」故曰「絶句非其所長」，此乃意調之謂，而非謂聲律之謂也。竹山固謑髁無任，濡需不省，是以杜甫之聲律與己所標不合也，故欲𢧵夫「絶句非其所長」之語以蔽己所短，可謂吹影鏤塵者也。班孟堅曰：「幼童而守一藝，白首而後能言，安其所習，毁所不見，終以自蔽，此學者之大患也。」漢世猶且如之，况於今日乎？

全唐聲律論卷二

五言律

正格

●●○○●
○○●●○
●○○●●
●●●○○
○●○○●
○○●●○
●○○●●
○●●○○

杜審言

旅客三秋至
層城四望開
楚山横地出
漢水接天回
冠蓋非新里
章華即舊台
習池風景異
歸路滿塵埃

偏格

●●●○○
○○●●○
●○○●●
●●●○○
●●○○●
○○●●○
●○○●●
○●●○○

宋之問

帳殿鬱崔嵬
仙遊實壯哉
曉雲連幕捲
夜火雜星回
谷暗千旗出
山鳴萬乘來
扈從良可賦
終乏掞天才

○○○●●	杜甫
	風林纖月落
○●●○○	衣露净琴張
●●○○●	暗水流花徑
○○●●○	春星帶艸堂
●○○●●	檢書燒燭短
○●●○○	看劍引杯長
○●○○●	詩罷聞吴咏
○○●●○	扁舟意不忘

○○●●○	王維
	龍鍾一老翁
○●●○○	徐步謁禪宫
●●●○●	欲問義心義
○○○●○	遥知空病空
○○○●●	山河天眼裏
●●●○○	世界法身中
●●○○●	莫怪消炎熱
○○●●○	能生大地風

正格、偏格者，千萬人之所準用，故各標二首以示之。然起句第五字履仄爲正格，壓韻爲變格。乃雖壓韻，不充其數，故謂之四韻。是以起句用別韻者往往有之，然必於旁韻中而用之。李白詩「犬吠水聲中，桃花帶露濃」是也。明人以仄起爲正格，以平起而偏格。偏也者，不正也。若其平起，乃不可謂不正也。蓋有仄起則有平起，此必然之理，猶有陽則有陰也。然則曰「仄正格」「平正格」可也。雖然，非我輩所改革，故仍舊貫矣。

正格起句一字拗體

●●○●●
○○●●○
●○○●●
●●●○○
●●○○●
○○●●○
○○○●●
○●●○○

王勃 删

別路千萬里
深恩重百年
正悲西候日
更動北梁篇
野色籠寒霧
山光斂暮煙
終知難再奉
懷德自潸然

李白

高閣横秀氣
清幽併在君
簷飛宛溪水
窗落敬亭雲
猿嘯風中斷
漁歌月裏聞
間隨白鷗去
沙上自爲群

同

欲別心不忍
臨行情更親
酒傾無限月
客醉幾重春
藉艸依流水
攀花贈遠人
送君從此去
回首泣迷津

杜甫

遠送從此別
青山空復情
幾時杯重把
昨夜月同行
列郡謳歌惜
三朝出入榮
江村獨歸處
寂寂養殘生

同

異俗吁可怪
斯人難並居
家家養烏鬼
頓頓食黃魚
舊識能爲態
新知已暗疎
治生且耕鑿
只有不關渠

同

朱李沈不冷
彫胡炊屢新
將衰骨盡痛
被褐味空頻
欻翕炎蒸景
飄搖征戍人
十年可解甲
爲爾一霑巾

同

浩浩終不息
乃知東極臨
衆流歸海意
萬國奉君心
色借瀟湘闊
聲驅灩澦深
未辭添霧雨
接上遇衣襟

同

日落風亦起
城頭烏尾訛
黃雲高不動
白水已揚波
羌婦語還哭
胡兒行且歌
將軍別換馬
夜出擁雕戈

肅肅花絮晚
菲菲紅素輕
日長唯鳥雀
春遠獨紫荊
數有關中亂
何曾劍外清
故鄉歸不得
地入亞夫營

同

窈窕清禁闥
罷朝歸不同
君隨丞相後
我往日華東
冉冉柳枝碧
娟娟花蕊紅
故人得佳句
獨贈白頭翁

二月頻送客
東津江欲平
煙花山際重
舟楫浪前輕
淚逐勸杯落
愁連吹笛生
離筵不隔日
那得易爲情

薛據

高鑒清洞徹
儒風人進難
詔書增寵命
才子益能官
門帶山光晚
城臨江水寒
唯餘好文客
時得詠幽蘭

同

夫子方寸裏
秋天澄霽江
關西望第一
郡内政無雙
狹室下珠箔
連宵傾玉缸
平明猶未醉
斜月隱書窗

岑參

送客飛鳥外
城頭樓最高
尊前遇風雨
窗裏動波濤
謁帝向金殿
隨身唯寶刀
相思灞陵月
秖有夢偏勞

同

山色軒檻内
灘聲枕席間
艸生公府静
花落訟庭閑
雲雨連三峽
風塵接百蠻
到來能幾日
不覺鬢毛斑

同

萬里來又去
三湘東復西
別多人換鬢
行遠馬穿蹄
山驛秋雲冷
江帆暮雨低
憐君不解説
相思在書題

同

正月今欲半
陸渾花未開
出關見青艸
春色正東來
夫子且歸去
明年方愛才
還須及秋賦
莫即隱蒿萊

同

獻賦頭欲白
還家衣已穿
羞過灞陵樹
歸種汶陽田
客舍少鄉信
床頭無酒錢
聖朝徒側席
濟上獨遺賢

儲光羲

楚國千里遠
孰知方寸違
春遊歡有客
夕寢賦無衣
江水帶冰緑
桃花隨雨飛
九歌有深意
捐佩乃言歸

高適

落日風雨到
秋天鴻雁初
離憂不堪比
旅館復何如
君又幾時去
我知音信疎
空多篋中贈
長見右軍書

丘爲

一點消未進
孤明在竹陰
晴光夜轉瑩
寒氣曉仍深
還對讀書牖
且關乘興心
已能依此地
終不傍瑶琴

王昌齡

白露傷艸木
山風吹夜寒
遥林夢親友
高興發雲端
郭外秋聲急
城邊月色殘
瑶琴多遠思
更爲客中彈

錢起

失志思浪跡
知君晦近名
出關塵漸遠
過郢興彌清
山盡溪初廣
人閑舟自行
探幽無旅思
莫畏楚猿鳴

崔顥

北上途未半
南行歲已闌
孤舟下建德
江水入新安
海近山常雨
溪深地早寒
行行泊不得
須及子陵灘

同

秋館煙雨合
重城鐘漏深
佳期阻清夜
孤興發離心
燭影出綃幕
蟲聲連素琴
此時蓬閣友
應念昔同衾

崔興宗

行苦神亦秀
泠然溪上松
銅瓶與竹杖
來自祝融峰
常願入靈岳
藏經訪遺蹤
南歸見長老
且爲説心胸

同

夜雨深館静
苦心黄卷前
雲陰留墨沼
螢影傍華編
夢鳥富清藻
通經仍妙年
何愁丹穴鳳
不飲玉池泉

韓翃

懷禄兼就養
更懷趨府心
晴山東里近
春水北門深
新綬映芳艸
舊家依遠林
還乘鄭小駟
躞蹀縣城陰

同

別侶孤鶴怨
沖天威鳳歸
容光一以間
夢想是耶非
芳訊遠彌重
知音老更稀
不如湖上雁
北向整毛衣

戴叔倫

萬里楊柳色
出關逢故人
輕煙拂流水
落日照行塵
積夢江湖遠
憶君兄弟貧
徘徊灞亭上
不語自傷春

同

蕙艸芳未歇
緑槐陰已成
金罍唯獨酌
瑶瑟有離聲
翔泳各殊勢
篇章空寄情
應憐三十載
未變使君名

同

不與名利隔
且爲江漢遊
吴山本佳麗
謝客舊淹留
狹道通陵口
貧家住蔣州
思歸復怨別
寥落詎關愁

同

蜀國花已盡
越桃今已開
色疑瓊樹倚
香似玉京來
且賞同心處
那憂別業催
佳人如擬詠
何必待寒梅

劉禹錫

早忝金馬客
晚爲商洛翁
知名四海内
多病一生中
舉世往還盡
何人心事同
幾時登峴首
恃舊揖三公

同

庭晚初辨色
林秋微有聲
槿衰猶强笑
蓮迴卻多情
簷燕歸心動
韝鷹俊氣生
閑人占閑景
酒熟且同傾

同

歲杪風物動
雪餘宮苑晴
兔園賓客至
金谷管絃聲
洛水故人別
吳宮新燕迎
越郎憂不淺
懷袖有瓊英

同

漢水清且廣
江波渺復深
葉舟煙雨夜
之子別離心
汀艸結春怨
山雲連暝陰
年年南北淚
今古共沾襟

同

翬樹煙月上
清光含碧流
且無三已色
猶泛五湖舟
鵬息風還起
鳳歸林正秋
雖攀小山桂
此地不淹留

陳羽

水隔群物遠
夜深風起頻
霜中千樹橘
月下五湖人
聽鶴忽忘寢
見山如得鄰
明年還到此
共看洞庭春

武元衡

坐愛圓景滿
況茲秋夜長
寒光生露艸
夕韻出風篁
地遠驚金奏
天高失雁行
如何北樓望
不得共池塘

王建

戀戀春恨結
錦錦淮艸深
病身愁至夜
遠道畏逢陰
忽逐酒杯會
贊同風景心
從今一分散
還是曉枝禽

同

午夜更漏裏
九重霄漢間
月華雲闕迴
秋色鳳池閑
御錦通清禁
天書出暗關
嵇康不求達
終歲在空山

同

住處鐘鼓外
免爭當路橋
身閑時卻困
兒病可來嬌
雞睡日陽暖
蜂狂花艷燒
長安足門户
疊疊看登朝

白居易

臥疾來早晚
懸懸將十旬
婢能尋藥艸
犬不吠醫人
酒甕全生醭
歌筵半委塵
風光還欲好
争向枕前春

同

潤氣凝柱礎
繁聲注瓦溝
暗流窗不曉
涼引簟先秋
葉濕蠶應病
泥稀燕亦愁
仍聞放朝夜
誤出到街頭

同

東寺台閣好
上方風景清
數來猶未厭
長別豈無情
戀水多臨坐
辭花剩繞行
最憐新岸柳
手種未全成

同

人少庭宇曠
夜涼風露清
槐花滿院氣
松子落階聲
寂默挑燈坐
沉吟蹈月行
年衰自無趣
不是厭承明

同

惆悵時節晚
兩情千里同
離憂不散處
庭樹正秋風
燕影動歸翼
蕙香消故叢
佳期與芳歲
牢落兩成空

同

不與人境接
寺門開向山
暮鐘寒鳥聚
秋雨病僧閑
月隱雲林外
螢飛廊宇間
幸投華界宿
暫得静心顔

同

風軟雲未動
郡城東北隅
晚來春澹澹
天氣似京都
弦管隨宜有
杯觴不道無
其如親故遠
無可共歡娯

同

滿眼雲水色
月明樓上人
旅遊春入越
鄉夢夜歸秦
道路通荒服
田園隔虜塵
悠悠滄海畔
十載避黄巾

元稹
經雨籬落壞
入秋田地荒
竹垂哀折節
蓮敗惜空房
小片慈姑白
低叢柚子黄
眼前撩亂輩
無不是同鄉

同
慘切風雨夕
沈吟離別情
燕辭前日社
蟬是每年聲
暗淚深相感
危心亦自驚
不如元不識
俱作路人行

同
塞上風雨思
城中兄弟情
北隨鴳立位
南送雁來聲
遇適尤兼恨
聞書喜復驚
唯應遥料得
知我伴君行

同
嗢嗢簷霤凝
丁丁窗雨繁
枕傾筒簟滑
幔颭案燈翻
唤魘兒難覺
吟詩婢苦煩
强眠終不著
閑卧暗消魂

杜牧
何處人事少
西峰舊艸堂
曬書秋日晚
洗藥石泉香
後嶺有微雨
北窗生曉涼
徒勞問歸路
峰叠繞家鄉

賈島
幽鳥飛不遠
此行千里間
寒衝陂水霧
醉下菊花山
有耻長爲客
無成又入關
何時臨澗柳
吾黨共來攀

同
曾宰西畿縣
三年馬不肥
債多平劍與
官滿載書歸
邊雪藏行徑
林風透卧衣
靈州聽曉角
客館未開扉

馬戴
朝與朝闕別
暮同麋鹿歸
鳥啼松觀静
人過石橋稀
木葉摇山翠
泉聲入澗扉
敢招仙署客
暫此拂朝衣

同

主意思政理
牧人官不輕
樹多淮右地
山遠汝南城
望稼周田隔
登樓楚月生
懸知蔣亭下
渚鶴伴閑行

姚合

不道弓箭字
罷官唯醉眠
何人薦籌策
走馬逐旌旃
陣變孤虚外
功成語笑前
從今巂州路
無復有烽煙

于武陵

南北行已久
憐君知苦辛
萬家同艸木
三載得陽春
東道聽遊子
夷門歌主人
空持語相送
應怪不沾巾

李群玉

露冷芳意盡
稀疎空碧荷
殘香隨暮雨
枯蕊墮寒波
楚客罷奇服
吴姬停棹歌
涉江無可寄
幽恨竟如何

李頻

雪後江上去
風光故國新
清渾天氣曉
緑動浪花春
勸酒提壺鳥
乘舟震澤人
誰知滄海月
取桂卻來秦

同

木落波浪動
南飛聞夜鴻
参差天漢霧
嘹唳月明風
野水蓮莖折
寒泥稻穗空
無令一行侶
相失五湖中

同

北鳥飛不到
北人今去遊
天涯浮瘴水
嶺外問潘州
艸木春冬茂
猿猱日夜愁
定知還客淚
應只對君流

姚鵠

恩重空感激
何門誓殺身
謬曾分玉石
竟自困風塵
陰谷非因暖
幽叢豈望春
升沉在言下
應念異他人

劉德仁

爲道常日損
尊師修此心
挂肩黄布被
穿髪白蒿簪
符札靈砂字
絃彈古素琴
囊中曾有藥
點土亦成金

于鵠

得道任髪白
亦逢城市遊
新經天上取
靈藥洞中收
春水帶枯葉
新蒲生漫流
年年望靈鶴
長在此山頭

顧非熊

鴉散陵樹曉
筵開繐帳空
嬋娟寵休妒
歌舞怨來同
往事與塵化
新愁生曲終
迴軒葉正落
寂莫聽秋風

朱慶餘

夏滿隨所適
江湖非繫緣
卷經離嶠寺
隔葦上秋船
水落無風夜
猿啼欲雨天
石門期獨往
謝守有遺篇

許棠

旅食唯艸艸
此生誰我同
故園魂夢外
長路别離中
人事萍隨水
年光鳥過空
欲吟先落淚
多是怨途窮

李洞

蜀道波不竭
巢烏出浪痕
松陰蓋巫峽
雨色徹荆門
宿寺青山盡
歸林彩服翻
苦吟懷凍餒
爲吊浩然魂

張喬

夜久村落静
徘徊楊柳津
青山猶有路
明月已無人
夢寐空前事
星霜倦此身
常期結茅處
來往躡遺塵

曹松

富者非義取
樸風争肯還
紅塵不待曉
白首有誰閑
淺度四溟水
平看諸國山
只消年作劫
俱到總無間

同

瀉月聲不斷
坐來心益閑
無人知落處
萬木冷空山
遠憶雲容外
幽疑石縫間
那辭通曙聽
明月度藍關

皮日休

壽木拳數尺
天生形狀幽
把疑傷虺節
用恐破蛇瘤
置合月觀内
買須雲肆頭
料君携去處
煙雨太湖舟

同

曉色教不睡
卷簾清氣中
林殘數枝月
髮冷一梳風
並鳥含鐘語
欹河隔霧空
莫疑營白日
道路本無窮

王貞白

徒步隨計吏
辛勤鬢易凋
歸期無定日
鄉思羨迴潮
冒雨投前驛
侵星過斷橋
何堪穆陵路
霜葉更瀟瀟

杜荀鶴

四海無寸土
一生惟苦吟
虚垂異鄉淚
不滴別人心
雨色凋湘樹
灘聲下塞禽
求歸歸未得
不是擲光陰

同

落月臨古渡
武昌城未開
殘燈明市井
曉色辨樓臺
雲自蒼梧去
水從嶓冢來
芳洲號鸚鵡
用記禰生才

鄭谷

贊善賢相後
家藏名畫多
留心於繪素
得意在煙波
屬興同吟詠
成功更琢磨
愛予風雪句
幽絶寫漁蓑

同

卜世何久遠
由來仰聖明
山河徒自壯
周召不長生
幾主任姦諂
諸侯各戰争
但餘崩壘在
今古共傷情

同删

薄命頭欲白
頻年嫁不成
秦娥未十五
昨夜事公卿
豈有機杼力
空傳歌舞名
妾專修婦德
媒氏卻相輕

同

原上桑柘瘦
再來還見貧
滄州幾年隱
白髮一莖新
敗葉平空塹
殘陽滿近鄰
閑言説知己
半是學禪人

同

永夕愁不寐
艸蟲喧客庭
半窗分曉月
當枕落殘星
鬢髮遊梁白
家山近越青
知音在諫省
苦調有誰聽

同

水木深不極
似將星漢連
中州唯此地
上界別無天
雪折停猿樹
花藏浴鶴泉
師爲終老意
日日復年年

徐鉉

夜静群動息
翩翩一雁歸
清音天際遠
寒影月中微
何處雲同宿
長空雪共飛
陽和常借便
免與素心違

李咸用

瘦倚青竹杖
爐峰指欲歸
霜粘行日屨
風暖到時衣
憑檻雲還在
攀松鶴不飛
何曾有別恨
楊柳自依依

方干

所得非衆語
衆人那得知
纔吟五字句
又白幾莖髭
月閣欹眠夜
霜軒正坐時
沈思心更苦
恐作滿頭絲

李德裕

蕙艸春已碧
蘭花秋更紅
四時發英艷
三徑滿芳叢
秀色濯清露
鮮輝摇惠風
王孫未知返
幽賞竟誰同

釋貫休
永夜殊不寐
懷君正寂寥
疎鐘寒遍郭
微雪静鳴條
南省雁孤下
西林鶴屢招
終當謝時去
與子住山椒

同
萬事歸一衲
曹溪初去尋
從來相狎輩
盡不是知音
乞食林花落
穿雲翠巘深
終希重一見
示我祖師心

同
二雅兼二密
愔愔祇自怡
臘高雲屐朽
貌古畫師疑
塹蟻緣金錫
爐煙惹雪眉
仍聞有新作
祇是寄相思

同
至覽如日月
今時即古時
鬢如邊草白
誰知射聲移
好鳥挨花落
清風出院遲
知音郭有道
始爲一吟之

同
日角浮紫氣
凜然塵外清
雖稱李太白
知是那星精
御宴千種飲
蕃書一筆成
宜哉杜工部
不錯道騎鯨

釋皓然
溪色思泛月
沿洄欲未歸
殘燈逢水店
疎磬憶山扉
夜浦魚驚少
空林鵲繞稀
可中纔望見
撩亂搗寒衣

同
羽檄飛未息
離情遠近同
感君繇泛瑟
關我是征鴻
眇默歸人盡
疎蕪夜渡空
還期當歲晚
獨在路行中

釋齊己
萬物患有象
不能逃大明
始隨殘魄滅
又逐曉光生
曲直寧相隱
洪纖必自呈
還如至公世
洞鑒是非情

同
萬事皆可了
有詩門最深
古人難得志
吾子苦留心
野疊涼雲朵
苔重怪木陰
他年立名字
笑我老雙林

同
賈島存正始
王維留格言
千篇千古在
一詠一驚魂
離別無他寄
相思共此門
陽春堪永恨
郢路轉塵昏

同
萬物都寂寂
堪聞彈正聲
人心盡如此
天下自和平
湘水瀉秋碧
古風吹太清
往年廬岳奏
今夕更分明

同
太道多大笑
寂寥何以論
霜楓翻落葉
水鳥啄閑門
服藥還傷性
求珠亦損魂
無端鑿混沌
一死不還源

同
九月將欲盡
幽叢始綻芳
都緣含正氣
不是背重陽
採去蜂聲遠
尋來蝶路長
王孫歸不晚
猶得泛金觴

釋齊己
今體雕鏤妙
古風研考精
何人忘律韻
爲子辨詩聲
賈島苦兼此
孟郊清獨行
荆門見編集
愧我老無成

同
彼此垂七十
相逢意若何
聖明殊未至
離亂更應多
澹泊門難到
從容日易過
餘生消息外
只合聽詩魔

右一圖百有餘首，起句皆一字拗，而後句依恒調者。然初唐無之，李杜諸公始唱之，中唐殆輟聲，至於晚唐，又極其步驟矣。釋齊己詩曰「何人忘律韻，爲子辨詩聲」，其辨詩聲者，而拗起句一字，此則變中正格，可概而知也。本邦巨儒崇工，未嘗辨此格，學者不可不知矣。竹山曰：「宋之問『合浦塗未極，端溪行暫臨』，杜甫『光細弦欲上，影斜輪未安』，高適『落日風雨至，秋天鴻雁初』，岑參『郭外山色暝，主人林館秋』，賈島『幽鳥飛不過，我行千里間』，張籍『楚澤南渡口，夜深來客稀』，曹松『曉色教不睡，垂簾清氣中』等聲律。杜甫、白居易得六，岑參得十六，他亦不爲少，但晚唐堇堇矣。如宋之問『卧病人事絶，嗟君萬里行』，崔顥『北上途未半，南行歲已闌』，李白『高閣横秀氣，清幽併在君』，張籍『苦行長不出，清羸最少年』，白居易『潤氣凝柱礎，繁聲注瓦溝』，元稹『徙倚簷宇下，思量去住情』等諸句，與前調同，而後句依恒調者，杜甫無考，諸家亦堇堇矣。」今閲杜甫集，而得依恒調者八首，謂之「無考」何也？且覩其所標，或執全篇拗體，以比議一字拗，或執一字拗，以混淆全篇拗體，而無斷案。是天奪之魄乎！故未嘗知晚唐專唱之，而曰「晚唐諸家此體堇堇矣」。其疎鹵杜撰，莫斯之甚矣。宋之問、杜甫、張籍、白居易詩，見拗格部中。

同前起句五字拗體

●●●●●
○○●●○
○○●●●
●●●○○
●●○○●
○○●●○
○○○●●
○●●○○

杜甫

亂後碧井廢
時清瑤殿深
銅瓶未失水
百丈有哀音
側想美人意
應悲寒甃沈
蛟龍半缺落
猶得折黃金

李白

道隱不可見
靈書藏洞天
吾師四萬劫
曆世遞相傳
別杖留青竹
行歌躡紫煙
離心無遠近
長在玉京懸

同

空外一鷙鳥
河間雙白鷗
飄颻搏擊便
容易往來遊
艸露亦多濕
蛛絲仍未收
天機近人事
獨立萬端憂

同

陶令八十日
長歌歸去來
故人建昌宰
借問幾時迴
風落吴江雪
紛紛入酒杯
山翁今已醉
舞袖爲君開

同

乘汝亦已久
天寒關塞深
塵中老盡力
歲晚病傷心
毛骨豈殊衆
馴良猶至今
物微意不淺
感動一沈吟

杜甫

小雨夜復密
回風吹早秋
野涼侵閉户
江滿帶維舟
通籍恨多病
爲郎忝薄遊
天寒出巫峽
醉別仲宣樓

同

南雪不到地
青崖沾未消
微微向日薄
脉脉去人遥
冬熱鴛鴦病
峽深豺虎驕
愁邊有江水
焉得北之朝

同

行色遞隱見
人煙時有無
僕夫穿竹語
稚子入雲呼
轉石驚魑魅
抨弓落狖鼯
真供一笑樂
似欲慰窮途

同

微雨不滑道
斷雲疎復行
紫崖奔處黑
白鳥去邊明
秋日新沾影
寒江舊落聲
柴扉臨野碓
半濕搗香秔

同

奔峭背赤甲
斷崖當白鹽
客居媿遷次
春色漸多添
花亞欲移竹
鳥窺新捲簾
衰年不敢恨
勝概欲相兼

同

致此自僻遠
又非珠玉裝
如何有奇怪
每夜吐光芒
虎氣必騰趠
龍身寧久藏
風塵苦未息
持汝奉明王

同

摧折不自守
秋風吹若何
暫時花戴雪
幾處葉沈波
體弱春苗早
叢長夜露多
江湖後搖落
亦恐歲蹉跎

同

孤雁不飲啄
飛鳴聲念群
誰憐一片影
相失萬重雲
望盡似猶見
哀鳴如更聞
野鴉無意緒
鳴噪日紛紛

同

客裏有所適
歸來知路難
開門野鼠走
散帙壁魚乾
洗杓開新醞
低頭拭小盤
憑誰給麴蘗
細酌老江干

同

幽意忽不愜
歸期無奈何
出門流水住
回首白雲多
自笑燈前舞
誰憐醉後歌
祇應與朋好
風雨亦來過

孟浩然
人事有代謝
往來成古今
江山留勝迹
我輩復登臨
水落魚梁淺
天寒夢澤深
羊公碑尚在
讀罷淚沾襟

同
吾友太乙子
飱霞卧赤城
欲尋華頂去
不憚惡溪名
歇馬憑雲宿
揚帆截海行
高高翠微裏
遥見石梁横

同
吾道昧所適
驅車還向東
主人開舊館
留客醉新豐
樹繞温泉緑
塵遮晚日紅
拂衣從此去
高步躡華嵩

同
士有不得志
栖栖吳楚間
廣陵相遇罷
彭蠡泛舟還
檣出江中樹
波連海上山
風帆明日遠
何處更追攀

王維
艸色日向好
桃源人去稀
手持平子賦
目送老萊衣
每候山櫻發
時同海燕歸
今年寒食酒
應得返柴扉

岑參
夫子不自衒
世人知者稀
來傾阮氏酒
去著老萊衣
渭北艸新出
關東花欲飛
楚王猶自惑
宋玉且將歸

同
三十始一命
宦情多欲闌
自憐無舊業
不敢耻微官
澗水吞樵路
山花醉藥欄
衹緣五斗米
辜負一漁竿

同
門柳葉已大
春花今復闌
鬢毛方二色
愁緒日千端
夫子屢新命
鄙夫仍舊官
相思難見面
時展尺素看

錢起
一笑不可得
同心相見稀
摘菱頻貰酒
待月未扃扉
星影低驚鵲
蟲聲傍旅衣
卑栖歲已晚
共羨雁南飛

劉禹錫
享國十五載
升天千萬年
龍鑣仙路遠
騎吹禮容全
日下初陵外
人悲舊劍前
周南有遺老
掩淚望秦川

戴叔倫
遙夜獨不寐
寂寥庭户中
河明五陵上
月滿九門東
萬里交親散
故園江海空
懷歸正南望
此夕起秋風

張籍
出郭見落日
別君臨古津
遠程無野寺
宿處問何人
原色不分路
錫聲遙隔塵
山陰到家節
猶及蕙蘭春

同
潮水忽後至
雲帆儼欲飛
故園雙闕下
佐宦十年歸
晚景照華髮
涼風吹別衣
淹留更一醉
老去莫相違

姚合
踏碎作賦筆
驅車出上京
離筵俯岐路
四坐半公卿
守命貧難擲
憂身夢數驚
今朝赴知己
休詠苦辛行

同
仗劍萬里去
孤城遼海東
旌旗愁落日
鼓角壯悲風
野迴邊塵息
烽消戍壘空
轅門正休暇
投策拜元戎

同
日出月復没
悠悠昏與明
修持經幾劫
清浄到今生
林下知無相
人間苦是情
終期逐師去
不擬老塵纓

同

爲客久未歸
寒山獨掩扉
曉來山鳥散
雨過杏花稀
天遠雲空積
溪深水自微
此情對春色
盡醉欲忘機

孟郊

燈盡語不盡
主人庭砌幽
柳枝星影曙
蘭葉露華浮
塊嶺笑群岫
片池輕衆流
更聞清浄子
逸唱頗難儔

同

正月一日後
尋春更不眠
自知還近僻
衆説過於顛
看水寧依路
登山欲到天
悠悠芳思起
多是晚風前

李頻

日月不並照
升沈俱有時
自媒徒欲速
孤立卻宜遲
盡力唯求己
公心任遇誰
人間不得意
半是鬢先衰

許渾

旅葬不可問
茫茫西隴頭
水雲青艸濕
山月白楊愁
琴信有時罷
劍傷無處留
淮南舊煙月
孤棹又逢秋

同

相識未十日
相知如十年
從來易離别
此去忽留連
路險行銜雨
山高度隔天
難終清夜坐
更聽説安邊

柳宗元

水上鵠已去
亭中鳥又鳴
辭因使楚重
名爲救齊成
荒壟遽千古
羽觴難再傾
劉伶今日醉
異代是同聲

元稹

十里撫柩别
一身騎馬回
寒煙半堂影
燼火滿庭灰
稚女憑人問
病夫空自哀
潘安寄新咏
仍是夜深來

李商隱

春夢亂不記
春原登已重
青門弄煙柳
紫閣舞雲松
拂硯輕冰散
開尊緑酎濃
無悰託詩遣
吟罷更無悰

杜牧

芳艸正得意
汀洲日欲西
無端千樹柳
更拂一條溪
幾朶梅堪折
何人手好攜
誰憐佳麗地
春恨卻淒淒

同

往事起獨念
飄然自不勝
前灘急夜響
密雪映寒燈
的的三年夢
迢迢一綫絙
明朝楚山上
莫上最高層

同

煙水本好尚
親交何慘淒
況爲珠履客
卽泊錦帆堤
沙雁同船去
田鴉繞岸啼
此時還有味
必臥日從西

馬戴

楊柳色已故
郊原日復低
煙生寒渚上
霞散亂山西
待月人相對
驚風雁不齊
此心君莫問
舊國去將迷

朱慶餘

清貌不識睡
見來嘗苦吟
風塵歸省日
江海寄家心
與鶴期前島
隨僧過遠林
相於竟何事
無語與知音

同

昨夜忽已過
冰輪始覺虧
孤光猶不定
浮世更堪疑
影落澄江海
寒生靜路岐
皎然銀漢外
長有衆星隨

劉得仁

永夕坐暝久
蕭蕭猿狖啼
漏微砧韻隔
月落斗杓低
危葉無風墜
幽禽並樹棲
自憐在岐路
不醉亦沈迷

同

萬類半已動
此心寧自安
月沈平野盡
星隱曙空殘
馬渡橫流廣
人行湛露寒
還思猶夢者
不信早行難

裴説

糲食擁敗絮
苦吟吟過冬
稍寒人卻健
太飽事多慵
樹老生煙薄
墻陰貯雪重
安排只如此
公道會相容

周賀

不覺月又盡
未歸還到春
雪通廬岳夢
樹匝艸堂身
澤雁和寒露
江槎帶遠薪
何年自此去
舊國復爲鄰

于武陵

南北各萬里
有雲心更閑
因風離海上
伴月到人間
洛浦少高樹
長安無舊山
徘徊不可駐
漠漠又東還

喻鳧

紫閣雪未盡
杏園花亦寒
灞西辭舊友
楚外憶新安
細雨猿啼柹
微陽鷺起灘
旋應赴秋貢
詎得久承歡

劉長川

寶劍不可得
相逢幾許難
今朝一度見
赤色照人寒
匣裏星文動
環邊月影殘
自然神鬼伏
無事莫空彈

白居易

三月十四夜
西垣東北廊
碧梧葉重疊
紅藥樹低昂
月砌漏幽影
風簾飄闇香
禁中無宿客
誰伴紫微郎

李群玉

瀟灑二白鶴
對之高興清
寒溪侶雲水
朱閣伴琴笙
顧慕稻粱惠
超遥江海情
應携帝鄉去
仙閣看飛鳴

同

雲臥竟不起
少微空損光
唯應孔北海
爲立鄭公鄉
舊館苔蘚合
幽齋松菊荒
空餘書帶艸
日日上階長

同

立馬不忍上
醉醒天氣寒
都緣在門易
直似別家難
世路既如此
客心須自寛
歸期亦羈束
爭及向長安

薛能

一閣見一郡
亂流仍亂山
未能終日住
尤愛暫時閑
唱棹吴門去
啼林杜宇還
高僧不可羨
西景掩禪關

同

道了亦未了
言閑今且閑
從來無住處
此去向何山
片石樹陰下
斜陽潭影間
請師留別偈
恐不到人寰

劉希夷

鴻鵠振羽翮
翻飛入帝鄉
朝鳴集銀樹
暝宿下金塘
日月天門近
風煙夜路長
自憐窮浦雁
歲歲不隨陽

同

一飯尚感懷
况攀高桂枝
此恩無處報
故國遠歸時
只恐兵戈隔
再趨門館遲
茅堂拜親後
特地淚雙垂

杜荀鶴

欲住住不得
出門天氣秋
惟知偷拭淚
不忍更回頭
此日祇愁老
况身方遠遊
孤寒將五字
何以動諸侯

厲玄

邊艸旱不春
劍光增野塵
戰場收驥尾
清瀚怯龍鱗
帆色起歸越
松聲厭避秦
幾時逢范蠡
處處是通津

皮日休
竹樹泠濩落
入門神已清
寒蛩傍枕響
秋菜上墻生
黃犬病仍吠
白驢饑不鳴
唯將一杯酒
盡日慰劉楨

同
志業不得力
到今猶苦吟
吟成五字句
用破一生心
世路屈聲遠
寒溪怨氣深
前賢多晚達
莫怕鬢霜侵

章孝標
神物不復見
小池空在茲
因嫌衝斗夜
未是偃戈時
岸古魚藏穴
蒲凋翠立危
五皇別有劍
何必鑄金爲

同
聲望去已遠
門人無不知
義行相識處
貧過少年時
妨寐夜吟苦
愛閑身達遲
難求似君者
我去更逢誰

歐陽玭
清曉意未愜
捲簾時一吟
檻虛花氣密
地暖竹聲深
秀色還朝暮
浮雲自古今
石泉驚已躍
會可洗幽心

同
理論與妙用
皆從人外來
山河澄正氣
雪月助宏才
傲世寄漁艇
藏名歸酒杯
升沈在方寸
即恐起風雷

方干
文戰偶不勝
無令移壯心
風塵辭帝里
舟楫到家林
過楚寒方盡
浮淮月正沈
持杯話來日
不聽洞庭砧

同刪
至業是至寶
莫過心自知
時情如甚暢
天道即無私
入洛霜霰苦
離家蘭菊衰
焚舟不回顧
薄暮又何之

同
日月晝夜轉
年光難駐留
軒窗才過雨
枕簟即知秋
山際鳥行出
溪中虹影收
唯君壯心在
應笑卧滄洲

周朴
不學世所惜
是何無了公
雲匡虛院外
虎跡亂山中
晝夜必連去
古今争敢同
禪情豈堪問
問答更無窮

同删
一瞬即七里
箭馳猶是難
檣邊走嵐翠
枕底失風湍
但訝猿鳥定
不知霜月寒
前賢竟何益
此地誤垂竿

許棠
征役已不定
又緣無定河
塞深烽砦密
山亂犬羊多
漢卒聞笳泣
胡兒擊劍歌
番情終未測
今昔謾言和

同
散拙亦自遂
麤將猿鳥同
飛泉高瀉月
獨樹迥含風
果落盤盂上
雲生篋笥中
未甘明聖日
終作釣漁翁

同
信步上鳥道
不知身忽高
近雲無世界
當楚見波濤
頂峭松多瘦
崖懸石盡牢
獼猴呼獨散
隔水向人號

同
就枕忽不寐
孤懷興嘆初
南譙收舊曆
上苑絕來書
暝雪細聲積
晨鐘寒韻疎
侯門昔彈鋏
曾共食前魚

同
殊立本不偶
非唯今所難
無門閑共老
盡日泣相看
鳥畏聞鶗鴂
花愁背牡丹
何人知此計
復議出長安

同

閑賞步易遠
野吟聲自高
路無人到跡
林有鶴遺毛
物外趣都別
塵中心枉勞
沿溪收墮果
坐石喚饑猱

羅隱

滄海去未得
倚舟聊問津
生靈寇盜盡
方鎮改更貧
夢裏舊行處
眼前新貴人
從來事如此
君莫獨沾巾

鄭谷

韋杜八九月
亭台高下風
獨來新霽後
閑步淡煙中
荷密連池緑
柿繁和葉紅
主人貪貴達
清境屬鄰翁

同

志士不敢道
貯之成禍胎
小人無事藝
假爾作梯媒
解釋愁腸結
能分睡眼開
朱門狼虎性
一半逐君回

崔塗

故國望不見
愁襟難暫開
春潮映楊柳
細雨入樓臺
静少人同到
晴逢雁正來
長安遠於日
搔首獨徘徊

同

臘酒復臘雪
故人今越鄉
所思誰把醆
端坐恨無航
兔苑舊遊盡
龜臺仙路長
未知鄒孟子
何以奉梁王

同

一日又欲暮
一年看即殘
病知新事少
老別舊交難
山盡路猶險
雨餘春尚寒
那堪試回首
烽火到長安

同

夜月色可掬
倚樓聊解顔
未能分寇盜
徒欲滿關山
背冷金蟾滑
毛寒玉兔頑
姮娥謾偷藥
長寡老中間

曹松
日月出又没
臺城空白雲
雖寛百姓土
漸缺六朝墳
禾黍是亡國
山河歸聖君
松聲驟雨足
幾寺晩鐘聞

李建勳
欲食不敢食
合栖猶未栖
聞風亦驚過
避繳恨飛低
水闊緣湘困
雲寒過磧迷
悲鳴感人意
不見夜烏啼

同
落筆勝縮地
展圖當晏寧
中華屬貴分
遠裔占何星
分寸辨諸岳
斗升觀四溟
長疑未到處
一一似曾經

李咸用
春雨有五色
灑來花旋成
欲留池上景
別染艸中英
畫出看還欠
藹爲插未輕
王孫多好事
携酒寄吟傾

同
殘臘即又盡
東風應漸聞
一宵猶幾許
兩歲欲平分
燎暗傾時斗
春通綻處雲
明朝遥捧酒
先合祝堯君

同
嫩緑與老碧
森然庭砌中
坐消三伏景
吟起數竿風
葉影重還密
梢聲遠或通
更期春共看
桃映小花紅

王貞白
恃險不種德
興亡嘆數窮
石城幾換主
天塹謾連空
御路叠民塚
臺基聚牧童
折碑猶有字
多記晋英雄

張蠙
欲別不止涙
當杯難强歌
家貧隨日長
身病涉寒多
雨雪迷燕路
田家隔楚波
良時未自致
歸去欲如何

釋貫休

重疊太古色
濛濛花雨時
好山行恐盡
流水語相隨
黑壤生紅黍
黃猿領白兒
因思石橋月
曾與故人期

同

心苦味不苦
世衰吾道微
清如吞雪雹
誰把比珠璣
作者相收拾
常人任是非
舊居滄海上
歸去即應歸

同

甫也道亦喪
孤身出蜀城
彩毫終不撅
白雪更能輕
命薄相如命
名齊李白名
不知耒陽令
何以葬先生。

同

殼殼學得律
還鄉見苦情
遠思芳艸盛
不入楚山行
帆入汀煙健
經吟成月清
到鄉同學輩
應到贛江迎

同

至理不誤物
悠悠自不明
黃金燒欲盡
白髮火邊生
苦惑神仙讖
難收日月精
捕風兼繫影
信矣不須爭

同

積翠迸一瀑
紅霞碧霧開
方尋此境去
莫問幾時迴
蕩槳入擔石
思詩聞早雷
唯師心似我
欲近不然灰

同

松桂晝不動
陽烏飛半天
稻麻須結實
沙石欲生煙
毒氣仍干扇
高枝不立蟬
舊山多積雪
歸去是何年

同

十萬里到此
辛勤詎可論
唯云吾上祖
見買給孤園
一月行沙磧
三更到鐵門
白頭鄉思在
回首一消魂

同

蠻木葉不落
微吟漳水濱
二毛宜有雪
萬事不如人
灃水平芳艸
山花落浄巾
天童好真伴
何日更相親

同

輕舸趣不已
東風吹緑蘋
欲看梅市雪
知賞柳家春
別意傾吳醑
芳聲動越人
山陰三月會
内史得嘉賓

同

可惜復可惜
如今何所之
信來堪大慟
余復用生爲
亂世今交鬭
玄宮玉柱隳
春風五陵道
回首不勝悲

釋歸仁

一百八十首
清冷韻可敲
任從人不愛
終是我難抛
桂魄吟來滿
蒲團坐得凹
先生聲價在
寰宇幾人抄

同

閑步不覺遠
蕭蕭木落初
詩情抛闤闠
江影動襟裾
閣北鴻行出
霞西雨脚疎
金峰秋更好
乞取又何如

釋齊己

永夜不欲睡
虚堂閉復開
卻離燈影去
待得月光來
落葉逢巢住
飛螢值我迴
天明拂經案
一炷白檀灰

釋皎然

離袂翠葉滿
晨羞欲早行
春風生楚樹
曉角發隋城
山靄濕衣彩
江鴻增客情
征途不用戒
坐見白波清

同

萬物患有象
不能逃大明
始隨殘魄滅
又逐曉光生
曲直寧相隱
洪纖必自呈
還如至公世
洞鑒是非情

同

天地有萬物
盡應輪苦心
他人雖欲解
此道奈何深
返朴遺時態
關門度歲陰
相思去秋夕
共對冷燈吟

同

日日見入寺
未曾含酒容
閑聽老僧語
坐到夕陽鐘
竹裏行多影
花邊偶過蹤
猶言謝生計
隨我去孤峰

同

莫染亦莫鑷
任從伊滿頭
白雖無耐藥
黑也不禁秋
静枕聽蟬卧
閑垂看水流
浮生未達此
多爲爾爲愁

同

七十去百歲
都來三十春
縱饒生得到
終免死無因
密理方通理
栖真如見真
沃州匡阜客
幾刼不迷人

同

一卧四十日
起來秋氣深
已甘長逝魄
還見舊交心
撑拄筇猶重
枝梧力未任
終將此形陋
歸死故丘林

同

猿鳥共不到
我來身欲浮
四邊空碧落
絶頂正清秋
宇宙知何極
華夷見細流
壇西獨立久
白日轉神州

同

雷電不敢伐
鱗皴勢萬端
蠹依枯節死
蛇入朽根盤
影浸僧禪濕
聲吹鶴夢寒
尋常風雨夜
應有鬼神看

同

一戰偶不捷
東歸計未空
還携故書劍
去謁舊英雄
楚雪連吴樹
西江正北風
男兒藝若是
會合值明公

同

不惜白日短
乍容清夜長
坐聞風露滴
吟覺骨毛涼
興寢無諸病
空閑有一床
天明振衣起
苔砌落花香

同

萬里八九月
一身西北風
自從相示後
長記在吟中
見説南遊遠
堪懷我姓同
江邊忽得信
迴到岳門東

同

外物盡已外
閑遊且自由
好山逢過夏
無事住經秋
樹影殘陽寺
茶香古石樓
何時定休講
歸漱虎溪流

同

數日不見日
飄飄勢忽開
雖無忙事出
還有故人來
已盡南簷滴
仍殘北牖堆
明朝望平遠
相約在春臺

同

一百二十日，煎熬幾不勝。
憶歸滄海寺，吟倚翠崖棱。
舊扇猶操執，新秋更鬱蒸。
何當見涼月，擁衲訪詩朋。

同

日日掃復灑，不容纖物侵。
敢望來客口，道似主人心。
蟻過光中少，苔依潤處深。
門前亦如此，一徑入疎林。

同

何必要識面，見詩驚苦心。
此門從自古，難學到如今。
青艸湖雲闊，黃陵廟木深。
精搜當好景，得即動知音。

釋修睦〔一〕

一片又一片，等閑苔面紅。
不知延數日，開亦是春風。
公子歌聲歇，詩人眼界空。
遙思故山下，經雨兩三叢。

〔一〕睦：底本訛作「睡」，據《唐僧弘秀集》卷八改。

同

東海日未出
九衢人已行
吾師無事坐
苔蘚入門生
雨過閑花落
風來古木聲
天台頻説法
石壁欠題名

釋可朋

周極八百里
凝眸望則勞
水涵天影闊
山拔地形高
賈客停非久
漁翁轉幾遭
颯然風起處
又是鼓波濤

釋慕幽

家國各萬里
同吟六七年
可堪隨北雁
迢遞向南天
水與行人遠
山將落日連
春淮有雙鯉
莫忘尺書傳

右一圖百有餘首，起句皆拗者。初唐無之，盛唐初唱之，中唐寥寥，至於晚唐又盛。蓋前篇之所一變，乃雖有一二字之別，其實一也。何則？仄起起句用恒法，而至第五句第四字，有用仄聲者，又有五字俱仄者，此乃同法也。薛能確守正律，不敢涉變體，然起句用拗格，其爲變中正格也，可得而知矣。竹山曰：「杜甫『孤雁不飲啄，飛鳴聲念群』，孟浩然『人事有代謝，往來成古今』，岑參『三十始一命，宦情多欲闌』，戴叔倫『遥夜獨不寐，寂寥庭户中』，李群玉『雲卧竟不起，少微空損光』，羅隱『滄海去未得，倚舟聊問津』，此變之甚者。杜甫善用，岑參得四，餘不多。李白『道隱不可見，靈書藏洞天』，杜甫『小雨夜復密，迴風吹早秋』，孟浩然『士有不得志，栖栖吴楚間』，元稹『十里撫柩別，一身騎馬回』，裴説『糲食擁敗絮，苦吟吟過冬』，此宜與前調合，今欲明其變之極，故别標焉。 諸家固少，杜甫得五。 如李白『側疊萬古石，横爲白馬磯』，孟浩然『吾愛大乙子，飡霞卧赤城』，戴叔倫『潮水忽復至，雲帆儼欲飛』，齊己『萬木凍欲折，孤根暖獨回』，此亦與前調同，而後句依恒調者，杜甫及初唐無考，餘亦最少，是亦穴處之説也。」今標其依恒調者百有餘首以徵之，及一一辨析之，大勞禿筆，故姑置焉。

起句押韻

●●○●○
○○●●○
○○○●●
●●●○●
●●○○●
○○●●○
○○●●●
○●●○○

李白

楚水清若空
遥將碧海通
人分千里外
興在一杯中
谷鳥吟晴日
江猿嘯晚風
平生不下淚
於此泣無窮

同

天作雲與雷
霈然德澤開
東風日本至
白雉越裳來
獨棄長沙國
三年未許回
何時入宣室
更問洛陽才

孫逖

日落川徑寒
離心苦未安
客愁西向盡
鄉夢北歸難
霜果林中變
秋花水上殘
明朝渡江後
雲物向南看

蘇頲

三月松作花
春行日漸賒
竹障山鳥路
藤蔓野人家
透石飛梁下
尋雲絶磴斜
此中誰與樂
揮涕語年華

孟浩然

二月湖水清
家家春鳥鳴
林花掃更落
徑艸蹈還生
酒伴來相命
開尊共解酲
當杯已入手
歌妓莫停聲

同

八月湖水平
涵虛混太清
氣蒸雲夢澤
波撼岳陽城
欲濟無舟楫
端居耻聖明
坐觀垂釣者
徒有羨魚情

同

北闕休上書
南山歸敝廬
不才明主棄
多病故人疎
白髮催年老
青陽逼歳除
永懷愁不寐
松月夜窗虛

薛存誠

再入青瑣闈
忝官誠自非
拂塵驚物在
開户待僧歸
積艸漸無徑
殘花猶灑衣
禁垣偏日近
行坐是恩輝

張籍

風静楊柳垂
看花又別離
幾年同在此
今日各驅馳
峽裏聞猿叫
山頭見月時
殷勤一杯酒
珍重歳寒姿

姚合

有相無相身
唯師説始真
修篁半庭影
清磬幾僧鄰
古壁丹青落
虛簷鳥雀馴
伊余求了義
羸馬往來頻

朱慶餘

世上名利牽
塗中意慘然
到家能幾日
爲客便經年
跡似萍隨水
情同鶴在田
何當功業遂
歸路下遥天

右一圖十有餘首，起句第五字押韻者，蓋王勃「別路千萬里，深恩重百年」之所一變也。竹山以孫逖「苦」字、孟浩然「混」字、李白「碧」字未恒調，而列孟郊「河水昏復晨，河邊相別頻」、賈島「一卧三四句，數書唯獨君」二首。然二首第四句用三平，不可謂之恒調也。所謂恒調也者，在於一篇正格，而一字不差也。竹山乃詩中之董狐，而不辨此義，況於其他乎？

起句三平

●●○○○
○○●●○
●○○●●
○●●○○
○●○○●
○○●●○
●○○●●
○●●○○

沈佺期

月皎風泠泠
長門次掖庭
玉階聞墜葉
羅幌見飛螢
清露凝珠綴
流塵下翠屏
妾心君未察
愁嘆劇繁星

李嶠

源出崐崘中
長波接漢空
桃花來馬頰
竹箭入龍宮
德水千年變
榮光五色通
若披蘭葉檢
正借禹神功

張九齡

湘浦多深林
青冥晝結陰
獨無謝客賞
況復賈生心
艸色雖云發
天光或未臨
江潭非所遇
爲爾白頭吟

王維
閑拂簷塵看
鳴琴候月彈
桃源迷漢姓
松徑有秦官
空谷歸人少
青山背日寒
羨君栖隱處
遥望白雲端

司空曙
種柳南江邊
閉門三四年
艷花那勝竹
凡鳥不如蟬
嗜酒漸嬰渴
白首遠相憐
讀書多欲眠
平生故交在

孟浩然
西上游江西
臨流恨解携
千山疊成嶂
萬水瀉爲溪
石淺流難泝
藤長險易躋
誰憐問津客
歲晏此中迷

李洞
桂水清和天
南歸似謫仙
繫條輕象笏
買布接蠻船
海氣蒸鼙軟
江風擘箭偏
帝遠豈知賢
罷郎吟亂裏

尹懋
江上饒奇山
巑羅雲水間
風和樹色雜
苔古石文斑
巴俗將千溠
澧湖凡幾灣
嬉遊竟不盡
乘月汎舟還

釋皎然
楚水清風生
揚舲泛月行
荻洲寒露彩
雷岸曙潮聲
東道思才子
西人望客卿
從來金谷集
相繼有詩名

賈島
寂莫吾廬貧
同來二閣人
所論唯野事
招作住雲鄰
古寺期秋宿
平林散早春
漱流今已矣
巢許豈堯臣

右一圖十首，起句用三平者。篇什甚少，然四唐諸公表之，此乃千古不易之法也。竹山曰：「李白起句『斗酒勿爲薄，寸心貴不忘』，又『平虜將軍婦，入門二十年』共二腔。前聯『亂流若電轉，舉棹揚珠輝』，結句『淹留未盡興，日落群峰西』各一腔。高適起句『飲酒莫辭醉，醉多適不然』一腔。盧照鄰前聯『笳喧雁門北，陣翼龍城南』，李頎『鱗鱗遠峰見，淡淡平湖春』，王維『寒燈坐高館，秋雨聞疎鐘』各一腔。岑參前聯『清搖縣郭動，碧沈雲山新』共四腔，結句『江城菊花發，滿道香氛氳』，又『謝君賢主將，豈忘輪臺邊』共三腔。陳子昂結句『還因北山徑，歸守東坡田』，賀知章『故鄉杳無際，明發懷朋從』〔一〕，王昌齡『東南具今古，歸望山雲秋』各一腔。沈佺期起句『月皎風泠泠，長門次掖庭』，張九齡『湘浦多深林，青冥晝結陰』，又前聯『奈何相送者，不是平生時』各二腔。張九齡結句『今朝游宴所，莫比天泉池』一腔。孟浩然起句『出谷未亭午，至家已夕曛』，結句『聊題一時興，因寄盧徵君』各一腔。儲光羲前聯『可憐宮殿所，但見桑榆繁』，又『青山隔遠路，明月空長霄』共二腔。結句『此情勞夢寐，況道雙林遥』一腔。陸龜蒙前聯『閑來北山下，似與東風期』，結句『唯應報春鳥，得共斯人知』各一腔。李嶠前聯『九苞應靈瑞，五色成文章』，後聯『馬眼冰凌影，竹根雪霰文』各一腔。結句『英靈已傑出，誰識卿雲才』共三腔。席豫前聯『猿攀紫嵓飲，鳥拂清潭飛』，杜甫『不成南向國，復作遊西川』，高適『蒼茫遠山口，豁達胡天開』，權德輿『寂寥紅粉盡，冥莫黄泉

〔一〕朋：底本訛作「明」，據《全唐詩》卷一百十二改。

深』，柳宗元『自諧塵外意，況與幽人行』各三腔。裴説後聯『日影纔添線，鬢根已半絲』一腔。僧靈一結句『孤舟屢失道，但聽秋泉聲』，元稹結句『坐看朝日出，衆鳥雙徘迴』，此皆詩家大忌。我邦相沿熟用者甚非矣，以其靡然成習也。予嘗目之爲俗調，所引李白起句前聯結句，高適起句，盧照鄰、李頎、王維前聯，岑參前聯結句，陳子昂、賀知章、王昌齡結句等諸什，全首皆係拗篇。今悉批其姓名，令覽者辨别焉。夫拗體詩，變怪百出，豈容律以常調焉哉？故舉此以示例之非例云爾。岑參此調所得，凡二十許首，然其於前聯用三平者，結句亦率用三平，而其起句必依是編變調第八腔，後聯必依是編變調第三腔，若第一腔，每篇皆然，其於偏格亦類此，未嘗恒調中突然出以此變也。蓋别是一種拗格耳，以其近古體也。今且節取數腔，以信予之考索既及焉，亦不敢極力援引以眩後學也，覽者審之切戒，勿視以爲定準，容易循蹈矣。沈佺期、張九齡起句前聯，九齡結句，孟浩然起句結句，儲光羲前聯結句，陸龜蒙前聯結句，李嶠前聯後聯結句，席豫、杜甫、高適、權德輿、柳宗元前聯，裴説後聯，靈一、元稹結句等諸什，蓋爲正律之變，然初盛之交，律體未純，五律往往與五古混同，大氐初唐亡論已。盛唐諸家，李杜孟儲最多變態，但杜於七言爲甚，是亦詩家須知也。要之自非天寶、大曆以降遵用通熟者，未可以爲正據焉，而權柳陸元輩，皆出於千萬首中之一，寥寥如兹，又惡乎足以爲例哉？」固矣哉竹山。未嘗辨正變之義，故揭正格以比議拗體，或標拗體以混淆正格。逞規磨之説，以眯後人之目矣。夫拗格之詩，變怪百出，不可律以恒調，固其所也。雖然，如其變怪百出，亦例之所以爲例。而謂「例之非例」，乃何人令之？本編所列，皆恒調中，突然拗一字者，歷歷可徵焉。論其一字拗，乃當就一字以例之，如全篇拗格亦同。然今知其各例之爲例，以爲定準，而循蹈之，何蹪跌之有？夫律之有正變也，初唐之所創制，而盛唐全奉之，其所謂「天寶、大曆以降，遵用通熟」者，初唐既已有之，畢竟未嘗知初唐之所創制，故曰「初唐之交，律體未純，往往與五古混」，此最粗鹵之説也。其與五古混者，唐人篇集，不分古今體，蓋隨賦而録之。故後人誤以五古爲五律，以五律爲五古，此皆選者之罪，而非作者之過也。如夫權柳陸元篇什，往往而有焉，非復出於千萬首中之一，皆初盛之所産，亦足以爲正據焉。故今極力援引，而列之本編，使讀者刮目矣。且也謂沈佺期、張九齡諸公篇什「詩家所大忌」，目之爲「俗調」，則其雅調出於何人手？是亦不以知律調字義故也。何者？律也者，法律之律；調也者，意調之調。故俗調者，鄙俚猥雜，易入里耳也。如夫正律，則千人亦言，百人亦言，其所謂俗調者，皆變格而不易辨也。假令老嫗解之，特解詩意已，豈得解聲律之變哉？然則俗調在於意思，而不在于聲律。故唐人以還，絶無以俗調爲俗律者矣。是以李于鱗效沈佺期云「春塢花冥冥」，穆文熙效李白云「九皋不礙聲」，王世貞效岑參云「水氣桃花寒」，孫元一效李嶠云「水邊白鷺巾」，唐順之效李嶠云「還就茅齋眠」，其他餘可勝既乎？夫如是明人取法於初唐諸公非乎？釋皎然曰：「沈宋爲有唐律詩之龜鑑也。情多興遠，語麗爲多，真射鵰手。假曹劉降格而爲之，吾未知其孰勝也。」《唐書》曰：「建安後訖江左，詩律屢變，至沈約、庾信，以音相婉附，屬對精密。及沈宋尤加靡麗，回忌聲病，約句準篇，如錦繡成文，學者宗之。」然則沈宋篇什，雖千變萬緫，作爲拗體哉？其回忌聲病，約句準篇，可得而知矣。此乃全唐二千二百有餘人所宗，故皎然以爲「有唐律詩之龜鑑」也。然今謂「詩家所大忌」，則除沈宋之外〔一〕，取何人爲詩家？又謂目之爲「俗調」，則竹山賢于二千二百有餘人乎？皎然亦不知律詩者乎？非乎？此謀稽乎謚、柴生於守者也。夫蕩口之於聲律，其罪當道，及誹謗先賢而詿惑後學，乃報寸磔可也。

起句第二字拗

	駱賓王	上官儀	宋之問
●○○●●	玉虬分靜夜	玉關春色晚	遠方來下客
○○●●○	金螢照晚涼	金河路幾千	輶軒攝使臣
○○○●●	含輝疑泛月	琴悲桂條上	弄琴宜在夜
●●●○○	帶火怯凌霜	笛怨柳花前	傾酒貴逢春
●●○○●	散彩縈虛牖	霧掩臨妝鳳	駟馬留孤館
○○●●○	飄花繞洞房	風驚入鬢蟬	雙魚贈故人
●○○●●	下帷如不倦	緘書待還使	明朝散雲雨
○●●○○	當解惜餘光	淚盡白雲天	遙仰德爲鄰

〔一〕宋：底本訛作「宗」，據上文改。

張錫

九秋霜景浄
千門曉望通
仙遊光御路
瑞塔迴淩空
菊彩揚堯日
萸香入舜風
天文麗辰象
竊抃仰層穹

劉禹錫

于侯一日病
滕公千歲歸
門庭颯已變
風物澹無輝
群吏謁新府
舊賓沾素衣
歌堂忽暮哭
賀雀盡驚飛

張九齡

蜀嚴化已久
沉冥空所思
嘗聞賣卜處
猶憶下簾時
驅傳應經此
懷賢倘問之
歸來説往事
歷歷偶心期

同

洛陽天壇上
依稀似玉京
夜分先見日
月静遠聞笙
雲路將鷄犬
丹臺有姓名
古來成道者
兄弟亦同行

李益

邊聲日夜合
朔風驚復來
龍山不可望
千里一徘徊
捐扇破誰執
素紈輕欲裁
非時妒桃李
自是舞陽臺

王建

新開望山處
今朝減病眠
應移千里道
猶自數峰偏
故欲遮春巷
還來繞暮天
老夫行步弱
免到寺門前

暢當

孤柴泄煙處
此中山叟居
觀雲寧有事
耽酒詎知餘
水定鶴翻去
松攲峰儼如
猶煩使君問
更欲結環廬

許渾

金風蕩天地
關西群木凋
早霜鷄喔喔
殘月馬蕭蕭
紫陌秦山近
青楓楚樹遥
還同長卿志
題字滿河橋

溫庭筠

微生竟勞止，晤言猶是非。出門還有淚，看竹暫忘機。爽氣三秋近，浮生一笑稀。故山松菊在，終欲掩荊扉。

呂溫

洞庭舟始泊，桂江帆又開。魂從會處斷，愁向笑中來。惝恍看殘景〔一〕，殷勤祝此杯。衡陽刷羽待，成取一行迴。

曹松

少年雲溪裏，禪心夜更閑。煎茶留静者，靠月坐空山。露白鐘尋定，螢多户未關。嵩陽大石室，何日譯經還。

趙防

涼風颯庭户，漸疑華髮侵。已經楊柳謝，猶聽蟪蛄吟。雨助灘聲出，雲連野色深。鶺鴒今在遠，年酒共誰斟。

〔一〕悅：底本訛作「悅」，據《吕衡州集》卷二改。

王態

長沙辭舊國
洞庭逢故人
薰蘭敦久要
披霧轉相親
歲月空嗟老
江山不惜春
忽聞黃鶴曲
更作白頭新

殷堯藩

原中多陰雨
惟留一室明
自宜居静者
誰得問先生
深井泉香出
危沙藥更榮
全家笑無辱
曾不見戈兵

李德裕

高秋慚非隱
閑林喜退居
老農争席坐
稚子帶經鋤
竹徑難迴騎
仙舟但跂予
豈知陶靖節
祇自愛吾廬

釋皎然

迢遥山意外
清風又對君
若爲於此地
翻作路岐分
別館琴徒語
前洲鶴自群
明朝天畔遠
何處逐閑雲

右一圖十八首，蓋前篇起句，第四字拗格之所變化也。然有三平者，有四平者，又有四仄者，有五仄者。如劉禹錫「洛陽天壇上」，殷堯藩「原中多陰雨」二首，乃其一也。然諸家無之，故不別開其門，而附於此。

起句第二字拗

○●●○○
●●●○○
●●○○●
○○●●○
○○○●●
●●●○○
●●○○●
○○●●○

駱賓王

行役総離憂
復此愴分流
濺石回湍咽
縈叢曲澗幽
陰崖常結晦
宿莽競含秋
况乃霜晨早
寒風入戍樓

劉允濟

昔在龍門側
誰想鳳鳴時
雕琢今爲器
宮商不自持
巴人緩疎節
楚客弄繁絲
欲作高張引
翻成下調悲

杜甫

元日至人日
未有不陰時
冰雪鶯難到
春寒花較遲
雲隨白水落
風振紫山悲
蓬鬢稀疎在
無勞比素絲

同〔一〕

啼鳥争引子
鳴鶴不歸林
下食遭泥去
高飛恨久陰
雨聲衝塞盡〔二〕
日氣射江深
回首周南客
驅馳魏闕心

同

且喜河南定
不問鄴城圍
百戰今誰在
三年望汝歸
故園花自發
春日鳥還飛
斷絶人煙久
東西消息稀

錢起

晦日連苦雨
動息更邅迴
生事萍無定
愁心雲不開
翟門悲暝雀
墨竈上青苔
始信宣城守
乘流畏曬腮

李端

少喜神仙術
未去已蹉跎
壯志一爲累
浮生事漸多
衰顔不相識
歲暮定相過
請問宗居士
君其奈老何

〔一〕同：底本脱，據《杜詩詳註》卷十五補。
〔二〕塞：底本訛作「寒」，據《杜詩詳註》卷十五改。

于鵠

日夕尋未遍
古木寺高低
粉壁猶遮嶺
朱樓尚隔溪
厨窗通澗鼠
殿跡立山鷄
更有無人處
明朝獨向西

同

雲外秋卻入
微徑久無人
後夜中峰月
空林百衲身
寂寥寒磬盡
盥漱瀑泉新
履跡誰相見
松風掃石塵

張南史

寒日白雲裏
法侶自提携
竹徑通城下
松門隔水西
方同沃洲去
不自武陵迷
仿佛心疑處
高峰是會稽

盧綸

高木已蕭索
夜雨復秋風
墜葉鳴荒竹
斜根擁斷蓬
半侵山色裏
長在水聲中
此地何人到
雲門去亦通

馬戴

嘶馬發相續
行次夏王臺
鎖郡雲陰暮
鳴笳燒色來
霜繁邊上宿
鬢改磧中迴
悵望胡沙曉
驚蓬朔吹催

右一圖十二首，蓋前篇之所變化也。前篇即仄起之體，而第二字用平聲。此篇乃平起之體，而第二字用仄聲。此一種之聲律也，如劉允濟、杜甫、李端三首，諸家無之，故附於此。

全唐聲律論卷三

五言律

偏格第二句拗

●○○●●
○●○○○
●●○○●
○○●●○
●○○●●
○●●○○
●●○○●
○○●●○

沈佺期

玉匈朝日映
羅帳春風吹
拭淚攀楊柳
長條踠地垂
白花飛歷亂
黃鳥思參差
妾自肝腸斷
傍人那得知

同

制書下關右
天子門回中
壇墠經過遠
威儀侍從雄
黃麾搖晝日
青幰曳清風
迴望甘泉道
龍山隱漢宮

張九齡

孔門太山下
不見登封時
徒有先生法
今爲明主思
恩加萬乘幸
禮致一牢祠
舊宅千年外
光華空在茲

張九齡

征驂稍靡靡
去國方遲遲
路繞南登岸
情摇北上旗
故人憐別日
旅雁逐歸時
歲晏無芳艸
將何寄相思

王維

所思竟何在
悵望深荆門
舉世無相識
終身思舊恩
方將與農圃
藝植老丘園
目盡南飛雁
何由寄一言

孟浩然

義公習禪寂
結宇依空林
户外一峰秀
階前衆壑深
夕陽連雨足
空翠落庭陰
看取蓮花浄
方知不染心

同

端居不出户
滿目空雲山
落日鳥邊下
秋原人外閑
遥知遠林際
不見此簷間
好客多乘月
應門莫上關

同

水樓一登眺
半出青林高
帟幕英僚散
芳筵下客叨
山藏伯禹穴
城壓伍胥濤
今日觀溟漲
垂綸欲釣鼇

王昌齡

欣逢柏梁友
共謁聰公禪
石室無人到
繩牀見虎眠
陰崖常抱雪
枯澗爲生泉
出處雖云異
同歡在法筵

李頎

少年學騎射
勇冠并州兒
直愛出身早
邊功沙漠垂
戎鞭腰下插
羌笛雪中吹
膂力今應盡
將軍猶未知

崔顥

君王寵初歇
棄妾長門宫
紫殿青苔滿
高樓明月空
夜愁生枕席
春色罷簾櫳
泣盡無人問
容華落鏡中

李白

從軍玉門道
逐虜金微山
笛奏梅花曲
刀開明月環
鼓聲鳴海上
兵氣擁雲間
願斬單于首
長驅静鐵關

韋應物

結茅臨古渡
卧見長淮流
窗裏人將老
門前樹已秋
寒山獨過雁
暮雨遠來舟
日夕逢歸客
那能忘舊遊

杜甫

蕭蕭古塞冷
漠漠秋雲低
黄鵠翅垂雨
蒼鷹飢啄泥
薊門誰自北
漢將獨征西
不意書生耳
臨衰厭鼓鞞

司空曙

田家喜雨足
鄰老相招携
泉溢溝塍壞
麥高桑柘低
呼兒催放犢
邀客待烹鷄
搔首蓬門下
知將軒冕齊

同

渥洼汗血種
天上麒麟兒
才士得神秀
書齋聞爾爲
棣華晴雨好
彩服暮春宜
朋酒日歡會
老夫今始知

樓穎

納涼每選地
近得青門東
林與繚垣接
地將沁水通
枝交帝女樹
橋映美人虹
想是忘機者
悠悠在興中

錢起

鶯啼蕙艸緑
朝與情人期
林沼忘言處
鴛鴻養翮時
春泉滋藥暖
晴日度花遲
此會無辭醉
良辰難再追

劉禹錫

耳虚多聽遠
展轉晨鷄鳴
一室背燈卧
中宵掃葉聲
蘭芳經雨敗
鶴病得秋輕
肯踏衡門艸
唯應是友生

温庭筠

風華已眇然
獨立思江天
鳧雁野塘水
牛羊春艸煙
秦原曉重疊
灞浪夜潺湲
今日思歸客
愁容在鏡懸

馬戴

無成西別秦
返駕江南春
艸際楚田雁
舟中吴苑人
殘雲挂絶島
迴樹入通津
想到長洲日
門前多白蘋

于武陵

窮秋幾日雨
處處生蒼苔
舊國寄書後
涼天方雁來
露繁山艸濕
洲暖水花開
去盡同行客
一帆猶未回

賈島

亂山秋木穴
裏有靈蛇藏
鐵錫挂臨海
石樓聞異香
出塵頭未白
入定衲凝霜
莫話五湖事
令人心欲狂

姚合

憲皇十一祀
共得春闈書
道直淹曹掾
命通侍玉除
浮生年月促
九陌笑言疎
何計同歸去
滄江有敝廬

楊於陵

先生赤松侣
混俗遊人間
崑閬無窮路
何時下故山
千年猶孺質
秘術救塵寰
莫便沖天去
雲雷不可攀

同

白雲修道者
歸去春風前
玉簡通仙籍
金丹駐母年
錦文江一色
酒氣雨相連
衆説君平死
直師易義全

林滋

誰言行旅日
況復桃花時
水即滄溟遠
星從天漢垂
川光獨鳥暮
林色落英遲
豈是王程急
偏多遊子悲

李賀
灣頭見小憐
請上琵琶絃
破得春風恨
今朝直幾錢
裙垂竹葉帶
鬢濕杏花煙
玉冷紅絲重
齊宮妾駕鞭

曹松
天高淮泗白
料子趨修程
汲水疑山動
揚帆覺岸行
雲離京口樹
雁入石頭城
後夜分遥念
諸峰霜露生

張喬
先生顓項後
得道言何人
松柏卑於壽
兒孫老卻身
夜窗峰頂曙
寒澗洞中春
戀此逍遥境
雲間不可親

許宣平
隱居三十載
石室南山巓
静夜翫明月
閑朝飲碧泉
樵人歌壠上
谷鳥戲岩前
樂矣不知老
都忘甲子年

舒道紀
澄心坐清境
虚白生林端
夜静笑聲出
月明松影寒
絳霞封藥竈
碧竇濺齋壇
海樹幾回老
先生棋未殘

張蠙
邊兵春盡回
獨上單于臺
白日地中出
黄河天外來
沙翻痕似浪
風急響疑雷
欲向陰關度
陰關曉不開

顧非熊
黔南從事客
禄利先來饒
官受外台屈
家移一舸遥
夜猿聲不斷
寒木葉微凋
遠別因多感
新郎倍寂寥

釋皎然
西陵古江口
遠見東陽州
渌水不同泛
青山應獨遊
尋僧白岩寺
望月謝家樓
宿昔心期在
人寰非久留

同

出齋步松影
手自開禪扉
花滿不污地
雲多從觸衣
思山石蘚浄
款客露葵肥
果得宗居士
論心到極微

夜涼喜無訟
霽色摇閒情
暑退不因雨
陶家風自清
凝弦停片景
發咏静秋聲
何事禪中隱
詩題忽記名

右一圖三十餘首，第二句第三字拗者。四唐所不忌，而本邦所謂下三連也。嘗讀巨儒崇工篇什，用下三連，乃上句必用三仄，此本邦聲律也。讀者當就本編鏡考之。竹山曰：「張九齡『征驂稍靡靡，去國方遲遲』，儲光羲『精廬不住子，自有無生鄉』，孟浩然『敝廬在郭外，素産惟田園』，又『前林下雨歇，爲我生涼風』，李白『行歌入谷口，路盡無人蹟』，杜甫『蕭蕭古塞冷，漠漠秋雲低』等篇，此變之尤者。諸家固寥寥，如李邕『彩雲驚歲晚，繚繞孤山頭』，孟浩然『水樓登一望，半出青林高』，又『拂衣何處去，高枕南山南』，岑參『同君尋野寺，夜宿支公房』，沈佺期『玉窗朝日映，羅帳春風吹』，韋應物『結茅臨古渡，卧見長淮流』，此亦變之甚者。杜甫無考。諸家厪厪。如張九齡『孔門太山下，不見登封時』，崔顥『君王寵初歇，棄妾長門宫』，孟浩然『義公習禪寂，結宇依空林』，李白『從軍玉門道，逐虜金微山』，杜甫『無家對寒食，有淚如金波』，楊巨源『主人得幽石，日覺公堂清』，此前調之再變。前句係挾平者，其寥寥固也。後人勿忘犯。」竹山之畏挾平也，如避蛇蝎。然四唐篇什，有一平二平三平四平者，又有一仄二仄三仄四仄五仄者，今不畏之，獨畏挾平，那也？四唐諸公已表之，後人徵之可也。然欲使後人勿妄犯，譬猶以手防江海也。且其所標之篇什，率係拗體，揭拗體以比議一字拗，或揭一字拗以混滑拗體，要之不知正變故之以也。竹山又曰：「杜甫起句『夜深露氣清，江月滿江城』，李群玉『別筵欲盡秋，一醉海西樓』，李敬方『到台十二旬，一片雨中春』，王勃『關山凌且開，石路無塵埃』，白居易『涼風木槿籬，暮雨槐花枝』，駱賓王後聯『波隨月色浄，態逐桃花春』，杜甫『十年殺氣盛，六合人煙稀』，儲光羲『雲開北堂月，庭滿南山陰』，徐彦伯『驌驦已躑躅，鳥隼方葳蕤』，高適『皆言黄綬屈，早向青雲飛』，孟浩然『沿洄洲渚趣，演漾絃歌音』，杜審言絶句『勝迹都無限，只應伴月歸』諸句，詩家所忌。如王勃、宋之問、駱賓王、儲光羲、杜甫、高適皆係拗體，其不足以爲例也。杜甫、李群玉、李敬方、徐彦伯、孟浩然、高適、杜審言，乃謂正律之變，然千萬中之一。其除二李一白外，予所謂初唐僅唱，而中晚未和者。且李敬方『到台』，《全唐詩話》作『天台』，則其律自正，其他亦無誤寫之不可保，殆不可知也。」竹山所謂「詩家所忌」者，除王勃、駱賓王、沈佺期、杜甫諸公外，取何人爲詩家？其所不忌者，出於誰氏？蓋竹山自道也。雖自道詩家，未嘗知聲律自唐始。何則？王勃諸公所不忌，乃千古不易之法則也。然今生於千載之下，忌其所不忌，而不忌其所忌，故余嘗曰：「不恨竹山不學於唐人，只恨唐人不學於竹山耳。」且以其係拗體爲不足例，則正律有其拗句，亦不足以例乎？沈佺期正律起句「制書下闕右，天子門回中」，李嶠後聯「嘉賓飲未極，君子娱俱并」，杜甫起句「北庭送壯士，貔虎數尤多」，王維落句「好客多乘月，應門莫上關」，李益後聯「關寒塞榆落，月白胡天風」，張喬起句「重來訪惠休，已是十年遊」，姚鵠結句「盡室更何在，一琴共一觴」，李洞「極南極北遊，東汎復西流」，此等聲律，不暇覼縷，皆正律一字之拗也。且李益、張喬、姚鵠、李洞，非中晚人耶？謂之初唐僅唱而中晚未和者，可乎？雖有中晚未和者，初盛已唱之，則不可不奉其教矣，何其滿讕欺人之甚也。頃閲《文苑英華》李敬方詩，其題曰《喜晴》，時左遷台州刺史，故曰「到台十二旬，一片雨中春」。今妄據死册子改之，曰「其律自正」。雖則曰「其律自正」乎，唐人以還，未嘗有左遷天台刺史者。及其改之，大失其旨。若不改之，乃王勃諸公篇什，総不入聲律，又據何等善本以艾正之？其爲妄説也，不足一一角之。冬烘先生授徒多暇，無以遣日，故廢格沮事，搦筆自娱，其爲鴟義，乃語於三户村人可也，關東一醫生不敢容之。

同前

○●○○●
○○●○○
●○○●●
○●●○○
○●○○●
○○●●○
○○○●●
○●●○○

李群玉

海月出銀浪
湖光射高樓
朗吟無渌酒
賤價買清秋
氣冷魚龍寂
輪高星漢幽
他鄉今夜客
對景餞多愁

王維

蘭殿新恩切
椒宮夕臨幽
白雲隨鳳管
明月在龍樓
人向青山哭
天臨濁水愁
鷄鳴當問膳
今恨玉京留

呂嵒

姹女住離宮
身邊産雌雄
爐中七返畢
鼎內九還終
悟了魚投水
迷因鳥在籠
耄年服一粒
立地變沖童

張祜

高閣去煩燠
客心遂安舒
清流中浴鳥
白石下遊魚
秋樹色凋翠
夜橋聲裏虛
東軒更何待
坐見玉蟾蜍

釋皎然

楚思入詩清
晨登峴山情
秋天水西寺
古木宛陵城
琴匣夜將住
書車亦共行
吾知江太守
一顧重君名

劉禹錫

寂莫一雙鶴
主人在西京
故巢吳苑樹
深院洛陽城
徐引竹間步
遠含雲外情
誰憐好風月
鄰舍夜吹笙

同

千里訪靈奇
山資亦相隨
葉舟過鶴市
花漏宿龍池
峰頂應閑散
人間足別離
白雲將世事
吾見爾心知

同

郡理日閑曠
洗心宿香峰
雙林秋見月
萬壑靜聞鐘
佩玉行山翠
交麾動水容
如何股肱守
塵外得相從

同前

●●●○○
○●●○○
●○○●●
○●●○○
●●○○●
○○●●○
●○○●●
●●●○○

駱賓王

美女出東鄰
容與上天津
整衣香滿路
移步襪生塵
水下看妝影
眉頭畫月新
寄言曹子建
箇是洛川神

李嶠

落日荒郊外
風景正淒淒
離人席上起
征馬路旁嘶
別酒傾壺贈
行書掩淚題
殷勤御溝水
從此各東西

張錫

雪盡銅駝路
花照石崇家
年光開柳色
池影汎雲華
賞洽情方遠
春歸景未賒
欲知多暇日
尊酒漬澄霞

徐堅

星漢下天孫
車服降殊蕃
匣中詞易切
馬上曲虛繁
關塞移朱帳
風塵暗錦軒
簫聲去日遠
萬里望河源

同前

●○●○●
○●○●○
○●○○●
○○●●○
●○○●●
○●●○○
●●○○●
○○●●○

孟浩然

楚關望春國
相去千里餘
州縣勤王事
山河轉使車
祖筵江上列
離恨別前書
願及芳年賞
嬌鶯二月初

李白

觀魚碧潭上
木落潭水清
日暮紫鱗躍
圓波處處生
涼煙浮竹盡
秋月照沙明
何必滄浪去
玆焉可濯纓

儲光羲

暮聲雜初雁
夜色涵早秋
獨見海中月
照君池上樓
山雲拂高棟
天漢入雲流
不惜朝光滿
其如千里遊

盧象

長風起秋色
細雨含落暉
夕鳥向林去
晚帆相逐飛
蟲聲出亂艸
水氣薄行衣
一別故鄉道
悠悠今始歸

同前

○○○●○
●●●●○
○●●○●
●○○●○
●○○●●
●●●○○
●●○○●
○○●●○

劉禹錫

早花常犯寒
繁實常苦酸
何事上春日
坐令芳意闌
夭桃定相笑
遊妓肯回看
君問調金鼎
方知正味難

于武陵

離家凡幾宵
一望一寂寥
新魄又將滿
故鄉應漸遥
獨臨彭蠡水
遠憶洛陽橋
更有乘舟客
悽然亦駐橈

張喬

東來此學禪
多病念佛緣
把錫離嵓寺
收經上海船
落帆敲石火
宿島汲瓶泉
永向扶桑老
知無再少年

釋齊己

威儀何貴重
一室貯水清
終日松杉徑
自多蟲蟻行
像前孤立影
鐘外數珠聲
知悟修來事
今爲第幾生

同前

○○●●○
●○●○○
●●○○●
○○●●○
●○○●●
●●●○○
●●○○●
○○●●○

張喬

勞生故白頭
頭白未應休〔一〕
闕下難孤立
天涯尚旅遊
聽猿吟島寺
待月上江樓
醉別醒惆悵
雲帆滿亂流

釋貫休

律中麟角者
高談出塵埃
芳艸不曾觸
幾生如此來
壑風吹磬斷
杉露滴花開
如結林中社
伊余亦願陪

〔一〕頭白：底本錯作「白頭」以牽就符合其圖平仄，據《全唐詩》卷六百三十八改。

同前

○●○○●
●●●●○
○○○●●
●●●○○
○●○○●
○○●●○
○○●●●
●●●○○

右六圖，前編之所變化也。

張説

聞説長岑令
奮翼宰旅門
長安東陌上
送客滿朱軒
琴酌留佳境
山池借好園
兹遊恨不見
別後綴離言

全唐聲律論卷四

五言律

第三句拗

●○●○●
●●●○○
●●○●●
○○○●○
●○○●●
●●●○○
●●○○●
○○○●○

宋之問
舊交此零落
雨泣訪遺塵
劍几傳好事
池亭傷故人
國香蘭已歇
里樹橘猶新
不見吳中隱
空餘江海濱

李嶠
幸聞年欲至
剪采學芳辰
綴綺奇似景
裁紅巧逼真
花從篋裏發
葉向手中春
不與韶光競
何名天上人

張九齡
晨興步北林
蕭散一開襟
復見林上月
娟娟猶未沉
片雲自孤遠
叢篠亦清深
無事由來貴
方知物外心

李白

河東郭有道
於世若浮雲
盛德無我位
清光獨映君
耻將鷄並食
長與鳳爲群
一擊九千仞
相期淩紫氛〔一〕

孟浩然

府僚能枉駕
家醞復新開
落日池上酌
清風松下來
厨人具鷄黍
稚子摘楊梅
誰道山公醉
猶能騎馬回

同

給園支遁隱
虚寂養身和
春晚群木秀
關關黄鳥歌
林栖居士竹
池養右軍鵝
炎月北窗下
清風期再過

同

聞君息陰地
東郭柳林間
左右瀍澗水
門庭緱氏山
抱琴來取醉
垂釣坐乘閑
歸客莫相待
尋源殊未還

〔一〕氛：底本訛作「雲」，據《李太白文集》卷七改。

王維

清川帶長薄
車馬去閑閑
流水如有意
暮禽相與還
荒城臨古渡
落日滿秋山
迢遞嵩高下
歸來且閉關

杜甫

江湖春欲暮
墻宇日猶微
闇闇春籍滿
輕輕花絮飛
翰林名有素
墨客興無違
今夜文星動
吾儕醉不歸

同

秋空自明迥
況復遠人間
暢以沙際鶴
兼之雲外山
澄波澹將夕
清月皎方間
此夜任孤棹
夷猶殊未還

同

悲愁回白首
倚杖背孤城
江斂洲渚出
天虛風物清
滄溟服衰謝
朱紱負平生
仰羨黃昏鳥
投林羽翮輕

岑參

看君尚少年
不第莫淒然
可即疲獻賦
山村歸種田
野花迎短褐
河柳拂長鞭
置酒聊相送
青門一醉眠

王昌齡

樓頭廣陵近
九月在南徐
秋色明海縣
寒煙生里閭
夜帆歸楚客
昨夜度江書
爲問易名叟
垂綸不見魚

高適

徒然酌杯酒
不覺散人愁
相識仍遠別
欲歸翻旅遊
夏雲滿郊甸
明月照河洲
莫恨征途遠
東看漳水流

崔頌

優閑表政清
林薄賞秋成
江上懸曉月
往來虧復盈
天雲抗真意
郡閣晦高名
坐嘯應無欲
寧辜濟物情

裴迪

安禪一室内
左右竹亭幽
有法知不染
無言誰敢酬
鳥飛争向夕
蟬噪已先秋
煩暑自兹退
清涼何處求

同

攀龍與泣麟
哀樂不同塵
九陌霄漢侣
一燈冥莫人
舟沈驚海闊
蘭折怨霜頻
已矣復何見
故山應更春

劉長卿

雙扉碧峰際
遥向夕陽開
飛錫方獨往
孤雲何事來
寒潭映白月
秋雨上青苔
相送東郊外
羞看駿馬回

同

蒼蒼楓樹林
艸合廢宫深
越水風浪起
吴王歌管沈
燕歸巢已盡
鶴語塚難尋
旅泊彼何夜
希君抽玉琴

盧綸

清秋來幾時
宋玉已先知
曠朗霞映竹
澄明山滿池
葺橋雙鶴起
收菓衆猿隨
韶樂今方奏
雲林徒蔽虧

同

含情脱佩刀
持以佐賢豪
是月霜霰下
伊人行役勞
事將名共易
文與行空高
去矣奉戎律
悲君爲我曹

同

清園君子居
左右滿圖書
三徑春自足
一瓢歡有餘
莎庭成野席
闌藥是家蔬
幽顯豈殊迹
昔賢徒病諸

同

清冬和暖天
老鈍晝多眠
日愛閭巷静
每聞官吏賢
寒菹供家食
腐葉宿厨煙
且復執杯酒
無煩輕議邊

同

泉清蘭菊稠
細果落城溝
保慶臺榭古
感時琴瑟秋
碩儒歡頗至
名士禮能周
爲謝邑中少
無驚池上鷗

同

城中金絡騎
出餞沈東陽
九月寒露白
六關秋艸黄
齊謳聽處妙
魯酒把來香
醉後著鞭去
梅山道路長

同

天晴禾黍平
暢目亦傷情
野店雲日麗
孤莊砧杵鳴
川原唯寂寞
岐路自縱横
前後無儔侶
此懷誰與呈

李益

人言下江疾
君道下江遲
五月江路惡
南風驚浪時
應知近家喜
還有異鄉悲
無奈孤舟夕
山歌聞竹枝

李端

涼風颯窮巷
秋思滿高雲
吏隱俱不就
此心仍別君
素懷宗淡泊
羈旅念功勳
轉憶西林寺
江聲月下聞

柳宗元

柳州柳刺史
種柳柳江邊
談笑爲故事
推移成昔年
垂陰當覆地
聳幹會參天
好作思人樹
慚無惠化傳

韓翃

東門留客處
沽酒用錢刀
秋水牀下急
斜暉林外高
金羈絡騕褭
玉匣閉豪曹
去日隨戎幕
東風見伯勞

張籍

出山成北首
重去結茅廬
移石修廢井
掃龕盛舊書
開田留杏樹
分洞與僧居
長在幽峰裏
樵人見亦疎

同

遊人欲別離
醉復看花枝
看卻春又晚
莫輕年少時
臨行記分處
回首是相思
各向天涯去
重來未有期

元稹

年年秋意緒
多向雨中生
漸欲煙火近
稍憐衣服輕
詠詩閑處立
憶事夜深行
濩落尋常慣
淒涼別爲情

王建

移家近住村
貧苦自安存
細問梨果植
遠求花藥根
倩人開廢井
趁犢入新園
長愛當山立
黄昏不閉門

鮑溶

歸臺新柱史
辭府舊英髦
勸酒蓮幕貴
望塵驄馬高
詩情分錦段
劍彩拂霜毫
此舉關風化
誰云別恨勞

權德輿

秦樓曉月殘
鹵簿列材官
紅綬蘭桂歇
粉田風露寒
凝笳悲駟馬
清鏡掩孤鸞
愍册徽音在
都人雪涕看

同

寢門來哭夜
此月小祥初
風意猶憶瑟
螢光乍近書
墻蒿藏宿鳥
池月上鈎魚
徒引相思淚
涓涓東逝餘

白居易

離離原上艸
一歲一枯榮
野火燒不盡
春風吹又生
遠芳侵古道
晴翠接荒城
又送王孫去
萋萋滿別情

顧非熊

晴登洛橋望
寒色古槐稀
流水東不息
翠華西未歸
雲收中岳近
鐘出後宮微
回首禁門路
群鴉度落暉

朱慶餘
樽前荆楚客
雲外思縈迴
秦野春已盡
商山花正開
鷗驚帆乍起
江見雨初來
自有歸期在
蟬聲處處催

同
天寒吟竟曉
古屋瓦生松
寄信船一隻
隔鄉山萬重
樹來沙岸鳥
窗度雪樓鐘
每憶江中嶼
更看城上峰

同
識來無定居
此去復何如
一與耕者遇
轉將朝客疎
資身唯藥艸
教子但詩書
曾許黄庭本
斯言豈合虚

同
沈沈百尺餘
功就豈斯須
汲早僧出定
鑿新蟲自無
藏源重嶂底
澄翳大空隅
此地如經劫
涼潭會共枯

賈島
秋宵已難曙
漏向二更分
我憶山水坐
蟲當寂寞聞
洞庭風落木
天姥月離雲
會自東浮去
將何欲致君

同
閑宵因集會
柱史話先生
身愛無一事
心期往四明
松枝影搖動
石磬響寒清
誰伴南齋宿
月高霜滿城

同
寥寥思隱者
孤獨坐秋霖
梨栗猿喜熟
雲山僧説深
寄書應不到
結伴擬同尋
廢寢方終夕
迢迢紫雲心

喻鳧
幽深誰掩關
清浄自多閑
一雨收衆木
孤雲生遠山
花萎緑苔上
鴿乳翠樓間
嵐靄燃香夕
容聽半偈還

同
遠書來阮巷
闕下見江東
不得經史力
枉抛耕稼功
雁天霞腳雨
漁夜葦條風
無復琴杯興
開懷向爾同

儲嗣宗
杉風振旅塵
晚景藉芳茵
片水明在野
萬花深見人
静依歸鶴思
遠惜舊山春
今日惜携手
寄懷吟白蘋

項斯
方春到帝京
有戀有愁並
萬里江海思
半年沙塞程
緑陰斜向驛
殘照遠侵城
自可資新課
還期振盛名

方干
前山含遠翠
羅列在窗中
盡日人不到
一樽誰與同
涼隨蓮葉雨
暑避柳條風
豈分長孤寂
明時有至公

李頻
閑門不易求
半月在林丘
已與山水別
難爲花木留
孤懷歸静夜
遠會隔高秋
莫道無言去
冥心在重遊

同
舊山長繫念
終日卧邊亭
道路知已遠
夢魂空再經
秋泉涼好引
乳鶴静宜聽
獨上高樓望
蓬身且未寧

司馬札
貧交千里外
失路更傷離
曉淚芳艸盡
夜魂明月知
空山連野外
寒鳥下霜枝
此景正寥落
爲君玄髮衰

同
飛泉濺禪石
瓶注亦生苔
海上山不淺
天邊人自來
長年隨檜柏
獨夜任風雷
獵者聞疎磬
知師入定迴

許棠

高情日日閑
多宴雪樓間
灑檻江上雨
當筵天際山
帶帆分浪色
駐樂話朝班
豈料羈遊者
樽前得解顏

鄭谷

徒勞悲喪亂
自古戒繁華
落日狐兔徑
近年公相家
可悲聞玉笛
不見走香車
寂莫墻匡裏
春陰挫杏花

張喬

煙霞接杳冥
旅泊寄迴汀
夜雨雷電歇
春江蛟蜃腥
城侵潮影白
嶠截鳥行青
遍欲探泉石
南須過洞庭

同

萬重煙靄里
隱隱見夔州
夜静明月峽
春寒堆雪樓
獨吟誰會解
多病自淹留
往事如今日
聊同子美愁

司空曙

悠悠向楚鄉
樊口下岑陽
雲隱洲渚暗
沙高蘆荻黃
漁人共留滯
水鳥自喧翔
懷土年空盡
春風又淼茫

曹松

勢能成岳仞
頃刻長崔嵬
暝鳥飛不到
野風吹得開
一天分萬態
立地看忘回
欲結暑宵雨
先聞江上雷

于興宗

巴西西北樓
堪望亦堪愁
山亂江迴遠
川清樹欲秋
晴明中雪嶺
煙靄下漁舟
寫寄朝天客
知余恨獨遊

同

海雲山上寺
每到每開襟
萬木長不住
細泉聽更深
蜩沾高雨斷
鳥遇夕嵐沈
此地良宵月
秋懷隔楚砧

章孝標

常聞一粒功
足以反衰容
方寸如不達
此生安可逢
寄書時態盡
憶語道情濃
争得携巾屨
同歸鳥外峰

同

心枯衲亦枯
歸岳揭空盂
七貴留不住
孤雲出更孤
燒灰猶湯足
雪片似黏鬚
他日如相覓
還應道到吴

李中

知君別家後
不免淚沾襟
芳艸千里路
夕陽孤客心
花飛當野渡
猿叫在煙岑
霄漢知音在
何須恨陸沈

同

常思峰頂叟
石窟土爲牀
日日先見日
煙霞多異香
冥心同槁木
掃雪帶微陽
終必相尋去
斯人不可忘

王貞白

從軍朔方久
未省用干戈
秖以恩信及
自然戎虜和
邊聲動白艸
燒色入枯河
每度因看獵
令人勇氣多

同

峨峨非劍閣
有樹不堪攀
佛手遮不得
人心似等閑
周王應未雪
白起作何顔
盡日空彈指
茫茫塵世間

釋貫休

囊空心亦空
城郭去騰騰
眼作麽是眼
僧誰識此僧
歇隈紅樹久
笑看白雲崩
已有天台約
深秋必共登

釋皎然

客齋開別住
坐占緑江濆
流水非外物
閑雲長屬君
浮榮未可累
曠達若爲群
風起高梧下
清弦日日聞

同

舊遊經喪亂
道在復何人
寒艸心易折
閑雲性常真
交情別後見
詩句比來新
向我桃州住
惜君東嶺春

釋棲蟾

先生臥碧岑
諸祖是知音
得道無一法
孤雲同寸心
嵐光薰鶴語
茶味敵人參
苦向壺中去
他年許我尋

釋齊己

吾師詩匠者
直箇碧雲流
争得梁太子
重爲文選樓
錦江新塚樹
婺女舊山秋
欲去焚香禮
啼猿峽阻修

同

漁翁那會我
傲兀葦邊行
亂世難逸路
乘流擬濯纓
江花紅細碎
沙鳥白分明
向夕題詩處
春風斑竹聲

同

高眠當聖代
雲鳥未爲孤
天子徵不起
閑人親得無
猱猿狂欲墜
水石怪難圖
寂莫荒齋外
松杉相倚枯

右一圖七十有餘首，第三句第四字拗者。與前編起句同法。竹山曰：「宋之問『劍几傳好事，池臺傷故人』，王維『日隱桑柘外，河明閭井間』，高適『相識仍遠別，欲歸翻旅遊』，杜甫『不息豺虎亂，空慚鴛鷺行』，裴迪『有法知不染，無言誰敢酬』，楊巨源『一片池上色，孤峰雲物情』，白居易『野火燒不盡，春風吹又生』等句。杜甫唯二，他亦蓋鮮，晚唐無考。沈佺期『受委當不辱，隨時故贈言』，李白『盛德無我位，清光獨映君』，孟浩然『耕釣方自逸，壺觴趣不空』，李頎『秋色明海縣，寒煙上里閭』，此亦匿匿如兹，實在所削，今姑存焉耳。豈足準用云哉。」余今表諸公篇什，凡七十有餘首，晚唐過半矣。竹山謂之「鮮」，又謂「匿匿如兹」，何也？所謂「無考」也者，謂不知也，不知而作之，則違於聖教矣。如其論説，尤不足準用，蓋村夫子自道也。

同前

○○○●●
●●●○○
●●●●●
○○○●○
●○○●●
●●●○○
○●○○●
○○○●○

李端

懷人同不寐
清夜起論文
月魄正出海
雁行斜上雲
寒潮來灩灩
秋葉下紛紛
便送江東去
徘徊秖待君

于良史

青山多勝事
賞玩夜忘歸
掬水月在手
弄花香滿衣
興來無遠近
欲去惜芳菲
南望鳴鐘處
樓臺深翠微

同

邠郊泉脉動
落日上城樓
羊馬水艸足
羌胡帳幕稠
射雕過海岸
傳策脅邊州
何事歸朝將
今年又拜侯

戴叔倫

野橋秋水冷
江閣暝煙微
白日又欲午
高人猶未歸
青林依古塔
虛館靜柴扉
坐久思題字
翻憐柿葉稀

韓愈

郡城朝解纜
江岸暮依村
二女竹上淚
孤臣水底魂
雙雙歸蟄燕
一一叫群猿
迴首那聞語
空看別袖翻

同

出門迎故友
衣服滿塵埃
歲月不可問
山川何處來
綺城容敝宅
散職寄虛台
願此留君醉
相逢知幾回

張籍

由來病根淺
易見藥功成
曉日杵臼靜
涼風衣服輕
猶疑少氣力
漸覺有心情
獨倚紅藤杖
時時階上行

賈島

故人在城裏
休寄海邊書
漸去老不遠
別來情豈疎
硯冰催臘日
山雀到貧居
羨有平戎計
官家別敕除

同

公堂春雨夜
已是念園林
何事疾病日
重論山水心
孤燈明臘後
微雪下更深
釋子乖來約
泉西寒磬音

同

未知遊子意
何不避炎蒸
幾日到漢水
新蟬鳴杜陵
秋江待得月
夜話恨無僧
巴峽吟過否
連天十二層

同

來從城上峰
京寺暮相逢
往往語復默
微微雨灑松
家貧初罷吏
年長畏聞蛩
前日猶拘束
披衣起曉鐘

姚合

寄家臨禹穴
乘傳出秦關
霜落葉滿地
潮來帆近山
相門賓益貴
水國事多閑
晨省高堂裏
餘歡杯酒間

李商隱

幽人不倦賞
秋暑貴招邀
竹碧轉悵望
池清尤寂寥
露花終裛濕
風蝶强嬌饒
此地如携手
兼君不自聊

杜牧

故交相見稀
相見倍依依
塵路事不盡
雲嵓閑好歸
投人消壯志
徇俗變真機
又落他鄉淚
風前一滿衣

馬戴

半酣走白馬
別後鎖邊城
日落月未上
鳥栖人獨行
方馳故國戀
復愴長年情
入夜不能息
何當閑此生

喻鳧

煙岡影畔寺
遊步此時孤
庭靜衆藥在
鶴閑雙檜枯
藍峰露秋院
灞水入春厨
便可栖心跡
如何返舊途

同

微燈照寂莫
此夕正迢迢
丹桂得已晚
故山歸尚遥
蟲聲移暗壁
月色動寒條
此去如真隱
期君試一瓢

杜荀鶴

世間何事好
最好莫過詩
一句我自得
四方人已知
生應無輟日
死是不吟時
始擬歸山去
林泉道在兹

同

荒齋原上掩
不出動經旬
忽覺艸木變
始知天地春
方期五字達
未厭一簞貧
麗句勞相勉
余非樂釣綸

楊諫

故人謝城闕
揮手碧雲期
溪月照隱處
松風生興時
舊林日云暮
芳艸歲空滋
甘與子成夢
請君同所思

周朴

湖州安吉縣
門與白雲齊
禹力不到處
河聲流向西
去衙山色遠
近水月光低
中有高人在
沙中曳杖藜

崔塗

秋風吹古城
城下獨吟行
高樹鳥已息
古原人尚耕
流年川暗度
往事月空明
不復嘆岐路
馬頭塵夜生

鄭谷

清香聞晚蓮
水國雨餘天
天氣正得所
客心剛悄然
亂兵何日息
故老幾人全
此際難消遣
從來未學禪

林寛

髪枯窮律韻
字字合塤篪
日月所到處
姓名無不知
鶯啼謝守壘
苔老謫仙碑
詩道喪來久
東歸爲弔之

同

暮塵微雨收
蟬急楚江秋
一片月出海
幾家人上樓
砌香殘果落
汀艸宿煙浮
唯有知音者
相思歌白頭

狄煥

天南與天北
此處影婆娑
翠色折不盡
離情生更多
雨餘籠灞岸
煙暝夾隋河
自有佳名在
秦松繼得麼

同

寒思白閣層
石室兩三僧
斜雪掃不盡
饑猿喚得應
香燃一字火
磬過數潭冰
終必相尋去
孤懷久不勝

王元

拂塵開素匣
有客獨傷時
古調俗不樂
正聲君自知
寒泉出澗澀
老檜倚風悲
縱有來聽者
誰堪繼子期

同

孤峰含紫煙
師住此安禪
不下便不下
如斯太可憐
坐侵天井黑
吟久海霞蔫
豈覺塵埃裏
干戈已十年

釋貫休

巉嵓玉九株
秀濕掩蒼梧
祥瑞久不出
義軒消得無
雨和高瀑濁
燒熂大樠枯
到此思歸去
迢迢隔五湖

同

盛名與高隱
合近謝敷村
弟子已得桂
先生猶灌園
垂綸侵海介
拾句歷雲根
白日升天路
如君別有門

同
身閑心亦然
如此已多年
語淡不著物
茶香別有泉
古衣和蘚衲
新偈幾人傳
時説秋歸夢
孤峰東海邊

同
亂離吾道在
不覺到清時
得句下雪岳
送君登玉墀
冷驚蟬韻斷
涼觸火雲隳
倘遇南來便
無忘問所之

同
白頭爲遠客
常憶白雲間
祇覺老轉老
不知閑是閑
花含宜細雨
室冷是深山
唯有霜台客
依依是往還

同
經天緯地物
動必計仙才
幾日覓不得
有時還自來
真風含素髮
秋色入靈臺
吟向霜蟾下
終須神鬼哀

同
帶經鋤隴者
何止手胼胝
覓句句句好
慚予筋力衰
雲塠臨案冷
鹿隊過門遲
相憶空回首
江頭日暮時

同
千峰映碧湘
真隱此中藏
餅不煮石喫
眉應似髮長
風梩支酒甕
鶴蝨落琴牀
雖教忘機去
斯人尚未忘

同
柏梯杉影裏
頭白藥山孫
今古管不得
是非争肯論
虎鬚懸瀑滴
禪衲帶苔痕
常恨龍鍾也
無因接話言

同
國之東北角
有國每朝天
海力浸不盡
夷風常宛然
山藏羅刹宅
水雜巨鼇涎
好去吴鄉子
歸來莫隔年

同

冥搜忍飢凍
嗟爾不能休
幾嘆不得力
到頭還白頭
姓名歸紫府
妻子在滄洲
又是蟬聲也
如今何處遊

釋棲蟾

邊雲四顧濃
饑馬嗅枯叢
萬里八九月
一身西北風
偷營天正黑
戰地雪多紅
昨夜東歸夜
桃花暖色中

釋虛中

筠陽多勝致
夫子縱游遨
鳳鳥瑞不見
鱸魚價轉高
門開沙觜靜
船繫樹根牢
誰解伊人趣
村沽對鬱陶

同

江聲五十里
瀉碧急于弦
不覺日又夜
爭教人少年
一汀巫峽月
兩岸子規天
山影似相伴
濃遮到曉船

釋齊己

乍臨毛髮豎
雙壁夾湍流
白日鳥影過
青苔龍氣浮
蔽空雲出石
應禱雨翻湫
四面耕桑去
先聞賀有秋

釋文丙

可憐同百艸
況負雪霜姿
歌舞地不尚
歲寒人自移
階除添冷淡
毫末入思惟
盡道生雲洞
誰知路嶮巇

釋法照

閉門深樹里
閑足鳥來過
五馬不復貴
一僧誰奈何
藥苗家自有
香飯乞時多
寄語嬋娟輩
將心向薜蘿

右一圖四十有餘首，第三句拗者。與前編起句同法。然初盛無之，如第五句拗，乃兆於李杜，以其第五句，列之後邊。林寛詩曰「髮枯窮律韻，字字合塤篪。日月所到處，姓名無不知」云云，其窮律者，至第三句，而用五仄，則五仄之爲格也，詩家三昧，所宜法矣。竹山曰：「王昌齡『春盡艸木變，雨來池館清』，姚合『霜落葉滿地，潮來帆近山』，崔塗『高樹鳥已息，古原人尚耕』，釋貫休『盡日覓不得，有時還自來』。此調諸家最寥寥，然變甚而間出如此，亦詩家所須知。于良史『掬水月在手，弄花香滿衣』，杜牧『大暑去酷吏，清風來故人』，戴叔倫『歲月不可問，山川何處來』，杜荀鶴『一句我自得，四方人已知』，釋法照『五馬不復貴，一僧誰奈何』，釋栖蟾『不覺日又夜，争教人少年』。此調固鮮，但未比前調之寥寥耳。」又曰：「李頎『秋色明海縣，寒煙上里閭』，一本『上』作『生』，則屬上調。貫休『盡日覓不得，有時還自來』一本『盡』作『竟』，或作『終』，若作『盡』則屬下調。」竹山僅列前後十篇，而曰「此調諸家固鮮」，今編四十餘首以徵之。若不知而作之，則違聖教；又知而不表，則欺後生。有一於此，無如述而不作也，且未嘗辨調字義。調也者，在於全篇，而不在於一字，豈得改一字以謂之調哉？要之以其辟於平聲，故以平聲爲上調，仄聲爲下調耳。疎鹵之甚，孰莫大焉？於乎！竹山一代儒宗，非我輩所指謫也。雖然，以不知爲知，專論詩律，故狂言坐於斯。若不知爲不知，而不論聲律，則余亦不及之。然則以不知爲知，而起余論，此亦竹山之幸，必於地下當厥角矣。竹山所標之篇什，率係於全篇拗體，故列之拗體中，而不一一辨之。他皆效之。

同前

●●○○●
○○●●○
○●●●●
●●●○○
○●○○●
○○●●○
○○●○●
○●●○○

同前

○●○○●
○○●●○
●●○●●
○●●○○
●●○○●
○○●●○
○○●○●
○●●○○

杜甫

萬木雲深隱
連山雨未開
風扇掩不定
水鳥去仍迴
蛟館如鳴杼
樵舟豈伐枚
清涼破炎毒
衰意欲登臺

張渭

忠義三朝喜
威名四海聞
更秉歸路詔
猶憶破胡勳
別路逢霜雨
行營對雪雲
明朝郭門外
長揖大將軍

盧綸

圓月出山頭
七賢林下遊
稍稍林葉墜
艷艷月波流
鳧鵠共思曉
菰蒲相與秋
明當此中別
一爲望汀洲

同前

○●●○○
○○●●○
○○○○●
●●●○○
○●○○●
●○●●○
○○●○●
○●●○○

王維

橫笛雜繁笳
邊風捲塞沙
還聞田司馬
更逐李輕車
蒲類成秦地
莎車屬漢家
當令犬戎國
朝聘學昆邪

周賀

四面杉松合
空堂畫老仙
蠹根停雪水〔一〕
曲角積茶煙
道至心極盡
宵晴瑟韻全
獨嫌還又去
不得坐經年

右四圖是亦前編之所一變也。

〔一〕雪：底本訛作「雲」以符其圖，據《全唐詩》卷五百三改。

全唐聲律論卷五

五言律

第四拗句

●●○○●
○○●●○
●○○●●
●●○○○
●●○○●
○○●●○
○○○●●
●●●○○

董思恭

禁苑春光麗
花蹊幾樹裝
綴條深淺色
點露參差光
向日分千笑
迎風共一香
如何仙嶺側
獨秀隱遥芳

李嶠

有鳥居丹穴
其名曰鳳皇
九苞應靈瑞
五色成文章
屢向秦樓側
頻過洛水陽
鳴岐今日見
阿閣佇來翔

沈佺期

君子事行役
再空芳歲期
美人曠延佇
萬里浮雲思
園桃綻紅艷
郊葉柔緑滋
坐看長夏晚
秋月生羅帷

沈佺期
西北五花驄
來時道向東
四蹄碧玉片
雙眼黃金瞳
鞍上留明月
嘶間動朔風
問君馳沛艾
一戰取雲中

張九齡
返葬長安陌
秋風簫鼓悲
奈何相送者
不是平生時
寒影催年急
哀歌助晚遲
寧知建旟罷
丹旐向京師

鄭愔
漢將留邊朔
遥遥歲序深
誰堪牧馬思
正是胡笳吟
曲斷關山月
聲悲雨雪陰
傳書問蘇武
陵也獨何心

孟浩然
出谷未停午
到家日已曛
回瞻下山路
但見牛羊群
樵子暗相失
草蟲寒不聞
衡門猶未掩
佇立望夫君

解琬
瑞塔臨初地
金輿幸上方
空邊有清淨
覺處無馨香
雨霽微塵歛
風秋定水凉
茲辰采仙菊
薦壽慶重陽

李頎
禪室吐香燼
輕紗籠翠煙
長繩挂青竹
百尺垂紅蓮
熠爚衆星下
玲瓏雙塔前
含光待明發
此別豈徒然

席豫
江汎春風勢
山樓曙日輝
猿攀紫巖飲
鳥拂清潭飛
古樹崩沙岸
新苔覆石磯
津途賞無限
征客暫忘歸

劉昚虛
海上正搖落
客中還別離
同舟去未已
遠送新相知
流水意何極
滿尊徒爾爲
從來菊花節
早已醉東籬

儲光羲

落日臨御溝
送君還北州
樹涼征馬去
路瞑歸人愁
吳嶽夏雲盡
渭川秋水流
東籬摘芳菊
想見竹林遊

岑參

曉笛別鄉淚
秋冰鳴馬蹄
一身虜雲外
萬里胡天西
終日見征戰
連年聞鼓鼙
故山在何處
昨日夢清溪

同

他日曾遊魏
魏家餘趾存
可憐宮殿所
但見桑榆繁
此去拜新職
爲榮近故園
高陽八才子
况復在君門

同

風暖日暾暾
黃鸝飛近村
花明潘子縣
柳暗陶公門
藥碗搖山影
魚竿帶水痕
南橋車馬客
何事苦喧喧

高适

驅馬薊門北
北風邊馬哀
蒼茫遠山口
豁達胡天開
五將已深入
前軍止半迴
誰憐不得意
長劍獨歸來

同

久客厭江月
罷官思早歸
眼看春色老
羞見梨花飛
劍北山居小
巴南音信稀
因君報兵部
愁淚日沾衣

同

鳥道幾登頓
馬蹄無暫閒
崎嶇出長阪
合沓猶前山
石激水流處
天寒松色間
王程應未盡
且莫顧刀環

杜甫

汩汩避群盜
悠悠經十年
不成向南國
復作遊西川
物役水虛照
魂傷山寂然
我生無倚著
盡室畏途邊

皇甫冉
白首南朝女
愁聽異域歌
收兵頡利國
飲馬胡盧河
毳布腥膻久
穹廬歲月多
雕窠城上宿
吹笛淚滂沱

劉禹錫
楚澤雪初霽
楚城春欲歸
清淮變寒色
遠樹含清暉
原野已多思
風霜潛滅威
與君同旅雁
北向刷毛衣

權德輿
萬古荒墳在
悠悠我獨尋
寂寥紅粉盡
冥漠黃泉深
蔓草映寒水
空郊曖夕陰
風流有佳句
吟眺一傷心

孟郊
河水昏復晨
河邊相送頻
離杯有淚飲
別柳無枝春
一笑忽然歛
萬愁俄已新
東波與西日
不惜遠行人

同
欹枕直廬暇
風蟬迎早秋
沈沈玉堂夕
皎皎金波流
對掌喜新命
分曹諧舊遊
相思翫華彩
因感庾公樓

白居易
池畔最平處
樹陰新合時
移牀解衣帶
坐任清風吹
舉棹鳥先覺
垂綸魚未知
前頭何所有
一卷晉公詩

同
二紀樂簞瓢
煙霞暮與朝
因君宦遊去
記得春江潮
遠別更搔首
初官方折腰
青門望離袂
魂爲阿連銷

賈島
一臥三四旬
數書惟獨君
願爲出海月
不作歸山雲
身上衣蒙與
甌中物亦分
欲知强健否
病鶴未離群

張祜

一命前途遠
雙曹公邑閒
夜潮人到郭
春霧鳥啼山
淺瀨橫沙堰
高巖峻石斑
不堪曾倚棹
猶復夢昇攀

同

年少好風情
垂鞭眦睚行
帶金獅子小
裘錦麒麟獰
揀匠裝銀鐙
堆錢買鈿箏
李陵雖效死
時論亦輕生

柳中庸

玉樹起涼煙
凝情一葉前
別離傷曉鏡
摇落思秋弦
漢壘關山月
胡笳塞北天
不知腸斷處
空繞幾山川

李德裕

巖石在朱户
風泉當翠樓
始知峴亭賞
難與清暉留
餘景淡將夕
凝嵐輕欲收
東山有歸志
方接赤松遊

馬戴

金馬詔何晚
茂陵居近修
客來雲雨散
鳥下梧桐秋
迴漢銜天闕
遥泉響御溝
坐看涼月上
爲子一淹留

李中

忽起尋師興
穿雲不覺勞
相留看山雪
盡日論風騷
竹影摇禪榻
茶煙上毳袍
夢魂曾去否
舊國阻波濤

右一圖，三十有餘首。第四句拗者，與前編第二句同法。本邦詩家押韻句用三平，乃履仄句必用三仄，此唐人所不拘，當就本編鑒之。竹山曰：「鄉覽孟浩然詩曰『已失五陵道，獨逢蜀阪泥』律，全與浩然『出谷未亭午，至家已夕曛』，高適『飲酒莫辭醉，醉多適不然』之起同。予心竊疑『獨、蜀』二字有一僞，後閱善本，作『已失巴陵道，猶逢蜀阪泥』，儼然正律，自信宿疑之有以也，乃孰復保此所引諸篇之無一差與？《全唐詩話》曰：裴説以苦吟難得爲工，且拘格律。嘗有詩曰『苦吟僧入定，得句將成功』，又云『是事精皆易，唯詩會卻難』。其密如此，恐不可有此紕漏也。」今讀《唐詩品彙》等諸選，皆作「已失巴陵道，猶逢蜀阪泥」，竹山不讀《品彙》，而執何等印板死册子，逐橛看去，而角無用之虚文也？ 若謂之「正律」，則宋之問「七雄勢未分」、李白「寸心貴不忘」又「入門二十年」、孟浩然「到家已夕曛」、李嘉祐「閉門柳絮飛」、喻鳧「一留日已西」、杜甫七言律「百年世事不勝悲」、張籍「向東萬里一帆飛」、賈島「册文字字著金書」、韓愈「别離一醉綺羅春」等，諸句皆不入於正律，又據何等善本以釐正之？ 唐人雖五仄四平猶且不忌，況於挾一平乎？ 且按裴説句意，蓋謂好句難得耳，非謂聲律之謂也。何其紕漏之甚也！ 今有瞽人之力儉者，春至旦，不中員呈，猶讁之。察之，乃其母也。竹山乃讁母之徒也。

同前

○●●○●
○○○●○
●○○●●
○○●●○
●●●○●
○○○●○
○○○●●
●●●○○

同前

○○●●●
○●●○○
●●○○●
○●●●○
○○○●●
○●●○○
○●○○●
○○●●○

劉禹錫

長泊起秋色
空江涵霽暉
暮霞千萬狀
賓鴻次第飛
古戍見旗迴
荒村聞犬稀
軻峨艑上客
勸酒夜相依

李嘉祐

君爲萬里宰
恩及五湖人
未滿先求退
歸閒不厭貧
遠峰晴更近
殘柳雨還新
要自趨丹陛
明年鷄樹親

韓愈

今日是何朝
天晴物色饒
落英千尺墮
遊絲百丈飄
泄乳交巖脉
懸流揭浪標
無心思嶺北
猿鳥莫相撩

戴叔倫

禪心如落葉
不逐曉風顛
猊坐翻蕭瑟
臯比喜接連
芙蓉開紫露
湘玉映清泉
白晝談經罷
閒從石上眠

同前

●●●○●
○○○●○
○○○●●
●●●●○
○●○○●
○○●●○
○○○●●
●●●○○

同前

●●●○●
●○○●○
○○●○●
●●○●○
○●○○●
●○○●○
●○○●●
●●●○○

張籍

日暮遠歸處
雲間仙觀鐘
唯持青玉牒
獨立碧鶴峰
陰洞新生乳
寒泉舊養龍
幾時因賣藥
得向海邊逢

白居易

念別感時節
早蛩聞一聲
風簾夜涼入
露簟秋意生
燈盡夢初罷
月斜天未明
闇凝無限思
起傍藥闌行

釋皎然

哀樂暗成疾
卧中芳月移
西山有清士
孤嘯不可追
搗藥曙林静
汲泉陰澗遲
微蹤與麋鹿
遠謝舊交知

歐陽詹

弭棹歷塵路
悄然關我情
伊無昔時節
豈有今日名
辭貴不辭賤
是心誰復行
欽哉此溪曲
永獨古風清

李山甫

此地可求息
開門足野情
窗明雨初歇
日落風更清
蒼蘚槎根匝
碧煙水面生
翫奇心自樂
暑月聽蟬聲

釋皎然

萬法出無門
紛紛使智昏
徒稱誰氏子
獨立天地元
實際且何有
物先安可存
須知不動念
照出萬重源

同前

●●○○●
○○●●○
○○●○●
○○●●○
●●○○●
○●○●○
●○○●●
●●●○○

韓仲宣

鳳苑先吹晚
龍樓夕照披
陳遵已投轄
山公正坐池
落日催金奏
飛霞送玉巵
此時陪綺席
不醉欲何爲

同前

○○○●●
●●●○○
○●○○●
○○●○○
○○●●●
○●●○○
●●○○●
○○○●○

喬備

沙場三萬里
猛將五千兵
旌斷冰溪戍
笳吹鐵關城
陰雲暮下雪
寒日晝無晶
直爲懷恩苦
誰知邊塞情

右一圖是亦前編之所一變也。〔一〕

〔一〕圖似當作「六圖」。

全唐聲律論卷六

五言律

第五句拗

○●●○●
●○●●○
○○○●●
○●●○○
●●○●●
●○○●○
○○●○●
●●●○○

李白

何處夜行好
月明白笴陂
山光搖積雪
猿影挂寒枝
但恐佳景晚
小令歸棹移
人來有清興
及此有相思

同

借問剡中道
東南指越鄉
舟從廣陵去
水入會稽長
竹色溪下緑
荷花鏡裏香
辭君向天姥
拂石卧秋霜

孟浩然

正字芸香閣
幽人竹素園
經過宛如昨
歸卧寂無喧
高鳥能擇木
羝羊漫觸藩
物情今已見
從此願忘言

杜甫
一代風流盡
修文地下深
斯人不重見
將老失知音
短日行海嶺
寒山落桂林
長安若箇畔
猶想映貂金

同
無事向邊外
至今仍不歸
三年絶鄉信
六月未春衣
客舍洮水聒
孤城胡雁飛
心知別君後
開口笑應稀

同
不夜楚帆落
避風湘渚間
水耕先浸草
春火更燒山
早泊雲物晦
逆行波浪慳
飛來雙白鶴
過去杳難攀

高適
昔日京華去
知君才望新
應猶作賦好
莫嘆在官貧
且復傷遠別
不然愁此身
清風幾萬里
江上一歸人

同
王子思歸日
長安已亂兵
霑衣問行在
走馬向承明
暮景巴蜀僻
春風江漢清
晉山雖自棄
魏闕尚含情

儲光羲
明牧念行子
又言悲解携
初筵方落日
醉止到鳴鷄
過客來自北
大軍居在西
兵家如討逆
敢以庶盤溪

岑參
溪水緑於草
潺潺花底流
沙平堪濯足
石淺不勝舟
洗藥朝與暮
釣魚春復秋
興來從所適
還欲向滄洲

綦毋潛
開士度人久
空山花霧深
徒知燕坐處
不見有爲心
蘭若門對壑
田家路隔林
還言澄法性
歸去比黄金

同

夕到玉京寢
窅冥雲漢低
魂交仙室蝶
曙聽羽人鷄
滴瀝花上露
清冷松下溪
明當訪真隱
揮手入無倪

張籍

日日望鄉國
空歌白苧詞
長因送人處
憶得别家時
失意還獨語
多愁祇自知
客亭門外柳
折盡向南枝

劉長卿

秖見山相掩
誰言路尚通
人來千嶂外
犬吠百花中
細草香帶雨
垂楊閒自風
却尋樵徑去
惆悵緑溪東

同

野店臨江浦
門前有橘花
停燈待賈客
賣酒與漁家
夜静江水白
路迴山月斜
閒尋泊船處
潮落見平沙

同

雲母映溪水
溪流知幾春
深藏武陵客
時過洞庭人
白髮慚皎鏡
清光媚奫淪
寥寥古松下
歲晚挂頭巾

同

寂寂桂花裏
草堂唯素琴
因仙曾改姓
見客不言心
月出溪路静
鶴鳴雲樹深
丹砂如可學
便欲住幽林

錢起

苦雨滴蘭砌
秋風生葛衣
潢污三徑絶
砧杵四鄰稀
分與玄豹隱
不爲湘燕飛
慚君角巾折
猶肯問衡闈

同

舊寵昭陽裏
求仙此最稀
名初出宫籍
身未稱霞衣
已别歌舞貴
長隨鸞鶴飛
中官看入洞
空駕玉輪歸

同
秋塞雪初下
將軍遠出師
分營長記火
放馬不收旗
月冷邊帳濕
沙昏夜探遲
征人皆白骨
誰見滅胡時

同
丹頂宜承日
霜翎不染泥
愛池能久立
看月未成棲
一院春草長
三山歸路迷
主人朝謁早
貪養汝南鷄

王建
住處去山近
傍園麋鹿行
野桑穿井長
荒竹過墻生
新識鄰里面
未諳村社情
石田無力及
賤賃與人耕

同
皎皎華亭鶴
來隨太守船
青雲意常在
滄海別經年
留滯清洛苑
徘徊明月天
何如鳳池上
雙舞入祥煙

劉禹錫
蘆葦晚風裏
秋江鱗甲生
殘霞忽生色
遠雁有餘聲
戍鼓音響絶
漁家燈火明
無人能詠史
獨自月中行

同
州遠雄無益
年高健亦衰
興情逢酒在
筋力上樓知
蟬噪芳意盡
雁來愁望時
商山紫芝客
應不向秋悲

同
師在白雲鄉
名登善法堂
十方傳句偈
八部會壇場
飛錫無定所
寶書留舊房
唯應銜果雁
相送至衡陽

同
暫別明庭去
初隨優詔還
曾爲鵬鳥賦
喜過鑿龍山
新墅煙火起
野程泉石間
巖廊人望在
只得片時閒

李益

木落水歸壑
寂然無始心
南行有真子
被褐息山陰
石路瑤草散
松門寒景深
吾師亦何愛
自起定中吟

權德輿

笑語歡今夕
煙霞愴昔遊
清羸還對月
遲暮更逢秋
勝理方自得
浮名不在求
終當製初服
相與卧林丘

于鵠

夜愛雲林好
寒天月裏行
青牛眠樹影
白犬吠猨聲
一磬山院静
千燈溪路明
從來此峰客
幾箇得長生

盧綸

禮足一垂淚
醫工知病由
風螢方喜夜
露槿已傷秋
顧以童子愛
每從仁者遊
將求竟何得
滅跡在緇流

劉商

物候改秋節
炎涼此夕分
暗蟲聲遍草
明月夜無雲
清迥簷外見
凄其籬下聞
感時兼惜別
羇思自紛紛

白居易

雲樹玉泉寺
肩舁半日程
更無人作伴
祇共酒同行
新葉千萬影
殘鶯三四聲
閒遊竟未足
春盡有餘情

長孫佐輔

相見又相別
大江秋水深
悲歡一世事
去住兩鄉心
淅瀝籬下葉
凄清階上琴
獨隨孤棹去
何處更同衾

元稹

蚊幌雨來卷
燭蛾燈上稀
啼兒冷秋簟
思婦問寒衣
簾斷螢火入
窗明蝙蝠飛
良辰日夜去
漸與壯心違

同

蘭蕙本同畹
蜂蛇亦雜居
害心俱毒螫
妖焰兩吹噓
雷蟄呑噬止
枯焚巢穴除
可憐相濟惡
勿謂禍無餘

姚合

此女骨爲土
貞名不可移
精靈閟何處
蘋藻奠空祠
水石生異狀
杉松無病枝
我來方謝雨
延滯失歸期

李德裕

簪組十年夢
園廬今夕情
誰憐故鄉月
復映碧潭生
皓彩松上見
寒光波際輕
還將孤賞意
暫寄玉琴聲

杜牧

芳草復芳草
斷腸還斷腸
自然堪下淚
何必更殘陽
楚岸千萬里
燕鴻三兩行
有家歸未得
况舉別君觴

同

皎月照芳樹
鮮葩含素輝
愁人惜春夜
達曙想巖扉
風靜陰滿砌
露濃香入衣
恨無金谷妓
爲我奏思歸

趙嘏

役役依山水
何曾似問津
斷崖如避馬
芳樹欲留人
日夕猿鳥伴
古今京洛塵
一枝甘已失
辜負故園春

賈島

池滿風吹竹
時時得爽神
聲齊雛鳥語
畫卷老僧真
月出行幾步
花開到四鄰
江湖心自切
未可挂頭巾

温庭筠

所得乃清曠
寂寥常掩關
獨來春尚在
相得暮方還
花白風露晚
柳青街陌閒
翠微應有雪
窗外見南山

于武陵

樓下長江水
舟車晝不閒
鳥聲非故國
春色是他山
一望雲復水
幾重河與關
愁心隨落日
萬里各西還

崔涂

久客厭岐路
出門吟且悲
平生未到處
落日獨行時
芳草長不緑
故人無重期
那堪更南渡
鄉國已天涯

儲嗣宗

寂寞對衰草
地涼凝露華
蟬鳴月中樹
風落客前花
山館無宿伴
秋琴初別家
自憐千萬里
筆硯寄生涯

曹松

園裏先生塚
鳥啼春更傷
空餘八封樹
尚對一茅堂
白日埋杜甫
皇天無耒陽
如何稽古力
報答甚茫茫

同

盡室居幽谷
亂山爲四鄰
霧深知有術
窗静似無人
鶴語松上月
花明雲裏春
生涯更何許
尊酒與垂綸

同

此地似商嶺
雲霞空往還
衰條難定鳥
缺月易依山
野色耕不盡
溪容釣自閑
分因多卧退
百計少相關

許棠

淅淅復棲棲
人間只自迷
終年愁遠道
到老去何蹊
始見紅葉落
又聞黄鳥啼
不因趨大旆
誰肯暫提携

同

霽動江池色
春殘一去游
菰風生馬足
槐雪滴人頭
北闕塵未起
南山青欲流
如何多別地
却得醉汀洲

裴説
獨立凭危欄
高低落照間
寺分一派水
僧鎖半房山
對面浮世隔
垂簾到老閑
煙雲與塵土
寸步不相關

李咸用
少見南人識
識來嗟復驚
始知春有色
不信爾無情
恐是天地媚
暫隨雲雨生
緣何絶尤物
更可比妍明

王觀
鷄唱催人起
又生前去愁
路明殘月在
山露宿雲收
村店煙火動
漁家燈燭幽
趨名與趨利
行役几時休

釋貫休
獨往無人處
松龕嶽色侵
僧中九十臘
雲外一生心
白髮垂不剃
青眸笑轉深
猶能指孤月
爲我暫開襟

司馬札
古院閉松色
入門人自閒
罷經來宿鳥
支策對秋山
客念蓬梗外
禪心煙霧間
空憐濯纓處
階下水潺潺

同
孟子終焉處
遊人得得過
檥深黄狖小
地煥白雲多
孔聖嗟大謬
玄宗争奈何
空餘峴山色
千古共嵯峨

胡玢
莫問桑田事
但看桑落秋
數家新住處
昔日大江流
古岸崩欲盡
平沙長未休
想應百年後
人世更悠悠

釋靈一
野徑東風起
山扉度日開
晴光拆紅蕚
流水長青苔
逋客殊未去
芳時已再來
非關戀春草
自是欲裴回

釋皎然

久愛吴興客
來依道德藩
旋師聞杕杜
歸路憶轘轅
舊佩蒼玉在
新歌白芷繁
今朝天地静
北望重飛翻

同刪

落日獨歸客
空山匹馬嘶
蕭條古關外
岐路更東西
大澤雲寂寂
長亭雨凄凄
君還到湘水
寒夜滿猿啼

同

百萬逐呼韓
頻年不解鞍
兵屯絶漠暗
馬飲濁河乾
破虜功未録
勞師力已殫
須防肘腋下
飛禍出無端

右一圖六十有餘首，第五句第四字拗者，與前編第三句第四字拗者同法。劉長卿篇什，固守正律而不涉變格，然第五句第四字拗者，二篇有之。然則此體格乃變中之正格，可得而知也。竹山曰：「張説『倏爾生六翮，翻飛戾九門』，李白『竹色溪下緑，荷花鏡裏香』，杜甫『短日行海嶺，寒山落桂林』，岑參『山色軒檻外，灘聲枕席間』，綦毋潛『蘭若門對壑，田家路隔林』，張籍『失意還獨語，多愁只自知』，韓愈『獨坐殊未厭，孤斟詎得醒』，賈島『尋水終不飲，逢林亦未棲』，貫休『白髮垂不剃，青眸笑更深』，但杜甫得一。或曰，杜詩『海』當爲『梅』，未知孰是。」今按岑參集「山色軒檻外，灘聲枕席間」，即起句而非後聯也。竹山揭全篇拗格，以比議一字拗，又表出起句，以備於後聯，且好平聲，而惡仄聲，故設或人説，欲以改「海」作「梅」，至其「早泊雲物晦」，「暮景巴蜀僻」兩句，又執何等字以改作之？此愚管之又愚管也。

同前

●●●○●
○○○●○
○○●●●
○●●○○
●●●●●
○○○●○
●○●●●
○●●○○

杜甫

帶甲滿天地
胡爲君遠行
親朋盡一哭
鞍馬去孤城
草木歲月晚
關河霜雪清
別離已昨日
因見古人情

同

吾舅政如此
古人誰復過
碧山晴又濕
白水雨偏多
精禱既不昧
歡娱將謂何
湯年旱頗甚
今日醉弦歌

郎士元

墟落歲陰暮
桑榆煙景昏
蟬聲静空館
雨色隔秋原
歸客不可望
悠然林外村
終當報芸閣
携手醉柴門

韓翃

謝監憶山程
辭家萬里行
寒衣傍楚色
孤枕宿潮聲
小寇不足問
新詩應漸清
府公相待日
引旆出江城

韓愈 删　重出

憑高試回首
一望豫章城
人由戀德泣
馬亦別群鳴
寒日夕始照
江風遠漸生
默然都不語
應識此時情

李益

去國渡關河
蟬鳴古樹多
平原正超忽
行子復蹉跎
去事不可想
舊遊難再過
何當嵩岳下
相見在煙蘿

伊夢昌

好是山家鳳
歌成非楚鷄
毫光灑風雨
紋彩動雲霓
竹實不得飽
桐孫何足栖
岐陽今好去
律呂正凄凄

戴叔倫

雲雨一蕭散
悠悠關復河
俱從汎舟役
近隔洞庭波
春水去不盡
秋風今又過
無由得相見
却恨寄書多

王轂

執手長生在
人皆號地仙
水雲真遂性
龜鶴足齊年
但以酒養氣
何言命在天
况無婚嫁累
應拍尚平肩

劉禹錫

銜命出尚書
新恩換使車
漢庭無右者
梁苑重歸歟
又食建業水
曾依京口居
共經何限事
賓主兩如初

賈島

昔去候温涼
秋山滿楚鄉
今來從辟命
春物遍涔陽
嶽石挂海雪
野楓堆渚檣
若尋吾祖宅
寂寞在瀟湘

賈島
朗詠高齋下
如將古調彈
翻鴻向桂水
來雪渡桑乾
滴滴玉漏曙
翛翛竹籟殘
曩年曾宿此
亦值五陵寒

同
薄葉風才倚
枝輕霧不勝
開先如避客
色淺爲依僧
粉壁正蕩水
緗幃初卷燈
傾城惟待笑
要裂幾多繒

同
七百里山水
手中楖栗麤
松生師坐石
潭滌祖傳盂
長擬老嶽嶠
又聞思海湖
惠能同俗姓
不是嶺南盧

杜牧
野店正紛泊
繭蠶初引絲
行人碧溪渡
繫馬緑楊枝
苒苒跡始去
悠悠心所期
秋山念君別
惆悵桂花時

同
閩國揚帆去
蟾蜍缺復團
秋風吹渭水
落葉滿長安
此地聚會夕
當時雷雨寒
蘭橈殊未返
消息海雲端

同
雪漲前溪水
啼聲已繞灘
梅衰未減態
春嫩不禁寒
跡去夢一覺
年來事百般
聞君亦多感
何處倚闌干

李商隱
竟日小桃園
林寒亦未暄
坐鶯當酒重
送客出墻繁
啼久艶粉薄
舞多香雪翻
猶憐未圓月
先出照黄昏

許渾
步步入山門
仙家鳥徑分
漁樵不到處
麋鹿自成群
石面迸出水
松頭穿破雲
道人星月下
相次禮茅君

杜荀鶴

自小即南北
未如今日離
封疆初盡處
人使卻回時
開口有所忌
此心無以爲
行行復垂淚
不稱是男兒

同

鄉里爲儒者
惟君見我心
詩書常共讀
雨雪亦相尋
貧賤志氣在
子孫交契深
古人猶晚達
況未鬢霜侵

同

朝別使君門
暮投江上村
從來無舊分
臨去望何恩
行計自不定
此心誰與論
秋猿叫寒月
秖欲斷人魂

張喬

上徹鍊丹峰
求玄意未窮
古壇青草合
往事白雲空
仙境日月外
帝鄉煙霧中
人間足煩暑
欲去戀松風

同

客路行多少
于人無易顏
未成終老計
難致此身閒
月兔走入海
日烏飛出山
流年留不得
半在別離間

周繇

熠熠與娟娟
池塘竹樹邊
亂飛同曳火
成聚却無煙
微雨灑不滅
輕風吹欲燃
舊曾書案上
頻把作囊懸

同

交道有寒暑
在人無古今
與君中夜話
盡我一生心
所向未得志
豈惟空解吟
何當重相見
舊隱白雲深

羅隱

謬忝蓮華幕
虛霑柏署官
攲危長抱疾
衰老不禁寒
時事已日過
世途行轉難
千崖兼萬壑
只向望中看

崔塗

迢遞三巴路
羈危萬里身
亂山殘雪夜
孤燭異鄉人
漸與骨肉遠
轉於奴僕親
那堪正飄泊
明日歲華新

王貞白

辭秩入匡廬
重脩靖節居
免遭黑綬束
不與白雲疎
送吏各獻酒
群兒自擔書
到時看瀑布
爲我謝清虛

曹松

浩浩看花晨
六街揚遠塵
塵中一丈日
誰是晏眠人
御柳舞著水
野鶯啼破春
徒云多失意
猶自惜離秦

裴説

南嶽古般若
自來天下知
翠籠無價寺
光射有名詩
一水湧獸跡
五峰排鳳儀
高僧引閑步
晝出夕陽歸

吴融

自與鶯爲地
不教花作媒
細應和雨斷
輕祇愛風裁
好拂錦步幛
莫遮銅雀台
灞陵千萬樹
日暮別離回

同

獨上上方上
立高聊稱心
氣衝雲易黑
影落縣多陰
有雪草不死
無風松自吟
會當求大藥
他日復追尋

同

夏在先催過
秋賒已被迎
自應人不會
莫道物無情
木葉縱未落
鬢絲還易生
西風正相亂
休上夕陽城

李咸用

共訝高樓望
匡廬色已空
白雲橫野闊
遮嶽與天同
數點雨入酒
滿襟香在風
遠江吟得出
方下郡齋東

同

禪客聞猶苦
是聲應是啼
自然無穩夢
何必到巴溪
疎雨灑不歇
迴風吹暫低
此宵秋欲半
山在二林西

釋貫休

文行成身事
從知貴得仁
歸來還寂寞
何以慰交親
芳草色似動
胡桃花又新
昌朝有知己
好作諫垣臣

李中

飄泛經彭澤
扁舟思莫窮
無人秋浪晚
一岸蓼花風
鄉里夢漸遠
交親書未通
今宵見圓月
難坐冷光中

同

逸格格難及
半先相遇稀
落花方滿地
一局到斜暉
褚允死不死
將軍飛已飛
今朝慚一行
無以造玄機

李建勛

纔得歸閒去
還教病臥頻
無由全勝意
終是負青春
緑柳漸拂地
黃鶯如喚人
方爲醫者勸
斷酒已經旬

同

曠望危橋上
微吟落照前
煙霞濃浸海
川岳闊連天
白鳥格不俗
孤雲態可憐
終期將爾輩
歸去舊江邊

呂喦

落魄薛高士
年高無白髭
雲中閒臥石
山裏冷尋碑
誇我飲大酒
嫌人説小詩
不知甚麼漢
一任輩流嗤

同

獨往大江濱
不知何代人
藥罏生紫氣
肌肉似紅銀
酒釃竹屋斕
符收山鬼仁
何妨將我去
一看武陵春

釋皎然

豈謂江南別
心如塞上行
苦雲摇陣色
亂木攪秋聲
周谷雨未散
漢河流尚横
春思遲爾策
方用静妖兵

釋齊己

殘照玉梁巔
峩峩遠棹前
古來傳勝異
人去學神仙
白鹿老碧甃
黄猨啼紫煙
誰心共無事
局上度流年

釋修睦

始好步青苔
蟬聲且莫催
辛勤來到此
容易便言迴
遠水月未上
四方雲正開
更堪逢道侶
特地話天台

右一圖四十有餘首，第五句第三四字拗者，与前編第三句拗者同法，此亦變中之正格也。

同前

○●○○●
○○●●○
○○●○●
○●●○○
●○●○●
○○●●○
○○●●●
●●●○○

王勃

妾本深宮妓
層城閉九重
君王歡愛盡
歌舞爲誰容
錦衾不復襞
羅衣誰再縫
高臺西北望
流淚向青松

李嶠

岐路方爲客
芳尊暫解顔
人隨轉蓬去
春伴落梅還
白雲度汾水
黄河繞晉關
離心不可問
宿昔鬢成斑

錢起

侚祿近滄海
乘流看碧霄
誰知仙吏去
宛與世塵遥
遠帆背歸鳥
孤舟抵上潮
懸知訟庭静
窗竹日蕭蕭

鄭愔

青柳映紅顔
黄雲蔽紫關
忽聞邊使出
枝葉爲君攀
舞腰愁欲斷
春心望不還
風花浪成雪
羅綺亂斑斑

張説

斗酒貽朋愛
躊躇出御溝
依然四牡別
更憶八龍遊
密親仕燕冀
連年邇寇讐
因君閲河朔
垂淚語幽州

同前

●●○○●
○○●●○
○○●○●
○●●○○
○○○○●
○○○●○
○○○●●
○●●○○

錢起

萬里三韓國
行人滿目愁
辭天使星遠
臨水簡霜秋
雲帆迎仙島
虹旗過蜃樓
定知懷魏闕
迴首海西頭

同前

●○○●●
○●●○○
●●○○●
○○●●○
○●○●●
○●●○○
○●○○●
○○●●○

杜甫

洞庭猶在眼
青草續爲名
宿槳依農事
郵籤報水程
寒水争倚薄
雲月遞微明
湖雁雙雙起
人來故北征

右三圖，此亦前編之所一變也。

張南史

苦縣家風在
茅山道録傳
聊聽驄馬使
却就紫陽仙
江海生岐路
雲霞入洞天
莫令千載鶴
飛到草堂前

李頎

梅花今正發
失路復何如
舊國雲山在
新年風景餘
春曉漢陽夢
日寄武陵書
可惜明時老
臨川莫羡魚

李正封

竹柏清風過
蕭疎臺殿涼
石渠瀉奔溜
金刹照頹陽
鶴飛巖煙碧
鹿鳴澗草香
山僧引清梵
幡蓋繞回廊

全唐聲律論卷七

五言律

第六句拗

●○○●●
●●●○○
○●○○●
○○●●○
○○●●●
○●○○○
●●○○●
○○○●○

李嶠

伏羲初製法
素女昔傳名
流水嘉魚躍
叢臺舞鳳驚
嘉賓飲未極
君子娛俱并
倘入丘之户
應知由也情

張九齡

仙宗出趙北
相業起山東
明德嘗爲禮
嘉謀屢作忠
論經白虎殿
獻賦甘泉宮
與善今何在
蒼生望已空

王維

歸鞍白雲外
繚繞出前山
今日又明日
自知心不閒
親勞簪組送
欲趁鶯花還
一步一迴首
遲遲向近關

孟浩然
萬山青嶂曲
千騎使君遊
神女鳴環佩
仙郎接獻酬
遍觀雲夢野
自愛江城樓
何必東南守
空傳沈隱侯

常建
單于雖不戰
都護事邊深
君執幕中秘
能爲高士心
海頭近初月
磧裏多秋陰
西望郭猶子
將分淚滿襟

同
故人來自遠
邑宰復初臨
執手恨爲別
同舟無異心
沿洄洲渚趣
演漾絃歌音
誰識躬耕者
年年梁甫吟

韋應物
一臺稱二妙
歸路望行塵
俱是攀龍客
空爲避馬人
見招翻跼蹐
相問良殷勤
日日吟趨府
彈冠豈有因

高適
知君少得意
汶上掩柴扉
寒食仍留火
春風未授衣
皆言黄綬屈
早向青雲飛
借問他鄉事
今年歸不歸

同
孤舟欲夜發
祇爲訪情人
此地忽相遇
留連意更新
停杯嗟別久
對月言家貧
一問臨卭令
如何待上賓

儲光羲
高天風雨散
清氣在園林
况我夜初静
當軒鳴緑琴
雲開北堂月
庭滿南山陰
不見長裾者
空歌遊子吟

李益
邊庭漢儀重
旌甲事雲中
虜地山川壯
單于鼓角雄
關寒塞榆落
月白胡天風
君逐嫖姚將
麒麟有戰功

姚鵠

開門絶壑旁
躡蘚過花梁
路入峰巒影
風來芝朮香
夜吟明雪牖
春夢閑雲房
盡室更何有
一琴兼一觴

許彬

孤舟方此去
嘉景稱於聞
煙盡九峰雪
雨生諸派雲
沙寒鴻鵠聚
底極龜魚分
異日誰爲侶
逍遥耕釣群

羅隱

關城樹色齊
往事未全迷
塞路真人氣
封門壯士泥
草濃延蝶舞
花密教鶯啼
若以鳴爲德
鸞皇不及鷄

右一圖十有餘首，第六句三平者，與前編第四句拗者同法。竹山曰「諸篇詩家大忌」，然四唐諸公皆唱之，所謂「詩家」者，誰氏子？ 論詳於上編。

○○●○●
○●●○○
●●●○●
○○○●○
●○●●●
○●●●○
○●●○●
●○○●○

同前

●●○○●
○○●●○
○○○●●
○●●○○
●●○○●
○●●○○
○○○●●
○●●○○

盧象

君家御溝上
垂柳夾朱門
列鼎會中貴
鳴珂朝至尊
死生在片議
窮達獨一言
須識苦寒士
莫矜狐白溫

陳子昂

灼灼青春仲
悠悠白日昇
聲容何足恃
榮吝坐相矜
願與金庭會
將待玉書徵
還丹應有術
煙駕共君乘

釋皎然

雙峰百戰後
真界滿塵埃
蔓草緣空壁
悲風起故臺
野花寒更發
山月暝遠來
何事池中水
東流獨不回

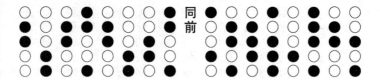

同前

●○●○●
○●●○○
○●○○●
●○○●○
●○●○●
●●○●○
●●○○●
○○○●○

同前

○●●○●
○○○●○
●○○●●
○●●○○
●●○○●
○●●●○
○○●○●
●●●○○

右四圖，此亦前編之所一變也。

劉禹錫

夜雲起河漢
朝雨灑高林
梧葉先風落
草蟲迎濕吟
簟涼扇恩薄
室静琴思深
且喜炎前别
安能懷寸陰

周朴

良夜歲應足
嚴風爲變春
遍回寒作暖
通改舊成新
秀樹花馨霧
融冰雨泛蘋
韶光不偏黨
積漸煦疲民

釋皎然

君章才五色
知爾得家風
故里旋歸駕
壽春思奉戎
天寒長蛇伏
飆烈文虎雄
定頌張征虜
桓桓戡難功

釋貫休

把筆懷吾友
庭鶯百囀時
唯應一處住
方得不相思
雲水淹門閫
春雪折樹枝
平生無限事
不獨白雲知

全唐聲律論卷八

五言律

第七句拗

○○●○●
○●●○○
●●○○●
○○●●○
○○○●●
●●●○○
○●○●●
○○●●○

綦毋潛

長安渭橋路
行客別時心
獻賦温泉畢
無媒魏闕深
黄鶯啼就馬
白日暗歸林
三十名未立
君還惜寸陰

閭丘曉

舟人自相報
落日下芳潭
夜火連淮市
春風滿客帆
水窮滄海畔
路盡小山南
且喜鄉國近
言榮意未甘

韓翃

到來心自足
不見亦相親
説法思居士
忘機憶丈人
微風吹藥案
晴日照茶巾
幽興殊未盡
東城飛暮塵

盧綸

臨杯忽泫然
非是惡離弦
塵陌望松雪
我衰君少年
幽僧曬山果
寒鹿守冰泉
感物如有得
況依回也賢

王貞白

我家三島上
洞户眺波濤
醉背雲屏卧
誰知海日高
露香紅玉樹
風綻碧蟠桃
悔與仙子別
思歸夢釣鼇

張籍

城西樓上月
復是雪晴時
寒食共來望
思鄉獨下遲
幽光落水塹
净色在霜枝
明日千里去
此中還別離

賈島

今朝笑語同
幾日百憂中
鳥度劍門静
蠻歸瀘水空
步霜吟菊畔
待月坐林東
且莫孤此興
勿論窮與通

項斯

東南路苦辛
去路見無因
萬里此相送
故交誰更親
日浮汀草緑
煙霽海山春
握手無別贈
爲予書札頻

右一圖八首，第七句第四字拗者，與前編正格起句第四字拗者、偏格第三句第四字拗者、正格第五句第四字拗者同法，讀者當鏡考之。

同前

●○●○●
○●●○○
●●●○●
○○○●○
○○●○●
●●●○○
●●●●●
○○●●○

李端

病來喜無事
多卧竹林間
此日一相見
明朝還掩關
幽人愛芳草
志士惜頹顏
歲宴不我棄
期君在故山

張祜

桂林真重德
蓮幕藉殊才
直氣自消瘴
遠心無暫灰
劍稜叢石險
箭激亂流迴
莫説雁不到
長江魚盡來

成彥雄

杜鵑花與鳥
怨艷兩何賒
疑是口中血
滴成枝上花
一聲寒食後
數朵野僧家
謝豹出不得
日遲遲又斜

馬戴

孤雲與歸鳥
千里片時間
念我一何滯
辭家久未還
微陽下喬木
遠色隱秋山
臨水不敢照
恐驚平昔顏

同

夕陽逢一雨
夜木洗清陰
露氣竹窗静
秋光雲月深
煎嘗靈草味
話及故山心
得意兩不寐
微風生玉琴

崔塗

天涯憔悴身
一望一霑巾
在處有芳草
滿城無故人
懷才皆得路
失計獨傷春
清鏡不忍照
鬢毛應更新

廖融

高奇一百篇
造化見工全
積思遊滄海
冥搜入洞天
神珠迷罔象
端玉匪雕鐫
休嘆不得力
離騷千古傳

右一圖七首，第七句第三四字拗者，與前編正格起句第三四字拗者、偏格第三句第三四字拗者、正格第五局第三四字拗者同法，是皆一句拗格之法則也。

同前

○○○●●
○●●○○
●●○○●
○○●●○
○○○●●
○●●○○
●○●○●
○○○●○

駱賓王

平生一顧重
意氣溢三軍
埜日分戈影
天星合劍文
弓弦抱漢月
馬足踐胡塵
不求生入塞
唯當死報君

王勃

侵星違旅館
乘月戒征儔
複嶂迷晴色
虛巖辨暗流
猿吟山漏曉
螢散野風秋
故人渺何際
鄉關雲霧浮

同

津塗臨巨壑
村宇架危岑
堰絕灘聲隱
風交樹影深
江童暮理楫
山女夜調砧
此時故鄉遠
寧知遊子心

李白

先君懷聖德
靈廟肅神心
草合人蹤斷
塵濃鳥跡深
流沙丹竈滅
關路紫煙沉
獨傷千載後
空餘松柏林

周彥暉

春華歸柳樹
俯景落蓂枝
置驛銅街右
開筵玉浦陲
林煙含障密
竹雨帶珠危
興闌巾倒戴
山公下習池

右二圖，此亦前編之所一變也。

全唐聲律論卷九

五言律

第八句拗

●●○○●
○○●●○
○○○●●
●●●○○
○●○○●
○○●●○
○○●●●
○●○○○

李嶠

日夕三江望
靈潮萬里回
霞津錦浪動
月浦練花開
湍似黃牛去
濤從白馬來
英靈已傑出
誰識卿雲才

同

天馬本來東
嘶驚御史驄
蒼龍遥逐日
紫電迴追風
明月來鞍上
浮雲落蓋中
得隨穆天子
何假唐成公

同

車法肇宗周
鯀文闡大猷
還將君子變
來蘊太公籌
委質超羊鞟
飛名列虎侯
若令逢雨露
長隱南山幽

同

金縷通秦國
爲裘指魏君
落花遥寫霧
飛鶴近圖雲
馬眼冰淩影
竹根雪霰文
何當畫秦女
煙際生氤氳

王維

逆旅逢佳節
征帆未可前
窗臨汴河水
門渡楚人船
鷄犬散墟落
桑楡蔭遠田
所居人不見
枕席生雲煙

張説

異壤同羈竄
途中喜共過
愁來時擧酒
勞罷或長歌
南海風潮壯
西江瘴癘多
於焉復分手
此別傷如何

儲光羲

郊外亭皐遠
野中岐路分
苑門臨渭水
山翠雜春雲
秦閣多遺典
吴臺訪闕文
君王思校理
莫滯清江濆

同

除夜清尊滿
寒庭燎火多
舞衣連臂拂
醉坐合聲歌
至樂都忘我
冥心自委和
今年只如此
來歲知如何

李從遠

九月從時豫
三乘爲法開
中霄日天子
半座寶如來
摘果珠盤獻
攀萸玉輦迴
願將塵露點
遥奉光明臺

張九齡

河漢非應到
汀洲忽在斯
仍逢帝樂下
如逐海槎窺
春賞時將換
皇恩歲不移
今朝遊宴所
莫比天泉池

長孫佐輔

一徑有人跡
到來唯數家
依稀聽機杼
寂歷看桑麻
雨濕渡頭草
風吹墳上花
却驅羸馬去
數點歸林鴉

劉禹錫

荀令園林好
山公遊賞頻
豈無花下侶
遠望眼中人
斜日漸移影
落英紛委塵
一吟相思曲
惆悵江南春

馬戴

弟子人天遍
童年在沃洲
開禪山木長
浣衲海沙秋
振錫搖汀月
持瓶接瀑流
赤城何日上
鄙願從師遊

賈島

相逐一行鴻
何時出磧中
江流翻白浪
木葉落青楓
輕楫浮吴國
繁霜下楚空
春來歡侍阻
正字來東宮

皮日休

不見明居士
空山但寂寥
白蓮吟次缺
青靄坐來銷
泉冷無三伏
松枯有六朝
何時石上月
相對論逍遥

張籍

借問炎州客
天南幾日行
江連惡溪路
山繞夜郎城
柳葉瘴雲濕
桂叢蠻鳥驚
知君卻回日
記得海花名

釋皎然

商洛近京師
才難赴幕時
離歌紛白紵
侯騎擁青絲
會喜疲人息
應逢猾虜衰
看君策高足
自此煙霄期

李群玉

草色緑溪晚
梅香生縠文
雪天斂餘霽
水木籠微曛
垂釣坐方嶼
幽禽時一聞
何當五柳下
酌醴吟庭筠

同

候騎出紛紛
元戎霍冠軍
漢鞞秋聒地
羌火晝燒雲
萬里戎城合
三邊羽檄分
烏孫驅未盡
肯顧遼陽勳

釋齊己

梅月來林寺　百歲禪師說
冥冥各閉門　先師指此松
已應雙履跡　小年行道繞
全没亂雲根　早見偃枝重
琢句心無味　月檻移孤影
看經眼亦昏　秋亭卓一峰
何時見新霽　終當因夜電
招我憑巖軒　拏攫從雲龍

右一圖二十有餘首，落句第三字拗者，與前編平起第一句第三字拗者、仄起第四句第三字拗者、平起第六句第三字拗者同法，此亦一句拗格之法則也。學者刻著之五藏可也。

同前

○○●●●
○●●○○
●●○○●
○○●●○
●○○●●
○●●○○
●●○○●
○●●○○

楊師道

清晨控龍馬
弄影出花林
躞蹀依春澗
聯翩度碧潯
苔流染絲絡
水潔寫雕簪
一御瑶池駕
詎憶長城陰

駱賓王

淮沂泗水地
梁甫汶陽東
别路青驪遠
離尊緑蟻空
柳寒凋密翠
棠晚落踈紅
别後相思曲
淒斷入琴風

胡皓

巴東三峽盡
曠望九江開
楚塞雲中出
荆門水上來
魚龍潛嘯雨
鳧雁動成雷
南國秋風晚
客思幾悠哉

同

神交尚投漆
虚室罷遊蘭
網積窗文亂
苔深履跡殘
雪明書帳冷
水静墨池寒
獨此琴臺夜
流水爲誰彈

薛稷

憑軒聊一望
春色幾芬菲
野外煙初合
樓前花正飛
嬌鶯弄新響
斜日散餘暉
誰忍孤遊客
言念獨依依

陳子昂

陽山淫霧雨
之子慎攀登
羌笮多珍寶
人言有愛憎
欲酬明主惠
當盡使臣能
勿以王陽道
迢遞畏崚嶒

陰行先

重陽初啓節
無射正飛灰
寂寞風蟬至
連翩霜雁來
山棠紅葉下
岸菊紫花開
今日桓公座
多愧孟嘉才

同前

○●○○●
○○●●○
○○●○●
○●●○○
●●○○●
○○●●○
○○●○●
○○●●○

同前

●●○○●
○○●●○
○○○●●
●●●○○
●●○○●
○○●●○
○○●●●
●●○●○

右三圖，此亦前編之所一變也。

高正臣

正月符嘉節
三春玩物華
忘懷寄尊酒
陶性狎山家
柳翠含煙葉
梅芳帶雪花
光陰不相待
遲遲落景斜

盧綸

緑砌紅花樹
狂風獨未吹
光中如有焰
密處似無枝
鳥動香重發
人愁影屢移
今朝數片落
爲報員外知

全唐聲律論卷十

五言律

起接拗格

●○○●●
●●●○○
●○○●●
●●●○○
●●●○●
○○●●○
○○●●●
○●●○○

太宗皇帝

鑾門初奉律
仗戰始臨戎
振鱗方躍浪
騁翼正淩風
未展六奇術
先虧一簣功
防身豈乏智
殉命有餘忠

同

春暉開紫苑
淑景媚蘭場
映庭含淺色
凝露泫浮光
日麗參差影
風傳輕重香
會須君子折
佩裏作芬芳

同

秋光凝翠嶺
涼吹肅離宮
荷疎一蓋缺
樹冷半帷空
側陣移鴻影
圓花釘菊叢
攄懷俗塵外
高眺白雲中

同

階蘭凝曙霜
岸菊照晨光
露濃晞曉笑
風動拂殘香
細葉凋輕翠
圓花飛碎黃
還將今歲色
復結後年芳

楊師道

眷言懷隱逸
輟駕踐幽叢
白雲飛夏雨
碧嶺冠春虹
草緑長楊路
花疎五柞宮
登臨日將晚
蘭桂起香風

同

彤宮静龍漏
綺閣宴公侯
珠簾燭焰動
繡柱月光浮
雲起將歌發
風停與管遒
瑣除任多士
端扆竟何憂

許敬宗

舞商初趣節
湘燕正迎秋
飄絲交殿網
亂滴起池漚
激點分龍闕
斜飛洒鳳樓
崇朝方浹宇
宸眄俯凝旒

虞世南

芬芳禁林晚
容與桂舟前
横空一鳥度
照水百花然
緑野明斜日
青山澹晚煙
濫陪終宴賞
握管類窺天

李百藥

嗚笳出望苑
飛蓋下芝田
水光浮落照
霞彩淡輕煙
柳色迎三月
梅花隔二年
日斜歸騎動
餘興滿山川

陳叔達

金鋪照春色
玉律動年華
朱樓雲似蓋
丹桂雪如花
水岸銜階轉
風條出柳斜
輕輿臨太液
湛露酌流霞

王績

百年長擾擾
萬事悉悠悠
日光隨意落
河水任情流
禮樂囚姬旦
詩書縛孔丘
不如高枕上
時取醉消愁

王勃
煙霞春早賞
松竹故年心
斷山凝畫障
懸溜瀉鳴琴
草遍南亭合
花開北院深
閒居饒酒賦
隨興欲抽簪

同
芝廛光分野
蓬闕盛規模
碧壇清桂闕
丹洞肅松樞
玉笈三山記
金箱五岳圖
蒼虬不可見
空望白雲衢

同
金壇疎俗宇
玉洞似仙群
花枝棲曉露
峰葉度晴雲
斜照移山影
回沙擁籀文
琴尊方待興
竹樹已迎曛

盧照鄰
田家無四鄰
獨坐一園春
鶯啼非選樹
魚戲不驚綸
山水彈琴盡
風花酌酒頻
年華已可樂
高興復留人

同
百年懷土望
千里倦遊情
高低尋戍道
遠近聽泉聲
磵葉纔分色
山花不辨名
羈心何處盡
風急暮猿清

盧照鄰此篇當列於變體中
劉生氣不平
抱劍欲專征
報恩爲豪俠
死難在橫行
翠羽裝刀鞘
黄金飾馬纓
但令一顧重
不惜百身輕

同
空園歌獨酌
春日賦閑居
澤蘭侵小徑
河柳覆長渠
雨去花光濕
風歸葉影疎
山人不惜醉
唯畏緑尊虚

駱賓王
共尋招隱寺
初識戴顒家
還依舊泉壑
應改昔煙霞
緑竹寒天筍
紅蕉臘月花
金繩倘留客
爲係日光斜

同
星樓望蜀道
月峽指吴門
萬行流别淚
九折切驚魂
雪影含花落
雲陰帶葉昏
還愁三徑晚
獨對一清尊

同
一丘餘枕石
三越爾懷鉛
離亭分鶴蓋
別岸指龍川
露下蟬聲斷
寒來雁影連
如何溝水上
淒斷聽離絃

中宗皇帝
四郊秦漢國
八水帝王都
閶闔雄里閈
城闕壯規模
貫渭稱天邑
含岐實奥區
金門披玉館
因此識皇圖

韋嗣立
茂先王佐才
作牧楚江隈
登樓正欲賦
復遇仲宣來
黄鵠飛將遠
雕龍文爲開
寧知昔聯事
聽曲有餘哀

蘇味道

紓餘帶星渚
窈窕架天潯
空因壯士見
還共美人沉
逸照含良玉
神花藻瑞金
獨留長劍彩
終負昔賢心

陳子昂

故鄉杳無際
日暮且孤征
川原迷舊國
道路入邊城
野戍荒煙斷
深山古木平
如何此時恨
嗷嗷夜猿鳴

薛稷

寶宮星宿劫
香塔鬼神功
王遊盛塵外
睿鑒出區中
日宇開初景
天詞掩大風
微臣謝時菊
薄采入芳叢

陳子昂〔一〕

昔時幽徑裏
榮耀雜春叢
今來玉墀上
銷歇畏秋風
細葉猶含緑
鮮花未吐紅
忘憂誰見賞
空此北堂中

〔一〕陳子昂：底本訛作「杜審言」，據《陳拾遺集》卷二改。

崔湜

春還上林苑
花滿洛陽城
鴛衾夜凝思
龍鏡曉含情
憶夢殘燈落
離魂暗馬驚
可憐朝與暮
樓上獨盈盈

張均

灣潭幽意深
杳靄湧寒岑
石痕秋水落
嵐氣夕陽沉
澄徹天爲底
淵玄月作心
青溪非大隱
歸弄白雲潯

張説

二年共遊處
一旦各西東
請君聊駐馬
看我轉征蓬
畫鷁愁南海
離駒思北風
何時似春雁
雙入上林中

韓愈

憑高試回首
一望豫章城
人由戀德泣
馬亦別群鳴
寒日初始照
風江遠漸平
默然都不語
應識此時情

張九齡

纖纖折楊柳
持此寄情人
一枝何足貴
憐是故園春
遲景那能久
芳菲不及新
更愁征戍客
容鬢老邊塵

王維

單于欲問邊
屬國過居延
征蓬出漢塞
歸雁入胡天
大漠孤煙直
長河落日圓
蕭關逢候吏
都護在燕然

前聯拗格

●●○○●
○○●●○
○●○○●
○○●●○
○●○○●
○○●●○
●○○●●
○●●○○

盧照鄰

虜騎三秋入
關雲萬里平
雲似胡沙暗
冰如漢月明
高闕銀爲闕
長城玉作城
節旄零落盡
天子不知名

駱賓王〔一〕

展驥端居暇
登龍喜宴同
締賞三清滿
承歡六義通
野晦寒陰積
潭虛夕照空
顧慚非夢鳥〔二〕
濫此厠雕蟲

陳嘉言

今夜可憐春
河橋多麗人
寶馬金爲絡
香車玉作輪
連手窺潘掾
分頭看洛神
重城自不掩
出向小平津

〔一〕駱賓王：底本訛作「同」，據《全唐詩》卷七十八改。
〔二〕鳥：底本訛作「馬」，據改。

後聯拗格

○●○○●
○○●●○
○○○●●
●●●○○
○○○●●
○●●○○
●○○●●
○●●○○

盧照鄰

南國佳人至
北堂羅薦開
長裙隨鳳管
促柱送鸞杯
雲光身後落
雪態掌中回
到愁金谷晩
不怪玉山頽

王勃

蓮座神容儼
松崖聖趾餘
年長金跡淺
地久石文疎
頽華臨曲磴
傾影赴前除
共嗟陵谷遠
俄視化城虛

任奉古

帝子升青陛
王姬降紫宸
星光移雜珮
月彩薦重輪
龍旌翻地杪
鳳管颺天濱
槐陰浮淺瀨
葆吹翼輕塵

同

玉架殘書隱
金壇舊跡迷
牽花尋紫洞
步葉下清溪
瓊漿猶類乳
石髓尚如泥
自能成羽翼
何必仰雲梯

元萬頃

象輅初乘雁
璿宮早結褵
離元應春夕
帝子降秋期
鳴瑜合清響
比玉麗穠姿
和聲躋鳳掖
交影步鸞墀

同

上巳年光促
中川興緒遥
緑齊山葉滿
紅洩岸花銷
泉聲喧後澗
虹影照前橋
遽悲春望遠
江路積波潮

陳子昂

邊地無芳樹
鶯聲忽聽新
間關如有意
愁絶若懷人
明妃失漢寵
蔡女没胡塵
坐聞應落淚
况憶故園春

劉憲

輿輦乘人日
登臨上鳳京
風尋歌曲颺
雪向舞行縈。
千官隨興合
萬福與時並
承恩長若此
微賤幸升平

轉落拗格

○●●○○
○○●●○
○○○●●
●●●○○
●●●○●
○○○●○
●●●○●
○○○●○

解琬

主第簪裾出
王畿春照華
山亭一以眺
城闕帶煙霞
橫堤列錦帳
傍浦駐香車
歡娛屬晦節
酩酊未還家

張文琮

花蕚映芳叢
參差間早紅
因風時落砌
雜雨乍浮空
影照鳳池水
香飄雞樹風
豈不愛攀折
希君懷袖中

鄭軌

棠棣開雙蕚
夭桃照兩花
分庭含佩響
隔扇偶妝華
迎風俱似雪
映綺共如霞
今宵二神女
並在一仙家

盧照鄰

合殿恩中絶
交河使漸稀
肝腸隨玉輦
形影向金微
漢地草應緑
胡庭沙正飛
願逐三秋雁
年年一度歸

同

筮仕無中秩
歸耕有外臣
人歌小歲酒
花舞大唐春
草色迷三徑
風光動四鄰
願得長如此
年年物候新

駱賓王
唼藻滄江遠
銜蘆紫塞長
霧深迷曉景
風急斷秋行
陣照通宵月
書封幾夜霜
無復能鳴分
空知愧稻粱

王茂時
踐勝尋良會
乘春玩物華
還隨張放友
來向石崇家
止水分岩鏡
閑庭枕浦沙
未極清泉賞
參差落照斜

右四圖聲律，初盛多唱之。竹山揭第一圖，而徵太宗皇帝、盧照鄰、王熊、朱使欣、賀知章詩。太宗詩曰：「參差垂玉闕，舒卷映蘭宮。珠光摇素月，竹影亂清風。彩散銀燭上，文斜桂户中。惟當雜羅綺，相與媚房櫳。」「燭」字拗。盧詩曰：「劉生氣不平，抱劍欲專征。報恩爲豪俠，死難在橫行。翠羽裝劍鞘，黄金飾馬纓。但令一顧重，不吝百身輕。」「劍」字拗。王詩曰：「平生共風月，倏忽間山川。不期交淡水，暫得款忘年。興逸方罷釣，帆開欲解船。離心若危旆，朝夕爲君懸。」「罷」字拗。朱詩曰：「江如曉天浄，石似暮雲張。征帆一流覽，宛若巫山陽。楚客思歸路，秦人謫異鄉。猿鳴孤月夜，再使淚沾裳。」「巫」字拗。賀詩曰：「江皋聞曙鐘，輕枻理還艡。海潮夜約約，川露晨溶溶。始見沙上鳥，猶埋雲外峰。故鄉杳無際，明發懷朋從。」「晨、上、懷」三字拗。又揭第二圖，而徵盧照鄰、杜牧詩。盧詩曰：「錦里開芳宴，蘭缸艷早年。縟彩遥分地，繁光遠綴天。接漢疑星落，依樓似月懸。别有千金笑，來映九枝前。」「有、金」二字拗。杜詩曰：「熱去解鉗鐵，飄蕭秋半時。微雨池塘見，好風襟袖知。髮短梳未足，枕涼閑且欹。平生分過此，何事不參差。」「未」字拗。又揭第三圖，而徵杜淹、李百藥、徐彦伯詩。杜詩曰：「伊吕深可慕，松喬定是虚。係風終不得，脱屣欲何如。且珍紈素美，當與薜蘿疎。既逢楊得意，非復久閒居。」「可」字拗。李詩曰：「秦晉稱舊匹，潘徐有世親。三星宿已會，四德婉而嬪。雲光鬢裏薄，月影扇中新。年華與妝面，共作一芳春。」「舊」字拗。徐詩曰：「香蕚媚紅滋，垂條縈緑絲。情人拂瑶袂，共惜此芳時。驌驦已躑躅，鳥隼方葳蕤。跂予望太守，流潤及京師。」「方」字拗。皆與圈圖相反，讀者應思索而詳悉之。

起接拗格

○●●○○
○○●●○
●●○○●
○○●●○
○○●●●
●●●○○
○●○○●
○○●●○

陳子昂

古壁仙人畫
丹青尚有文
獨舞紛如雪
孤飛曖似雲
自矜彩色重
寧憶故池群
江海聯翩翼
長鳴誰復聞

太宗皇帝

年柳變池臺
隋堤曲直回
逐浪分陰去
迎風帶影來
疎黃一鳥弄
半翠幾眉開
縈雪臨春岸
參差間早梅

李白

斗酒勿爲薄
寸心貴不忘
坐惜故人去
偏令遊子傷
離顏怨芳草
春思結垂楊
揮手再三別
臨岐空斷腸

盧照鄰

芳樹本多奇
年華復在斯
結翠成新幄
開紅滿故枝
風歸花歷亂
日度影參差
容色朝朝落
思君君不知

同

聞有雍容地
千年無四鄰
園院風煙古
池臺松檟春
雲疑作賦客
月似聽琴人
寂寞啼鶯處
空傷遊子神

前聯拗格

○○●●●
●●●○○
●○○●●
●●●○○
●○○●●
●●●○○
●●○○●
○○●●○

董思恭

蒼山寂已暮
翠觀黯將沉
終南晨豹隱
巫峽夜猿吟
天寒氣不歇
景晦色方深
待訪公超市
將予赴華陰

太宗皇帝

重巒俯渭水
碧嶂插遥天
出紅扶嶺日
入翠貯岩煙
疊松朝若夜
複岫闕疑全
對此恬千慮
無勞訪九仙

李百藥

歌聲扇後出
妝影鏡中輕
未能令掩笑
何處欲障聲
知音自不惑
得念是分明
莫見雙蠶斂
疑人含笑情

虞世南

歌堂面淥水
舞館接金塘
竹開霜後翠
梅動雪前香
鳧歸初命侶
雁起欲分行
刷羽同棲集
懷恩愧稻粱

許敬宗

牛閨臨淺漢
鸞駟涉秋河
兩懷縈別緒
一宿慶停梭
星模鉛裏靨
月寫黛中蛾
奈許今宵度
長嬰離恨多

竇威

匈奴屢不平
漢將欲縱橫
看雲方結陣
卻月始連營
潛軍度馬邑
揚旆掩龍城
會勒燕然石
方傳車騎名

盧照鄰

河葭肅徂暑
江樹起初涼
水疑通織室
舟似泛仙潢
連橈渡急響
鳴棹下浮光
日晚菱歌唱
風煙滿夕陽

盧照鄰

塞垣通碣石
虜陣抵祁連
相思在萬里
明月正孤懸
影揺金岫外
光斷玉門前
書謝閨中婦
時看鴻雁天

沈佺期

日南椰子樹
香嫋出風塵
叢生雕木首
圓實檳榔身
玉房九霄露
碧葉四時春
不及塗林果
移根隨漢臣

王勃

客心懸隴路
遊子倦江干
槿濃朝砌静
篠密夜窗寒
琴聲銷別恨
風景駐離顔
寧覺山川遠
悠悠旅思難

劉憲

玄遊乘落暉
仙宇藹霏微
石梁縈澗轉
珠旆掃壇飛
芝童薦膏液
松鶴舞驂騑
還似瑶池上
歌成周馭歸

中宗皇帝

眷言君失德
驪邑想秦餘
政煩方改篆
愚俗乃焚書
阿房久已滅
閣道遂成墟
欲厭東南氣
翻傷掩鮑車

陳子昂

平生白雲意
疲苶愧爲雄
君王謬殊寵
旌節此從戎
挼繩當係虜
單馬豈邀功
孤劍將安托
長謡塞上風

後聯拗格

○○●○●
●●●○○
●●○○●
○○●●○
●●○○●
○○●●○
●●○○●
○○●●○

轉落拗格

●○○●●
●●●○○
○●○○●
○○●●○
●○○●●
●●●○○
○○●●●
●●●○○

駱賓王

邊烽警榆塞
俠客度桑乾
柳葉開銀鏑
桃花耀玉鞍
滿月臨弓影
連星入劍端
莫學燕丹客
空歌易水寒

太宗皇帝

建章歡賞夕
二八盡妖妍
羅綺昭陽殿
芬芳玳瑁筵
佩移星正動
扇掩月初圓
無勞上懸圃
對此即神仙

蘇味道

金祇暮律盡
玉女暝氛歸
孕冷隨鐘徹
飄華逐劍飛
帶日浮寒影
乘風進晚威
自有貞筠質
寧將庶草腓

同

凍雲宵遍嶺
素雪曉凝華
入牖千重碎
迎風一半斜
不妝空散粉
無樹獨飄花
縈空慚夕照
破彩謝晨霞

王勣

妖姬飾靚妝
窈窕出蘭房
日照當軒影
風吹滿路香
早時歌扇薄
今日舞衫長
不應令曲誤
持此試周郎

董思恭

帝鄉白雲起
飛蓋上天衢
帶月綺羅映
從風枝葉敷
參差過層閣
倏忽下蒼梧
因風望既遠
安得久踟躕

王勃

征驂臨野次
別袂慘江垂
川霽浮煙斂
山明落照移
鷹風凋晚葉
蟬露泣秋枝
亭臯分遠望
延想白雲涯

王績

問君樽酒外
獨坐更何須
有客談名理
無人索地租
三男婚令族
五女嫁賢夫
百年隨分了
未羨陟方壺

同

東園垂柳徑
西堰落花津
物色連三月
風光滿四鄰
鳥飛村覺曙
魚戲水知春
初晴山院裏
何處染囂塵

崔善爲

頒條忝貴郡
懸榻久相望
處士同楊鄭
邦君謝李疆
詎知方擁篲
逢子敬惟桑
明朝蓬户側
會自謁任棠

同

閑情兼嘿語
携杖赴岩泉
草緑縈新帶
楡青綴古錢
魚牀侵岸水
鳥路入山煙
還題平子賦
花樹滿春田

王勃

窮途非所恨
虚室自相依
城闕居年滿
琴尊俗事稀
開襟方未已
分袂忽多違
東岩富松竹
歲暮幸同歸

同

投簪下山閣
携酒對河梁
狹水牽長鏡
高花送斷香
繁鶯歌似曲
疎蝶舞成行
自然催一醉
非但閲年光

同

蘭階霜候早
松路夜臺深
魄散珠胎没
芳銷玉樹沉
露文晞宿草
煙照慘平林
芝焚空嘆息
流恨滿籝金

同

遊人自衛返
逐客隔淮來
傾蓋金蘭合
忘筌玉葉開
繁花明日柳
疎蕊落風梅
將期重交態
時慰不然灰

盧照鄰

巫山望不極
望望下朝雰
莫辨啼猿樹
徒看神女雲
驚濤亂水脈
驟雨暗峰文
沾裳即此地
况復遠思君

同

龍雲玉葉上
鶴雪瑞花新
影亂銅烏吹
光銷玉馬津
含輝明素篆
隱跡表祥輪
幽蘭不可儷
徒自繞陽春

駱賓王

挂瓢余隱舜
負鼎爾干湯
竹葉離樽滿
桃花別路長
低河耿秋色
落月抱寒光
素書如可嗣
幽谷竚賓行

周彥暉

砌蓂收晦魄
津柳競年華
既狎忘筌友
方淹投轄車
綺筵回舞雪
瓊醑泛流霞
雲低上天晚
絲竹帶風斜

同

芳尊徒自滿
別恨轉難勝
客似遊江岸
人疑上灞陵
寒更承夜永
涼景向秋澄
離心何以贈
自有玉壺冰

薛曜

重關鐘漏通
夕敞鳳凰宮
雙闕祥煙裏
千門明月中
酒杯浮湛露
歌曲唱流風
侍姬咸醉止
恒媿遇恩崇

陳嘉言

高門卧冠蓋
下客抱支離
綺席珍羞滿
文場翰藻摛
蓂華彫上葉
柳色藹春池
日斜歸戚里
連騎勒金羈

玄宗皇帝

壯徒恒賈勇
拔拒抵長河
欲練英雄志
須明勝負多
噪齊山岌嶪
氣作水騰波
預期年歲稔
先此樂時和

陳子昂

尋春遊上路
追宴入山家
主第簪纓滿
皇州景望華
玉池初吐溜
珠樹始開花
歡娱方未極
林閣散餘霞

同

美人挾趙瑟
微月在西軒
寂寞夜何久
殷勤玉指繁
清光委衾枕
遥思屬湘沅
空簾隔星漢
猶夢感精魂

魏元忠

大君敦宴賞
萬乘下梁園
酒助閒平樂
人霑雨露恩
榮光開帳殿
佳氣滿旌門
願陪南岳壽
長奉北宸尊

右四圖聲律，初盛多唱之。竹山揭第二圖，而徵杜甫詩。其詩曰：「北風破南極，朱鳳日垂威。洞庭秋欲雪，鴻雁將安歸。十年殺氣盛，六合人煙稀。吾慕漢初老，清時猶茹芝。」「將、人」二字拗。又揭第三圖，而徵魏徵、沈頌詩。魏詩曰：「受降臨軹道，争長趣鴻門。驅傳渭橋上，觀兵細柳屯。夜宴經柏谷，朝遊出杜原。終藉叔孫禮，方知皇帝尊。」「柏」字拗。沈詩曰：「君家東海東，君去因秋風。漫漫指鄉路，悠悠如夢中。煙霧積孤島，波濤連太空。冒險當不懼，皇恩措爾躬。」「因、不」二字拗。又揭第四圖，而徵王勃、陳子昂詩。王詩曰：「關山凌旦開，石路無塵埃。白馬高談去，青牛真氣來。重門臨巨壑，連棟起崇隈。即今揚策度，非是棄繻回。」「無」字拗。陳詩曰：「轉蓬方不定，落羽自驚弦。山水一爲別，歡娱復幾年。離亭暗風雨，征路入雲煙。還因北山徑，歸守東坡田。」「東」字拗。皆與圈圖相反，讀者莫躓其趚埳矣。

兩聯拗格

○●○○●
○○●●○
○●○○●
○○○●○
●○○●●
○●●○○
●○○●●
●●●○○

同

梅嶺花初發
天山雪未開
雪處疑花滿
花邊似雪回
因風入舞袖
雜粉向妝臺
匈奴幾萬里
春至不知來

褚亮

蘭徑香風滿
梅梁暖日斜
言是東方騎
來尋南陌車
靨星臨夜燭
眉月隱輕紗
莫言春稍晚
自有鎮開花

陳子良

微雨散芳菲
中園照落暉
紅樹搖歌扇
緑珠飄舞衣
繁絃調對酒
雜引動思歸
愁人當此夕
羞見落花飛

盧照鄰

拂曙驅飛傳
初晴帶曉涼
霧斂長安樹
雲歸仙帝鄉
澗流漂素沫
岩景靄朱光
今朝好風色
延瞰極天莊

劉憲

驪阜鎮皇都
鑾遊眺八區
原隰旌門裏
風雲扆座隅
直城如斗柄
官樹似星楡
從臣詞賦末
濫得上天衢

同

隴阪長無極
蒼山望不窮
石徑縈疑斷
回流映似空
花開緑野霧
鶯囀紫岩風
春芳勿遽盡
留賞故人同

麴瞻

扈蹕遊玄地
陪仙瞰紫微
似邁銖衣劫
將同羽化飛
雕戈秋日麗
寶劍曉霜霏
獻觴乘菊序
長願奉天暉

張正見
漾色桃花水
相望濯錦流
躍浦疑珠出
依池似鏡浮
淩波銜落蕊
觸餌避沉鉤
方遊蓮葉外
詎入武王舟

同前
○○○●●
○●●○○
○○○●●
●●●○○
●●○○●
○○●●○
●●○○●
○○●●○

太宗皇帝
和氣吹緑野
梅雨灑芳田
新流添舊澗
宿霧足朝煙
雁濕行無次
花霑色更鮮
對此欣登歲
披襟弄五弦

褚亮
高臺暫俯臨
飛翼聳輕音
浮光隨日度
漾影逐波深
回瞰周平野
開懷暢遠襟
獨此三休上
還傷千里心

盧照鄰
倡樓啓曙扉
楊柳正依依
鶯啼知歲隔
條變識春歸
露葉凝愁黛
風花落舞衣
攀折將安寄
軍中音信稀

駱賓王

斂容辭豹尾
緘怨度龍鱗
金鈿明漢月
玉筯染胡塵
妝鏡菱花暗
愁眉柳葉顰
唯有清笳曲
時聞芳樹春

李嶠

平生何以樂
斗酒夜相逢
曲中驚別緒
醉裏失愁容
星月懸秋漢
風霜入曙鐘
明日臨溝水
青山幾萬重

蘇味道

玲瓏映玉檻
澄澈瀉銀牀
流聲集孔雀
帶影出羵羊
桐落秋蛙散
桃舒春錦芳
帝力終何有
機心庶此忘

徐皓

綺筵乘暇景
瓊醑對年華
門多金埒騎
路引璧人車
蘋早猶藏葉
梅殘正落花
藹藹林亭晚
餘興促流霞

陳子昂

金天方肅殺
白露始專征
王師非樂戰
之子慎佳兵
海氣侵南部
邊風掃北平
莫賣盧龍塞
歸邀麟閣名

前後相反拗格

●●●○○
○○●●○
●○○●●
●●●○○
●○○●●
●●●○○
●○○○●
○○○●○

王勃

下驛窮交日
昌亭旅食年
相知何用早
懷抱即依然
浦樓低晚照
鄉路隔風煙
去去如何道
長安在日邊

太宗皇帝

駿骨飲長涇
奔流灑絡纓
細紋連噴聚
亂荇繞蹄縈
水光鞍上側
馬影溜中橫
翻似天池裏
騰波龍種生

盧照鄰

古墓芙蓉塔
神銘松柏煙
鸞沉仙鏡底
花没梵輪前
銖衣千古佛
寶月兩重圓
隱隱香臺夜
鐘聲徹九天

楊師道

玉琯涼初應
金壺夜漸闌
滄池流稍潔
仙掌露方溥
雁聲風處斷
樹影月中寒
爽氣長空浄
高吟覺思寬

魏元忠

別殿秋雲上
離宫夏景移
寒風生玉樹
涼氣下瑶池
塹花仍吐葉
岩木尚抽枝
願奉南山壽
千秋長若斯

上官儀

黄鶴悲歌絶
椒花清頌餘
埃凝寫真鏡
網結和扉魚
銀消風燭盡
珠滅夜輪虚
別有南陵路
幽叢臨葉疎

張易之

逐賞平陽第
鳴笳上苑東
鳥吟千户竹
蝶舞萬花叢
時攀小山桂
共挹大王風
坐客無勞起
秦簫曲未終

喬知之
金閣惜分香
鉛華不重妝
空餘歌舞地
猶是爲君王
哀絃聲已絶
艷曲亦何長
共看西陵暮
秋煙生白楊

高適
飲酒莫辭醉
醉多適不愁
孰知非遠別
終念對窮秋
滑臺門外見
淇水眼前流
君去應回首
風波滿渡頭

陳子昂
寶劍千金買
平生未許人
懷君萬里別
持贈結交親
孤松宜晚歲
衆木愛芳春
已矣將何道
無令白髮新

劉憲
公主林亭地
清晨降玉輿
畫橋飛渡水
仙閣湧臨虚
晴新看蛺蝶
夏早摘芙蕖
文酒娱遊盛
忻叨侍從餘

李伯魚
北竹青桐北
南桐緑竹南
竹林君早愛
桐樹我初貪
鳳棲桐不愧
鳳食竹何慚
棲食更如此
餘非鳳所堪

同前

○○○●●
○●●○○
●●○○●
○○○●○
○○○○●
○○●●○
○○○●●
○●●○○

李百藥

裴回兩儀殿
悵望九成臺
玉輦終辭宴
瑤筐遂不開
野曠陰風積
川長思鳥來
寒山寂已暮
虞殯有餘哀

太宗皇帝

斜廊連綺閣
初月照宵幃
塞冷鴻飛疾
園秋蟬噪遲
露結林疎葉
寒輕菊吐滋
愁心逢此節
長嘆獨含悲

駱賓王

聯翩辭海曲
遥曳指江干
陣去金河冷
書歸玉塞寒
帶月淩空易
迷煙逗浦難
何當同顧影
刷羽泛清瀾

同

石鯨分玉溜
劫燼隱平沙
柳影冰無葉
梅心凍有花
寒野凝朝霧
霜天散夕霞
歡情猶未極
落景遽西斜

同

二三物外友
一百杖頭錢
賞洽袁公地
情披樂令天
促席鸞觴滿
當爐獸炭然
何須攀桂樹
逢此自留連

同

殘雲收翠嶺
夕霧結長空
帶岫凝全碧
障霞隱半紅
仿佛分初月
飄颻度曉風
還因三里處
冠蓋遠相通

同

重岩抱危石
幽澗曳輕雲
繞鎮仙衣動
飄蓬羽蓋分
錦色連花静
苔光帶葉熏
詎知吴會影
長抱穀城文

張昌宗〔一〕

淮南有小山
嬴女隱其間
折桂芙蓉浦
吹簫明月灣
扇掩將雛曲
釵承墮馬鬟
歡情本無限
莫掩洛城關

盧懷慎

時和素秋節
宸豫紫機關
鶴似聞琴至
人疑宴鎬還
曠望臨平野
潺湲俯暝灣
無因酬大德
空此愧崇班

唐遠悊

皇恩眷下人
割愛遠和親
少女風遊兑
姮娥月去秦
龍笛迎金榜
驪歌送錦輪
那堪桃李色
移向虜庭春

張九齡

稽亭追往事
睢苑勝前聞
飛閣淩芳樹
華池落彩雲
藉草人留酌
銜花鳥赴群
向來同賞處
惟恨碧林曛

〔一〕張昌宗：底本訛作「劉友賢」，據《全唐詩》卷八十改。

同

與君嘗此志
因物復知心
遺我龍鍾節
非無玳瑁簪
幽素宜相重
雕華豈所任
爲君安首飾
懷此代兼金

正偏交加拗格

●●○○●
○○○●○
●●○○●
○○○●○
●●○●●
○○●●○
●●○○●
○○●●○

同

嘗聞繼老聃
身退道彌耽
結宇倚青壁
疏泉噴碧潭
苔石隨人古
煙花寄酒酣
山光紛向夕
歸興杜城南

上官儀

木落園林曠
庭虛風露寒
北里清音絶
南陔芳草殘
遠氣猶標劍
浮雲尚寫冠
寂寂琴臺晚
秋陰入井幹

同

歸舟宛何處
正值楚江平
夕逗煙村宿
朝緣浦樹行
于役已彌歲
言旋今愜情
鄉郊尚千里
流目夏雲生

唐求

旅館候天曙
整車趨遠程
幾處曉鐘斷
半橋殘月明
沙上鳥猶睡
渡頭人未行
去去古時道
馬嘶三四聲

同

不信最清曠
及來愁已空
數點石泉雨
一溪霜葉風
業在有山處
道歸無事中
酌盡一尊酒
老夫顏亦紅

偏正交加拗格

○○○●●
●●●○○
○○○●●
○●●○○
○○○●●
○●●○○
○○●●●
●●●○○

劉斌

春林已自好
時鳥復和鳴
枝交難奮翼
谷静易流聲
間關纔得性
矰繳遽相驚
安知背飛遠
拂霧獨晨征

太宗皇帝

芳辰追逸趣
禁苑信多奇
橋形通漢上
峰勢接雲危
煙霞交隱映
花鳥自參差
何如肆轍跡
萬里賞瑶池

王勃

晨征犯煙磴
夕憩在雲關
晚風清近壑
新月照澄灣
郊童樵唱遠
津叟釣歌還
客行無與晤
賴此釋愁顏

同

新豐停翠輦
譙邑駐鳴笳
園荒一徑斷
苔古半階斜
前池消舊水
昔樹發今花
一朝辭此地
四海遂爲家

駱賓王

振衣遊紫府
飛蓋背青田
虚心恒警露
孤影尚凌煙
離歌悽妙曲
別操繞繁絃
在陰如可和
清響會聞天

同

寒隨窮律變
春逐鳥聲開
初風飄葉柳
晚雪間花梅
碧林青舊竹
緑沼翠新苔
芝田初雁去
綺樹未鶯來

同

洛川流雅韻
秦道擅苛威
聽歌梁上動
應律管中飛
光飄神女襪
影落羽人衣
願言心未翳
終冀效輕微

郎餘令
三春休晦節
九谷泛年華
半晴餘細雨
全晚澹殘霞
樽開疎竹葉
管應落梅花
興闌相顧起
流水送香車

韓仲宣
他鄉月夜人
相伴看燈輪
光隨九華出
影共百枝新
歌鐘盛北里
車馬沸南鄰
今宵何處好
惟有洛城塵

右六圖聲律，初盛多唱之，唐求詩，履仄四句，皆用一平，此亦一種之體裁也。竹山揭第一圖，而徵董思恭詩。其詩曰：「歷歷東井舍，昭昭右掖垣。雲際龍文出，池中鳥色翻。流輝下月路，墜影入河源。方知潁川集，別有太丘門。」「井」字拗。又揭第二圖，而徵陳子昂詩。詩曰：「人生固有命，天道信無言。青蠅一相點，白璧遂成冤。清室閒逾邃，幽處春未喧。寄謝韓安國，何驚獄吏尊。」「處」字拗。又揭第四圖，而徵褚亮、劉禕之詩。褚詩曰：「層軒登皎月，流照滿中天。色共梁珠遠，光隨趙璧圓。落影臨秋扇，虛輪入夜絃。所欣東館裏，預奉西園篇。」「西」字拗。劉詩曰：

「戒奢虛屢輅，錫號紀鴻名。地叶蒼梧野，途經紫聚城。重照掩寒色，晨飆斷曙聲。一隨仙驥遠，霜雪愁陰生。」「愁」字拗。又揭第六圖，而徵盧照鄰、陳子昂、薛德音詩。盧詩曰：「將軍出紫塞，冒頓在烏貪。笳喧雁門北，陣翼龍城南。雕弓夜宛轉，鐵騎曉驂驒。應須駐白日，爲待戰方酣。」「龍」字拗。又曰：「春歸龍塞北，騎指雁門垂。胡笳折楊柳，漢使採燕支。戍城聊一望，花雪成參差。關山有新曲，應向笛中吹。」「成」字拗。陳詩曰：「蜀山金碧路，此地饒英靈。送君一爲別，悽斷故鄉情。片雲生極浦，斜日隱離亭。坐看征騎没，惟見遠山青。」「饒」字拗。薛詩曰：「鳳樓簫曲斷，桂帳瑟絃空。畫梁纔照日，銀燭已隨風。苔生履跡處，花没鏡塵中。唯餘長簟日，永夜何朦朧。」「何」字拗。皆與圈圖相反。圈圖所主，在於全篇體裁。一篇之變起自一字，一字之變係於全篇，故有一字不吻合者不敢列之。

兩聯同平拗格

●●○○●
○○●●○
●○○●●
○○●●○
●○○●●
○○●●○
○○○●●
○●●○○

起接前聯仄格

○●○○●
●●●○○
○●○○●
●●●○○
○○○●●
○●●○○
●●○○●
○○●●○

虞世南

萬瓦宵光曙
重簷夕霧收
玉花停夜燭
金壺送曉籌
日暉青瑣殿
霞生結綺樓
重門應啓路
通籍引王侯

董思恭

春暮萍生早
日落雨飛餘
横彩分長漢
倒色媚清渠
梁前朝影出
橋上晚光舒
願逐旌旗轉
飄飄侍直廬

起句第五句同拗格

○●○●●
●○○●○
○○●●●
●●●○○
○●●●●
○○○●○
○○●●●
●●●○○

司馬札

遠客家水國
此來如到鄉
何人垂白髮
一葉釣殘陽
柳暗鳥乍起
渚深蘭自芳
因知帝城下
有路向滄浪

杜甫

光細弦欲上
影斜輪未安
微升古塞外
已隱暮雲端
河漢不改色
關山空自寒
庭前有白露
暗滿菊花團

岑參

郭外山色暝
主人林館秋
疎鐘入臥内
片月到床頭
遥夜惜已半
清言殊不休
君雖在青瑣
心不忘滄洲

同

臥疾嘗晏起
朝來頭未梳
見君勝服藥
清話病能除
低柳共繫馬
小池堪釣魚
觀棋不覺暝
月出水亭初

同前

●●○●●
○○○●○
●○○●●
○●●○○
●●○●●
○○○●○
○○●○●
○●●○○

郎士元

直道多不偶
美人應息機
灞陵春欲暮
雲海獨言歸
爲客成白首
入門嗟布衣
蓴羹若可憶
慚出掩柴扉

宋之問

合浦途未極
端溪行暫臨
淚來空泣臉
愁至不知心
客醉山月靜
猿啼江樹深
明朝共分手
之子愛千金

元稹

徙倚簷宇下
思量去住情
暗螢穿竹見
斜雨隔窗聲
就枕回轉數
聞鷄撩亂驚
一家同草草
排比送君行

王維

雙燕初命子
五桃新作花
王昌是東舍
宋玉次西家
小小能織綺
時時出浣紗
親勞使君問
南陌駐香車

白居易

不與人境接
寺門開向山
暮鐘寒鳥聚
秋雨病僧閑
月隱雲樹外
螢飛廊宇間
幸投花界宿
暫得靜心顔

獨孤及

三徑何寂寂
主人山上山
亭虛簷月在
水落釣磯閑
藥院鷄犬靜
酒壚苔蘚班
知君少機事
當待暮雲還

釋皎然

西候風信起
三湘孤客心
天寒漢水廣
鄉遠楚雲深
服彩將侍膳
擷芳思滿襟
歸人忘艱阻
別恨獨何任

釋貫休

雲頂聊一望
山靈草木奇
黔南在何處
堪笑復堪悲
菊歇香未歇
露繁蟬不饑
明朝又西去
錦水與峨眉

同前

○●●●●
●○○●○
●○○●●
○●●○○
●●○●●
●○○●○
○○●●●
○●●○○

韓翃

南岳昔有事
兩臣朝望歸
驛亭開歲酒
齋舍著新衣
上客鍾大理
主人陶武威
仍隨御史馬
山路滿光輝

戴叔倫

征役各異路
煙波同旅愁
輕橈上桂水
大艑下揚州
何處成後會
今朝分舊遊
離心比楊柳
蕭颯不勝秋

韓愈

秋半百物變
溪魚去不來
風能拆芡觜
露亦染梨腮
遠岫重疊出
寒花散亂開
所期終莫至
日暮與誰回

馬戴 刪

朧景不可犯
從戎難自由
憐君急王事
走馬赴邊州
岳雪明日觀
海雲冒營丘
慚無斗酒瀉
敢望御重裘

同前

○●●●●
○○○●○
○○●○●
●●●○○
●●●●●
○○○●○
●○○●●
○●●○○

釋護國

惆悵至日暮
寒鴉啼樹林
破階苔色厚
殘壁雨痕深
命與時不遇
福爲禍所侵
空餘行徑在
令我嘆人吟

白居易

移晚校一月
花遲過半年
紅開杪秋日
翠合欲昏天
白露滴未死
涼風吹更鮮
後時誰肯顧
唯我與君憐

李商隱

高閣客竟去
小園花亂飛
參差連曲陌
迢遞送斜暉
腸斷未忍掃
眼穿仍欲歸
芳心向春盡
所得是沾衣

李咸用

忍淚不敢下
恐兄情更傷
別離當亂世
骨肉在他鄉
語盡意不盡
路長愁更長
那堪回首處
殘照滿衣裳

釋貫休

諸葛子作者
詩曾我細看
出山因覓孟
蹈雪去尋韓
謬獨哭不錯
常流飲實難
知音知便了
歸去舊江干

第三第七句拗

●○●○●
○●●○○
●●○●●
○○●●○
●○●○●
○●●○○
○●○●●
○○●●○

同

軋軋復軋軋
更深門未關
心疼無所得
詩債若爲還
露灑一鶴睡
鐘餘萬象閑
慚將此時意
明日寄東山

沈佺期

古人貴將命
之子出輶軒
受委當不辱
隨時敢贈言
朔途際遼海
春思繞轘轅
安得回白日
留歡盡緑樽

釋齊己

展轉復展轉
所思安可論
夜深難就枕
月好重開門
霜殺百草盡
蛩歸四壁根
生來苦章句
早遇至公言

同

落石幾萬仞
冷聲飄遠空
高秋初雨後
半夜亂山中
只有照壁月
更無吹葉風
幾曾廬岳聽
到曉與僧同

第二第六句拗

○○●○●
●●○○○
●●●○●
○○●●○
○○●●●
○●○○○
●●○○●
○○○●○

杜甫

野亭逼湖水
歇馬高林間
鼉吼風奔浪
魚跳日映山
暫遊阻詞伯
卻望懷青關
靄靄生雲霧
唯應促駕還

高適

知君薄州縣
好静無冬春
散帙至棲鳥
明燈留故人
深房臘酒熟
高院梅花新
若是周旋地
當令風義親

王昌齡

蕭條郡城閉
旅館空寒煙
秋月對愁客
山鐘摇暮天
新知偶相訪
斗酒情依然
一宿阻長會
清風徒滿川

李白

我吟傳舍詠
來訪真人居
煙嶺迷高跡
雲林隔太虛
窺庭但蕭瑟
倚杖空躊躇
應化遼天鶴
歸當千載餘

儲光羲

精廬不住子
自有無生鄉
過客知何道
徘徊雁子堂
浮雲歸故嶺
落月還西方
日夕虛空裏
時時聞異香

同

我聞隱静寺
山水多奇蹤
岩種朗公橘
門深杯渡松
道人制猛虎
振錫還孤峰
他日南陵下
相期谷口逢

同

精思莫知日
意静如空虛
三鳥自來去
九光遥卷舒
新池近天井
玉宇停雲車
餘亦苦山路
洗心祈道書

錢起
南風起別袂
心到衡湘間
客路楚山遠
孤舟雲水閑
愛君采蘭處
花島連家山
得意且寧省
人生難此還
押韻四句三平
○○●●●
●●○○○
○○●●●
●●○○○
○○●●●
●●○○○
○○●●●
●●○○○

于良史
蒼茫日初宴
遙野雲初收
殘雨北山裏
夕陽東渡頭
藤依漁溓合
水入田家流
何意君迷駕
山林應有秋

李白
行歌入谷口
路盡無人躋
攀崖度絶壑
弄水尋回溪
雲從石上起
客到花間迷
淹留興未盡
日落群峰西

同
垂楊拂緑水
搖艷東風年
花明玉關雪
葉暖金窗煙
美人結長恨
想對心淒然
攀條折春色
遠寄龍庭前

第四第八句三平

○●●○●
○○○●○
○○●○●
●●○○○
○●●○●
●○○●○
○○●○●
●●○○○

韓偓

行樂江郊外
追涼山寺中
静陰生晩緑
寂莫延清風
運塞地維窄
氣蘇天宇空
何人識幽抱
目送冥冥鴻

李頎

澄霽晩流闊
微風吹緑蘋
鱗鱗遠峰見
淡淡平湖春
芳草日堪把
白雲心所親
何時可爲樂
夢裏東山人

陸龜蒙

天賦識靈草
自然鍾野姿
閑來北山下
似與東風期
雨後採芳去
雲間幽路危
唯應報春鳥
得共斯人知

儲光羲

一作雲峰別
三看花柳朝
青山隔遠路
明月空長霄
鵲浴西江雨
鷄鳴東海潮
此情勞夢寐
况道雙林遥

丘丹

賣藥有時至
自知來往疎
遽辭池上酌
新得山中書
步出芙蓉府
歸乘觳觫車
猥蒙招隱作
豈愧班生廬

柳宗元

新沐換輕幘
曉池風露清
自諧塵外意
况與幽人行
霞散衆山迥
天高數雁鳴
機心付當路
聊適羲皇情

起句第五句同仄格

●●○●●
○○○●○
●○○●●
●●○○○
●●○●●
○○○●○
○○●○●
●●○○○

第四第八句三平格

●●○●●
●○○●○
○○●○●
○●○○○
●●●○●
○○●●○
○○●○●
○●○○○

岑參
郡僻人事少
雲山常眼前
偶從池上醉
便向舟中眠
與子居最近
周官情又偏
閑時耐相訪
正有床頭錢

王維
促織鳴已急
輕衣行尚重
寒燈坐高館
秋雨聞疎鐘
白法調狂象
玄言問老龍
何人顧蓬徑
空愧求羊蹤

同
胡地三月半
梨花今始開
因從老僧飯
更上夫人臺
清唱雲未去
彈琴風颯來
應須一倒載
還似山公回

岑參
飲酒俱未醉
一言聊贈君
功曹善爲政
明主還應聞
夜宿劍門月
朝行巴水雲
江城菊花發
滿路香氛氳

崔國輔

松雨時復滴
寺門清且涼
此心竟誰證
回憩支公床
壁畫感靈跡
龕經傳異香
獨遊寄象外
忽忽歸南昌

釋靈一

近夜山更碧
入林溪轉清
不知伏牛路
潭洞何從橫
野岸煙初合
平湖月未生
孤舟屢失道
但聽秋泉聲

右十有餘圖，皆變格中之正體也。如虞世南、董思恭、李白篇什，乃四唐之間釐釐是已，然體裁易擬。至沈佺期、宋之問、杜甫、王維、李頎、岑參、高適諸公篇什，乃合前編所列之仄起第四字拗者，與第五句第四字拗者，與押韻句用三平等聲律，以爲一篇體格。宋人以來，無標此義者。故穴見及之，讀者當裁其當否。

全唐聲律論卷十一

五言律

上半拗格下半正格

●●○○●
○○●●○
●●●○●
●●○○○
○●○○●
○○●●○
○○●●●
○●●○○

董思恭

夜色凝仙掌
晨甘下帝庭
不覺九秋至
遠向三危零
蘆渚花初白
葵園葉尚青
晞陽一灑惠
方願益滄溟

○○●●●
○○○●○
●○○●●
●○●○○
○○●●●
○●●○○
●●○○●
○○○●○

盧照鄰

回中道路險
蕭關烽候多
五營屯北地
萬乘出西河
單于拜玉璽
天子按雕戈
振旅汾川曲
秋風橫大歌

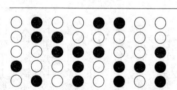

同

○○●○●
初笄夢桃李
○○●●○
新妝應摽梅
○●○○●
疑逐朝雲去
○○●●○
翻隨暮雨來
●●○○●
雜佩含風響
○○●●○
叢花隔扇開
○○●●●
姮娥對此夕
○●●○○
何用久徘徊

上官儀

●●○○●
殿帳清炎氣
●●○○○
輦道含秋陰
○○○●●
淒風移漢筑
○●●○○
流水入虞琴
○○●●●
雲飛送斷雁
●●●○○
月上淨疎林
●●●○●
滴瀝露枝響
○○○●○
空濛煙霧深

李敬玄

○●○○●
飛蓋迴蘭坂
○○●●○
宸襟佇柏梁
●●○●●
別館分涇渭
○●●○○
歸路指衡漳
○○○●●
關山通曙色
○●●○○
林籞遍春光
●●○○●
帝念紆千里
○○●●○
詞波照五潢

王勃

●○○●●
柰園欣八正
○○●●○
松崿訪九仙
○○○●●
援蘿窺霧術
○●●○○
攀桂俯雲煙
●●○○●
代北鸞驂至
○○●●○
遼西鶴騎旋
○○●○●
終希脫塵網
○●●○○
連翼下芝田

●○●○●
○●○○○
●○●○●
●●●○○
○○●○●
●●●○○
○●○○●
○○●●○

陳子昂

楚江復爲客
征棹方悠悠
故人憫追送
置酒此南洲
平生亦何恨
夙昔在林丘
違此鄉山別
長謠去國愁

○○●○●
○●●○○
●●○○●
○●●○○
○●○○●
○○●●○
○○●○●
○●●○○

崔融

春分自淮北
寒食渡江南
忽見潯陽水
疑是宋家潭
明主閽難叫
孤臣逐未堪
遥思故園陌
桃李正酣酣

○●○●●
○○●●○
○●○○●
●●●○○
●○○●●
○●●○○
●●○○●
○○●●○

陳嘉言

公子申敬愛
携朋玩物華
人是平陽客
地即石崇家
水文生舊浦
風色滿新花
日暮連歸騎
長川照晩霞

●●○○●
●●○●○
●●○●●
○○○●○
○○●○●
●●○○○
●●●○●
○○○●○

鄭愔

漢室歡娛盛
魏國文雅遒
許史多暮宿
應陳從夜遊
西園讌公子
北里召王侯
詎似將軍獵
空嗟亭尉留

●○○○●
○○○●○
○●○●●
●●○○○
○●○○●
○○●●○
○○○●●
●●●○○

同

潁川豪橫客
咸陽輕薄兒
田竇方貴幸
趙李新相知
軒蓋終朝集
笙竽此夜吹
黃金盈篋笥
白日忽西馳

○○●●●
●●○●○
○●●●●
●●○○○
○●●○●
○○○●○
●○●●●
○●●○○

同

君恩忽斷絕
妾思終未央
巾櫛不可見
枕席空餘香
囪暗網羅白
階秋苔蘚黃
應門寂已閉
流涕向昭陽

●○●●○
○●●○○
●●○○●
●●○○○
●●○○●
○○●●○
○○●○●
○●●○○

徐彦伯

妾家趙水邊
搖艇入江煙
既覓同心侶
復采同心蓮
折藕絲能脆
開花葉正圓
春歌弄明月
歸棹落花前

○○●○●
●●●○○
○○●○●
●●○○○
●●○○●
○○●●○
○○○●●
●●●○○

張說

江如曉天淨
石似暮雲張
征帆一流覽
宛若巫山陽
楚客思歸路
秦人謫異鄉
猿鳴明月夜
再使淚沾裳

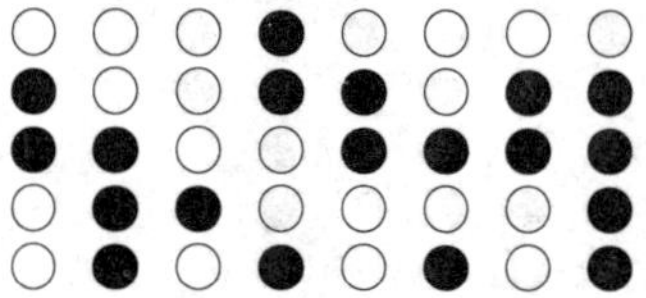

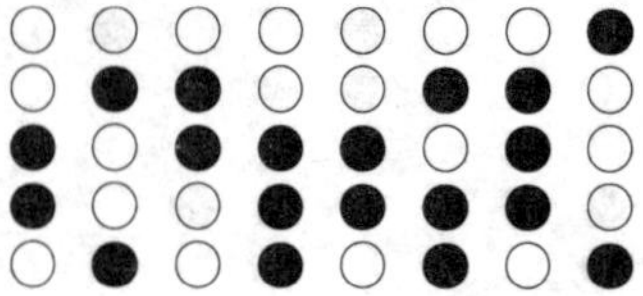

張九齡
君有百鍊刃
堪斷七重犀
誰開太阿匣
持割武城鷄
竟與尚書佩
遥應天子提
何時遇操宰
當使玉如泥

孟浩然
與君園廬並
微尚頗亦同
耕釣方自逸
壺觴趣不空
門無俗士駕
人有上皇風
何處先賢傳
惟稱龐德公

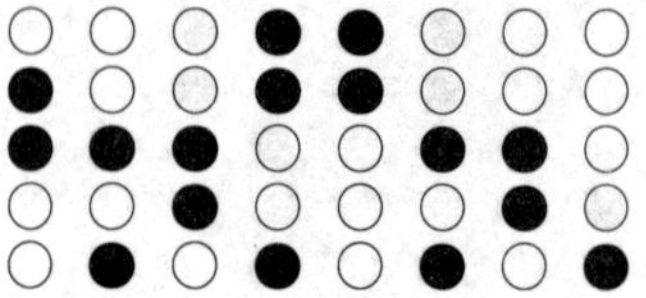

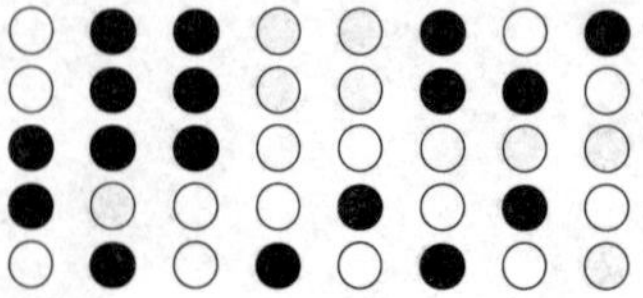

席豫
江帆春風勢
山樓曙月輝
猨攀紫崿飲
鳥拂清潭飛
古樹崩沙岸
新苔覆石磯
津途賞無限
征客暫忘歸

李白
秀才何翩翩
王許回也賢
暫別廬江守
將遊京兆天
秋山宜落日
秀水出寒煙
欲折一枝桂
還來雁沼前

○○●●●
○●○○○
●○●○●
●●○○○
●●●○●
○○○●○
○○●○●
○●●○○

同
吴江女道士
頭戴蓮花巾
霓衣不霑雨
特異陽臺雲
足下遠遊履
凌波生素塵
尋仙向南岳
應見魏夫人

○●○●○
○○●○○
○○●●●
●●●○○
●●○○●
○○●●○
○○●●●
○●●○○

同
摇曳帆在空
清流順歸風
詩因鼓吹發
酒爲劍歌雄
對舞青樓妓
雙鬟白玉童
行雲且莫去
留醉楚王宮

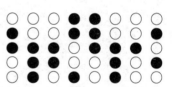

●●●●●
●○○●○
●●○○●
○○○●○〔一〕
●○○●●
○●●○○
●●○○●
○○●●○

同
待月月未出
望江江自流
倏忽城西郭
青天懸玉鈎〔二〕
素華雖可攬
清景不同遊
耿耿金波裏
空瞻鳷鵲樓

●●●●○
●○●○○
●○○●●
○●●○○
●●●○●
○○○●○
●○○●●
○●●○○

同
五月入五洲
碧山對青樓
故人揚執戟
春賞楚江流
一見醉漂月
三杯歌棹謳
桂枝攀不盡
他日更何求

〔一〕○：底本訛作「●」，不合格律，據《全唐詩》卷一百八十李白原詩改。

〔二〕鈎：底本訛作「釣」，據《全唐詩》卷一百八十改。

●○●●●
●●○○○
●●○●●
○○○●○
○○○●●
○●●○○
●●○○●
○○●●○

杜甫

欲陳濟世策
已老尚書郎
不息豺虎亂
空慚鴛鷺行
時危人事急
風逆羽毛傷
落日悲江漢
中宵淚滿裳

●●○●●
●●○●○
●○●●●
○●○○○
●●●○●
○○○●○
○○●●●
●●●○○

李頎

寂寞俱未偶
裏糧空入秦
宦途已可識
歸臥包山春
舊國指飛鳥
滄波愁旅人
開尊洛水上
怨別柳花新

○○●●●
●●○○○
○●●●●
○○○●○
●○○●●
●●●○○
●●●○●
○○○●○

同

文章亦不盡
竇子才縱橫
非爾更苦節
何人符大名
讀書雲閣觀
問絹錦官城
我有浣花竹
題詩須一行

●○○●●
○●○●○
●●●●●
○○○○○
○○○●●
●●●○○
●●○○●
○○○●○

劉昚虛

美人何蕩漾
湖上風日長
玉手欲有贈
徘徊雙鳴鐺
歌聲隨綠水
怨色起青陽
日暮還家望
雲波橫洞房

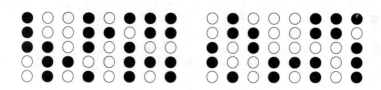

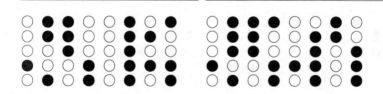

○○○○●
●●○○○
●●●○●
●○○●○
○○●○●
○●●○○
●●○○●
○○○●○

王昌齡

中峰青苔壁
一點雲生時
豈意石堂裏
得逢焦鍊師
爐香浄琴案
松影閉瑶墀
拜受長年藥
翩翻西海期

●●○○○
○○●●○
○○○○●
○●○○○
●●○○●
○○○●○
○○●●●
●●●○○

王維

寶劍千金裝
登君白玉堂
身爲平原客
家有邯鄲倡
使氣公卿坐
論交遊俠場
中年不得意
謝病客遊梁

●○●○●
●○●○○
○○○●●
●●○○○
●●●○●
○○○●○
○○●●●
○●●○○

賈至

送君魯郊外
下車上高丘
蕭條千里暮
日落黄雲秋
舉酒有遺恨
論邊無遠謀
河源望不見
旌旆去悠悠

●●●●●
○○○●○
●○○○●
●●○○○
○●●○●
○○○●○
●○○●●
○●●○○

岑參

足下復不第
家貧尋故人
且傾湘南酒
羞對關西塵
山店橘花發
江城楓葉新
若從巫峽過
應見楚王神

●●○○●
○●●○○
●○●●●
●●○○○
●●○○●
○○●●○
○○●●●
●●●○○

于季子

卉木誠幽賤
枯朽絶因依
忽逢借羽翼
不覺生光輝
直念恩華重
長嗟報効微
方思助日月
爲許願曾飛

○●●○●
○○●○○
●○○●●
●●●●○
●●○○●
○○●●○
●○○●●
●●●○○

崔液

回首覽燕趙
春生兩河間
曠然餘萬里
際海不見山
雨歇青林潤
煙空緑野閑
問鄉無處所
目送白雲關

○●○○●
●●●○○
●●○○●
○○●●○
●●○○●
○○●●○
○○○●●
○●●○○

喬備

秋入長門殿
木落洞房虛
妾思宵徒靜
君恩日更疎
墜露清金閣
流螢點玉除
還將閨裏恨
遥問馬相如

●●●●●
●○○●○
○○●○●
●●○○○
○●●○●
●○○●○
○○○●●
●●●○○

錢起

勝景不易過
入門神頓清
房房占山色
處處分泉聲
詩思竹間得
道心松下生
何時來此地
擺落世間情

○○○●○
●●○○○
○○○●●
●●●○○
○●●○●
○○○●○
○○●○●
○●●○○

同

朝花飛暝林
對酒傷春心
流年催素髮
不覺映華簪
垂老遇知己
酬恩看寸陰
如何紫芝客
相憶白雲深

○●●●●
●○○●○
○○●○●
○●○○○
○○○○●
●●●○○
○●●○●
●○○●○

權德輿

驄馬別已久
鯉魚來自烹
殷勤故人意
怊悵中林情
茫茫重江外
杳杳一枝瓊
搔首望良覿
爲君華髮生

●●●●●
●○○●○
○○●●●
●●○○○
●●●○●
○○○●○
○○●○●
●●●○○

李端

此別不可道
此心當語誰
春風灞水上
飲馬桃花時
誤作好文士
祇應遊宦遲
留書下朝客
我有故山期

●○○○●
●●○○○
●●●○●
○○○●○
●○●○●
○●●○○
●●○○●
○○●●○

楊巨源

一叢嬋娟色
四面清泠波
氣潤晚煙重
光閑秋露多
翠筠入疎柳
清影掃圓荷
歲晏琅玕實
心期有鳳過

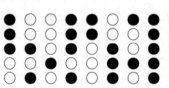

○●○●○
○○○●○
○○●●●
●●○○○
●●●○●
●○○●○
○○●○●
●●●○○

孟郊

河水昏復晨
河邊相送頻
離杯有淚飲
別柳無枝春
一笑忽然斂
萬愁俄已新
東波與西日
不惜遠行人

●●●○●
○○●○○
○○○○●
●●●○○
●●●○●
○○○●○
●○●○●
●●●○○

姚合

上將得良策
恩威作長城
如今并州北
不見有胡兵
晉野雨初足
汾河波亦清
所從古無比
意氣送君行

○○●●○
●●●○○
○●○●●
●○●○○
○○●○●
○●●○○
●●○○●
●○●●○

張籍

遊人欲別離
半醉對花枝
看卻春又晚
莫輕少年時
臨行記分處
迴首是相思
各向天涯去
重來未可期

●○●●●
○○○●○
●●○●●
●●●●○
●●●○●
○○○●○
○○○●●
○●●○○

楊衡

慘戚損志抱
因君時解顏
重嘆今夕會
復在幾夕間
碧桂水連海
蒼梧雲滿山
茫茫從此去
何路入秦關

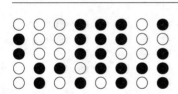

杜牧

○●○●● 河岸微退落
●●○○○ 柳影微彫疎
○●●○● 船上聽呼稚
○○●●○ 堤南趁漉魚
●○○●● 數帆旗去疾
●●●○○ 一艇箭迴初
○●○○● 曾入相思夢
○○●●○ 因憑附遠書

李洞

○●○○● 南北飛山雪
●●●○○ 萬片寄相思
○○●○● 東西曲流水
○○●●○ 千聲瀉別離
○○●●● 巴猿學導引
●●●○○ 隴鳥解吟詩
○●○○● 翻羨家林賞
●○●●○ 世人那得知

馬戴

○○○○● 天涯秋光盡
●●○●○ 木末群鳥還
●●○●● 夜久遊子息
●○○●○ 月明岐路閑
○○○●● 風生淮水上
○●●○○ 帆落楚雲間
●●●○● 此意竟誰見
○○○●○ 行行非故關

同

○○●●○ 南山入谷遊
●●○○○ 去徹山南州
●●○●● 下馬雲未盡
●○○●○ 聽猿星正稠
●○○●● 印茶泉繞石
○●●○○ 封國角吹樓
●●●○● 遠宦有何興
○○○●○ 貧兄無計留

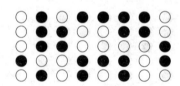

●●○●●
●●●○○
●●○●●
○○○●○
○○○●●
○●●○○
●●○○●
○○●●○

王貞白
薊北連極塞
塞色晝冥冥
戰地骸骨滿
長時風雨腥
沙河流不足
春草凍難生
萬户封侯者
何謀静虜庭

○○●●●
●●○○○
●●○●●
●○○●○
○○○●●
●●●○○
○●○○●
○○●●○

釋皎然
前林夏雨歇
爲我生涼風
一室煩熱外
衆山清暑中
忘歸親野水
適性計雲鴻
蕭散都曹史
還將静者同

○●○●●
○○○○○
○○●●●
○●○○○
●●○○●
○○●●○
○○●○●
○●●○○

釋貫休
霜打汀島赤
孤煙生池塘
清吟倚大樹
瑶草何馨香
久别青雲士
常思白石房
誰能共歸去
流水似鳴瑠

○○○○●
●●○●○
○●●●●
○○○●○
●○○●●
●●●○○
○●○○●
○○○●○

同
爲依爐峰住
境勝增道情
涼日暑不變
空山風自清
坐援香實近
轉愛緑蕪生
宗炳青霞士
如何知我名

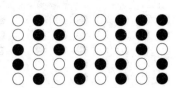

●●○●●
○○●○○
○○○●●
●●●○○
○●○○●
○○●●○
○○●●●
●●●○○

同

六月鵬盡化
鴻飛獨冥冥
愁烽家不足
險路客頻經
牛渚何時到
漁船幾處停
遥知詠史夜
謝守月中聽

○○●○○
○●●○○
●●●●●
○○○●○
●○○●●
○●●○○
○●○○●
○○○●○

釋虛中

耕荒鑿原時
高趣在希夷
大舜欲遜國
先生空歛眉
五溪清不足
千古美無虧
縱遣亡淳者
何人投所思

●●○●●
●●●○○
●●●●●
○○○●○
○○○●●
●●●○○
○●●○●
○○○●○

釋修睦

聖迹誰會得
每到亦徘回
一尚不可得
三從何處來
清宵寒露滴
白晝野雲隈
應是表靈異
凡情安可猜

右五十有餘圖，皆上半變格，而下半蹈正律。此乃發於古體，而歸於今體者也。五言律有起句暨接句拗一字者，或有二句俱拗者，或有兩聯暨轉落拗一字者，或有上半正格而下半變格者，或有上半變格而下半正格者，或有八句俱變拗者。正格之生變格，其猶八卦生變爻也。故自正蹠變，自變蹠正，不可以蹠變爲非，又不可以蹠正爲是。能蹈正變，而後可與語也。方虛谷曰：「杜甫詩『濟世策』三字皆仄，『尚書郎』三字皆平，乃覺入律；『豺虎』『鵷鷺』，又是一樣拗體；『時危』一聯，亦變體也。」方氏知一而未知他，若此等篇什，皆發於古體，而歸於今體者也。且「時危」一聯即正格，余未見其變格也。余所論非乎？方氏所論是乎？若其是非，當就本編裁之。

上半正格下半拗格

●●○○●
○○●●○
○○●○●
○●●○○
○○○●●
○●●○○
○●○○●
●●○○○

太宗皇帝

菊散金風起
荷疎玉露圓
將秋數行雁
離夏幾枝蟬
雲凝愁半嶺
霞碎纈高天
還似成都望
直見峨眉前

●●○○●
○○●●○
●○○●●
●●●○○
●●○○●
○○●●○
●●○○●
●●●○○

同

潔野凝晨曜
裝墀帶夕暉
集條分樹玉
拂浪影泉璣
色灑妝臺粉
花飄綺席衣
入扇縈離匣
點素皎殘機

○●○○●
○○●●○
○○○●●
○●●○○
○○●●●
●●●○○
○●○○●
○●●○○

盧照鄰

津谷朝行遠
冰川夕望曛
霜明深淺浪
風卷去來雲
澄波泛月影
激浪聚沙文
誰忍仙舟上
携手獨思君

○●○○●
○○○●○
○○○●●
○●●○○
○○○●●
○●●○○
○●○○●
○●●○○

陳子昂

黄鶴煙雲去
青江琴酒同
離帆方楚越
溝水復西東
芙蓉生夏浦
楊柳送春風
明日相思處
應對菊花叢

○○●○●
●●●○○
●●○○●
○○●●○
●●○○●
○○●●○
○○○●●
○○○●○

駱賓王

雲披玉繩淨
月滿鏡輪圓
裛露朱暉冷
凌霜桂影寒
漏彩含疎薄
浮光漾急瀾
西園徒自賞
南飛終未安

○○●○●
○●●○○
●●○○●
○○●●○
○●○○●
●●●○○
●○○●●
○●●○○

高嶠

飛觀寫春望
開宴坐汀沙
積溜含苔色
晴空蕩日華
歌入平陽第
舞對石崇家
莫慮能騎馬
投轄自停車

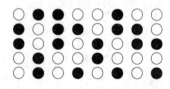

○●○○●
○○●●○
○○○●●
○●●○○
○○●○●
○●●○○
●●○○●
●●●○○

高球

温洛年光早
皇州景望華
連鑣尋上路
乘興入山家
輕苔網危石
春水架平沙
賞極林塘暮
處處起煙霞

○○○●●
○●●○○
●●○○●
○○○●○
○○●●●
○●●○○
●○○○●
○●●○○

張説

天明江霧歇
洲浦棹歌來
緑水逶迤去
青山相向開
城臨蜀帝祀
雲接楚王臺
舊知巫山上
遊子共徘徊

○○●●○
○●●○○
●●○○●
○○●●○
○●○●●
○○●●○
●○○●●
●●●○○

劉友賢

春來日漸賒
琴酒逐年華
欲向文通徑
先游武子家
池碧新溜滿
嵓紅落照斜
興闌情未盡
步步惜風花

○○○●●
○●●○○
○●●○●
○○○●○
○○○○●
●●○○○
○●●○●
○○●○○

沈頌

閑琴開旅思
清夜有愁心
圓月正當户
微風猶在林
蒼茫孤亭上
歷亂多秋音
言念待明發
東山幽意深

●○○●○
●●●○○
●●●○●
○○●●○
○○●○●
○●○○○
○●●●●
○○○●○

孟浩然

我家南渡頭
慣習野人舟
日夕弄清淺
林湍逆上流
山河據形勝
天地生豪酋
君意在利涉
知音期暗投

○●○○●
○○○●○
○○●●●
○●●○○
●●○●●
●○●○○
●○●○●
○●○○○

劉禹錫

相去三千里
寒蟬同此時
清吟曉露葉
愁噪夕陽枝
忽爾弦斷絕
俄聞管參差
洛橋碧雲晚
西望佳人期

●○○●●
○●●○○
○●●○●
○○○●○
●●●○●
●●○●○
●●○○●
○○●●○

同

我行窮水國
君使入京華
相去日千里
孤帆天一涯
卧閣海潮至
起視江月斜
借問同舟客
何時到永嘉

○●●○●
●○○●○
●○○●●
○●●○○
●●○●●
○○○●○
●○○●●
●●○○○

元稹

君骨久爲土
我心長似灰
百年何處盡
三夜夢中來
逝水良已矣
行雲安在哉
坐看朝日出
衆鳥雙徘徊

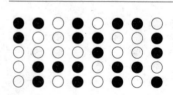

○●●○○
●○○●○
○○○●●
●●●○○
●●○○●
○○○●○
●○○○●
●●○○○

釋皎然

韓旆拂丹霄
漢軍新破遼
紅塵驅鹵簿
白羽擁嫖姚
戰苦軍猶樂
功高將不驕
至今丁零塞
朔吹空蕭蕭

●○○●●
○●●○○
○●●○●
○○○●○
○○○○●
●●○●○
○●●○●
○○○●○

同

洞庭孤月在
秋色望無邊
零露積衰草
寒螿鳴古田
茫茫區中想
寂寂塵外緣
從此悟浮世
胡爲傷暮年

右十有餘圖，皆上半正格，而下半蹈變格。如此體格，比於前編甚鮮矣。至七言律，不過二三首，蓋今體中，亦有古今之别故也。且張説、皎然二首，乃轉落之拗，而非下半之拗。然此體裁亦少也，故附於斯矣。

全唐聲律論卷十二

五言律

全篇變體

○○●○●
○●●○○
○○●●●
●●●○○
○○●○●
○●○○○
●○○●●
○○●●○

太宗皇帝
寒驚薊門葉
秋發小山枝
松陰背日轉
竹影避風移
提壺菊花岸
高興芙蓉池
欲知涼氣早
巢空燕不窺

●○○●●
●●●○○
○○○●●
○●●○○
●○○●●
●●●○○
○●○○●
○●●○○

同
罩雲飄遠岫
噴雨泛長河
低飛昏嶺腹
斜足灑嵓阿
泫叢珠締葉
起溜鏡圓波
濛柳添絲密
含吹織空羅

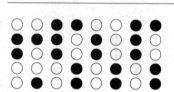

●○○●●
○○●●○
○○●●●
●●●○○
●●○○●
○○●●○
●●●○●
○●○○○

同

玉衡流桂圃
成蹊正可尋
鶯啼密葉外
蝶戲脆花心
麗景光朝彩
輕霞散夕陰
暫顧夌章側
還眺靈山林

●○○●●
○○●●○
●○○●●
○●●○○
○○●○●
●●●○○
●○○●●
○●●○○

同

拂霞疑電落
騰虛狀寫虹
屈伸煙霧裏
低舉白雲中
紛披乍依迴
掣曳或隨風
念茲輕薄質
無翅強搖空

●●○○●
○○●●○
●○○●●
○○●●○
●○○●●
●●●○○
●●○○●
○●○○○

同

岸曲非千里
橋斜異七星
暫低逢輦度
還高值浪驚
水搖文鷁動
纜轉錦花縈
遠近隨輪影
輕重應人行

●●○○●
○○●●●
●○●○●
○○●●○
○○●●●
○●●○○
●●○●●
○○●●○

李百藥

化歷昭唐典
承天順夏正
百靈警朝禁
三辰揚旆旌
充庭富禮樂
高讌齒簪纓
獻壽符萬歲
移風韻九成

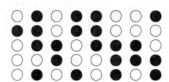

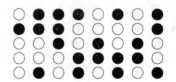

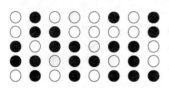

●○●○●
○●●○○
●○○●●
●●●○○
●○○●●
○○●●○
○●○○●
○●○○○

○○○●●
●○●●○
○○○●●
○●●○○
●●○○●
●○○●○
○●○○●
○●●○○

同

卷言一杯酒
悽愴起離憂
夜花飄露氣
暗水急還流
雁行遥上月
蟲聲迴映秋
明日河梁上
誰與論仙舟

董思恭

新年猶尚小
那堪遠聘秦
裙衫沾馬汗
眉黛染胡塵
舉眼無相識
路逢皆異人
唯有梅將李
猶帶故鄉春

●○○●●
○○●●○
●○●○●
○○●●○
●○○●●
○○●●○
●●○○●
○●●○○

○○●○●
●●●○○
○●●○●
○●○○○
○○●●●
●●●○○
○○●●●
●●○○○

同

晩來風景麗
晴初物色華
薄雲向空盡
輕虹逐望斜
後囱臨岸竹
前階枕浦沙
寂莫無與晤
尊酒對風花

同

蕭蕭度閶闔
習習下庭闈
花蝶自飄舞
蘭蕙生光輝
相烏正舉翼
退鷁已驚飛
方從列子御
更逐浮雲歸

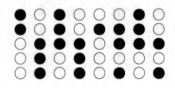

○○○●●
○●●○○
●○●●●
○●●○○
○●○○●
○●●○○
○○●○●
●●○○○

同

天山飛雪度
言是落花朝
惜哉不我與
蕭索從風飄
鮮潔凌紈素
紛糅下枝條
良時竟何在
坐見容華消

○●○○●
○●●○○
○●○○●
○○○●○
○○●●●
●●●○○
●●○○●
●●●○○

同

蔥翠梢雲質
垂彩映清池
波泛含風影
流搖防露枝
龍鱗漾嶰谷
鳳翅拂漣漪
欲識凌冬性
唯有歲寒知

●○○●●
○●●○○
○○○●●
○●●○○
●●○○●
○○●●○
●●○●●
○●●○○

虞世南

豫遊欣勝地
皇澤乃先天
油雲陰御道
膏雨潤公田
隴麥霑逾翠
山花濕更然
稼穡良所重
方復悅豐年

●○○●●
○●●○○
●●○○●
○●●○○
○○○●●
●●●○○
○○○●●
●●●○○

同

履端初起節
長苑命高筵
肆夏喧金奏
重潤響朱絃
春光催柳色
日彩泛槐煙
微臣同濫吹
謬得仰鈞天

○●○○●
○●●○○
●●○○●
○○●●○
●○●●●
○●●○○
●●○○●
○●●○○

盧照鄰

風月清江夜
山水白雲朝
萬里同爲客
三秋契不凋
戲鳬命斷岸
歸騎別高標
一去仙橋道
還望錦城遥

○○○●●
○●●○○
●○○●●
○○●●○
○○○●●
○●●○○
●●○○●
○●●○○

張文琮

標名資上善
流脉表靈長
地圖羅四瀆
天文載五潢
方流涵玉潤
圓折動珠光
獨有蒙園吏
棲偃玩濠梁

●○○●●
●●●○○
○○●●●
○●●○○
●○○●●
○●●○○
●○○○●
○○○●○

同

塞垣通碣石
虜障抵祁連
相思在萬里
明月正孤懸
影移金岫北
光斷玉門前
寄言閨中婦
時看鴻雁天

●○○●●
○●●○○
○○○●●
○●●○○
●●○○●
○○●●○
●●○○●
○●●○○

同

造舟浮渭日
鞭石表秦初
星文遥寫漢
虹勢尚凌虚
已授文成履
空題武騎書
別有臨濠上
棲偃獨觀魚

○○○○●
○○●●○
○○●●●
●●●○○
●●○○●
○●●○○
●○○●●
●●●○○

許敬宗

婺閨期今夕
娥輪泛淺潢
迎秋伴暮雨
待暝合神光
蔦寢低雲鬢
呈態解霓裳
喜中愁漏促
別後怨天長

●○○●●
●●●○○
●●○○●
○○●●○
○●●○●
○○●●○
●○○●●
○●○○○

劉禕之

戒奢虚蜃輅
錫號紀鴻名
地叶蒼梧野
途經紫聚城
重照掩寒色
晨飈斷曙聲
一隨仙驥遠
霜雪愁雲生

○●●○●
●●●○○
●○○●●
○●●○○
○○○●●
●●●○○
●○●○●
●●●○○

同

喬木託危岫
積翠繞連岡
葉疎猶漏影
花少未流芳
風來聞肅肅
霧罷見蒼蒼
此中餞行邁
不異上河梁

●●●○○
●●●○○
●○○●●
○●●○○
●○○●●
○●●○○
●○○●●
●●●○○

胡元範

列席詔親賢
式宴坐神仙
聖文飛聖筆
天樂奏鈞天
曲池涵瑞景
文宇孕祥煙
小臣同百獸
率舞悅堯年

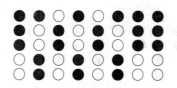

●○○●●
○○●●○
●○○●●
●●●○○
●○○●●
○○●○○
●●○○●
○○●●○

劉憲

上林宮館好
春光獨早知
剪花疑始發
刻燕似新窺
色濃輕雪點
香淺嫩風吹
此日叨陪侍
恩榮得數枝

○○●●●
○●●○○
●○○●●
●●●○○
●●○○●
●●●○○
○○○●●
●●●○○

岑文本

金蘭篤惠好
尊酒暢生平
既欣投轄賞
暫緩望鄉情
愛景含霜晦
落照帶風輕
於茲歡宴洽
寵辱詎相驚

○●○○●
○○●●○
●●○○●
○○●●○
○●○○●
○○●●○
●●●●●
○●●○○

閻朝隱

三月重三日
千春續萬春
聖澤如東海
天文似北辰
荷葉珠盤淨
蓮花寶蓋新
陛下制萬國
臣作水心人

○○●○●
○○●●○
●●○○●
○○●●○
●○○●●
●●●○○
○○○●●
○●●○○

崔善爲

秋來菊花氣
深山客重尋
露葉疑涵玉
風花似散金
摘來還泛酒
獨坐即徐斟
王宏貪自醉
無復覓楊林

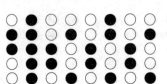

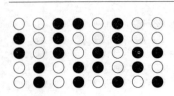

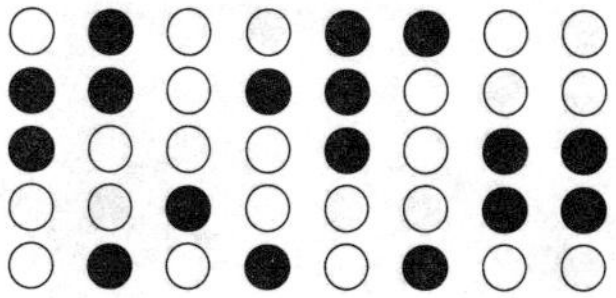

劉孝孫

涼秋夜笛鳴
流風韻九成
調高時慷慨
曲變或淒清
征客懷離緒
鄰人思舊情
幸以知音顧
千載有奇聲

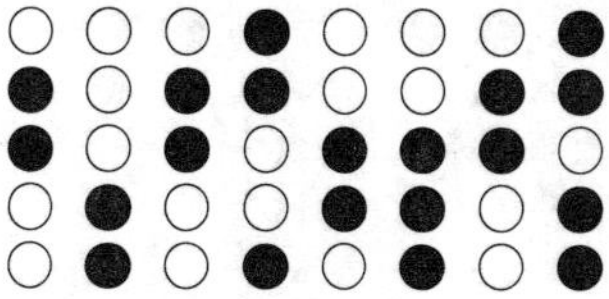

張大安

盛藩資右戚
連蕚重皇情
離襟愴睢苑
分途指鄴城
麗日開芳甸
佳氣積神京
何時驂駕入
還見謁承明

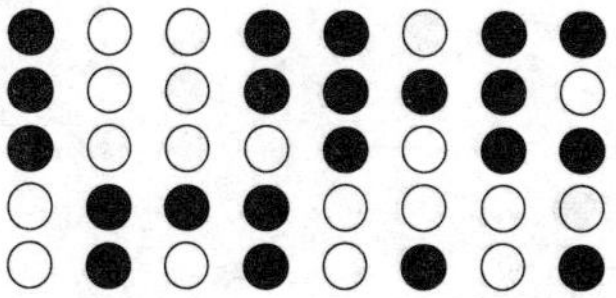

同

鄉關渺天末
引領悵懷歸
羈旅人淫滯
物色屢芳菲
稍覺私意盡
行看蓬鬢衰
如何千里外
佇立沾裳衣

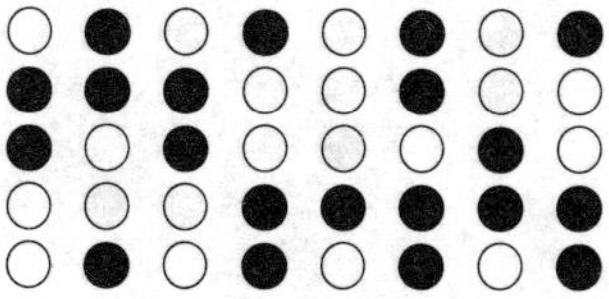

駱賓王

願言遊泗水
支離去二漳
道術君所篤
筌蹄余自忘
雪威侵竹冷
秋爽帶池涼
欲驗離襟切
岐路在他鄉

○●○○●
●●○○○
●●○○●
○○●●○
●○○●●
●●●○○
○○○●●
○●●○○

同
千里年光静
四望春雲生
暫日祥光舉
疎雲瑞葉輕
蓋陰籠迴樹
陣影抱危城
非將吳會遠
飄蕩帝鄉情

●○○●●
○○○●○
●●○○●
○○●●○
○○○●●
○●●○○
●●○○●
○●●○○

同
玉關寒氣早
金塘秋色歸
泛掌光逾淨
添荷滴尚微
變霜凝曉液
承月委圓輝
別有吳臺上
應濕楚臣衣

●○○●●
●○○●○
●○○●●
●●●○○
○○○●●
●●●○○
●○○●●
○○●●○

同
九秋行已暮
一枝聊暫安
隱楡非諫楚
噪柳異悲潘
分形妝薄鬢
鏤影飾危冠
自憐疎影斷
寒林夕吹寒

○○○●●
●●●○○
●○○●●
●●●○○
●●○○●
●○○○○
●○○●●
○●●○○

同
天涯非日觀
地屺望星樓
練光搖亂馬
劍氣上連牛
草濕姑蘇夕
葉下洞庭秋
欲知悽斷意
江上涉安流

●●○○●
○○●●○
●●○○●
○○●●○
○○●●●
●●●○○
●●○○●
○●●○○

同

紫陌炎氛歇
青蘋晚吹浮
亂竹摇疎影
縈池織細流
飄香曳舞袖
帶粉泛妝樓
不分君恩絶
紈扇曲中秋

○○●●○
○○●●○
○●○●●
●○○●○
○○●●●
●○○●○
○●○●●
●●○○○

同

征帆恣遠尋
逶迤過稱心
凝滯蘅茝岸
沿洄檀柚林
穿溆不厭曲
艤潭唯愛深
爲樂凡幾許
聽取舟中琴

○●○○●
○○●●○
●●○○●
○○●●○
●○○●●
●●●○○
●○○●●
○○○●○

同

南陸銅渾改
西郊玉葉輕
泛斗瑶光動
臨陽瑞色明
蓋陰連鳳闕
陣影翼龍城
詎知時不合
空傷流滯情

●○○●●
●●●○○
●○○●●
●●●○○
●●○●●
○○●●○
●○○●●
○●●○○

同

睠然懷楚奏
悵矣背秦關
涸鱗驚照轍
墜羽怯虚彎
素服三用化
烏裘十上還
莫言無皓齒
時俗薄朱顏

●●○○●
○○●●○
●●○○●
○○●●○
●●○○●
○○●●○
●●○○●
○●●○○

○○●●●
○○●●○
○○●●●
●●●○○
○○○●●
●●●○○
●●○○●
○○●○○

同

暫屏囂塵累
言尋物外情
致逸心逾默
神幽體自輕
浦夏荷香滿
田秋麥氣清
詎假滄浪上
將濯楚臣纓

同

閒庭落景盡
疎簾夜月通
山靈響似應
水淨望如空
栖枝猶繞鵲
導渚未來鴻
可嘆高樓婦
悲思杳難終

○○●●○
●●●○○
○○○●●
○●●○○
●○○●●
○○●●○
●●○○●
○●●○○

○○●○●
●●○●○
○○●●●
●●●○○
○●○●●
○○●●○
○○●●●
○○●●○

同

層嵩遠接天
絶嶺上栖煙
松低輕蓋偃
藤細弱鈎懸
石明如挂鏡
苔分似列錢
暫策爲龍杖
何處得神仙

蘇味道

崇朝遺行雨
薄晚屯密雲
緣階起素沫
竟水聚圓文
河柳低未舉
山花落已芬
清尊久不薦
淹留遂待君

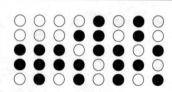

●●●○●
○○●●○
○●○○●
●●●○○
●○○●●
○●●○○
○○●○●
○●●○○

同

濟北甄神貺
河西濯錦文
聲應天池雨
影觸岱宗雲
燕歸猶可候
羊起自成群
何當握靈髓
高枕絶囂氛

●●○○●
○●●○○
●○●○●
○●●○○
○○○●●
○●●○○
○○●○●
○●●○○

陳子昂

謝病南山下
幽臥不知春
使星入東井
云是故交親
惠風吹寶瑟
微月憶清真
憑軒一留醉
江海寄情人

●○○●●
○●●○○
○○○●●
●●●○○
○●○○●
○○●●○
●●○○●
○●●○○

李嶠

白藏初送節
玄律始迎冬
林枯黃葉盡
水耗緑池空
霜待臨庭月
寒隨入牖風
別有歡娛地
歌舞應絲桐

○●●○○
●●●○○
○●●○○
●●●○○
●○○●●
●●●○○
○○●●●
○●●○○

同

公子好追隨
愛客不知疲
象筵開玉饌
翠羽飾金卮
此時高宴所
詎減習家池
循涯倦短翮
何處儷長離

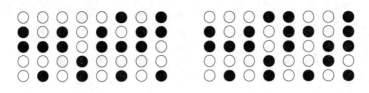

●●●○●
○○○●○
●●○○●
○○●●○
○○○●●
●●○●○
○○●○●
●●●○○

同
紫塞白雲斷
青春明月初
對此芳樽夜
離憂悵有餘
清泠花露滿
滴瀝簷宇虛
懷君欲何贈
願上大臣書

●●●○○
○○●●○
●●○○●
○○●●○
○○○●●
○●●○○
○●○○●
○●●○○

中宗皇帝
九日正乘秋
三杯興已周
泛桂迎尊滿
吹花向酒浮
長房萸早熟
彭澤菊初收
何藉龍沙上
方得恣淹留

●○●○●
○●○○○
○●○○●
○○●●○
●○●○●
●●●○○
○○○●●
○●●○○

同
故人洞庭去
楊柳春風生
相送河洲晚
蒼茫別思盈
白蘋已堪把
綠芷復含榮
江南多桂樹
歸客贈生平

●●○○●
○●●○○
●●●○●
○●○○○
●●●○●
●●○○○
○○●●●
●●●○○

玄宗皇帝
寶照含天地
神劍合陰陽
日月麗光景
星斗裁文章
寫鑑表容質
佩服爲身防
從茲一賞玩
永德保齡長

●○○●●
○○●●○
○○○●●
○●●○○
●○○●●
○○●●○
●●○○●
○○○●○

高嶠

駕言尋鳳侶
乘歡俯雁池
班荊逢舊識
斟桂喜深知
紫蘭方出徑
黃鶯未囀枝
別有陶春日
青天雲霧披

●○○●●
○○●●○
●●○○●
○●●○○
●●○○●
○○●●○
●●○○●
○●●○○

韓仲宣

欲知行有樂
芳尊對物華
地接安仁縣
園是季倫家
柳處雲疑葉
梅間雪似花
日落歸途遠
留興伴煙霞

●●○○●
○●●○○
●●○○●
○○●●○
○○○●●
○●●○○
●●○○●
○●●○○

周彥昭

勝地臨鷄浦
高會偶龍沙
御柳驚春色
仙節掩月華
門邀千里馭
杯泛九光霞
日落山亭晚
雷送七香車

●●○○●
○●●○○
●●○○●
○○○●○
○○●○●
●●●○○
○○●●●
○○○●○

高瑾

試入山亭望
言是石崇家
二月風光起
三春桃李華
鶯吟上喬木
雁往息平沙
相看會取醉
寧知還路賒

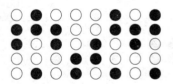

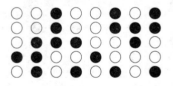

●○○●●
○●●○○
●○○●●
○●○○○
●●○○●
○○●●○
●●○○●
●●●○○

同
忽聞鶯響谷
於此命相知
正開彭澤酒
來向高陽池
柳葉風前弱
梅花影處危
賞洽林亭晚
落照下參差

○○●○●
●●●○○
●●○○●
○○○●○
○●○○●
○○●●○
●●○○●
●●○○○

同
逶迤度香閣
顧步出蘭閨
欲繞鴛鴦殿
先過桃李蹊
風帶舒還卷
簪花舉復低
欲問今宵樂
但聽歌聲齊

○●●○○
○●●○○
○●○○●
○○○●○
○●○○●
○○●●○
●○○○●
○○●●○

謝偃
春景嬌春臺
新露泣新梅
春葉參差吐
新花重疊開
花影飛鶯去
歌聲度鳥來
倩看飄颻雪
何如舞袖迴

●●○○●
○○●●○
○○○●●
●●●○○
●○○●●
○●●○○
○○●●●
○○●●○

同
夜久星沈没
更深月影斜
裙輕纔動佩
鬟薄不勝花
細風吹寶袂
輕雪濕紅紗
相看樂未已
蘭燈照九華

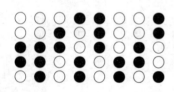

●●●●●
●●○○○
●●○○●
●○●●○
○○●○●
●●●○○
○○○●●
○●●○○

宋之問
二百四十載
海内何紛紛
六國兵同合
七雄勢未分
從成拒秦帝
策决問蘇君
鷄鳴將狗盜
論德未論勳

○●●○○
○○●●○
●○●○●
○○○●○
●○●○●
○●○●○
●○○●●
●●●○○

趙冬曦
煙靄夕微蒙
幽灣賞未窮
艤舟待初月
褰衣招遠風
鶴聲聒前浦
漁火明暗叢
東山雲壑意
不謂爾來同

○○○●●
●○○○○
●●○●●
○●●○○
●●○●●
○○●●○
●○○●●
●●●○○

崔融
宵陳虚禁夜
夕臨空山陰
日月昏尺景
天地慘何心
紫殿金繡澀
黄陵玉座深
鏡奩長不啓
聖主淚沾襟

●●○○●
○○●●○
●○○●●
●●○○○
○○●○●
●○○●○
●○○●●
○●●○○

張説
昔日三朝路
逶迤四望車
繡腰長命縷
隱髻連枝花
今春戾園樹
索然無歲華
共傷千載後
惟號一王家

○○○●○
○●●○○
●○●●●
○●○○○
●●○●●
○○○●○
●○●○●
○●○○○

○○●●●
●○○●○
●○●●●
○●●○○
●●○○●
○○●●○
●●○○●
○○●●○

賀知章
江皐聞曙鐘
輕棟理還艤
海潮夜約約
川露晨溶溶
始見沙上鳥
猶埋雲外峰
故鄉杳無際
明發懷朋從

張循之
長門落景盡
洞房秋月明
玉階草露積
金屋網塵生
妾妒今應改
君恩昔未平
寄語臨邛客
何時作賦成

●○○●●
○●○○○
●●●○●
○○●●○
●○○●●
○●○●○
○●●○●
●○○●○

○●○○●
●●●○○
○○○●●
●●●○○
●●●○●
○○●●○
○○○●●
○○●○○

李邕
彩雲驚歲晚
繚繞孤山頭
散作五般色
凝爲一段愁
影雖沈澗底
形在天際遊
風動必飛去
不應長此留

韋安石
重九開秋節
得一動宸儀
金風飄菊蕊
玉露泫萸枝
睿覽八紘外
天文七曜披
臨深應在即
居高豈忘危

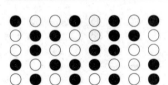

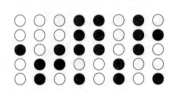

○○○●●
●○○●●
○●●○○
○●●○○
●○○●●
●●○○●
○●●○○
●●●○○
●○○●●
●●●○○

同
梁園開勝景
軒駕動宸衷
早荷承湛露
修竹引薰風
九醞傾鍾石
百獸協絲桐
小臣陪宴鎬
獻壽奉維嵩

●○○●●
○●○○○
●●●●●
○○●●○
●○○●●
●●●○○
○●●●●
○○○●○

孟浩然
拂衣何處去
高枕南山南
欲狗五斗禄
其如七不堪
早朝非晚起
束帶異抽簪
因向智者説
遊魚思舊潭

○○●○●
●●●○○
●○○●●
●●●○○
●●○●●
○○●●○
○○●○●
○●●○○

王熊
平生共風月
倏忽間山川
不期交淡水
暫得款忘年
興逸方罷釣
帆開欲解船
離心若危旆
朝夕爲君懸

●●●○●
●○○●○
●○●●●
○●○○○
○●○●●
○○○●○
○○○●●
○○●○○

同
去國已如昨
倏然經杪秋
峴山不可見
風景令人愁
誰采籬下菊
應閑池上樓
宜城多美酒
歸與葛强遊

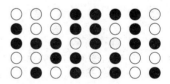

●●●●●
○○●●○
●○●●●
●●○○○
○●●●●
○○●●○
○○●●●
●●●○○

李白
側疊萬古石
橫爲白馬磯
亂流若電轉
舉棹揚珠輝
臨驛卷緹幕
升堂接繡衣
情親不避馬
爲我解霜威

●○●○●
●●○○○
○○○●●
○●○○○
○○●●●
●●○○○
●●●●●
○○○●○

同
遠公愛康樂
爲我開禪關
蕭然松石下
何異清涼山
花將色不染
水與心俱閑
一坐度小劫
觀空天地閑

●●○○○
○○○●○
○○●●●
●●○○○
○○●●●
○●○○○
○○●●●
●●○○○

同
去國登茲樓
懷歸傷暮秋
天長落日遠
水淨寒波流
秦雲起嶺樹
胡雁飛沙洲
蒼蒼幾萬里
目極令人愁

●○○○●
○●○○○
●●●○○
○○○●○
●○●○●
●●●○○
●○○○●
○○○●○

同
伯陽仙家子
容色如青春
日月秘靈洞
煙霞辭世人
化心養精魄
隱几窅天真
莫非千年別
歸來城郭新

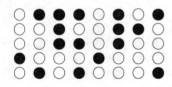

○●●○●
○○○○○
●○●●●
○●●○○
○●○●●
○○●●○
○○●●●
●●●○○

同

烽火動沙漠
連營甘泉雲
漢皇按劍起
還召李將軍
兵氣天上合
威聲隴底聞
横行負勇氣
一戰静妖氛

●●●●●
●○●●○
○○○●●
●●○○○
●○●●●
●●●●○
○○●●●
○●●○○

同

擊筑飲美酒
劍歌易水湄
經過燕太子
結託并州兒
少年負壯氣
奮烈自有時
因聲魯勾踐
争博勿相欺

○○○○●
●●○○○
●○●○●
●●○○○
○●●○●
○○○●○
○○●●●
●●○○○

同

吾多張公子
别酒酣高堂
聽歌舞銀燭
把酒輕羅裳
横笛弄秋月
琵琶彈陌桑
龍泉解錦帶
爲爾傾千觴

●○○○●
○●●○○
●●○○●
○○●●○
●○●○●
●●●○○
●●○●●
○○●●○

同

四明三千里
朝起赤城霞
日出紅光散
分輝照雪崖
一餐噏瓊液
五内發金沙
舉手何所待
青龍白虎車

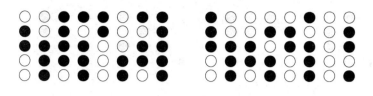

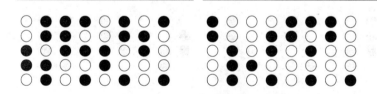

●●○●●
○○●○○
○○●○●
●●○○○
●○●○●
●●○○○
●●●○●
○○○●○

同

訪古登峴首
憑高眺襄中
天清遠峰出
水落寒沙空
弄珠見遊女
醉酒懷山公
感嘆發秋興
長松鳴夜風

●●○●●
○○○●○
●○○●●
○●○○○
●○○○●
○●●○○
●●●○●
○○○●○

同

我有吳越曲
無人知此音
姑蘇成蔓草
麋鹿空悲吟
未誇觀濤作
空滯釣鼇心
舉手謝東海
虛行歸故林

●●●○●
●○○●○
○○●○●
●●○○○
○●●○●
○○●○○
●○●●●
○●●○○

同

白笴夜長嘯
爽然溪谷寒
魚龍動陂水
處處生波瀾
天借一明月
飛來碧雲端
故鄉不可見
腸斷正西看

●●●●●
○○●○○
○○●○●
●●○○○
○○●●●
●●○○○
○○●●●
●●●○○

同

醉別復幾日
登臨遍池臺
何時石門路
重有金尊開
秋波落泗水
海色明徂徠
飛蓬各自遠
且盡手中杯

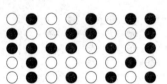

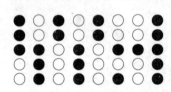

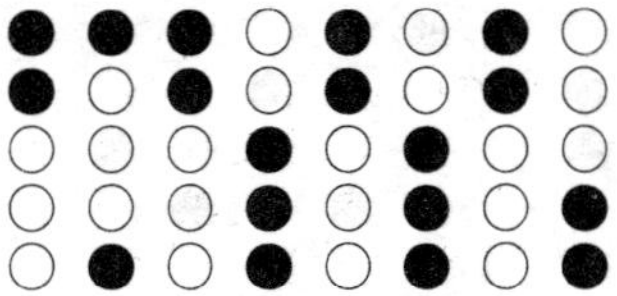

同

春陽如昨日
碧樹鳴黃鸝
蕪然蕙草暮
颯爾涼風吹
天秋木葉下
月冷莎雞悲
坐愁群芳歇
白露凋華滋

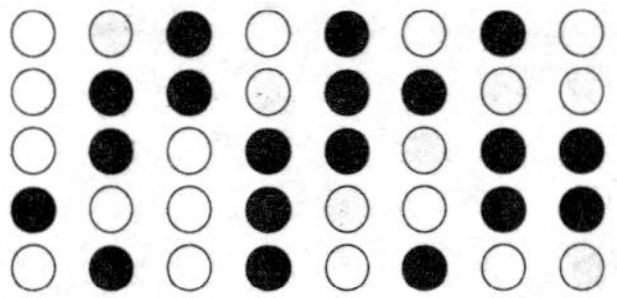

同

將軍膽氣雄
臂懸兩角弓
纏結青驄馬
出入錦城中
時危未授鉞
勢屈難爲功
賓客滿堂上
何人高義同

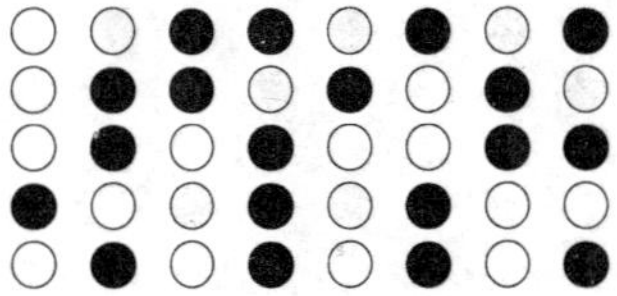

杜甫

北風破南極
朱鳳日威垂
洞庭愁欲雪
鴻雁將安歸
十年殺氣盛
六合人煙稀
吾慕漢初老
清時猶茹芝

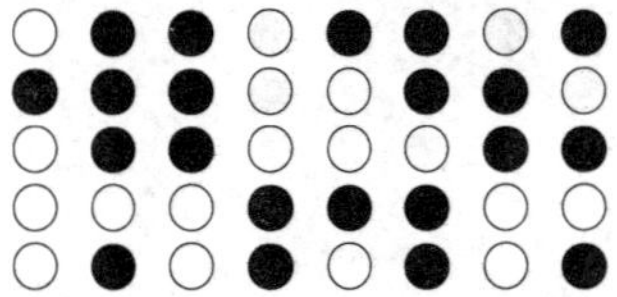

祖咏

四年不相見
相見復何爲
握手言未畢
却令傷別離
升堂還駐馬
酌醴便呼兒
語嘿自相對
安用旁人知

●○●○●
○●○○○
○●●○●
●○○●○
○○●○●
○●●○○
○●●●●
○○●○○

○○●○●
○●○●○
○●●○●
○○○●○
●○○●●
●●○○○
○●●○●
○○○●○

劉昚虛
道由白雲盡
春與青溪長
時有落花至
遠隨流水香
閑門向山路
深柳讀書堂
幽映每白日
清輝照衣裳

王昌齡
霜天起長望
殘月生海門
風静夜潮滿
城高寒氣昏
故人何寂莫
久已乖清言
明發不能寐
徒盈江上尊

●○○○●
●●●○○
●●○○●
●○○●○
○○○●●
●●○○○
●●○○●
○○○●○

●●●○●
●●○●○
○●●●●
●○○●○
○○○●●
●●●○○
●●●○●
●○●○○

儲光羲
泊舟伊川右
正見野人歸
日暮春山緑
我心清且微
嵓聲風雨度
水氣雲霞飛
復有金門客
來參蘿薜衣

同
築室在人境
遂得真隱情
春盡草木變
雨來池館清
琴書全雅道
視聽已無生
閉户脱三界
白雲自虛盈

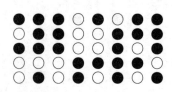

●●○●●
○○●●○
○○○●●
○●●○○
●●●○●
○○●●○
○○●○●
○○○○○

崔國輔

月暗潮又落
西陵渡暫停
村煙和海霧
舟火亂江星
路轉定山繞
塘連范浦橫
鴟夷近何去
空山臨滄溟

○●●○●
○○●●○
●○○●●
○○●○○
●●●○●
○○●●○
○○●○●
○●○○○

孟浩然

行乏憩予駕
依然見汝墳
洛川方罷雪
嵩峰有殘雲
曳曳半空裹
明明五色分
聊題一時興
因寄盧徵君

○○○●●
●●○○○
●○●○●
○●●○○
●○○●●
○●○○○
●○○●●
○●●○○

陳子昂 此篇當次於上陳子昂詩下

禹山金碧路
此地饒英靈
送君一爲別
悽斷故鄉情
夏雲生極浦
斜日隱離亭
坐看征騎役
唯見遠山青

●○○●●
○●●○○
●●○●●
○○○●○
●○●○●
●●○○○
●●●○●
○○○●○

王維

屏居淇水上
東野曠無山
日隱桑柘外
河明閭井間
牧童望村去
獵犬隨人還
靜者亦何事
荆扉乘晝關

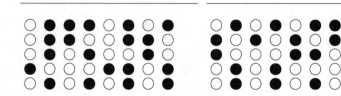

●○●○●
●●○○○
●●●○●
○○○●○
●○●○●
●●○○○
●●○●●
○○●●○

高適

季冬憶淇上
落日歸山樊
舊宅帶流水
平田臨古村
雪中望來信
醉裏開衡門
果得希代寶
緘之那可論

○○○●●
○●○○○
○●○●●
○○○●○
●○●○●
○●●○○
○●●●●
●○○●○

岑參

西行殊未已
東望何時還
終日風與雪
連天沙復山
二年領公事
西度過陽關
相憶不可見
別來頭已斑

○○○○●
●●○○○
○●●○●
○○○●○
●○●○●
●●○○○
●●●○●
○○○●○

同

依依西山下
別業桑林邊
庭鴨喜多雨
鄰鷄知暮天
野人種秋菜
古老開原田
且向世情遠
吾今聊自然

○○○●●
●●○○○
○●●○●
○○●●○
○○○○●
○●○○○
●●●●●
○○○●○

同

聞君尋野寺
夜宿支公房
溪月冷深殿
江雲擁迴廊
燃燈松林靜
煮茗柴門香
勝事不可接
相思幽興長

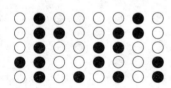

●●○●●
●○○●○
○○●○●
○●○○○
●●●○●
○○○●○
○○●○●
●●○○○

同 重出

飲酒俱未醉
一言聊贈君
功曹善爲政
明主還應聞
夜宿劍門月
朝行巴水雲
江城菊花發
滿路香氛氳

○●●●●
○○○●○
●○○○●
●●○○○
●●●○●
○○○●○
○○○○●
●●○○○

同

官柳葉尚小
長安春未逢
送君潯陽宰
把酒青門鐘
小驛楚雲冷
山城江樹重
遙知南湖上
祇對香爐峰

●●○●●
○○○●○
○○●○●
●●○○○
●●○●●
○○○●○
○○●●●
○●●○○

同

昨日山有信
祇今耕種時
遙傳杜陵叟
怪我還山遲
獨向潭上酌
無人林下棋
東溪憶汝處
閑臥對鸕鷀

○●●○●
○○●●○
●○○○●
●●○○○
●●●○●
●○○●○
○○●○●
●●○○○

同

雖不舊相識
知君丞相家
故園伊川上
夜夢方山花
種藥畏春過
出關愁路賒
青門酒壚別
日暮東城鴉

●●●○●
●○○●○
●○●●●
●●○○○
●●○●●
●○○●○
○○○●●
●●●○○

同
一尉便垂白
數年唯草玄
出關策匹馬
逆旅聞秋蟬
愛客多酒債
罷官無俸錢
知君羈思少
所適主人賢

○○●○●
●●○○○
●●○●●
●○○●○
○○●○●
○●○○○
●●○○●
○○○●○

同
中峰錬金客
昨日遊人間
葉縣梟共去
葛坡龍暫還
春雲湊深水
秋雨懸空山
寂寂清溪上
空餘丹竈閑

○●○●●
●○○●○
●○○○●
●●○○○
●●●●●
○○○●○
○○○●●
●●●○○

同
遷客猶未老
聖朝今復歸
一從襄陽住
幾度梨花飛
世事了可見
憐君人亦稀
相逢貪醉臥
未得作春衣

○●●○●
●○○●○
●○●●●
●●○○○
●●●●●
○○○○○
●○○●●
○●●○○

同
夫子思何速
世人皆嘆奇
萬言不加點
七步猶嫌遲
對酒落日後
還家飛花時
北堂應久待
鄉夢促征期

○●●●●
○○○●○
●○○●●
●●○○○
○●○●●
○○○●○
○○●●●
○●○○○

同

終歲不得意
春風今復來
自憐蓬鬢改
羞見梨花開
西掖誠可戀
南山思早回
園廬幸接近
相與歸蒿萊

●●●○●
●○○●○
○○●●●
●●○○○
○●○●●
○○○●○
○○○●●
○●●○○

同二首與上篇「一尉便垂白」詩同法，當删之。

載酒入天色
水凉難醉人
清摇縣郭動
碧洗雲山新
吹笛驚白鷺
垂竿跳紫鱗
憐君公事後
陂上日娱賓

○○●●●
○●●○○
●●○●●
●○●●○
○○○○●
●●○○○
●●●○●
○○○●○

同

憐君守一尉
家計復清貧
禄米嘗不足
俸錢供與人
城頭蘇門樹
陌上黎陽塵
不是舊相識
聲同心自親

●●○●●
○○○●○
●○○●●
●●○○○
●●○●●
○○○●○
○○○○●
○●●○○

同

客舍梨葉赤
鄰家聞擣衣
夜來嘗有夢
墜淚緣思歸
洛水行欲盡
緱山看漸微
長安祇千里
何事信音稀

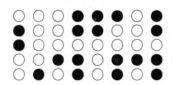

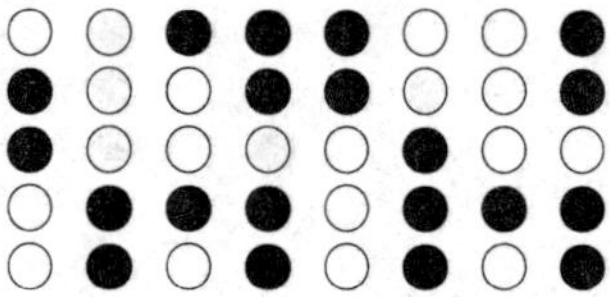

同

渭水春已老
河西人未歸
邊城細草出
客館梨花飛
別後鄉夢數
昨來家信稀
涼州三月半
猶未脱寒衣

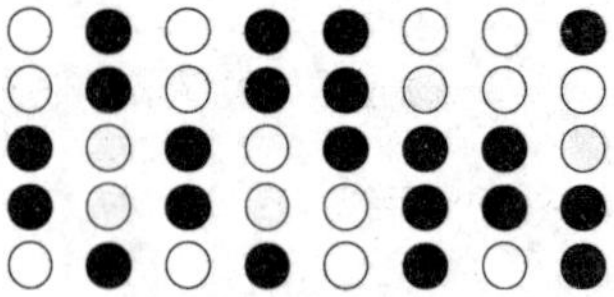

于季子

瑞雲千里映
祥輝四望新
隨風亂鳥翅
汎水結魚鱗
布葉疑臨夏
開花詎待春
願得承嘉景
無令掩桂輪

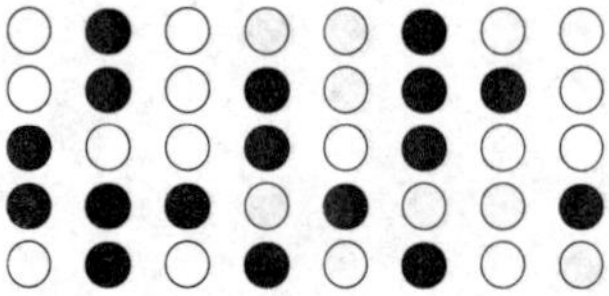

沈頌

君家東海東
君去因秋風
漫漫指鄉路
悠悠如夢中
煙霧積孤島
波濤連大空
冒險當不懼
皇恩措爾躬

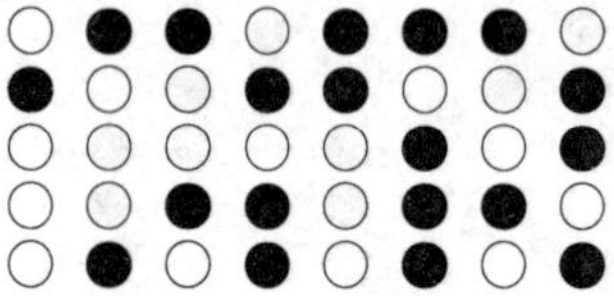

常建

賢達不相識
偶然交已深
宿帆謁郡佐
悵別依禪林
湘水流入海
楚雲千里心
望君杉松夜
山月清猿吟

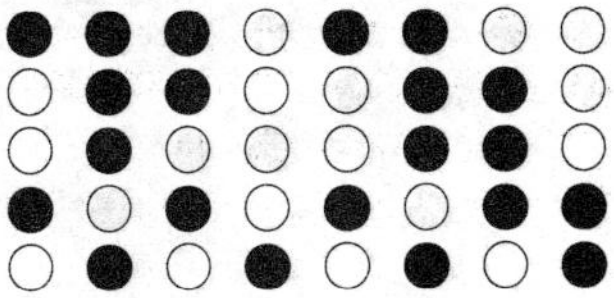

同

青苔常滿路
流水復入林
遠與市朝隔
日聞雞犬深
寥寥丘中想
渺渺湖上心
嘯傲轉無欲
不知成陸沈

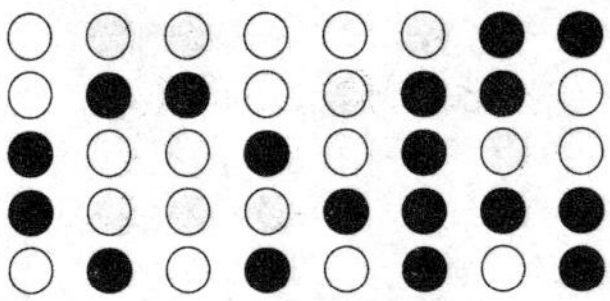

錢起

郢人何苦調
飲水仍布衾
煙火晝不起
蓬蒿春欲深
前庭少喬木
鄰舍聞新禽
雖有徵賢詔
終傷不遇心

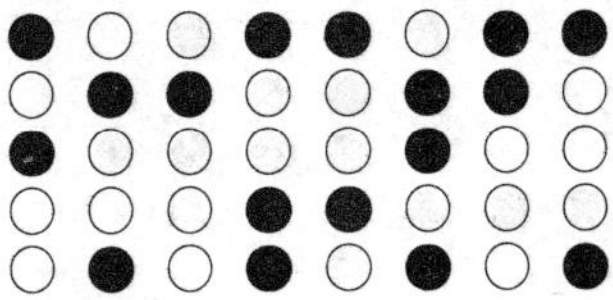

談戩

指途清溪裏
左右唯深林
雲蔽望鄉處
雨愁爲客心
遇人多物役
聽鳥時幽音
何必滄浪水
庶兹浣塵襟

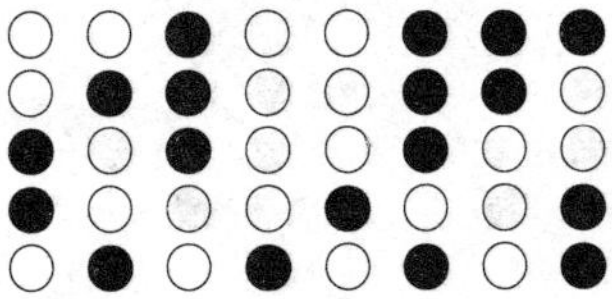

同

信風催過客
早發梅花橋
數雁起前渚
千艘争便潮
將隨浮雲去
日惜故山遥
惆悵煙波末
佳期在碧霄

●●○●●
●○○●○
○○●●●
○●○○○
●●●○●
○○●●○
●○○●●
●●○○○

●●○●●
○○●○○
●○●○●
●●○○○
○●○●●
●○●○○
●●○●●
●●○○○

同
日入林島異
鶴鳴風草間
孤帆泊枉渚
飛雨來前山
客意念留滯
川途忽阻艱
赤亭仍數里
夜待安流還

杜儼
問俗周楚甸
川行眇江潯
興隨曉光發
道會春言深
回眺佳氣象
遠懷得山林
佇立舟楫用
曷務歸閑心

○○●○●
●●○●○
○●●○●
○○○●○
●○●○●
●●○●○
○●●○●
○○○●○

○○●○●
●●●○○
○●●○●
●●●○○
●●●●●
○○○●○
○○○●●
●●○○○

萬楚
田家喜秋熟
歲宴林葉稀
禾黍積場圃
櫨梨垂户扉
野閑犬時吠
日暮牛自歸
時復落花酒
茅齋堪解衣

賀朝删
鄉關眇天末
引領悵懷歸
羇旅久淫滯
物色屢芳菲
稍覺出意盡
行看蓬鬢稀
如何千里外
佇立沾裳衣

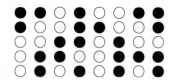

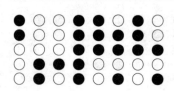

●●●○●
○○○●○
○○○○●
○●●●○
●●●○●
●○○●○
○○○●●
○○●○○

韋應物

釋子喜相偶
幽林俱避喧
安居同僧夏
清夜颯道言
對閣景恒晏
步庭陰始繁
逍遥無一事
松風入南軒

●●●○●
○○○●○
●○○○●
●●○●○
●●●○●
○●○●○
○○●○●
●●○○○

郎士元

適楚豈吾願
思歸秋向深
故人江樓月
永夜千里心
落葉覺鄉夢
啼鳥驚越吟
寥寥更何有
斷續空城砧

●●○●●
●○○●○
●○○●●
○○○●○
○●○○●
○○●○○
●●○○●
○●●○○

同

密竹行已遠
子規啼更深
緑池芳草氣
寒齋春樹陰
晴蝶飄蘭徑
遊蜂繞花心
不遇君攜手
誰得此幽尋

●●○●●
●○○●○
○○●○●
●●○○○
○●●●●
○○●○○
○●●○●
●●○○○

韓翃

桂水隨去遠
賞心知有餘
衣香楚山橘
手鱠湘波魚
芳芷不共把
浮雲悵離居
遥想汨羅上
弔屈秋風初

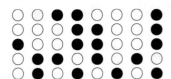

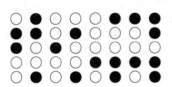

●●○●●
○●●○○
●○●●●
○●●○○
●●○●●
○○○●○
○○○●●
●●●○○

李益
月落寒霧起
沈思浩通川
宿禽囀木散
山澤一蒼然
漠漠沙上路
沄沄洲外田
猶當依遠樹
斷續欲窮天

●○●○●
●●○○○
●●●○●
○○○●○
○○●●●
○●○○○
○●○●●
○○○●○

權德輿
退朝此休沐
閉户無塵氛
杖策入幽徑
清風隨此君
琴觴恣偃傲
蘭蕙相氤氳
幽賞方自適
林西煙景曛

○○○●○
●○○●○
○●●○●
●●○○○
○●○○●
○●●○○
○○●○●
●○●○○

耿湋
秋來池館清
夜聞宮漏聲
迢遞玉山迴
泛灧銀河傾
琴上松風至
囪裹竹煙生
多君不家食
孰云事嵓耕

●●●●○
●○○●○
○●●●●
●○○○○
○●○●●
○○●○○
○●○○●
●○○●○

劉禹錫
獨上百尺樓
目窮思亦愁
初日遍露草
野田荒悠悠
塵息長道白
林清宿煙收
回首雲深處
永懷鄉舊遊

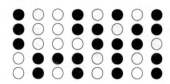

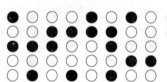

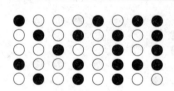

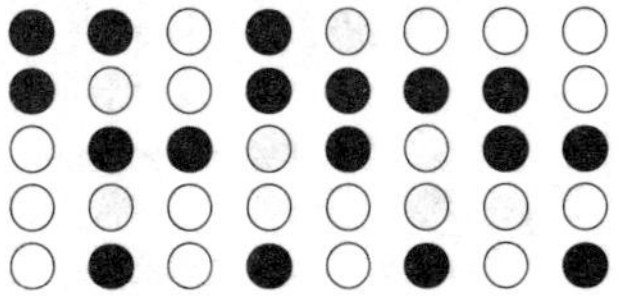

同

陰山貴公子
來葬五陵西
前馬悲無主
猶帶朔風嘶
漢水青山郭
襄陽白銅鞮
至今有遺愛
日暮人悽悽

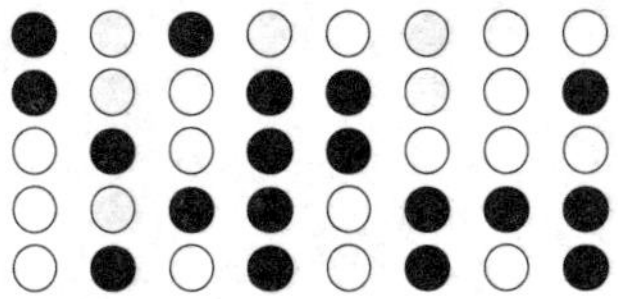

同

湖上收宿雨
城中無晝塵
樓依新柳貴
池帶亂苔春
雲水正一望
簿書來繞身
煙波洞庭路
愧彼扁舟人

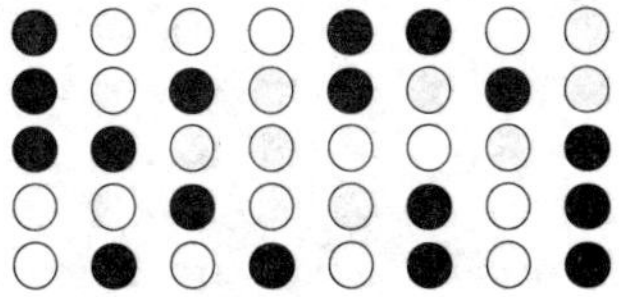

同

征徒出灞涘
回首傷如何
故人雲雨散
滿目山川多
行車無停軌
流景同迅波
前歡漸成昔
感嘆益勞歌

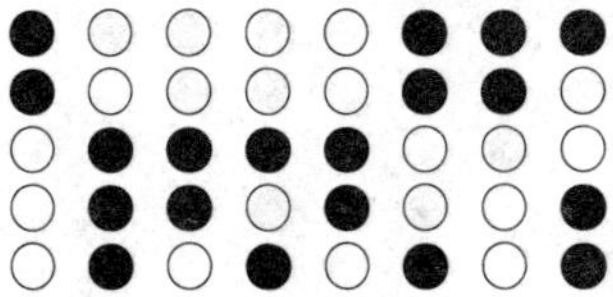

同

小臺堪遠望
獨上清秋時
有酒無人勸
看山祇自知
幽禽囀新竹
孤蓮落靜池
高門勿遽掩
好客無前期

●●●●●
○○○●○
●●●○●
○●●○○
●●○●●
○○○●○
○○○●●
○●●○○

同

死且不自覺
其餘安可論
昨夜鳳池客
今日雀羅門
騎馬塵未息
銘旌風已翻
平生紅粉愛
惟解哭黃昏

○●●●●
○○●○○
○○●●●
●●●○○
○●●●●
○○○●○
○○●○●
○●●○○

呂温

慷慨視別劍
淒涼泛離琴
前程楚塞斷
此恨洞庭深
文字已久廢
循良非所任
期君碧雲上
千里一揚音

●○●○●
●●○○○
●●○●●
○○○●○
●○○●●
○●●○○
○●○○●
○○●●○

楊巨源

主人得幽石
日覺公堂清
一片池上色
孤峰雲外情
舊溪紅蘚在
秋水緑痕生
何必澄湖徹
移來有令名

○○○○●
○●●○○
○●●○●
○○○●○
●●○●●
○●●○○
●●○●●
●○○●○

同

山櫻先春發
紅蕊滿霜枝
幽處竟誰見
芳心空自知
似奪朝日照
疑畏暖風吹
欲問含彩意
恐驚輕薄兒

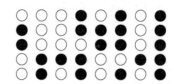

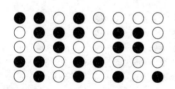

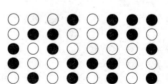

○○●○●
○●○●○
○●○●●
○●○●○
●●●○●
●●●○○
●○●●●
○●●○○

白居易

公私頗多事
衰憊殊少歡
迎送賓客懶
鞭笞黎庶難
老耳倦聲樂
病口厭杯盤
既無可戀者
何以不休官

○○●●●
○●●○○
●●○●●
○○●●○
●○○●●
○●○○○
●●○○●
○●●○○

同

西亭晚寂莫
鶯散柳陰繁
水户簾不捲
風牀席自翻
忽聞車馬客
來訪蓬蒿門
況是張常侍
安得不開尊

○○●●○
●●○○○
○●○○●
●●●○○
●●●●●
○○○●○
○○●○●
○●●○○

同

涼風木槿籬
暮雨槐花枝
并起新愁思
爲得故人詩
避地鳥擇木
升朝魚在池
城中與山下
喧静闇相思

●○○●●
○○●○○
●●●●●
●●●●○
●●○○●
○○●○○
●●○○●
○○○●○

沈亞之

露花浮翠瓦
鮮思起芳叢
此際斷客夢
況復別志公
既歷天台去
言過赤城東
莫説人間事
崎嶇塵土中

○●●○●
○○○●○
○○○○●
●●○○○
●●●●●
○○●○○
○○●○●
●●○○○

張祜

斜日半飛閣
高簾輕翳空
清香芙蓉水
碧冷琅玕風
絶岸派沿洑
修廊趾崇隆
唯當餌仙朮
坐作朱顔翁

○○●○●
●●●○○
●●●○●
●●●○○
○●○●●
●○○●○
○○○●●
●●●○○

楊衡

聞君動征棹
犯夜故來尋
强置一尊酒
重款百年心
燈白霜氣冷
室虚松韻深
南陽三顧地
幸偶價千金

●●●○●
●○●○○
○○○●●
○●○○○
●●○●●
●○○●○
○○●○●
●●○○○

同

落日下林阪
撫襟睇前蹤
輕澌流迴浦
殘雪明高峰
仰視天宇曠
俯登雲樹重
聊當問真界
昨夜西巒鐘

○○●●●
○●●○○
○○●●●
●●●○○
●●○●●
○○●●○
●○○●●
○●●○○

同

凝鮮霧渚夕
陽艷緑波風
魚游乍散藻
露重稍欹紅
楚客傷暮節
吴娃泣敗叢
促令芳本固
寧望雪霜中

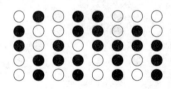

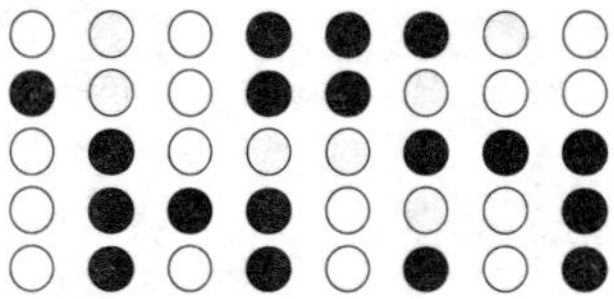

李賀

彈琴石壁上
翻翻一仙人
手持白鸞尾
夜掃南山雲
鹿飲寒澗下
魚歸清海濱
當時漢武帝
書報桃花春

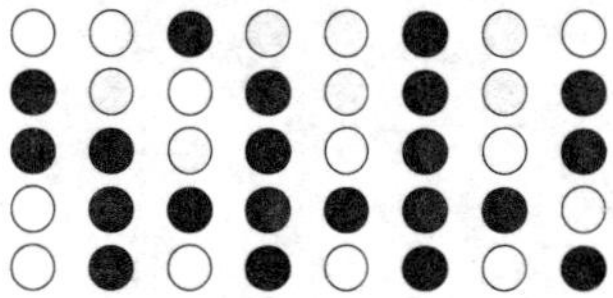

杜牧

疎雨洗空曠
秋標驚意新
大暑去酷吏
清風來故人
尊酒酌未酌
晚花顰不顰
銖秤與縷雪
誰覺老陳陳

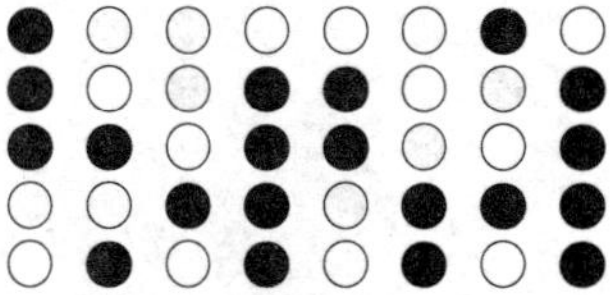

李商隱 刪

高閣客竟去
小園花亂飛
參差連曲陌
迢遞送斜暉
腸斷未忍掃
眼穿仍欲歸
芳心向春盡
所得是沾衣

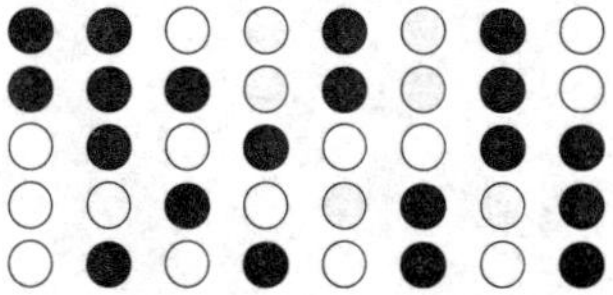

同

春風最窈窕
日曉柳村西
嬌雲光占岫
健水鳴分溪
燎嵒野花遠
戛瑟幽鳥啼
把酒坐芳草
亦有佳人攜

○●●○●
○○●○○
●○●○●
●●○●○
○○●○●
●●○●○
○●●○●
●○○●○

同
孤驛在重阻
雲根掩柴扉
數聲暮禽切
萬壑秋意歸
心馳碧泉澗
目斷青瑣闈
明日武關外
夢魂勞遠飛

●●●●●
○○○●○
○○●○●
●●●○○
●●○●●
●○●○○
○○●●●
●●●○○

馬戴
朧景不可犯
從戎難自由
憐君急王事
走馬赴邊州
岳雪明日觀
海雲冒營丘
慚無斗酒瀉
敢望御重裘

●●●○●
○○○●○
●●○○●
●○○●○
●●○●●
●○○●○
○○●●●
○●●○○

同
熱去解鉗鈦
飄蕭秋半時
微雨池塘見
好風襟袖知
髮短梳未足
枕涼閒且欹
平生分過此
何事不參差

●○○○●
●●○○○
○●○●●
○○○●○
○○●○●
●●○○○
○●●○●
○○○●○

同
掃君園林地
滌我清涼襟
高鳥雲路晚
孤蟬楊柳深
風微漢宮漏
月迴春城砧
光景坐如此
徒懷經濟心

○○○○●
○●○○○
●●○○●
○○●●○
●○○●●
●●○○○
●●○○●
○○●●○

李群玉
朦朧南溟月
洶湧出雲濤
下射長鯨眼
遥分玉兔毫
勢來星斗動
路越青冥高
竟夕瞻光彩
昂頭把白醪

●●●●●
○●○○○
○○●○●
●●○○○
○○○●●
●●○○○
○○●○●
●●○●○

李建勳
野性竟未改
何以居朝廷
空爲百官首
但愛千峰青
南風新雨後
與客携觴行
斜陽惜歸去
萬壑啼鳥聲

●●●○●
●○○●○
○○○●●
●●○○○
●●●○●
●○○●○
○○○●●
○●○○○

韓偓當删，見第九卷
景寂有玄味
韻高無俗情
他山冰雪解
此水波瀾生
影重驗花密
滴稀知酒清
忙人常擾擾
安得心和平

○●●●○
○○○●○
●●●○●
●●○○○
●●●○●
○●○○○
○○●○●
○●●○○

牟融
瀟灑碧玉枝
清風追晋賢
數點渭川雨
一縷湘江煙
不見鳳凰尾
誰識珊瑚鞭
柯亭丁相遇
驚聽奏鈞天

●●○○●
○○○●○
○○○●●
●●○○○
●●○●●
○●●○○
○○○●●
○●●○○

張烜

賤妾裁紈扇
初搖明月姿
君王看舞席
坐起秋風時
玉樹清御路
金陳翳垂絲
昭陽無分理
愁寂任前期

○○●○●
●●○○○
●●○●●
●○○●○
○○●●●
●●○○○
●●○○●
○○●●○

釋貫休

端居碧雲暮
好鳥啼紅芳
滿郭桃李熟
捲簾風雨香
清吟繡段句
默念芙蓉章
未得歸山去
頻升謝守堂

○○○●●
○●●○○
●●●●●
○○○●○
●○○○●
○●●○○
●●○●●
○○○●○

釋靈一

禪門居此地
瞻望在虛空
水國月未上
蒼生如夢中
上人知機士
瓶錫慰樊籠
彼土諸梵衆
嗟君揚道風

○●●○●
○○●○○
○○●●●
○●○○○
●●○○●
○○○●○
●○●●●
○●○○○

同

搔首復搔首
孤懷草萋萋
春光已滿月
君在西山西
塹水成文去
庭柯擎翠低
所思不可見
黃鳥花中啼

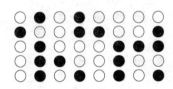

釋皎然

陶家無炎暑　○○○○●
自有林中峰　●●○○○
席上落山影　●●●○●
桐梢迴水容　○○●●○
放懷涼風至　●○○○●
緩步清陰重　●●○○○
何事親堆案　○●○○●
猶多高世蹤　○○○●○

同

諸侯懼削地　○○●●●
選士皆不羈　●●○●○
休隱脱荷芰　○●●○●
將鳴矜羽儀　○○●●○
甲科争玉片　●○○●●
詩句擬花枝　○●●○○
君實三楚秀　○●○●●
承家有清規　○○●○○

同

臨水興不盡　○●●●●
虛舟可同嬉　○○●○○
還雲與歸鳥　○○●○●
若共山僧期　●●○○○
世事吾不預　●●○●●
此心誰得知　●○○●○
西峰有禪老　○○●○●
應見獨遊時　○●●○○

同

獨思賢王府　●○○○●
遂作豫章行　●●●○○
雄鎮盧霍秀　○●○●●
高秋江漢清　○○○●○
見聞驚苦節　●○○●●
艱故傷遠情　●●○●○
西邸延嘉士　○○○○●
遺才得正平　○○●●○

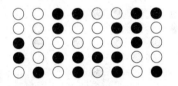

●●●●●
○○●○○
●○○●●
●●●○○
●●○○●
○○○●○
○○●●●
●●○○○

釋無可

海月出白浪
湖光射高樓
朗吟無緑酒
賤價買清秋
氣冷魚龍寂
輪高星漢幽
他鄉此夜客
對酌經多愁

○●○●●
○○○●○
○○●○●
○○●○○
●●●●●
○○○○○
○○●○●
○●○○○

釋齊己

宮錦三十段
金梭新織來
殷勤謝君子
迢遞寄寒灰
鸞鶱對鼓舞
神仙雙徘徊
誰當巧裁製
披去升瑶臺

○●●○●
●○○●○
○○●○●
●○○○●
●●●○●
●○○●○
○○●○●
●●○○○

釋法振

哀樂暗成疾
卧中芳月移
西山有清士
孤嘯不可追
搗藥晝林静
汲泉陰澗遲
微蹤與麋鹿
遠謝求羊知

○●●●●
○○●●○
○○●○●
●●○○○
●●○●●
●○○○○
○○●○●
○●○○○

同

嵩岳去值亂
匡廬迴阻兵
中途息瓶錫
十歲依公卿
不那猨鳥性
但懷林泉聲
何時遂情興
吟繞杉松行

右百六十有餘圖，皆全篇變换，神出鬼没，不可捕捉者，較之七言律最多矣。胡元任曰：「律詩之作，用字平仄，世固有定體，衆共守之。然不若時用變體，如兵之出奇，變化無窮，以驚世駭目。」老杜七言律，如《省中院壁》《望岳》《江雨有懷鄭典設》《晝夢》等作是也。周伯弜曰：「確守格律，揣摩聲病，詩家之常。若時出度外，從横放肆，外如不整，内實應節，則又非造次所能也。」周氏特論五言律，而不及七言律七言絶句。胡氏已論七言律，而不問五言律七言絶句。皆欠周匝矣。今本編所列諸什，雖變怪百出，此其成規也。變格之於正格，雖大有徑庭，俱排比其平仄耳。故據按變體，以排比平仄，則宛然唐人變格，所謂「外如不整，内實應節」者也。然人之於詩，嗜好取舍未始同也，故謂「不若時用變體」，而使人學之則不可。又謂「非造次所能」，而欲人無學亦不可。故表諸什，竢後人之取舍也。劉叉詩曰「作詩無知音，作不如不作。未逢賡載人，此道終寂莫」云云。當是時，有韓愈、孟郊、賈島、姚合諸公，而謂「無知音」，何也？余之獨立獨見，崛起於千載之下，欲取徵於四唐，以洮汰世之累惑，豈有萎腇咋舌叉手從族乎？其無知音，固其所也。然則作不如不作，言無如不言。故言者不知，知者不言。雖然，不言乃不可傳，故言而問於不言者矣。

全唐聲律論卷十三

五言排律

起句拗格

●●●●●
○○○●○
●○○●●
●●●○○
●●○○●
○○●●○
○○●○●
○●●○○
○●○○●
●○○●○
●○○●●
○●●○○

王維

積水不可極
安知滄海東
九州何處遠
萬里若乘空
向國唯看日
歸帆但信風
鰲身映天黑
魚眼射波紅
鄉樹扶桑外
主人孤島中
別離方異域
音信若爲通

武元衡

三伏草木變
九城車馬煩
碧霄迴騎吹
丹洞入桃源
臺殿雲浮棟
綏纓鶴在軒
莫將真破妄
聊用静持喧
石甃古苔冷
水筠涼簟翻
黃公壚下嘆
旌旆國東門

馬戴

君若海月珮
贈之光我行
見知言不淺
懷報意非輕
反照臨岐思
中年未達情
河梁人送別
秋漢雁相鳴
衰柳摇邊吹
寒雲冒古城
西遊還獻賦
應許託平生

第二句拗格

○○○●●
○●○○○
○●●○●
○○○●○
○○○●●
●●●○○
●●○○●
○○○●○
○○●○●
●●●○○
●●○○●
○○●●○

張九齡

清風閶闔至
軒蓋承明歸
雲月愛秋景
林堂開夜扉
何言兼濟日
尚與宴私違
興逐蒹葭變
文因棠棣飛
人倫用忠孝
帝德已光輝
贈弟今爲貴
方知陸氏微

第三句拗格

○○○●●
○●●○○
●●○●●
○○○●○
○○●●●
○○●○○
○●●○●
○○○●○
○○●●●
○●●○○
●●●○●
●○○●○

崔顥

燕郊方歲晚
殘雪凍邊城
四月青草合
遼陽春水生
胡人正牧馬
漢將日徵兵
露重寶刀濕
沙虛金鼓鳴
寒衣著已盡
春服與誰成
寄語洛陽使
爲傳邊塞情

●○○●●
●●●○○
●●●●●
●○○●○
○○○●●
○●●○○
●●○○●
○○●●○
○○○●●
○●●○○

白居易

夜寒生酒思
曉雪引詩情
熱飲一兩醆
冷吟三四聲
鋪花憐地凍
消玉畏天晴
好拂烏巾出
宜披鶴氅行
梁園應有興
何不召鄒生

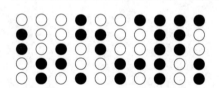

第四句拗格

●○○●●
○●●○○
●●○○●
○●●○○
○●○●●
●●●○○
○●○○●
○○●●○
●○○●●
○●●○○
○○○●●
○●●○○

陳子昂

忽聞天上將
關塞重橫行
始返樓蘭國
還向朔方城
黃金裝戰馬
白羽集神兵
星月開天陣
山川列地營
晚風吹畫角
春色耀飛旌
寧知班定遠
猶是一書生

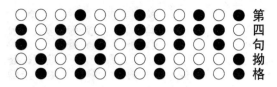

第五句拗格

●●●○●
○○○●○
○○●●●
●●●○○
○●●●●
●○○●○
○○○●●
○●●○○
○●●○●
●○○●○
○○●○●
●●●○○

杜甫

萬壑樹聲滿
千崖秋氣高
浮舟出郡郭
別酒寄江濤
良會不復久
此生何太勞
窮愁唯有骨
群盜尚如毛
吾舅惜分手
使君寒贈袍
沙頭暮黃鶴
失侶亦哀號

●●●○●
○○●●○
○○○●●
○●●○○
○●●●●
○○●●○
●○○●●
○●●○○
○●●○●
●○●●○
○○○●●
○●●○○

盧象

謝朓出華省
王祥貽佩刀
前賢真可慕
衰病意空勞
貞悔不自卜
遊隨共爾曹
未能齊得喪
時復誦離騷
閑蔭七賢地
醉餐二士桃
蒼苔虞舜井
喬木古城壕

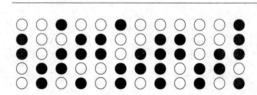

第五句拗格

○○○●●
●●●○○
●●●○●
○○○●○
○○○○●
●●●○○
●●●○●
●○○●○
○○●○●
●●●○○

盧象

田家宜伏臘
歲晏子言歸
石路雪初下
荒村鷄共飛
東原多煙火
北澗隱寒輝
滿酌野人酒
倦聞鄰女機
胡爲困樵采
幾日罷朝衣

○●○○●
○○●●○
○○○●●
○●●○○
●●○○●
○○●●○
●○○●●
○●●○○

漁父偏相狎
堯年不可逃
蟬鳴秋雨霽
雲白曉山高
咫尺傳雙鯉
吹噓借一毛
故人皆得路
誰肯念同袍

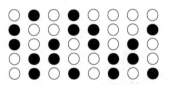

第五六句拗格

●○○●●
●●●○○
○●○○●
○○●●○
○●○○●
○○●●○
●●○○●
○○○●○
○○●○●
○●●○○
●●○○●
○○○●○

盧照鄰

二條開勝迹
大隱叶沖規
亭閣分危岫
樓臺繞曲池
長薄秋煙起
飛梁古蔓垂
水鳥翻荷葉
山蟲交桂枝
遊人惜將晚
公子愛忘疲
願得迴三合
琴尊長若斯

第九句以下拗格

●●○○●
○○●●○
○○○●●
○●●○○
●●○○●
○○●●○
○○●●●
○○●●○
○○○●●
●●●○○
○●○○●
○○●●○

趙彥昭

夙駕移天蹕
憑軒覽漢都
寒煙收紫禁
春色繞黃圖
舊史遺陳迹
前王失霸符
山河寸土盡
宮觀尺椽無
崇高惟在德
壯麗豈爲謨
茨廟留皇鑒
薰歌盛有虞

●○○●●
●●●○○
●●○○●
○○●●○
●○●○●
●●●○○
○●○○●
○○●●○
●●○○●
○○●●○
○○○●●
○●●○○

陳子昂

沿流辭北渚
結纜宿南洲
合岸昏初夕
迴塘暗不流
臥聞塞鴻斷
坐聽峽猿愁
沙浦明如月
汀葭晦若秋
未及能鳴雁
徒思海上鷗
天河殊未曉
滄海信悠悠

●○●●●
○●●○○
●●●○●
○○○●○
○○●○●
●●●○○
○○●●●
○●●○○
●●○○●
○○●●○
○○○●●
●●●○○

宋之問

漢皇未息戰
蕭相乃營宮
壯麗一朝盡
威靈千載空
皇明悵前跡
置酒宴群公
寒輕彩仗外
春發幔城中
樂思迴斜日
歌詞繼大風
今朝天子貴
不假叔孫通

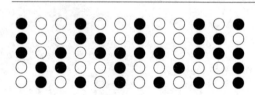

第十一句拗格

●●○○●
○○○●○
○○●○●
●●●○○
●●○○●
○○●●○
○○●●●
○●●○○
○●○○●
○○●●○
○●○○●
○●●○○

陳子昂

昨夜滄江別
言乘天漢遊
寧期此相遇
尚接武陵洲
結綬還逢育
銜杯且對劉
波潭一瀰瀰
臨望幾悠悠
山水丹青雜
煙雲紫翠浮
終愧神交友
來接野人舟

結句拗格

●●●○●
○○●●○
○○○●●
●●●○○
○●●○●
○○○●○
●○○●●
●●●○○
○●○○●
○○○●○
○○●○●
○●●○○
○●●○●
○○○●○
●○●○●
●●○○○

武元衡

憲府日多事
秋光照碧林
干雲嵓翠合
布石地苔深
憂悔耿遐抱
塵埃緇素襟
物情牽跼促
友道曠招尋
頹節風霜變
流年芳景侵
池荷足幽氣
煙竹又繁陰
簪組赤墀戀
池魚滄海心
滌煩滯幽賞
永度瑤華音

起接拗格

●○○○●
●●○○○
○●●○●
●○○●○
●○○●●
○●●○○
●●○○●
○○●●○
●○○●●
○●●○○
●●○○●
○○●●○

蘇頲

結廬東城下
直望江南山
青靄遠相接
白雲來復還
拂筵紅蘚上
開幔緑條間
物應春偏好
清忘趣轉閑
憲臣饒美政
聯事惜徂顏
有酒空盈酌
高車不可攀

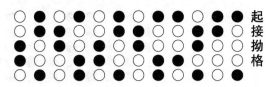

起句第三句拗格

●●●●●
○○○●○
●○○○●
●●●○○
●●○○●
○○●●○
○○○●●
●●●○○
●●○○●
○○●●○
●○○●●
○●●○○

李白

海水不滿眼
觀濤難稱心
即知蓬萊石
却是巨鼇簪
送爾遊華頂
令余發舃吟
仙人居射的
道士住山陰
禹穴尋溪入
雲門隔嶺深
緑蘿秋月夜
相憶在鳴琴

起四句拗格

●○○●●
○●●○○
●●○○●
○○●●○
●●○○●
○○●●○
●○○●●
○●●○○
○●○○●
○○●●○
○○●●●
●●●○○
●●○○●
○○●●○
○○●●●
○●●○○

張九齡

未央鐘漏晚
仙宇藹沈沈
武衛千廬合
嚴扃萬户深
左掖知天近
南宮見月臨
樹搖金掌露
庭接玉樓陰
他日聞更直
中宵屬所欽
聲華大國寶
夙夜近臣心
逸興乘高閣
雄飛在禁林
寧思竊抃者
情發爲知音

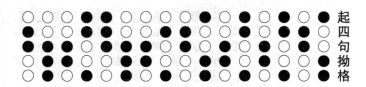

前後四句拗格

●●○○●
●●●○○
●○○●●
○●●○○
●●○○●
○○●●○
○○○●●
●●●○○
○○○●●
●●●○○
●○○●●
○●●○○

王績

暫出東坡路
過訪北嵩前
蔡經新學士
王烈舊成仙
駕鶴來無日
乘龍去幾年
三山銀作地
八洞玉爲天
金精飛欲盡
石髓溜應堅
自悲生世促
無暇待桑田

第二第六句拗格

○○○●●
○●○○○
○●●○●
○○●●○
○○●●●
○●○○○
●●○○●
○○●●○
○○●●●
○●●○○

王縉

林中空寂舍
階下終南山
高臥一牀上
迴看六合間
浮雲幾處滅
飛鳥何時還
問義天人接
無心世界閑
誰知大隱者
兄弟自追攀

第二第六第十句拗格

○○●●●
●●○○○
○●●○●
○●●●○
○○●●●
○●○○○
●●●○●
○○○●○
●○○●●
○●○○○
○●●○●
○○○●○

顧況

秋砧響落木
共坐茅君家
唯見兩童子
門外汲井華
空壇静白日
神鼎飛丹砂
麈尾拂霜草
金鈴摇霽霞
上章塵世隔
看弈桐陰斜
稽首問仙要
黄精堪餌花

右二十五圖，五言排律變拗體格。如其正格偏格，與五言律同法，故不標一格。然有五韻者，或有六韻者，或有至百韻者，然以六韻爲正格。故省試之士，賦五言律之外，賦六韻者凡三百五十有餘人，皆以題中平聲字爲韻脚，此其常則也。賦八韻者，李商隱、段成式、張良器、張濯、王卓、潘炎、鄭馥。而押仄韻者，郭邕、張欽敬、叔孫元觀、李肱數人耳。是皆官之所命，而非出於己私也。其不用拗體者，蓋爲有司所屈，而誤生涯之畏，故不敢用之矣。如其應製贈答篇什往往用之，今以其長律巨篇，特表出一二耳。

全唐聲律論卷十四

七言律

正格

●●●○○●●
○○○●●○○
●○○●○○●
●●○○●●○
○●●○○●●
○○●●●○○
○○●●○○●
○●○○●●○

王維

帝子遠辭丹鳳闕
天書遙借翠微宮
隔窗雲霧生衣上
卷幔山泉入鏡中
林下水聲喧笑語
岩前樹色隱房櫳
仙家未必能勝此
何事吹簫向碧空

杜甫

風急天高猿嘯哀
渚清沙白鳥飛回
無邊落木蕭蕭下
不盡長江袞袞來
萬里悲秋常爲客
百年多病獨登臺
艱難苦恨繁霜鬢
潦倒新停濁酒杯

偏格

○○○●○○●
●●○○●●○
●●○○○●●
○○○●●○○
○○●●○○●
●●○●●○○
○●○○●○●
○○●●●○○

李邕

傳聞銀漢支機石
復見金輿出紫微
織女橋邊烏鵲起
仙人樓上鳳凰飛
流風入座飄歌扇
瀑水當階濺舞衣
今日還同犯牛斗
乘槎共泛海潮歸

李頎

朝聞遊子唱離歌
昨夜微霜初渡河
鴻雁不堪愁裏聽
雲山況是客中過
關城樹色催寒近
御苑砧聲向晚多
莫是長安行樂處
空令歲月易蹉跎

右七言律正格偏格。此亦人之所准用，故各標二首以示之。若夫仄起履仄暨押韻等，與五言律同法。大宗皇帝始以五言律爲四韻，七言律亦同然，故楊巨源輩稱七言律曰四韻。據是乃仄起履仄之爲正格也，可推而知矣。胡元瑞曰：「仄起宜於五言，不宜於七言。」未知其所自也。

起句拗格

○○○○●●○
○●○○●●○
●●○○○●●
○○●●●○○
○○●●○○●
○●○○●●○
●●○○○●●
●○○○●○○

●○●●○○○
○●○○○●○
●●○○○●●
○○●●●○○
●○○●○○●
●●○○○●○
●●●○○●●
○○○●●○○

閻朝隱
句芒人面乘兩龍
道是春神衛九重
彩勝年年逢七日
酴醾歲歲滿千鍾
宮梅間雪祥光遍
城柳含煙淑氣濃
醉倒君前情未盡
願因歌舞自爲容

李頎
遠公遁跡廬山岑
開士幽居祇樹林
片石孤雲窺色相
清池皓月照禪心
指揮如意天花落
坐卧間房春草深
此外俗塵都不染
惟餘玄度得相尋

張謂
將軍帳下來從客
小邑彈琴不易逢
樓上胡笳傳別怨
樽中臘酒爲誰濃
行人醉出雙門道
少婦愁看七里烽
今日相如輕武騎
多應朝暮客臨邛

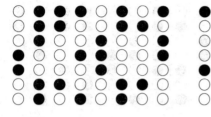

楊巨源

嚴城吹笛思寒梅
二月冰河一半開
紫陌詩情依舊在
黑山弓月畏春來
遊人曲岸看花發
走馬平沙獵雪回
旌旆朝天不知晚
將星高處近三臺

劉禹錫

黔江秋水浸雲霓
獨泛慈航路不迷
猿狖窺齋林葉動
蛟龍聞咒浪花低
如蓮半偈心常悟
閔菊新詩手自携
常説摩圍似靈鷲
卻將山屐上丹梯

白居易

四絃不似琵琶聲
亂寫真珠細撼鈴
指底商風悲颯颯
舌頭胡語苦醒醒
如言都尉思京國
似訴明妃厭虜庭
遷客共君相勸諫
春腸易斷不須聽

項斯

夢遊飛上天家樓
珠箔當風挂玉鈎
鸚鵡隔簾呼再拜
水仙移鏡懶梳頭
丹霞不是人間曉
碧樹仍逢岫外秋
將謂便長於此地
鷄聲入耳所堪愁

温庭筠

春秋注罷真銅龍
舊宅嘉蓮照水紅
兩處龜巢清露裏
一時魚躍翠莖東
同心表瑞荀池上
半面粉妝樂鏡中
應爲臨川多麗句
故持重艶向西風

○○○●●●○
●○○●●○○
○○●●○○●
●●○○●●○
●●●○○●●
○○●●●○○
●○○●○○●
●●○○○●○

●●○●●○○
●●○○●●○
○●●○○●●
○○○●●○○
○○●●○○●
○●○○●●○
●●○○●○●
●○○●○○○

杜甫

金華山北涪水西
仲冬風日始凄凄
山連越巂蟠三蜀
水散巴渝下五溪
獨鶴不知何事舞
饑烏似欲向人啼
射洪春酒寒仍緑
目極傷神誰爲携

同

鄭縣亭子澗之濱
户牖憑高發興新
雲斷岳蓮臨大路
天晴宮柳暗長春
巢邊野雀群欺燕
花底山蜂遠趁人
更欲題詩滿青竹
晚來幽獨恐傷神

同

巫山秋夜螢火飛
簾疎巧入坐人衣
忽驚屋裏琴書冷
復亂簷邊星宿稀
卻繞井闌添箇箇
偶經花蕊弄輝輝
滄江白髮愁看汝
來歲如何歸未歸

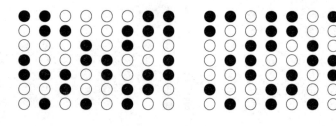

●●●●○●●
○○○●●○○
●○○●●○●
●●●○○○○
○●○○○●●
○○●●●○○
○○○●●○●
●●●○○●○

○○●●○○●
●○○●●○○
○○○●○○●
●●○○●●○
●●○○●○●
○○●●●○○
○○●●○○●
●●○○●●○

趙嘏

一百五日家未歸
新豐鷄犬獨依依
滿樓春色傍人醉
半夜雨聲前計非
繚繞溝塍含景晚
荒涼樹石向川微
東風吹淚對花落
憔悴故交相見稀

中宗皇帝

神皋福地三秦地
玉臺金闕九仙家
寒光猶戀甘泉樹
淑景偏臨建始花
彩蝶黃鶯未歌舞
梅香柳色已矜誇
迎春正啓流霞席
暫囑曦輪勿遽斜

○○●●○●●
●●○○●●○
●●○○●○●
●○○●●○○
○○○●○○●
○●○○●●○
●●●○○●●
○○●●●○○

○●●○○●●
●●●○○●○
●●●○○●●
●○○●●○○
○○●●○○●
○●○○●●○
●●○○○●●
○○●●●○○

劉禹錫

吟君嘆逝雙絶句
使我傷懷奏短歌
世上空驚故人少
集中惟覺祭文多
芳林新葉催陳葉
流水前波讓後波
萬古到今同此恨
聞琴淚盡欲如何

白居易

三百六旬今夜盡
六十四年明日催
不用嘆身隨日老
亦須知壽逐年來
加添雪興憑氈帳
消殺春愁付酒杯
唯恨詩成君去後
紅箋紙卷爲誰開

白居易

案頭曆日雖未盡
向後唯餘六七行
床下酒瓶雖不滿
猶應醉得兩三場
病身不許依年老
拙宦虚教逐日忙
聞健偷閒日勤飲
一杯之外莫思量

杜牧

行樂及時時已晚
對酒當歌歌不成
千里暮山重疊翠
一溪寒水淺深清
高人以飲爲忙事
浮世除詩盡强名
看著白蘋芽欲吐
雪舟相訪勝閑行

○○●●○●●
●●○○●●○
○●●○○●●
○○○●●○○
●○○●○○●
●●○○●●○
●●○○●○●
●○○●●○○

白居易

唯生一女纔十二
只欠三年未六旬
婚嫁累輕何怕老
饑寒心慣不憂貧
紫泥丹筆皆經手
赤紱金章盡到身
更擬踟躕覓何事
不歸嵩洛作閒人

皮日休

亂峰四百三十二
欲問徵君何處尋
紅翠數聲瑤室響
真檀一炷石樓深
山都遺負沽來酒
樵客容看化後金
從此謁師知不遠
求官先有葛洪心

方干

風煙百變無定態
緬想畫人虛損心
卷箔檻前沙鳥散
垂鈎床下錦鱗沈
白雲野寺淩晨磬
紅樹孤村遥夜砧
此地四時抛不得
非唯盛暑事開襟

同

修持百法過半百
日往月來心更堅
床上水雲隨坐夏
林西山月伴行禪
寒蟬遠韻來窗裏
白鳥斜行起砌邊
我愛尋師師訪我
只應尋訪是因緣

○●●●●○○
●○○●●○○
○○●●○○●
●●○○●●○
○●●○○●●
○○○●●○○
○○●●○○●
●●●○○●○

○○●○○●○
○○○●●○○
●○●●○○●
○●○○○●○
●●○○○●●
○○○●●○○
○○●●○○●
○●○○●●○

周宏亮

三百六十日云終
故鄉還與異鄉同
非唯律變情堪恨
抑亦才疎命未通
何處夜歌銷臘酒
誰家高燭候春風
詩成始欲吟將看
早是去年牽課中

李郢

桐廬縣前洲渚平
桐廬江上晚潮生
莫言獨有山川秀
過日仍聞官長清
麥隴虛涼當水店
鱸魚鮮美稱蓴羹
王孫客棹殘春去
相送河橋羨此行

王仁裕

二百一十四門生
春風初長羽毛成
擲金換得天邊桂
鑿壁偷將榜上名
何幸不才逢聖世
偶將疎網罩群英
衰翁漸老兒孫小
異日知誰略有情

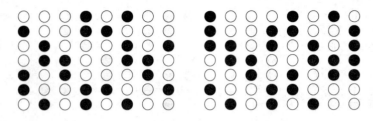

●○●●●●●
●●○○●●○
●●●○○●●
●○○●●○○
●○○●○○●
○●○○●●○
●●●○○●●
●○○●●○○

○●●○●○○
○○●●●○○
●○●●○○●
○●○○○●○
●●●○○●●
○○●●●○○
○○○●○○●
○●○○●●○

曹松

七千七百七十丈
丈丈藤蘿勢入天
未必展來空似翅
不妨開去也成蓮
月將河漢分岩轉
僧與龍蛇共窟眠
直是畫工須閣筆
況無名畫可流傳

同

去年八月哭微之
今年八月哭敦詩
可憐老淚交流日
多是秋風搖落時
泣罷幾回深自念
情來一倍苦相思
同年同病同心事
除卻蘇州更有誰

●●●●○○●
●●●○○●○
○●●○○●●
●○○●●○●
○○●●○○○
●●●●○●●
●●○○●●○
○○●●●○○

●○●●○○●
●○●●●○○
○○●●○○●
●●○○●●○
●●○○○●●
●○○●●○○
●○○●●○●
●●○○●●○

同

二月五日花如雪
五十二人頭似霜
聞有酒時須笑樂
不關身事莫思量
羲和趁日沈西海
鬼伯驅人葬北邙
只有且來花下醉
從人笑道老顛狂

同

已題一帖紅消散
又封一合碧雲英
憑人寄向江陵去
道路迢迢一月程
未必能治江上瘴
且圖遥慰病中情
到時想得君拈得
枕上開看眼暫明

●●○●○○○
●●○○○●○
●●○○○●●
○○○●●○○
○○●●○○●
●●○○●●○
○●●○○●●
●○●●●○○

●●○●●○○
●○●●○○○
○○●●○○●
●●○○○●○
●●○○○●●
○○●●●○○
○○●●○○●
○●○○○●○

李群玉
五濁之世塵冥冥
達觀棲心於此經
但用須彌藏芥子
安知牛跡笑東溟
生公吐辯真無敵
顧氏傳神實有靈
今日淨開方丈室
一飛白足到茅亭

韓偓
二月三月雨晴初
舍南舍北唯平蕪
前歡入望盈千恨
勝景牽心非一途
日照神堂聞啄木
風含社樹叫提壺
行看旦夕梨霜發
猶有山寒傷酒壚

●○○●●●●
○●●○○●○
●●●○○●●
●○○●●○○
○○○●○○●
●●○○●●○
○●○○○●●
●○○●●○○

同

常聞畫石不畫水
畫水至難君得名
海色未將藍汁染
筆鋒猶傍墨花行
散吞高下應無岸
斜蹙東南勢欲傾
坐久神迷不能決
卻疑身在小蓬瀛

羅隱

耳邊要静不得静
心裏欲閑終未閑
自是宿緣應有累
可能時事更相關
魚慚張翰辭東府
鶴怨周顒負北山
看卻金庭芝朮老
又驅車入七人班

方干

未明先見海底日
良久遠鷄才報晨
古樹含風長帶雨
寒岩四月始知春
中天氣爽星河近
下界時豐雷雨均
前後登臨思無盡
年年改換往來人

○○●○○○●
○●○○●●○
●●●○○●●
○○○●●○○
○○○●○○●
●●○○●●○
○●●○○●●
○○○●●○○

○○○○●○○
○●○○●●○
●●○○○●●
●○○●●○○
○○●●○○●
●●○○●●○
●●○○●○●
○○○●●○○

劉得仁

年過弱冠風塵裏
常擬隨師學煉形
石路特來尋道者
雲房空見有仙經
棋於松底留殘局
鶴向潭邊退數翎
便欲此居閑到老
先生何日下青冥

曹松

湘東山川有清輝
袁水詞人得意歸
幾府争馳毛義檄
一鄉看侍老萊衣
筵開灞岸臨清淺
路去藍關入翠微
想到宜陽更無事
並將歡慶奉庭闈

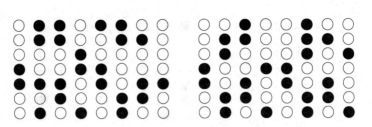

●●●●●●●
●○○●●○○
○○○●○○●
○●○○●●○
○●○○○●●
●○○●●○○
●○○●○○●
●●○○●●○

釋齊己
六十八去七十歲
與師年鬢不争多
誰言生死無消處
還有修行那得他
開士安能窮好惡
故人堪憶舊經過
會歸原上焚身後
一陣灰飛也奈何

右二十餘圖，起句皆拗，而後句依恒調。然四唐諸公皆唱之，不可不法矣。竹山曰：「詩家大忌，蓋爲俗調。」所謂「詩家」者斥何人？狂暴之罪，孰莫大焉？方虚谷曰：「白居易詩曰『緑浪東西南北水，紅欄三百九十橋』。『十』字用作平聲，唐人多如此。」楊用修曰：「唐人『三十六所春宫殿，十一香風透管絃』，又『緑浪東西南北水，紅欄三百九十橋』，又『春城三百九十橋，夾水朱樓隔柳條』，又『煩君一日殷勤意，示我十年感遇詩』，陳郁云『十』音當爲『諶』也。謂之長安語音〔一〕，律

〔一〕音：底本訛作「言」，據《丹鉛續録》卷十一引陳郁《藏一話腴》改。

詩不如此則不叶矣。」最此疎鹵之説也。若作平聲而叶音律，則白居易詩「三百六旬今夜盡，六十四年明日催」，齊己詩「六十八去七十歲，與師年鬢不爭多」，陸龜蒙詩「三千餘歲上下古，八十一家文字奇」等句，皆不叶音律也。要之，不知唐人至人名、地名、府名、時日、算數、禽獸等名，間有不顧聲律而用之者。故强作平聲看之，此之謂膠柱也。

第二句拗格

○○○●●○○
○○●●●○○
●●○○○●●
○○○●●○○
○○●●○○●
●●○○●●○
●●○○●○●
○○○●●○○

姜皎

龍池初出此龍山
常經此地謁龍顔
日日芙蓉生夏水
年年楊柳變春灣
堯壇寶匣餘煙霧
舜海漁舟尚往還
願似飄颻五雲影
從來從去九天關

●○○●●○○
●○○○○●○
●●○○○●●
●○●●●○○
●○●●○○●
●●○○●●○
●●○○○●●
●○○●●○○

●●○○○●○
○○○●○●○
○○●●○○●
●●○○●●○
○●○○○●●
○○●●●○○
○○●●○○●
○●○○●●○

王維

上蘭門外草萋萋
未央宮中花裏棲
亦有相隨過御苑
不知若個向金堤
入春解作千般語
拂曙能先百鳥啼
萬户千門應覺曉
建章何必聽鳴鷄

李郢

臘後閑行村舍邊
黄鵝清水真可憐
何窮散亂隨新草
永日淹留在野田
無事群鳴遮水際
争來引頸逼人前
風吹楚澤蒹葭暮
看下寒溪逐去船

白居易

上陽宮裏曉鐘後
天津橋頭殘月前
空闊境疑非下界
飄颻身似在寥天
星河隱映初生日
樓閣葱蘢半出煙
此處相逢傾一醆
始知地上有神仙

○○○●●○○
○○●●●●○
●●○○○●●
○○○●●○○
○○○●●○●
○●●○○●○
●●○○○●●
●○○●●○○

○○●●●○○
○●●○●●○
●●●○○●●
●○○●●○○
○○○●○○●
○●○○●●○
○●●○○●●
●○○●●○○

白居易

晴空星月落池塘
澄鮮浄緑表裏光
露簟清瑩迎夜滑
風襟瀟灑先秋涼
無人驚處野禽下
新睡覺時幽草香
但問塵埃能去否
濯纓何必向滄浪

李紳

東風五日雪初晴
淝口冰開好濯纓
野老擁途知意重
病夫抛郡喜身輕
人心無厭如弦直
淮水長憐似鏡清
回首夕嵐山翠遠
楚江煙樹隱襄城

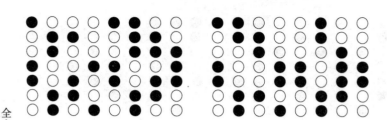

○●○○○●○
○○○●○○○
○○●●●○●
○●○○○●○
○●●○○●●
●○○●●○○
●○●●○○●
●●○○●●○

○●○○●●○
●●●●●○○
○○●●○○●
○●○○●●○
○●●○○●●
●○○●●○○
○○●●●○●
●●○○●●○

杜荀鶴
寒雨蕭蕭燈焰青
燈前孤客難爲情
兵戈鬧日別鄉國
鴻雁過時思弟兄
吟極睡無離枕夢
苦多吟有徹雲聲
出門便作還家計
直至如今計未成

呂嵓
傾側華陽醉再三
騎馬遇晚下山南
眉因拍劍留星電
衣爲眠雲惹碧嵐
金液變來成雨露
玉都歸去老松杉
曾將鐵鏡照神鬼
霹靂搜尋火滿潭

右七圖第二句拗，而後句依恒調者。世所謂詩家者所未嘗知也，若有知之，當駴死矣。

第三句拗格

●●○○●●○
●○○●●○○
○○●●○●●
●●○○○●○
○●●○○●●
○○○●●○○
○○○●○○●
●●○○○●○

戴叔倫

萬丈蕭蕭落葉中
暮天深巷起悲風
流年不盡人自老
外事無端心已空
家近小山當海畔
身留環衛隱墻東
遥聞相訪頻逢雪
一醉寒宵誰與同

同

佐幕臨戎旌旆間
五營無事萬家閑
風吹楊柳漸拂地
日映樓臺欲下山
綺席盡開留上客
朱門半掩擬重關
當時不敢辭先醉
誤逐群公倒載還

劉禹錫

薝蔔林中黃土堆
羅襦繡黛已成灰
芳魂雖死人不怕
蔓草逢春花自開
幡蓋向風疑舞袖
鏡燈臨曉似妝臺
吴王嬌女墳相近
一片行雲應往來

楊巨源

綺陌塵香曙色分
碧山如畫又逢君
蛟藏秋月一片水
驥鎖晴空千尺雲
戚里舊知何駙馬
詩家今得鮑參軍
陽和本是煙霄曲
須向花間次第聞

白居易

洛景城西塵土紅
伴僧閑坐竹泉東
緑蘿潭上不見日
白石灘邊長有風
熱惱漸知隨念盡
清涼常願與人同
每因毒暑悲親故
故在炎方瘴海中〔一〕

〔一〕故：《全唐詩》卷四五九作「多」。按，谷斗南多改原詩以符合其平仄，此其一例。他不贅舉。

同

何處風光最可憐
妓堂階下砌臺前
軒車擁路光照地
絲管入門聲沸天
緑蕙不香饒桂酒
紅櫻無色讓花鈿
野人不敢求他事
唯借流泉伴醉眠

許渾

雲起高臺日未沉
數村殘照半岩陰
野蠶成繭桑柘盡
溪鳥引雛蒲稗深
帆勢依依投極浦
鐘聲杳杳隔前林
故山迢遞故人去
一夜月明千里心

周賀

見説北京尋祖後
瓶盂自挈繞窮邊
相逢竹塢晦暝夜
一别苕溪多少年
遠洞省穿湖底過
斷崖曾向壁中禪
青城不得師同住
坐想滄江憶浩然

劉滄

不避驅羸道路長
青山同喜惜年光
燈前話舊階草夜
月下醉吟溪樹霜
落葉已經寒燒盡
衡門猶對古城荒
此身未遂歸休計
一半生涯寄岳陽

李商隱

多病欣依有道邦
南塘宴起想秋江
卷簾飛燕還拂水
開户暗蟲猶打窗
更閲前題已披卷
仍斟昨夜未開缸
誰人爲報故交道
莫惜鯉魚時一雙

陸龜蒙

謝府殷樓少暇時
又抛清宴入書帷
三千餘歲上下古
八十一家文字奇
冷夢漢臯懷鹿隱
靜憐煙島覺鴻離
知君滿篋前朝事
鳳諾龍奴借與窺

同

水國初冬暖和天
南榮方好背陽眠
題詩朝憶復暮憶
見月上弦還下弦
遥爲晚花吟白菊
近炊香稻識紅蓮
何人授我黄金百
買取蘇君負郭田

同

共老林泉忍暫分
此生應不識回文
幾枚竹筍送德曜
一乘柴車迎少君
舉案品多緣澗藥
承家事少爲溪雲
居然自是幽人事
輒莫教他孫壽聞

同

雖失春城醉上期
下帷裁遍未裁詩
因吟郢岸百畝蕙
欲采商崖三秀枝
棲野鶴籠寛使織
施山僧飯別教炊
但醫沈約重瞳健
不怕江花不滿枝

同

曉入清和尚袷衣
夏陰初合掩雙扉
一聲撥穀桑柘晚
數點春鋤煙雨微
貧養山禽能箇瘦
病關芳草就中肥
明朝早起非無事
買得蓴絲待陸機

皮日休

客省蕭條柿葉紅
樓臺如畫倚霜空
銅池數滴桂上雨
金鐸一聲松杪風
鶴静時來珠像側
鴿馴多在寳幡中
如今塵外虚爲契
不得支公此會同

張蕭遠

十萬人家火燭光
門門開處見紅妝
歌鐘喧夜更漏暗
羅綺滿街塵土香
星宿別從天畔出
蓮花不向水中芳
寳釵驟馬多遺落
依舊明朝在路傍

方干

謝守登城對遠峰
金英泛泛滿金鐘
樓頭風景八九月
床下水雲千萬重
紅旆朝昏雖許近
清才今古定難逢
鯉魚縱是凡鱗鬣
得在膺門合作龍

同

策策虛樓竹隔明
悲來展轉向誰傾
天寒胡雁出萬里
月落越鷄啼四更
爲底朱顏成老色
看人青史上新名
清溪白石村村在
五尺烏犍托此生

羅鄴

如練如霜乾復輕
西風處處拂江城
長垂釣叟看不足
暫泊王孫愁亦生
好傍翠樓裝月色
枉隨紅葉舞秋聲
最宜群鷺斜陽裏
閑捕纖鱗傍爾行

羅隱

秦樹團團夕結陰
此中莊舄動悲吟
一枝丹桂未入手
萬里蒼波長負心
老去漸知時態薄
愁來唯願酒杯深
七雄三傑今何在
休爲閑人淚滿襟

唐彦謙

淡竹岡前沙雁飛
小花尖下柘丸肥
山雲不卷雨自薄
天氣欲寒人正歸
招伴只須新稻酒
臨風猶有舊苔磯
故人舊業依稀在
怪石老松今是非

同

萬里傷心極目春
東南王氣只逡巡
野花相笑落滿地
山鳥自驚啼傍人
謾道城池須險阻
可知豪傑亦埃塵
太平寺主惟輕薄
卻把三公與賊臣

鄭谷
臘雪初晴共舉杯
便期携手上春臺
高情唯怕酒不滿
長逝可悲花正開
曉奠鶯啼殘漏在
風幃燕覓舊巢來
杜陵芳草年年緑
醉魄吟魂無復回

徐鉉
京口潮來曲岸平
海門風起浪花生
人行沙上見日影
舟過江中聞櫓聲
芳草遠迷揚子渡
宿煙深映廣陵城
遊人鄉思應如橘
相望須含兩地情

李毅
才子襟期本上清
陸雲家鶴伴閑情
猶憐反顧五六里
何意忽歸十二城
露滴誰聞高葉墜
月沉休藉半階明
人間華表堪留語
剩向秋風寄一聲

殷文圭
萬里無雲鏡九州
最團圓夜是中秋
滿衣冰彩拂不落
遍地水光凝欲流
華岳影寒清露掌
海門風急白潮頭
因君照我丹心事
減得愁人一夕愁

李咸用
一簇煙霞榮辱外
秋山留得傍簷楹
朝鐘暮鼓不到耳
明月孤雲長挂情
世上路岐何繚繞
水邊蓑笠稱平生
尋思阮籍當時意
豈是途窮泣利名

釋貫休
無事相關性自攄
庭前拾葉等閒書
青山萬里竟不足
好竹數竿涼有餘
近看老經加澹泊
欲歸少室復何如
面前小沼清如鏡
終養琴高赤鯉魚

同

高淡清虛即是家
何須須占好煙霞
無心於道道自得
有意向人人轉賒
風觸好花文錦落
砌橫流水玉琴斜
但令如此還如此
誰羨前程未有涯

釋冷然

佛寺孤莊千嶂間
我來詩境强相關
岩邊樹動猿下澗
雲裹錫鳴僧上山
松月影寒生碧落
石泉聲亂噴潺湲
明朝更躡層霄去
誓共煙霞到老閑

同

常憶團圓繡像前
東歸經亂獨生全
孤峰已住六七處
萬事無成三十年
每想花墻危逼路
更思鉢塔晚淩煙
如今憔悴荆枝盡
一諷來書一愴然

同

否極方生社稷才
唯譚帝道鄙梯媒
高吟千首精怪動
長嘯一聲天地開
湖上獨居多草木
山前頻醉過風雷
吾皇仄席求賢久
莫待徵書兩度來

右一圖三十有餘首，第三句拗，而後句依恒調者。初盛寥寥，至中晚專唱之。其第五字平而第六字仄者，與其二字俱仄者同法，如五言律平起第三句亦同然。然其篇什甚富，故區別之。至七言律甚貧，故兼列之。讀者當珍視之。

○○●●●○○
○●○○●●○
●●●●○●●
○○○●●○○
●○○●○○●
●●○○●●○
●●○○○●●
○○●●●○○

權德輿

蓮花出水地無塵
中有南宗了義人
已取貝葉翻半字
還將陽焰諭三身
碧雲飛處詞偏麗
白月圓時信本真
更喜開緘銷熱惱
西方社裏舊相親

●○●●●○○
●●○○●●○
○●●○●●●
●○○●●○○
●○●●○○●
○●○○●●○
○●○○●○●
○○●●●○○

方干

一泓瀲灩復澄明
半日功夫劚小庭
占地未過四五尺
浸天唯入兩三星
鷁舟草際浮霜葉
漁火沙邊駐小螢
纔見規模識方寸
知君立意象滄溟

吕嵓

當年詩價滿皇都
掉臂西歸是丈夫
萬頃白雲獨自有
一枝丹桂阿誰無
閑尋渭曲漁翁引
醉上蓮峰道士扶
他日與君重際會
竹溪茅舍夜相呼

●○○●●○○
●●○○●●○
○●●○○○●
●○○●●○○
●○●●○○●
●●○○●●○
○●●○○●●
●○○●●○○

韓偓

往年曾約鬱金堂
半夜潛身入洞房
懷裏不知金鈿落
暗中唯覺繡鞋香
此時欲別魂俱斷
自後相逢眼更狂
光景旋消惆悵在
一生贏得是淒涼

右三圖平起而第三句拗者，乃前篇之所一變也。世所謂詩家者所未嘗見，若得見之，又謂之何？不窮河源，惡睹崑崙者乎？

第四句拗格

●○　　●○○
●●○○●●○
○●○○○●●
○○●●○○○
●○●●○○●
○●○○●●○
●●○○○●●
●○●●●○○

宋之問

至人□□識仙風
瑞靄升光遠鬱葱
靈跡才辭周柱下
祥氛已入函關中
不從紫氣臺端候
何得青華觀裏逢
欲訪乘牛求寳籙
願隨鶴駕遍瑶空

白居易

靖安客舍花枝下
共脱青衫典濁醪
今日洛橋還醉別
金杯翻汙麒麟袍
喧闐夙駕君脂轄
酩酊離筵我藉糟
好去商山紫芝伴
珊瑚鞭動馬頭高

●●○○●●○
○○○●●○○
●○○●●○●
○●●○●●○
●●○○○●●
○○○●●○○
○○●●●○●
●●●○○●○

○○●●○○●
○●○○●●○
●●●○○●●
○○○●●●○
○○●●○○●
●●○○●●○
●●●○○●●
○○●●●○○

劉滄

幾到青門未立名
芳時多負故鄉情
雨餘秦苑綠蕪合
春盡灞原白髮生
每見山泉長屬意
終期身事在歸耕
蘋花覆水曲溪暮
獨立釣舟歌月明

呂嵓

神仙暮入黃金闕
將相門關白玉京
可是洞中無好景
爲憐天上有衆星
心琴際會閑隨鶴
匣劍時磨待斷鯨
進退兩楹俱未應
憑君與我指前程

右三圖，第四句拗，而前後依恒調者，甚希矣。然宋之問所裁，即爲法則可也。竹山曰：「崔日用前聯『岸上芊茸五花樹，波中的皪千金珠』，鄭谷『匹馬愁衝晚村雪，孤舟悶阻春江風』，杜甫『昔去爲憂亂兵入，今來已恐鄰人非』，又『客子入門月皎皎，誰家搗練風淒淒』，皆屬聲病。我邦往往混用，不復識別，其失甚矣。杜甫、鄭谷共四腔，固不可以爲法也。」竹山未嘗辨一字拗與全篇拗，而標全篇拗格，屬之於聲病。其屬之聲病者，宋人以來絶無之，此竹山所自屬也。是天奪之魄乎？其爲蠱毒也，雖十立悳不能醫也。

第五句拗格

○○●●●○○
●●○○●●○
●●○○○●●
○○●●●○○
●○○○○●●
○●○○○●○
●●○○●○●
○○●●●○○

劉禹錫

孤雲出岫本無依
勝境名山即是歸
久向吳門遊好寺
還思越水洗塵機
浙江濤驚獅子吼
稽嶺峰疑靈鷲飛
更入天臺石橋去
垂珠璀璨拂三衣

●●○○●●○
●○●●●○○
●○○●○○●
○●○○●●○
●●●○●○●
●○○●●○○
●○○●○○●
●●○○●●○

白居易

七十三翁旦暮身
誓開險路作通津
夜舟過此無傾覆
朝脛從今免苦辛
十里叱灘變河漢
八寒陰獄化陽春
我身雖殁心長在
暗施慈悲與後人

○○●●●○○
●●○○●●○
●●○○●○●
○○●●●○○
○○○●●●●
○●○○○●○
○●○○●●●
●○○●●○○

李商隱

伊人卜築自幽深
桂巷杉籬不可尋
柱上雕蟲對書字
槽中瘦馬仰聽琴
求之流輩豈易得
行矣關山方獨吟
賒得松醪一斗酒
與君相伴灑煩襟

同

灞滻風煙函谷路
曾經幾度别長安
昔時蹙促爲遷客
今日從容自去官
優詔幸分四皓秩
祖筵慚繼二疏歡
塵纓世網重重縛
回顧方知出得難

釋貫休

蘚濃苔濕冷層層
珍重先生獨去登
氣養三田傳未得
藥非八石許還曾
雲根應狎玉斧子
月徑多尋銀地僧
太守苦留終不住
可憐江上去騰騰

右三圖第五句拗，而前後依恒調者，甚希矣。意者，其他篇什應有此體裁，然淺見寡聞未能得也，因表數篇，以俟宏識。

第六句拗格

○○●●●○○
●●○○●●○
●●○○○●●
○○●●●○○
●○○●○○●
○○○●●○○
●●○○●●●
○○●●●○○

宗楚客

飄飄瑞雪下山川
散漫輕飛集九埏
似絮還飛垂柳陌
如花更繞落梅前
影隨明月團紈扇
聲將流水雜鳴絃
共荷神功萬庾積
終朝聖壽百千年

●●○○●●○
○○○●●○○
○○●●○○●
●●○○●●○
○●●○○●●
○○○●○○○
○○●●○○●
●●○○●●○

宣宗皇帝

綴玉聯珠六十年
誰教冥路作詩仙
浮雲不繫名居易
造化無爲字樂天
童子解吟長恨曲
胡兒能唱琵琶篇
文章已滿行人耳
一度思卿一愴然

○●○○●●○
●○○●●○○
○○●●○○●
●●○○●●○
●●○○○●●
●○●●●●○
●○●●○○●
○●○○●●○

顧況

嗚雁嘹嘹北向頻
緑波何處是通津
風塵海内憐雙鬢
涕淚天涯慘一身
故里音書應望絶
異鄉景物又更新
便抛印綬從歸隱
吴渚香蓴漫吐春

李山甫

腰劍囊書出户遲
壯心吾命兩相疑
麻衣盡舉一雙手
桂樹只生三十枝
黄祖不憐鸚鵡客
志公偏賞麒麟兒
叔牙知我應相痛
回首天涯寄所思

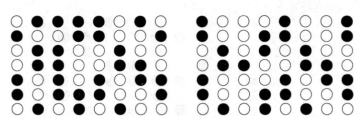

○○○●●○○
○●○○●●○
○●●○○●●
●○○●●○○
○○○●●○●
○●●○●●○
○●○○●○●
●○○●●○○

許渾

雲齋曾宿借方袍
因説浮生大夢勞
言下是非齊虎尾
宿來榮辱比鴻毛
孤舟千棹水猶闊
寒殿一燈夜更高
明日東林有誰在
不堪秋磬拂煙濤

李紳

臨平水竭蒹葭死
里社蕭條旅館秋
嘗嘆晋郊無乞糴
豈忘吴俗共分憂
野悲揚目稱嗟食
林極翳桑顧所求
苛政尚存猶惕息
老人偷拜擁前舟

右五圖第六句拗，而前後依恒調者也。所謂詩家者所未嘗知，若有知之，豈莫埳井拘虚之嘆哉。

第七句拗格

○○●●○○●
○●○○●●○
●●○○○●●
○○●●●○○
○○●●○○●
●●○○●●○
●○●○○●●
○○○●●○○

○○●●●○○
●●○○●●○
●●○○○●●
○○●●●○○
○○●●○○●
○●○○●●○
●○●●○○●
○○○●●○○

狄仁傑
宸暉降望金輿轉
仙路峥嶸碧澗幽
羽仗遥臨鸞鶴駕
帷宫直坐鳳麟洲
飛泉灑液恒疑雨
密樹含涼鎮似秋
老臣預陪懸圃宴
餘年方共赤松遊

張説
温泉啓蟄氣氤氲
渭浦歸鴻日數群
騎仗聯聯環北極
鳴笳步步引南熏
松間彩殿籠佳氣
山上朱旗繞瑞雲
不知遠夢華胥國
何如親奉帝堯君

○●○○○●○
○○●●●○○
○○●●○○●
●●○○●●○
○●●○○●●
○○○●●○○
○○●●●●●
●●○○●●○

李商隱

荷篠衰翁似有情
相逢携手繞村行
燒畬曉映遠山色
伐樹暝傳深谷聲
鷗鳥忘機翻浹洽
交親得道昧平生
撫躬道直誠感激
在野無賢心自驚

劉長卿

南客懷歸鄉夢頻
東門悵別柳條新
殷勤斗酒城陰暮
蕩漾孤舟楚水春
湘竹舊斑思帝子
江蘺初緑怨騷人
憐君此去未得意
陌上愁看淚滿巾

杜牧

玉子紋楸一路饒
最宜簷雨竹蕭蕭
羸形暗去春泉冷
猛勢横來野火燒
守道還如周柱史
鏖兵不羨霍嫖姚
浮生七十更萬日
與爾期於局上消

韓翃

白皙風流似有須
一門豪貴領蒼梧
三峰亭暗橘邊宿
八桂林香節下趨
玉樹群兒争翠羽
金盤少妾揀明珠
懷君樂事不可見
驄馬翩翩新虎符

許渾

促促因吟晝短詩
朝驚穠色暮空枝
無情春色不長久
有限年光多盛衰
往事只應隨夢裏
勞生何處是閑時
眼前擾擾日一日
暗送白頭人不知

杜荀鶴

茅屋周回松竹陰
山翁時挈酒相尋
無人開口不言利
只我白頭空愛吟
月在釣潭秋睡重
雲橫樵徑野情深
此中一日過一日
有底閑愁得到心

李克恭

一一玄微縹緲成
盡吟方便爽神情
宣宗謫去爲閒事
韓愈知來已振名
海底也應搜得浄
月輪常被玩教傾
如何未隔四十載
不遇論量向此生

鄭谷

紫陌奔馳不暫停
送迎終日在郊坰
年來鬢畔未垂白
雨後江頭且蹋青
浮蟻滿杯難暫舍
貫珠一曲莫辭聽
春風只有九十日
可合花前半日醒

曹唐

鼇岫雲低太一壇
武皇齋潔不勝歡
長生碧字期親署
延壽丹泉許細看
劍佩有聲宮樹静
星河無影禁花寒
秋風裏裏月朗朗
玉女清歌一夜闌

崔塗

百尺森森倚梵臺
昔人誰見此初栽
故園未有偏堪戀
浮世如閑即合來
天暝豈分蒼翠色
歲寒應識棟梁材
清陰可惜住不得
歸去暮城空首回

徐鉉

江海分飛二十春
重論前事不堪聞
主憂臣辱誰非我
曲突徙薪唯有君
金紫滿身皆外物
雪霜垂領便離群
鶴歸華表望不得
玉笥山頭多白雲

釋貫休

一到涼泉未擬歸
迸珠噴玉落階墀
幾多僧只因泉在
無限松如潑墨爲
雲塹含香啼鳥細
茗甌擎乳落花遲
青山看著不可上
多病多慵爭奈伊

●●○○●●○
○○○●●○○
○○●●○○●
●●○○●●○
●●○○●○●
○○○●●○○
○●●○○●●
●●○○●●○

殷堯藩

十載驅馳倦荷鋤
三年生計鬢蕭疎
辛勤幾逐英雄後
乙榜猶然姓氏虛
欲射狼星把弓箭
休將螢火讀詩書
身賤自慚貧骨相
朗嘯東歸學釣魚

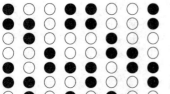

○○●●●○○
●●○○●●○
○●●○○●●
●○●●●○○
○○●●○○●
○●○○●●○
●●●○●●●
○○●●●○○

白居易

春來觸地故鄉情
忽見風光憶兩京
金谷踏花香騎入
曲江碾草鈿車行
誰家緑酒歡連夜
何處紅樓睡失明
獨有不眠不醉客
經春冷坐古湓城

同

亦知數出妨將息
不可端居守寂寥
病即藥窗眠盡日
興來酒席坐通宵
賢人易狎須勤飲
姹女難禁莫慢燒
張道士輸白道士
一杯沆瀣便逍遥

右十圖十七首，第七句拗而全篇依恒調者也。第一圖李商隱詩，第七句第五字用平聲，與五言律平起第七句第三字用平聲者同法。如五言律篇什不寡，至七言律屢屢是已。故附於斯。「鈿車」之「鈿」，即去聲。劉長卿確守正律，不涉變格，而用一句拗。然則八句中有一句拗，何害於正律？讀者當詳審之。

結句拗格

○●○○●●○
●○○●●○○
○○○●●○●
●●●○○●○
●●●○○●●
●○○●●○○
○○●●○○●
●●●○●●○

●○○●●○○
○●○○●●○
●●○○○●●
○○○●●○○
●○●●○○●
●●○○●●○
○●●●○●●
●○●●○○○

楊發
桑柘悠悠水蘸堤
晚風晴景不妨犁
高機猶織卧蠶子
下阪未饑逢飼妻
杏色滿林羊酪熟
麥涼浮壟雉媒低
生時自樂死由命
萬事在天管不迷

方干
直緣多藝用心勞
心路玲瓏格調高
舞袖低徊真蛺蝶
朱唇深淺假櫻桃
粉胸半掩疑晴雪
醉眼斜回小樣刀
才會雨雪須別去
語慚不及琵琶槽

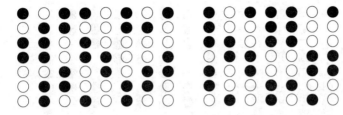

右二圖，第八句拗，而全篇依恒調者，厘厘是已。及其取法則，不問多寡而可也。七言言正律拗句，與五言律拗句略同。沈佺期起句云「月皎風泠泠」，李頎云「遠公遁跡廬山岑」，王昌齡第二句云「共謁聰公禪」，杜荀鶴云「燈前孤客難爲情」，李嶠第四句云「五色成文章」，宋之問云「祥氛已入函關中」，儲光羲第六句云「天語聞松音」，玄宗帝云「胡兒能唱琵琶篇」，楊師道第八句云「詎憶長城陰」，方干云「語慚不及琵琶槽」。且至履仄句，乃吻合者最多。杜甫起句云「孤雁不飲啄」，羅隱云「耳邊要静不得静」，王維第三句云「流水如有意」，楊巨源云「蛟藏秋月一片水」，杜甫第五句云「暮景巴蜀僻」，李商隱云「求之流輩豈易得」，李白第七句云「曲在身不返」，劉長卿云「憐君此去未得意」，此皆正律中一句拗，而可准用者矣。七言律拗變少於五言律，如正偏格破題、頷聯、頸聯、落句各拗等多少，當就本編染指矣。竹山曰：「謝榛起句曰『家在菟園隔太行，每抒懷抱託壺觴』，李化龍云『縹緲瀫城帶晚霞，山中宰相此移家』，戚繼光云『霜角一聲草木衰，雲頭對起石門開』，乃押灰韻而用『衰』字，蓋襲賀知章之誤。王世貞云『内史臺中露未晞，宜春館裏煙霏微』，林尚瓊云『自憐雙鬢欲垂雪，喜對謝庭寶樹榮』，此皆詩家大忌。蓋爲俗調。何者？謝榛、王世貞起句各一腔，實爲無稽，但『菟』字安知非『梁』字以意誤寫哉？李化龍起句、林尚瓊結句各一腔，亦非誤寫則誤用。戚繼光以奕葉兵家，起身乎行間，横槊之賦，雅尚可嘉焉，乃起句之墜此套，不責備而可。」宵人矣哉！竹山之論聲律也。唐氏創製律體。故唐人所作爲，雖一言半句，皆可以爲法則矣。然唐人於正律起句，間有不顧聲律者，况於變體乎？杜甫詩云「卧病擁寒在峽中」，又「春雨暗暗塞峽中」。李頎詩云「百歲老翁不種田」，趙嘏詩云「一百五日家未歸」，釋齊己詩云「六十八去七十歲」，如其六仄七仄猶且不忌，况於挾一平乎？此謝榛、化龍、繼光之所祖述，可得而知也。至穀城、莵園等字面，余所謂「唐人至人名、地名、府名、時日、筭術、禽獸等名，間有不顧聲律而用之」者，即此也。且壓「灰」韻而用「衰」字，固非襲賀知章之誤。郎仁寶曰：「古韻『來』字，有讀爲『釐』字者。《楚辭・山鬼篇》曰『天路險難兮獨後來』，『來』音『釐』。」「回」字與「危」爲同協，皆「四支」韻之詩也。注者不知，反以爲「灰」字韻者差用「衰」字。且吴才老《韻補》辨明，「十灰」古通於「四支」。竹山未嘗得其所徵，而曰「襲知章之誤」，何其疎鹵之甚也。杜荀鶴詩曰「寒雨蕭蕭燈焰青，燈前孤客難爲情」，此世貞所祖述。如尚瓊乃比擬楊發「萬事在天管不迷」句，此乃非誤寫，又非誤用，可謂能得其徵也。且夫繼光無横槊之間違通韻，顛沛辨之，豈可不謂雅量哉。如竹山乃死生於聲律，而不能辨之。其相去也，豈啻天冠地履哉？竹山又曰：「劉憲『蒼龍闕下天泉池』，李頎『遠公遁跡廬山岑』，崔日用前聯『岸上苇茸五花樹，波中的皪千金珠』，杜甫『昔去爲憂亂兵入，今事已恐鄰人非』，又『客子入門月皎皎，誰家搗練風淒淒』，張喬結句『達理始應盡惆悵，僧閑應得話天臺』，杜甫『衮職曾無一字補，許身愧比雙南金』，王維『故舊相望在三事，願君莫厭承明廬』，皆屬聲病。杜甫、王維結句、全篇皆係吴體，固不可以爲法也。劉憲、李頎起句，崔日用前聯，乃爲正律之變，然亦唯厘厘是已。且劉崔係初唐，又有何於正據哉〔一〕？張喬結句難解，且有二『應』字，恐有僞文。」甚矣哉！竹山之把詩改也。五七言律體濫觴於初唐，而謂不足正據。又以杜甫、王維篇什爲聲病而不取，然則初盛篇什，皆不足取乎？且李頎起句乃正體而拗一字，崔日用亦同然。如劉憲乃拗二句，與李崔詩不同。何稽古之疎也。如張謂「將軍帳下來從客」，劉禹錫「黔江秋水浸雲霓」，趙嘏「是非處處生塵埃」，温庭筠「春秋注罷真銅龍」，吕喦「羅浮道士誰同流」，皆起句而用三平，謂之「厘厘是已」可乎？豈可不謂川蠢苴哉？且夫吴體之於正體，雖大有徑庭，至其效之乃一也。何者？效正體亦排比其平仄，效吴體亦模擬其平仄，及各得其位置，則儼然正體，確乎吴體。今屬之聲病，則杜甫、王維未嘗知聲病者也。且張喬結句之爲聲律也，與儲光羲「借問故園隱君子，時時來往住人間」同法，固不足怪也。因閲本集，作「達理始應惆悵盡，因僧清話憶天臺」，正律順穩，目擊可知。竹山專唱程朱之學，而不奉丘蓋不言之教，猥從惡本以論之，何也？大凡述作一書者，皆閲諸本，擇其善者而從之，於其所不知蓋闕如也。今模蘇竹山所論，蓋強從惡本，或屬之聲病，欲以唾棄杜王諸公耳。其梟亂彦聖之罪，楚越之竹，不足以書其惡也。

〔一〕何：底本脱，據《詩律兆》卷四補。

全唐聲律論卷十五

七言律

正格起接拗格

○○●●●○○
●●○○●●○
○○●●○○●
●●○○●●○
●●○○○●●
○○●●●○○
○○●●○○●
○●○○●●○

宋之問
離宮秘苑勝瀛洲
別有仙人洞壑幽
岩邊樹色含風冷
石上泉聲帶雨秋
鳥向歌筵來度曲
雲依帳殿結爲樓
微臣昔忝方明御
今日還陪八駿遊

柳宗元
十年憔悴至秦京
誰料翻爲嶺外行
伏波故道風煙在
翁仲遺墟草樹平
直以疎慵招物議
休將文字占時名
今朝不用臨河別
垂淚千行便濯纓

白居易

嘉陵江曲曲江池
明月雖同人別離
一宵光景潛相憶
兩地陰晴遠不知
誰料江邊懷我夜
正當池畔望君時
今朝共語方同悔
不解多情先寄詩

正格六仄七平拗格

●○●●○○●●
●○●●○○○●
●○○●●●○○
●○○●○○●○
●○○●○○●●
●○●○○●○●
○○●○●○●○

同

學人言語憑牀行
嫖似花房脆似瓊
纔知恩愛迎三歲
未辨東西過一生
汝異下殤應殺禮
吾非上聖詎忘情
傷心自嘆鳩巢拙
長墮春雛養不成

崔櫓

一百五日又欲來
梨花梅花參差開
行人自笑不歸去
瘦馬獨吟真可哀
杏酪漸香鄰家粥
榆煙將變舊爐灰
畫樓春暖清歌夜
肯信愁腸日九回

同

海山鬱鬱石棱棱
新豁高居正好登
南臨贍部三千界
東對蓬宮十二層
報我樓成秋望月
把君詩讀夜回燈
無妨卻有他心眼
妝點亭臺即不能

正格前聯拗格

○●○○●●○
○○●●●○○
○●○○●○●
○○●●●○○
●●○○○●●
○○●●●○○
○○●●○○●
●●○○●●○

正格後聯拗格

●●●○○●●
○○○●●○○
○○○●○○●
●●○○●●○
○○○●○○●
●●○○●●○
○○○●○○●
○●○○○●○

沈佺期

南渡輕冰解渭橋
東方樹色起招搖
天子迎春取今夜
王公獻壽用明朝
殿上燈人争烈火
宮中侲子亂驅妖
宜將歲酒調神藥
聖祚千春萬國朝

太宗皇帝

曖曖去塵昏灞岸
飛飛輕蓋指河梁
雲峰衣結千重葉
雪岫花開幾樹妝
深悲黄鶴孤舟遠
獨嘆青山別路長
聊將分手霑襟淚
還用持添離席觴

杜甫

苦憶荊州醉司馬
謫官尊酒定常開
九江日落醒何處
一柱觀頭眠幾回
可憐懷抱向人盡
欲問平安無使來
故憑錦水將雙淚
好過瞿塘灩澦堆

劉長卿

涙盡江樓望北歸
田園已陷百重圍
平蕪萬里何人去
落日千山空鳥飛
孤舟漾漾寒潮小
極浦蒼蒼遠樹微
白鷗漁父徒相待
未掃欃槍懶息機

正格結句拗格

●●○○●●○
○○●●●○○
○○●●○○●
○●○○○●○
●●○○○●●
○○●●●○○
●●○○○●●
○○●●●○○

曹唐

白石溪邊自結廬
風泉滿院稱幽居
鳥啼深樹斸靈藥
花落閑窗看道書
煙嵐晚過鹿裘濕
水月夜明山舍虛
支頤冷笑緣名出
終日王門强曳裾

趙彦昭

寶契無爲屬聖人
雕輿出幸玩芳辰
平樓半出南山霧
飛閣旁臨東野春
夾路穠花千樹發
垂軒弱柳萬條新
處處風光今日好
年年願奉屬車塵

閻朝隱

管籥周移寰極裏
乘輿望幸斗城闉
草根未結青絲縷
蘿蔦猶垂綠帔巾
鵲入巢中言改歲
燕銜書上道宜新
願得長繩係取日
光臨天子萬年春

馬懷素
玄籥飛灰出洞房
青郊迎氣肇初陽
仙輿暫下宜春苑
御醴行開薦壽觴
映水輕苔猶隱緑
緣堤弱柳未舒黄
唯有裁花飾簪鬢
恒隨聖藻狎年光

王維
絳幘鷄人報曉籌
尚衣方進翠雲裘
九天閶闔開宮殿
萬國衣冠拜冕旒
日色才臨仙掌動
香煙欲傍袞龍浮
朝罷須裁五色詔
佩聲歸向鳳池頭

崔湜
澹蕩春光滿曉空
逍遥御輦入離宫
山河降望雲天外
臺榭參差煙霧中
庭際花飛錦繡合
枝間鳥囀管絃同
即此歡娱齊鎬宴
唯應率舞樂薰風

岑參
滿寺枇杷冬著花
老僧相見具袈裟
漢王城北雪初霽
韓信壇西日欲斜
門外不須催五馬
林中且聽演三車
豈料巴川多勝事
爲君書此報京華

賈至
銀燭朝天紫陌長
禁城春色曉蒼蒼
千條弱柳垂青瑣
百囀流鶯繞建章
劍佩聲隨玉墀步
衣冠身惹御爐香
共沐恩波鳳池上
朝朝染翰侍君王

錢起
爽氣朝來萬里清
憑高一望九愁輕
不知鳳沼霖初霽
但覺堯天日轉明
四野山河通遠色
千家砧杵動秋聲
遥想青雲丞相府
何時開閤引書生

皇甫冉

晚節聞君趨道深
結茅栽樹近東林
大師幾度曾摩頂
高士何年遂發心
北渚三更聞過雁
西城萬里動寒砧
不見支公與玄度
相思擁膝坐長吟

盧綸

野寺昏鐘山正陰
亂藤高下水聲深
田夫就餉還依草
野雉驚飛不過林
齋沐暫思同静室
清羸已覺助禪心
寂莫日長誰問疾
料君惟取古方尋

郎士元

柳陌乍隨州勢轉
花源忽傍竹陰開
能令瀑水清人境
直取流鶯送酒杯
山下古松當綺席
簷前片雨滴春苔
地主同聲復同舍
留連不畏夕陽催

柳宗元

衡岳新摧天柱峰
士林憔悴泣相逢
只令文字傳青簡
不使功名上景鐘
三畝空留懸磬室
九原猶寄若堂封
遥想荊州人物論
幾回中夜惜元龍

司空曙

迢遞山河擁帝京
參差宮殿接雲平
風吹曉漏經長樂
柳帶晴煙出禁城
天浄笙歌臨路發
日高車馬隔塵行
獨有淺才甘未達
多慚名在魯諸生

李端

半夜中峰有磬聲
偶逢樵者問山名
上方月曉聞僧語
下界林疎見客行
野鶴巢邊松最老
毒龍潛處水偏清
願得遠公知姓字
焚香洗鉢過餘生

正格二聯拗格

○●○○●●○
○○●●●○○
●●○○○●●
○○●●●○○
○○●●●○●
●●○○●●○
○○●●○○●
●●○○●●○

前正後偏相反格

●●○○●●○
○○●●●○○
○○●●○○●
●●○○●●○
●○●●○○●
●●○○●●○
○●○○○●●
●○○●●○○

蘇環

金闕平明宿霧收
瑤池式宴俯清流
瑞鳳飛來隨帝輦
祥魚出戲躍王舟
帷齊緑樹當筵密
蓋轉緗荷接岸浮
如臨竊比微臣懼
若濟叨陪聖主遊

杜甫

竹裏行厨洗玉盤
花邊立馬簇金鞍
非關使者徵求急
自識將軍禮數寬
百年地僻柴門迥
五月江深草閣寒
看弄漁舟移白日
老農何有罄交歡

趙彥昭

主第岩扃架鵲橋
天門閶闔降鸞鑣
曆亂旌旗轉雲樹
參差亭榭入煙霄
林間花雜平陽舞
谷裏鶯和弄玉簫
已陪沁水追歡日
行奉茅山訪道朝

同

淮海維揚一俊人
金章紫綬照青春
指揮能事回天地
訓練强兵動鬼神
湘西不得歸關羽
河内猶宜借寇恂
朝覲從容問幽側
勿云江漢有垂綸

同

聞道雲安麴米春
纔傾一盞即醺人
乘舟取醉非難事
下峽消愁定幾巡
長年三老遙憐汝
棙柁開頭捷有神
已辨青錢防雇直
當令美味入吾脣

高適

高館張燈酒復清
夜鐘殘月雁歸聲
只言啼鳥堪求侶
無那春風欲送行
黃河曲裏沙爲岸
白馬津邊柳向城
莫怨他鄉暫離別
知君到處有逢迎

同

令弟尚爲蒼水使
名家莫出杜陵人
比來相國兼安蜀
歸赴朝廷已入秦
舍舟策馬論兵地
拖玉腰金報主身
莫度清秋吟蟋蟀
早聞黃閣畫麒麟

岑參

西掖重雲開曙暉
北山疎雨點朝衣
千門柳色連青瑣
三殿花香入紫微
平明端笏陪鵷列
薄暮垂鞭信馬歸
官拙自悲頭白盡
不如岩下偃荊扉

王維

漢主離宮接露臺
秦川一半夕陽開
青山盡是朱旗繞
碧澗翻從玉殿來
新豐樹裏行人度
小苑城邊獵騎回
聞道甘泉能獻賦
懸知獨有子雲才

同

相國臨戎別帝京
擁旄持節遠橫行
朝登劍閣雲隨馬
夜渡巴江雨洗兵
山花萬朵迎征蓋
川柳千條拂去旌
暫到蜀城應計日
須知明主待持衡

同

年紀蹉跎四十强
自憐頭白始爲郎
雨滋苔蘚侵階緑
秋颯梧桐覆井黄
驚蟬也解求高樹
旅雁還應厭後行
覽卷試穿鄰舍壁
明燈何惜借餘光

皇甫曾

已見槿花朝委露
獨悲孤鶴在人群
真僧出世心無事
静夜名香手自焚
窗臨絶澗聞流水
客至孤峰掃白雲
更想清晨誦經處
獨看松上雨紛紛

同

柳彈鶯嬌花復殷
紅亭緑酒送君還
到來函谷愁中月
歸去磻溪夢裏山
簾前春色應須惜
世上浮名好是閑
西望鄉關腸欲斷
對君衫袖淚痕斑

錢起

西日横山含碧空
東方吐月滿禪宫
朝瞻雙頂青冥外
夜宿諸天色界中
石潭倒映蓮花水
塔院空聞松柏風
萬里故人能尚爾
知君視聽我心同

劉長卿

冬狩温泉歲欲闌
宫城佳氣晚宜看
湯熏仗裏千旗暖
雪照山邊萬井寒
君門獻賦誰相達
客舍無錢輒自安
且喜禮闈秦鏡在
還將妍醜付春官

同

半日吴村帶晚霞
閑門高柳亂飛鴉
横雲嶺外千重樹
流水聲中一兩家
愁人昨夜相思苦
閏月今年春意賒
自嘆梅生頭似雪
卻憐潘令縣如花

郎士元

村映寒原日已斜
煙生密竹早歸鴉
長溪南路當群岫
半景東鄰照數家
門通小徑連芳草
馬飲春泉蹈淺沙
欲待主人林上月
還思潘令縣中花

皇甫冉

離別那逢秋氣悲
東林更作上方期
共知客路浮雲外
暫愛僧房墜葉時
長江九派人歸少
寒嶺千重雁度遲
借問潯陽在何處
每看潮落一相思

權德輿

芸閣爲郎一命初
桐州寄傲十年餘
魂隨逝水歸何處
名在新詩衆不如
蹉跎江浦生華髮
牢落寒原會素車
更憶八行前日到
含淒爲報秣陵書

李嘉祐

處處征胡人漸稀
山村寥落暮煙微
門臨莽蒼經年閉
身逐嫖姚幾日歸
貧妻白髮輸殘稅
餘寇黃河未解圍
天子如今能用武
只應歲晚息兵機

韋應物

萬木叢雲出香閣
西連碧澗竹林園
高齋獨宿遠山曙
微霰下庭寒雀喧
道心淡泊對流水
生事蕭條空掩門
時憶故交那得見
曉排閶闔奉明恩

劉禹錫

南國山川舊帝畿
宋臺梁館尚依稀
馬嘶古樹行人度
麥秀空城澤雉飛
風吹落葉填宮井
火入荒陵化寶衣
徒使詞臣庾開府
咸陽終日苦思歸

白居易

匼匝巔山萬仞餘
人家應似甑中居
寅年籬下多逢虎
亥日沙頭始賣魚
衣斑梅雨長須熨
米澀畬田不解鋤
努力安心過三考
已曾愁殺李尚書

同

二日立春人七日
盤蔬餅餌逐時新
年方吉鄭猶爲少
家比劉韓未是貧
鄉園節歲應堪重
新故歡遊莫厭頻
試作循潮封眼想
何由得見洛陽春

同

往歲曾爲西邑吏
慣從駱口到南秦
三時雲冷多飛雪
二月山寒少有春
我思舊事猶惆悵
君作初行定苦辛
仍賴愁猿寒不叫
若聞猿叫更愁人

杜牧

日落水流西復東
春光不盡柳何窮
巫娥廟裏低含雨
宋玉宅前斜帶風
莫將榆莢共爭翠
深感桃花相照紅
灞上漢南千萬樹
幾人遊宦別離中

同

一曲悲歌酒一尊
同年零落幾人存
世如閲水應堪嘆
名似浮雲豈足論
各從祿仕休明代
共感平生知己恩
今日與君重上處
龍門不是舊龍門

釋處一

聞說花源堪避春
幽尋數日不逢人
煙霞洞裏無鷄犬
風雨林間有鬼神
黃公石上三芝秀
陶令門前五柳春
醉卧白雲閑入夢
不知何物是吾身

釋靈一

客意天南興已闌
不堪言別向仙官
夢摇玉珮隨旌節
心到金華憶杏壇
荒郊極望歸雲盡
瘦馬長嘶落日殘
想得故山青靄裏
泉聲入夜獨潺潺

同

畫戟重門楚水陰
天涯欲暮共傷心
南荆雙履痕猶在
北斗孤魂望已深
蓮花幕下悲風起
細柳營邊曉月臨
有路茫茫向誰問
感君空有淚沾襟

釋法振

微雨過山夜洗兵
繡衣遥拂海風清
幕中運策心猶苦
馬上吟詩卷已成
離亭不惜花源醉
古道猶看蔓草生
因説元戎能破敵
高歌一曲隴關情

右七圖正格拗體，皆可準用者也。沈佺期、崔塗二首，四唐中僅是已。雖無其他可例，其爲聲律易模擬也。讀者詳審之。

偏格起句拗格

●●○○●●○
○○●●●○○
●●○○○●●
○○●●●○○
○○○●○○●
●●○○●●○
●●○○●○●
●○○●●○○

王維
積雨空林煙火遲
蒸藜炊黍餉東菑
漠漠水田飛白鷺
陰陰夏木囀黃鸝
山中習靜觀朝槿
松下清齋折露葵
野老與人爭席罷
海鷗何事更相疑

劉憲
禁苑韶年此日歸
東郊道上轉青旂
柳色梅芳何處所
風前雪裏覓芳菲
開冰池內魚新躍
剪彩花間燕始飛
欲識王遊布陽氣
爲觀天藻競春暉

同
何幸含香奉至尊
多慚未報主人恩
草木豈能酬雨露
榮枯安敢問乾坤
仙郎有意憐同舍
丞相無私斷掃門
揚子解嘲徒自遣
馮唐已老復何論

杜甫
搖落深知宋玉悲
風流儒雅亦吾師
悵望千秋一灑淚
蕭條異代不同時
江山故宅空文藻
雲雨荒臺豈夢思
最是楚宮俱泯滅
舟人指點至今疑

高適
黃鳥翩翩楊柳垂
春風送客使人悲
怨別自驚千里外
論交卻憶十年時
雲開汶水孤帆遠
路繞梁山匹馬遲
此地由來可乘興
留君不住益淒其

岑參

節使橫行西出師
鳴笳擐甲羽林兒
臺上霜威淩草木
軍中殺氣傍旌旗
預知漢將宣威日
正是胡塵欲滅時
爲報使君多泛菊
更將絃管醉東籬

同

漫向江頭把釣竿
懶眠沙草愛風湍
莫倚善題鸚鵡賦
何須不著鵕鸃冠
腹中書籍幽時曬
肘後醫方静處看
興發會能馳駿馬
應須直到使君灘

裴迪

恨不逢君出荷蓑
青松白屋更無他
陶令五男曾不有
蔣生三徑枉相過
芙蓉曲沼春流滿
薜荔成帷晚靄多
聞説桃源好迷客
不如高卧眄庭柯

喬琳

三蜀澄清郡政閑
登樓携酌日躋攀
頓覺胸懷無俗事
回看掌握是人寰
灘聲曲折涪州水
雲影低銜富樂山
行雁南飛似鄉信
忽然西笑向秦關

嚴武

卧向巴江落月時
兩鄉千里夢相思
可但步兵偏愛酒
也知光禄最能詩
江頭赤葉楓愁客
籬外黃花菊對誰
跨馬望君非一度
冷猿秋雁不勝悲

劉長卿

玉輦西巡久未還
春光又入上陽間
萬木長承新雨露
千門空對舊河山
深花寂寂宮城閉
細草青青御路閑
獨見彩雲飛不盡
只應來去候龍顔

錢起
二月黃鸝飛上林
春城紫禁曉陰陰
長樂鐘聲花外盡
龍池柳色雨中深
陽和不散窮途恨
霄漢長懸捧日新
獻賦十年猶未達
羞將白髮對華簪

郎士元
季月還鄉獨未能
林行溪宿厭層冰
尺素欲傳三署客
雪山愁送五溪僧
連空朔氣橫秦苑
滿目寒雲隔灞陵
借問從來香積寺
何時携手更同登

同
長信螢來一葉秋
蛾眉淚盡九重幽
鳷鵲觀前明月度
芙蓉闕下絳河流
鴛衾久別難爲夢
鳳管遥聞更起愁
誰分昭陽夜歌舞
君王玉輦正淹留

同
春半梁山正落花
臺衡受律向天涯
南去猿聲傍雙節
西來江色繞千家
風吹畫角孤城曉
林映蛾眉片月斜
已見廟謨能喻蜀
新文更喜報金華

同
舊識相逢情更親
扳歡甚少愴離頻
黃綬罷來多遠客
青山何處不愁人
日斜宮樹聞蟬滿
雨過關城見月新
梁國遺風重詞賦
諸侯應念馬卿貧

同
城上西樓倚暮天
樓中歸望正淒然
近郭亂山橫古渡
野莊喬木帶新煙
北風吹雁聲能苦
遠客辭家月再圓
陶令好文常對酒
相招一和白雲篇

韋應物

夾水蒼山路向東
東南山豁大河通
寒樹依微遠天外
夕陽明滅亂流中
孤村幾歲臨伊岸
一雁初晴下朔風
爲報洛橋遊宦路
扁舟不繫與心同

同

遊宦京都二十春
貧中無處可安貧
長羨蝸牛猶有舍
不如碩鼠解藏身
且求容立錐頭地
免似漂流木偶人
但道吾廬心便足
敢辭湫隘與囂塵

白居易

謬入金門侍玉除
煩君問我意何如
蟠木詎堪明主用
籠禽徒與故人疏
苑花似雪同隨輦
宮月如眉伴直廬
淺薄求賢思自代
嵇康莫寄絕交書

同

榮達雖頻退亦頻
與君才命不調匀
若不九重中掌事
即須千里外拋身
紫垣南北廳曾對
滄海東西郡又鄰
唯欠結廬嵩洛下
一時歸去作閒人

同

十五年前似夢遊
曾將詩句結風流
偶助笑歌嘲阿軟
可知傳誦到通州
昔教紅袖佳人唱
今遣青衫司馬愁
惆悵又聞題處所
雨淋江館破墻頭

同

十五年來洛下居
道緣俗累兩何如
迷路心回因向佛
宦途事了是懸車
全家遁世曾無悶
半俸資身亦有餘
唯是名銜人不會
毗耶長者白尚書

同

三歲相依在洛都
遊花宴月飽歡娛
惜別笙歌多怨咽
願留軒蓋少踟躕
劍磨光彩依前出
鵬舉風雲逐後驅
從此求閑應不得
更能重醉白家無

同

旌旆翩翩擁漢官
君行常得遠人歡
分職南臺知禮重
綴書東觀見才難
金章玉節鳴騶遠
白草黃雲出塞寒
欲散別離唯有酒
暫煩賓從駐征鞍

戎昱

山上青松陌上塵
雲泥豈合得相親
世路盡嫌良馬瘦
唯君不棄臥龍貧
千金未必能移性
一諾從來許殺身
莫道書生無感激
寸心還是報恩人

李嘉祐

梁宋人稀鳥自啼
登艫一望倍含淒
白骨半隨河水去
黃雲猶傍郡城低
平坡戰地花空落
舊苑春田草未齊
明主頻移虎符去
幾時行縣向黔黎

權德輿

閑臥藜床對落暉
翛然便覺世情非
漠漠稻花資旅食
青青荷葉製儒衣
山僧相訪期中飯
漁父同遊或夜歸
待學向平婚嫁畢
渚煙溪月共忘機

同

征戰初休草又衰
咸陽晚眺淚堪垂
去路全無千里客
秋田不見五陵兒
秦家故事隨流水
漢代高墳對石碑
回首青山獨不語
羨君談笑萬年枝

盧綸

高步長裾錦帳郎
居然自是漢賢良
潘岳叙年因鬢髮
揚雄托諫在文章
九天韶樂飄寒月
萬户香塵裛夜霜
坐見重門儼朝騎
可憐雲路好翱翔

偏格前聯拗格

○○○●●○○
●●○○●●○
○○●●○○●
●●○○○●○
○○●●○○●
○●○○●●○
●●●○○●●
●○○●●○○

于鵠

昨日山家春酒濃
野人相勸久從容
獨憶卸冠眠細草
不知誰送出深松
都忘醉後逢廉度
不省歸時見魯恭
知己尚嫌身酩酊
路人應恐笑龍鍾

盧藏用

天遊龍輦駐城闉
上苑遲光晚更新
瑶臺半入黄山道
玉檻傍臨玄灞津
梅花欲待歌前落
蘭氣先過酒上春
幸預柏臺稱獻壽
願陪千畝及農晨

苗發

中歲分符典石城
兩朝趨陛謁承明
闕下昨承歸老疏
天南今切去鄉情
親知握手三回别
幾杖扶身萬里行
伯道暮年無嗣子
欲將家事托門生

杜甫

青蛾皓齒在樓船
横笛短簫悲遠天
春風自信牙檣動
遲日徐看錦纜牽
魚吹細浪摇歌扇
燕蹴飛花落舞筵
不有小舟能蕩槳
百壺那送酒如泉

李白
鳳凰臺上鳳凰遊
鳳去臺空水自流
吳宮花草埋幽徑
晉代衣冠成古丘
三山半落青天外
二水中分白鷺洲
總爲浮雲能蔽日
長安不見使人愁

韋應物
與君十五侍皇闈
曉拂爐煙上赤墀
花開漢苑經過處
雪下驪山沐浴時
近臣零落今猶在
仙駕飄颻不可期
此日相逢思舊日
一杯成喜又成悲

同
吾兄詩酒繼陶君
試宰中都天下聞
東樓喜奉連枝會
南陌愁爲落葉分
城隅緑水明秋日
海上青山隔暮雲
取醉不辭留夜月
雁行中斷惜離群

白居易
閣前下馬思徘徊
第二房門手自開
昔爲白面書郎去
今作蒼頭贊善來
吏人不知多新補
松竹相親是舊栽
應有題墻名姓在
試將衫袖拂塵埃

同
宛溪霜夜聽猿愁
去國長如不係舟
獨憐一雁飛南海
卻羨雙溪解北流
高人屢解陳蕃榻
過客難登謝朓樓
此處別離同落葉
朝朝分散敬亭秋

張南史
春來遊子傷歸路
時有白雲邀獨行
水流亂赴石潭響
花發不知山樹名
誰家魚網求鮮食
何處人煙事火耕
昨日已嘗村酒熟
一杯思與孟嘉傾

偏格後聯拗格

○○●●●○○
●●○○○●○
●●○○○●●
○○○●●○○
●●○○○●●
○○●●●○○
●●○○○●●
●○○●●○○

偏格結句拗格

○○○●●○○
●●○○●●○
●●○○●○●
○○●●●○○
○○○●○○●
●●○○●●○
●○●●●○●
●●○○●●○

張謂

花源藥嶼鳳城西
翠幕紗窗鶯亂啼
昨夜蒲萄初上架
今朝楊柳半垂堤
片片仙雲來渡水
雙雙燕子共銜泥
請語東風催後約
並將歌舞向前溪

蔡希周

天行雲從指驪宫
浴日餘波錫詔同
彩殿氤氲擁香溜
紗窗宛轉閉和風
來將蘭氣衝皇澤
去引星文捧碧空
自憐遇坎便能止
願托仙槎路未通

苑咸

蓮花梵字本從天
華省仙郎早悟禪
三點成伊猶有想
一觀如幻自忘筌
爲文已變當時體
入用還推間氣賢
應同羅漢無名欲
故作馮唐老歲年

偏格二聯拗格

○○○●●○○
○●○○●●○
●○●●○○●
●●○○●●○
○●○○●●○
○○○●●○○
●●●○○●●
○○○●●○○

王維
桃源西面絶風塵
柳市南頭訪隱淪
到門不敢題凡鳥
看竹何須問主人
城外青山如屋裏
東家流水入西鄰
閉户著書多歲月
種松皆老作龍鱗

杜審言
今年遊寓獨遊身
愁思看春不當春
上林苑裏花徒發
細柳營前葉漫新
公子南橋應盡興
將軍西第幾留賓
寄語洛城風日道
明年春色倍還人

李白
將軍豪蕩有英威
昔掌銀臺護紫微
平明拂劍朝天去
薄暮垂鞭醉酒歸
愛子臨風吹玉笛
美人乘月舞羅衣
今日相逢俱失路
何年灞上弄春暉

裴漼
乾坤啓聖吐龍泉
泉水年年勝一年
始看魚躍方成海
即睹龍飛利在天
洲渚遥將銀漢接
樓臺真與紫微連
休氣榮光恒不散
懸知此地是神仙

前偏後正相反格

○○●●○○●
○●○○●●○
○●○○○●●
○○●●●○○
○●○○○●●
○○●●●○○
○○●●○○●
●●○○●●○

白居易

喜逢二室遊仙子
厭作三川守土臣
舉手摩挲潭上石
開襟抖擻府中塵
他日終爲獨往客
今朝未是自由身
若言尹是嵩山主
三十六峰應笑人

杜甫

天門日射黃金榜
春殿晴曛赤羽旗
宮草微微承委佩
爐煙細細駐遊絲
雲近蓬萊常五色
雪殘鳷鵲亦多時
侍臣緩步歸青瑣
退食從容出每遲

同

聞停歲仗軫皇情
應爲淮西寇未平
不分氣從歌裏發
無明心向酒中生
愚計忽思飛短檄
狂心便欲請長纓
從來妄動多如此
自笑何曾得事成

同

幽棲地僻經過少
老病人扶再拜難
豈有文章驚海内
漫勞車馬駐江干
竟日淹留佳客至
百年粗糲腐儒餐
不嫌野外無供給
乘興還來看藥欄

同

帝城行樂日紛紛
天畔窮愁我與君
秦女笑歌春不見
巴猿啼哭夜常聞
何處琵琶絃似語
誰家咼墮髻如雲
人生多少歡娛事
那獨千分無一分

釋廣宣

大唐國裏千年聖
王舍城中百億身
却指容顔非我相
自言空色是吾真
深殿處身隨鳳輦
廣庭徐步引金輪
古來貴重緣親近
狂客時爲侍從臣

右六圖偏格拗體，此亦可準用者也。

一正一偏交加格

○●○○○●●
●○○●●○○
●●○○●○●
○○●●●○○
●●○○○●●
○○○●●○○
●●○○○●●
○○○●●○○

一偏一正交加拗格

○○●●●○○
○●○○●●○
●○●●○○●
○●○○●●○
○○●●○○●
●●○○●●○
●○●●○○●
○●○○●●○

殷堯藩

歸奏聖朝行萬里
卻銜天詔報蕃臣
本是諸生守文墨
今將匹馬靜煙塵
旅宿關河逢暮雨
春耕亭障識遺民
此去多應收故地
寧辭沙塞往來頻

岑參

嬌歌急管雜青絲
銀燭金杯映翠眉
使君地主能相送
河尹天明坐莫辭
春城月出人皆醉
野戍花深馬去遲
寄聲報爾山翁道
今日河南勝昔時

右二圖，一正一偏交加體，四唐中僅是已。然其聲律易模擬者也。竹山表一正一偏圖，而徵李迥秀、李白、王維篇什。秀詩云：「詰旦重門開警蹕，傳言太主奉山林。是日回輿羅萬騎，此時歡喜賜千金。鷺羽鳳簫參樂曲，荻園竹徑接帷陰。手舞足蹈方無已，萬年千歲奉薰琴。」蹈字無不合〔一〕。白詩云：「杜陵賢人清且廉，東溪卜築歲將淹。宅近青山同謝朓，門垂碧柳似陶潛。好鳥迎春歌後院，飛花送酒舞前簷。客到但知留一醉，盤中只有水晶鹽。」陵字不合。維詩曰：「酌酒與君君自寬，人情反覆似波瀾。白首相知猶按劍，朱門先達笑彈冠。草色全經細雨濕，花枝欲動春風寒。世事浮雲何足問，不如高卧且加餐。」春字不合。蓋先揭其圖，然後索搜其詩體，而不能得。故標其不合之篇什乎，其猶竊范氏之鐘遽掩其耳也，憎人聞之可也，自掩其耳悖矣。

〔一〕無：似衍文。